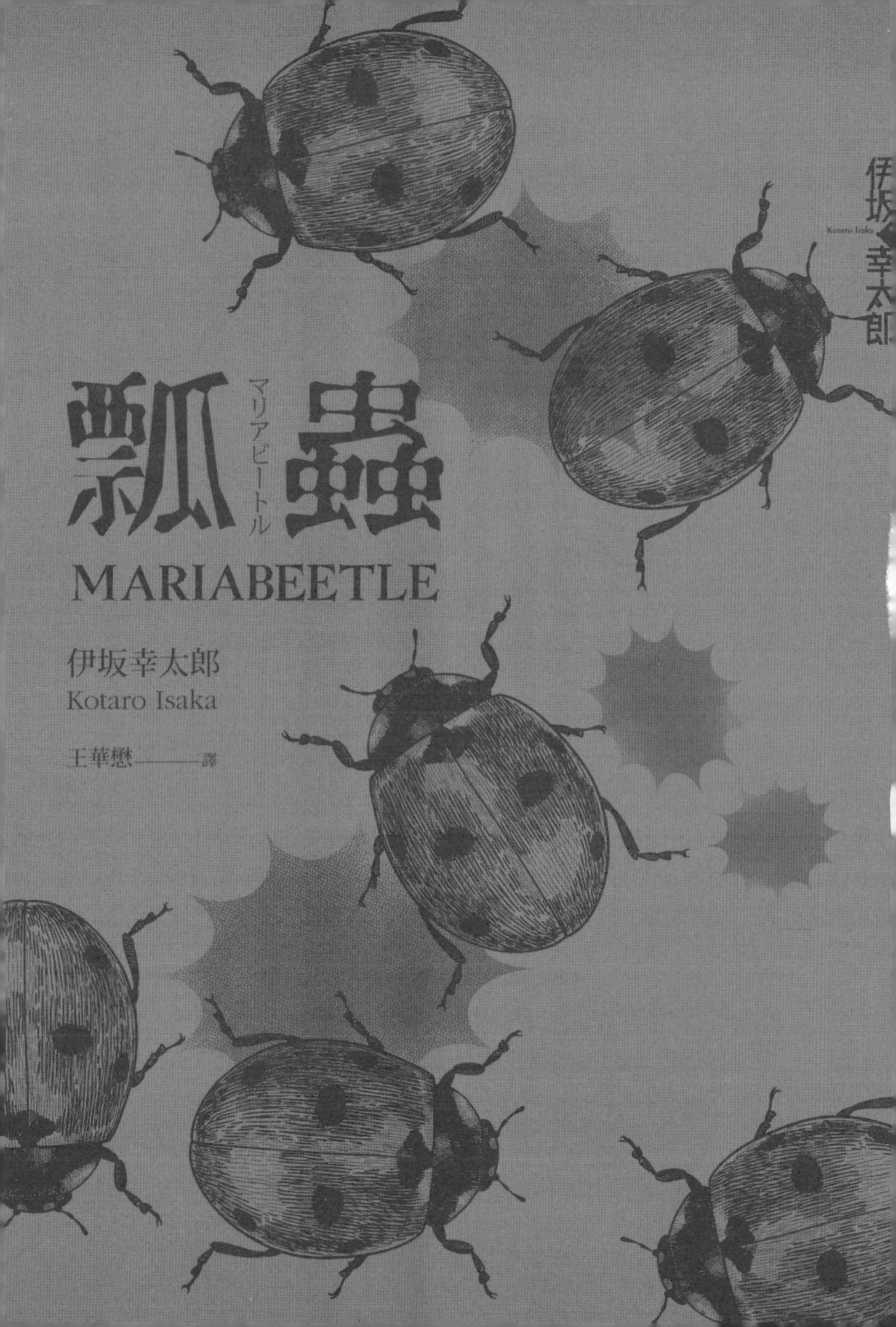

瓢蟲

マリアビートル

MARIABEETLE

伊坂幸太郎
Kotaro Isaka

王華懋——譯

伊坂幸太郎
Kotaro Isaka

目錄

導讀

奇想・天才・傳說

張筱森

雖然是篇談論伊坂幸太郎的文章，不過請先讓我稍微離題談一下二〇〇六年的第一百三十四屆直木獎。這屆的大事當然是東野圭吾在五度鎩羽而歸之後，終於以《嫌疑犯X的獻身》獲獎；可說是了卻他一樁心願，也替其出道二十年錦上添花一番。東野連續五度提名五度落選的事蹟，讓日本大眾文壇和讀者之間開始悄悄地流傳著一個聽來有點辛酸的名詞「東野圭吾路線」，意指不斷被提名、不斷落選，然後過了該得直木獎年紀的作家。而東野總算在第六次的提名擺脫了這個看似不太名譽，不過差一步就會變成傳說的不幸陰影。但是在東野終於獲獎的這樣可喜可賀的事實背後，其實也存在著一名極為有力的「東野圭吾路線」候選人，那就是本文主角——伊坂幸太郎。

伊坂幸太郎，一九七一年出生於千葉，畢業於位在仙台的東北大學法學部。小學時和一般小孩一樣閱讀各式各樣的兒童讀物，年紀稍長之後開始看當時流行的國產娛樂小說，如：都筑道夫、夢枕獏、平井正和等人的作品，高中時因為看了島田莊司的《北方夕鶴2／3殺人》後，成了島田書迷。而在高中時，因為一本名為《何謂繪畫》的美術評論集，啟發伊坂認為能使用想像力生存是件非常幸福的事情，而小說恰好可以一人獨立從頭開始，自己應該也辦得到；因此他決定在進入大學之後開始創作，再加上喜愛島田的作品，便選擇了寫推理小說。進入大學之後則開始閱讀純文學，尤其喜愛諾貝爾文學獎得主大江健三郎的作品。

也因為他將對運用想像力的憧憬著力於小說創作上，於是各項具有想像力的元素都漂浮在其作品中，如法國藝術電影、音樂、繪畫、建築設計等等，使得讀者在閱讀推理小說的同時，也彷彿看了一場交織著奇異幻境寓言、生命哲思與青春況味的文藝表演。

巧妙地融合脫離現實生活的特殊經歷以及不可思議的冒險活動，一向是伊坂作品的創作主軸，這種奇妙組合，正是伊坂風靡了無數熱愛文學藝術的青年讀者的重要原因。

這樣的他，在一九九六年曾經以《礙眼的壞蛋們》獲得山多利推理小說大獎佳作，不過一直要到二〇〇〇年以《奧杜邦的祈禱》獲得第五屆新潮推理小說俱樂部獎後，才正式踏上文壇。奇特的故事風格、明朗輕快的筆觸，讓他迅速獲得評論家和讀者的熱烈歡迎，不光是在年度推理小說排行榜上大有斬獲。二〇〇三年以《家鴨與野鴨的投幣式置物櫃》拿下吉川英治文學新人獎，二〇〇四年則以《死神的精確度》獲得日本推理作家協會短篇部門獎，更在二〇〇三到二〇〇六年間以《重力小丑》、《孩子們》、《死神的精確度》、《沙漠》四度獲得直木獎提名，可以看出日本文壇對他的期待和重視。

伊坂到二〇〇六年為止總共發表了八部長篇、四部短篇連作集和一篇短篇愛情小說。因為喜歡島田，而決定創作推理小說的伊坂，打從一出道就以推理小說新人獎得獎作《奧杜邦的祈禱》獲得各方注意；然而《奧杜邦的祈禱》卻長得一點都不像讀者所熟悉的推理小說模樣。伊坂曾經說過，「寫作的時候，我並不喜歡描寫真實的現實生活，而是想寫十分荒唐無稽的故事。」《奧》正是這樣特殊，有著前所未有的奇特設定的一部作品。一個因為一時無聊跑去搶便利商店的年輕人伊藤，意外來到一座和日本本土隔絕一百五十年的孤島，孤島上有個會說話、會預言未來的稻草人優午。優午告訴伊藤，自己已經等了他一百五十年，而伊藤這個外來者將會帶來島上的人所欠缺的東西。留下這般謎樣話語之後，優午就死了，而且還是身首異處、死得相當悽慘。這短短幾句描寫，就能夠看出伊坂作品最顯而易見的特殊之處「嶄新的發想」，我想很難有讀者在看了這樣奇異至極的開頭，而不繼續往下翻去，畢竟「會講話的稻草人謀殺案」實在太過特殊。而這種異想天開、奇特的發想，就成了伊坂作品中一個非常重要而且難以模仿的特色，在他往後的作品當中都可以看到這樣的特色，以死神為主角的《死神的精確度》便是個好例子。

然而空有奇特的發想，沒有優秀的寫作能力也無法讓伊坂獲得現在的地位。第二作

《Lush Life》便是讓讀者更認識伊坂深厚筆力的作品，畫家、小偷、失業者、學生、神、心理諮商師等等眾多人物各自在五個故事線中登場、彼此的人生互相交錯。如何將這五條線各自寫得精采絕倫，而在彼此交錯時又不落入混亂龐雜的境地，最後將所有故事線收束於一個點上。伊坂在敘事文脈構成上展現了高超的操控能力，就像不斷在本作出現的艾雪的畫一般地令人目眩神迷。複雜的敘事方式中包含著精巧縝密的伏線，並且前後呼應，而此極為高明的寫作方式，在第四作《重力小丑》、第五作《家鴨與野鴨的投幣式置物櫃》中也明顯可見。

筆者和大部分的台灣讀者一樣對伊坂最早的認識來自於《重力小丑》一作，對於本作中那幾乎只能以毫無章法來形容、或者可說是某種文字遊戲的章節名稱印象深刻。但在閱讀了伊坂的其他作品之後，便能夠理解日本文藝評論家吉野仁所指出的伊坂作品的一種極為另類的魅力來源——「將毫無關聯的事物組合在一起」，像是「鴨子」和「投幣式置物櫃」明明是毫無關聯的東西，卻成了小說。或是書名為《蚱蜢》內容卻是殺手的故事，這樣的奇妙組合讓伊坂的作品乍看書名就能吸引讀者的目光一探究竟。而更引人注意的是，這樣看似胡鬧的作法，也散見於每部作品的內容和登場人物的言行之中。在《家鴨與野鴨的投幣式置物櫃》中，主角的鄰居甫一登場就邀他一起去搶書店，而目標僅僅是一本《廣辭苑》!?在《重力小丑》中，春劈頭就叫哥哥泉水一起去揍人。然而在這些登場人物的異常行動，或是令人不由得笑出聲來的詞句背後，其實隱藏著各種人性的黑暗面。《奧杜邦的祈禱》中，仙台的惡劣警察城山毫無理由的殘虐行徑、《重力小丑》中的強暴事件、《魔王》中甚至讓這樣的黑暗面以法西斯主義的樣貌出現。伊坂總以十分明朗、輕快並且淡薄的筆觸，描寫人生很多時候總會碰上的毫無來由的暴力。如此高度的反差點出了一個伊坂作品世界中的重要價值觀，在面對突如其來的暴力時，該如何自處？該怎麼找出最不會令自己後悔的生存方式？

如果將毫無理由的暴力推到最極致，莫過於「死亡」了，只要是人難免一死，那麼人類該怎麼和終將來臨的死亡相處？從《奧杜邦的祈禱》中的稻草人謀殺案起，這個問題意識就一直在伊坂作品的底層流動，筆者想隨著此次伊坂作品集出版，讀者在全部讀過一遍之後，應該也都能得出屬於自己的答案。

而在熟讀伊坂作品之後，讀者便會發現伊坂習慣讓他筆下所有人物產生關聯，先出現的人物一定會在之後的作品登場。像是深受台灣讀者喜愛的《重力小丑》兩兄弟，也會在之後的某部作品出現，這樣的驚喜也十足地展現了伊坂旺盛的服務精神。

在文章開頭提到伊坂是極有力「東野圭吾路線」候選人，如實地反應出日本讀者和評論家對於伊坂遲遲不能獲獎的難以理解。但是筆者忍不住想，就這樣成為直木獎史上的傳說，似乎無損於伊坂的成就。畢竟就像日本推理天后宮部美幸說的：「伊坂幸太郎是天才，他將會改變日本文學的面貌。」做為一名讀者，能夠和一位不斷替我們帶來全新小說的天才作家相遇，就是一種十足的幸福。

作者介紹

張筱森，喜歡推理小說，偶爾也翻譯推理小說。

木村

東京車站裡熙來攘往。木村雄一暌違此地許久，他無法分辨這樣的擁擠是否為日常情景。如果有人告訴他今天有特殊活動，他也會相信。往來的人潮量使木村為之震懾，想起和小涉一起在電視上看到的企鵝群體。企鵝密密麻麻地大批群聚在一塊兒，但是他可以理解為何企鵝會擠成那樣，因為企鵝怕冷。

木村避開人潮，經過名產店和小攤位，快步前進。

他往上走了一小階，穿過新幹線驗票口。經過自動驗票機時，他擔心裝在內袋的自動手槍會被檢驗出來，接著閘門「砰」的一聲關上，警衛隊當場現身制伏他，但這一切都是杞人憂天。他停下腳步，仰望電子時刻表，確定他要搭的「疾風號」的發車月台。他瞥見制服員警站在那裡執行警備工作，但並沒有特別留意木村。

一個背著背包，貌似小學生的少年從旁邊經過。木村想起小涉，胸口一陣絞痛。失去意識、躺在醫院病床上的小涉，那毫無反應、稚嫩的模樣在他的腦中浮現。「碰到這種事，還是這樣一副乖寶寶表情，教人怎麼不心疼？」木村的母親哭道。這句話又讓木村心如刀割。

我絕對饒不了他。憤怒如同岩漿在體內深處滾滾沸騰般。把一個才六歲的孩子從百貨公司屋頂推下來，居然還能滿不在乎地在世上呼吸，教人無法置信。他快喘不過氣了，但不是因為悲傷，而是憤怒。木村踩著強而有力的步伐走向電扶梯。他戒酒了，可以筆直前進，手也不抖了。他左手提著印有東京名產字樣的紙袋，往前走。

「疾風號」已經在月台等待發車。木村急了，加快腳步，從三車的前段車廂車門進入。根據以前的工作夥伴提供的情報，他要找的座位是七車第五排的三人座。慎重起見，他打算從前方的車廂進去，小心翼翼地接近。然後從背後悄悄地觀察狀況，再一步步靠近。

踏進車廂一看，左手邊就是洗手台，木村暫時在鏡子前停步。他拉上背後隔間用的簾子，望向前方倒映出來的自己。頭髮變長，眼頭積著一小坨眼屎。鬍鬚參差不齊地冒出，臉上的汗毛也明顯極了。那張臉疲憊不堪，連自己都目不忍睹。木村洗手，仔細地搓洗，直到流出來的水自動停止。他的手指不住地顫抖，這不是酒精作用，是緊張的關係——他這麼說服自己。

小涉出生後，木村再也沒用過槍，只有搬家和整理東西時碰過而已。他由衷慶幸沒把槍扔了。要讓囂張的對手嘗嘗恐懼的滋味、讓那個不知天高地厚的混帳傢伙搞清楚立場，手槍是最管用的。

鏡中的臉扭曲了。鏡子龜裂，凹凸扭曲似地崩解，「以前是以前。你真的下得了手嗎？」鏡中人問。「你現在只是個酒鬼，連自己的兒子都保護不了。」、「我已經戒酒了。」、「我兒子躺在醫院裡。」、「我要讓那傢伙嘗到苦頭。」、「你饒得了他嗎？」情緒的泡沫毫無脈絡地在他的腦中迸裂。

木村從黑色夾克口袋裡掏出手槍，再從手中的紙袋取出筒狀器具，是滅音器。他將其嵌上槍口，旋轉套上。雖然無法完全掩蓋掉槍聲，但只要裝在這把點二二口徑的小槍上，可以把聲音壓到有如玩具槍般輕巧的一聲「喀嚓」。

木村朝鏡子點點頭，把槍裝進紙袋，走出洗手間。

洗手間外，販售小姐正在準備推車販售服務，木村差點撞上她。他本來想開罵「擋什麼路」，但一看見推車上的罐裝啤酒，便趕緊避走。

「記住，只要沾上一口就完了。」木村想起父親過去曾如此告誡過他。「酗酒是戒不了的。只要沾上一口，就前功盡棄了。」

木村走進四車，在走道上前進。當他穿越自動門時，左側座位的男乘客正好在調整蹺腳的姿勢。木村撞到他的腿。裝上滅音器而變長的手槍裝在紙袋裡，而紙袋卡到了男子。木村把搖晃的紙袋寶貝地拉回來。

這讓原本就緊張又焦慮的木村立即暴怒。回頭一看，那裡坐著一位戴黑框眼鏡的溫文小生，正軟弱地低頭向他賠罪。木村勉強壓抑住怒火。他嘖了一聲，急著趕路，男子卻說：「啊，紙袋破了。沒關係嗎？」木村停步一看，裝手槍的袋子確實破了個洞。不過也沒空為此和對方爭執。「少囉嗦！」他繼續前進。

離開四車後，他沒有縮小步伐，迅速地穿過五車、六車。

「爸爸，為什麼新幹線的一車會是在後面？」他想起小涉以前問他的問題。當然，是還有意識的小涉。

「離東京比較近的才是一車呀。」木村的母親這麼回答小涉。

「奶奶，什麼意思？」

「從距離東京比較近的車廂開始算，是一車、二車、三車。所以去奶奶家的時候，一車是在最後面，可是去東京的時候，一車是在最前面。」

「去東京的新幹線叫上行嘛。什麼事都是以東京為中心。」木村的父親也說。

「爺爺跟奶奶總是特地上到東京來呢。」

「因為我們很想見小涉呀。爺爺奶奶千辛萬苦，氣喘吁吁地爬上東京來見小涉呢。」

「搭新幹線爬上來喲。」

爺爺接著瞥了木村一眼，「小涉真是可愛。」他點點頭說：「一點都不像你的孩子。」

「我倒是常被人說『真想看看你父母的嘴臉』呢。」

爺爺跟奶奶不理會木村的諷刺，自吹自擂地對彼此說：「這就是所謂的隔代遺傳吧。」

進到七車。中隔走道，左邊是兩人座，右邊是三人座，椅背全朝著相同方向並排著。木村伸手入袋，握住手槍，大跨步數著排數前進。

空位比預期得多，乘客稀稀落落。木村在第五排的窗邊座位看到一個少年的後腦勺。少年穿著有白色衣領的襯衫，外罩西裝外套，昂首挺胸，看起來就是個健全的模範生。少年把身體轉向車窗，望著窗外，似乎對到站的新幹線車輛看得入迷。

木村慢慢走近。只差一排的時候，雖然只有一瞬間，但他萌生疑念：這樣一個還帶有幾分稚氣的孩子，真的心存惡念嗎？看看那肩膀單薄的纖細背影，完全是一個獨自享受著新幹線之旅的國中生。木村心中那個塞滿了緊張與覺悟的袋子，袋口的繩索差一點就要鬆脫了。

眼前冷不防爆出一團激烈的火花。

一開始木村以為是新幹線的電氣系統故障了。他猜錯了。是木村的個人神經訊號瞬間斷線，眼前一片黑。原本面對窗戶的少年以迅雷不及掩耳的速度回頭，用藏在手中的小型機械抵住了木村的大腿。那機械就像大了一號的電視遙控器。是那些國中生在用的自製電擊槍——待木村察覺時，已經全身毛髮倒立，身體中心也麻痺了。

眼睛睜開時，木村人坐在靠窗的座位上。雙手手腕被綁在身前。腳踝也是一樣。都被厚重的束帶以魔鬼氈固定住了。手腳關節可以彎曲，但全身動彈不得。

「叔叔，你也真夠傻。居然完完全全照著劇本來，太教人吃驚了。就連電腦程式都不會這麼照規矩來。我知道叔叔會來這裡，也知道叔叔以前從事非法工作。」就坐在左側的少年淡淡地說。雙眼皮，鼻梁高挺，相貌十分女孩子氣。

「以前我也對叔叔說過，為什麼全天下的事都這麼如我的意呢？人生真是太容易了。」半好玩地把木村的兒子從百貨公司屋頂推落的這名少年儘管還是個國中生，卻用一種自信十足、彷彿歷經了好幾次人生的表情說：「難得叔叔戒了最心愛的酒，這麼拚命，真是對不起呢。」

水果

「傷口還好吧？」靠走道座位的蜜柑對著窗邊的檸檬問。這裡是新幹線的三車，第十排的三人座。望著窗外的檸檬嘀咕：「為什麼五〇〇系沒有了呢？我超喜歡它的藍色。」然後他這才總算注意到似地蹙眉問：「你說傷口怎樣？」不曉得是睡亂的還是刻意造型的，檸檬略長的頭髮看起來也肖似一頭獅子鬃毛。單眼皮的眼睛與貌似不服揚起的嘴角，看起來就像是檸檬懶得工作、不管做什麼都嫌麻煩的個性表徵，讓蜜柑不由得心生納悶：是性格影響外表，還是外表影響性格？「檸檬，你昨天不是被刀子割到嗎？我說你臉頰上的傷啦。」他指指窗邊的檸檬說。

「我怎麼會受傷？」

「為了救這個少爺。」

蜜柑指著坐在中間座位的男子。那名二十五歲的長髮青年縮著肩膀夾在兩人之間，交互望著兩旁的蜜柑和檸檬。與昨晚剛被救出來時相比，臉色好多了。年輕人被捆綁、遭到近似拷問的暴力對待，原本還抖個不停，但不到一天就已經平靜許多。簡而言之，就是內在空無一物——蜜柑心想。是人生歷程與想像世界毫無關聯的人常見的類型。他們的內在空洞、單一色彩，所以可以立刻轉換心境。好了傷疤就忘了疼，根本不知道去想像他人的情緒。這種人才應該讀小說，但他們應該已經錯失了讀的機會。

檸檬看看手表，現在是早上九點，救出這名年輕人是九小時前的事了。這個少爺——峰岸良夫的獨子被人監禁在都內藤澤金剛町某棟大樓地下三樓的一室，所以蜜柑等人勇闖龍潭去救他出來。

「我怎麼可能鈍到被人拿刀子割傷臉？少胡扯了。」檸檬跟蜜柑一樣，身高接近一百八。可能因為體形也一樣清瘦，他們常被人誤認為雙胞胎，或至少是兄弟，換言之，別人稱他們為雙胞胎殺手、同業兄弟，但每次蜜柑聽到這種說法，都很憤慨，不要把我跟他混為一談！自己居然會被跟這種目光短淺、輕率無腦的傢伙歸在同類，這個事實令蜜柑愕然。當然，檸檬應該絲毫不介意。蜜柑就是看不順眼檸檬那種粗枝大葉、跟纖細二字完全沾不上邊的個性。有個仲介業者曾說：「蜜柑很容易相處，可是檸檬很麻煩。就跟水果一樣，檸檬酸得教人嚥不下去，不是嗎？」蜜柑心想一點都沒錯。

「那你臉上的傷是哪來的？明明就有條紅線。我可是聽得一清二楚，那小混混拿刀刺上去的時候，你還尖叫了一聲。」

「我怎麼可能被那點小事嚇到？要是我尖叫了，那一定是因為對方弱到不像話，心裡想著『噫！怎麼會有這種遜咖！』而被嚇壞了。再說，我臉上這傷可不是刀子劃的，只是濕疹罷了。我是過敏體質。」

「哪有那種刀傷狀的濕疹？」

「濕疹是你發明的嗎？」

「什麼跟什麼？」蜜柑板起臉。
「這世上的濕疹跟過敏是你發明的嗎？不是吧？你是評論家嗎？你要否定我這二十八年來的過敏人生嗎？你又對濕疹有多少了解了？」
「我沒有否定你的過敏人生，濕疹也不是我發明的，可是你那不是濕疹。」
總是這樣。檸檬老愛推卸責任、虛張聲勢、胡說八道。除非蜜柑接受他的歪理，或是當成耳邊風，否則檸檬會一直滔滔不絕地說。「不好意思……」坐在蜜柑和檸檬中間的年輕人——峰岸家的少爺膽怯地小聲說：「呃，請問……」
「幹麼啦？」蜜柑說。
「幹麼啦？」檸檬也說。
「呃，兩位……呃，該如何稱呼？」
昨晚蜜柑和檸檬趕到時，少爺被綁在椅子上，渾身癱軟無力。蜜柑和檸檬把他弄醒搬出去時，少爺也只是一疊聲地「對不起、對不起」，無法正常對話。蜜柑想起這麼說來，完全沒有對少爺說明他們倆的事。
「我叫杜嘉，他叫班納（註）。」蜜柑胡說一通。
「不對。我叫唐納，他叫道格拉斯。」檸檬點點頭說。
「那是什麼鬼？」蜜柑問，卻也猜到八成是湯瑪士小火車的朋友了。檸檬成天把湯

註：DOLCE&GABBANA，義大利高級服飾品牌。

瑪士小火車掛嘴邊。湯瑪士小火車是用火車模型拍攝的兒童電視節目，似乎歷史悠久，檸檬對它情有獨鍾。檸檬每次引用或舉例，絕大部分都是湯瑪士小火車的劇情，彷彿他的人生教訓和歡喜全都是從中學來的。

「蜜柑，我以前不是告訴過你了嗎？唐納跟道格拉斯是雙胞胎的黑色小火車。他們說話總是彬彬有禮。像是『哎呀，這可不是亨利嗎？』他們說話的調調實在討喜，令人瞬間有好感。」

「哪裡啊？」

檸檬把手伸進夾克口袋，摸索一陣後，取出一本約記事本大小、富有光澤的印刷本。「看，這是唐納。」他指著說。那好像是湯瑪士小火車的貼紙簿，上面有好幾個小火車圖案。檸檬指的地方畫著黑色的火車頭。「蜜柑，我已經和你說過無數次了，你老是忘記。你就不肯記一下嗎？」

「不願意。」

「真沒趣。這張送你，把名字記起來吧。這些貼紙，你看，從這邊開始，從湯瑪士到奧利弗，都是按順序排列的。還有狄塞爾。」檸檬說，開始一輛輛介紹名字。「好啦好啦，不要再說了啦。」蜜柑把貼紙塞回去。

「呃，兩位的名字究竟是……」峰岸家少爺說。

「芥川龍之介跟梶井基次郎（註一）」蜜柑接著答。

「比爾與班，還有哈利跟巴特也是雙胞胎（註二）。」

「我們不是雙胞胎。」

「那麼，呃，唐納先生兩位……」峰岸家少爺一本正經地問：「是我爸請兩位來救我的嗎？」

窗邊的檸檬不當回事地挖著耳朵應道：「唔，是啊。容我說一句，你爸實在太恐怖了。」蜜柑也同意說：「沒錯，太恐怖了。」

「你這個做兒子的也覺得爹地恐怖嗎？還是他很溺愛孩子，太寵兒子？」檸檬用指尖頂他，明明只是輕輕一戳，少爺卻嚇得渾身瑟縮。「哦，不，我不怎麼怕我爸。」

蜜柑苦笑。他總算開始習慣車廂裡獨特的氣味了。「你知道你爸在東京的事蹟嗎？他戰功彪炳，幹下無數駭人聽聞的事。有一次他借錢給個女人，人家不過遲到了五分鐘來，他就把那女人的手給砍了，這你聽說過嗎？不是手指，是手耶。不是遲到五小時，是五分鐘耶。然後他把那隻手……」說到這裡，蜜柑說：「這好像不是什麼值得在新幹線裡興沖沖談論的內容。」省略了。

「啊，這我聽說過。」少爺歉疚似地低聲答道：「我記得是用微波爐……」說得像在談論父親挑戰下廚的回憶似的。

註一：芥川龍之介（一八九二～一九二七）與梶井基次郎（一九〇一～一九三二）皆是知名的日本近代文學家。

註二：這些全是湯瑪士小火車裡的小火車。

「那你知道那個嗎？」檸檬豎起食指，探出身子。「他把欠錢不還的傢伙的兒子帶來，讓父子面對面，兩個人手裡各塞了一把美工刀……」

「啊，這我也知道。」

「你知道啊？」蜜柑吃驚地說。

「不過你爸很聰明。直接又果決。要是有人礙事，他就是一句『幹掉就是了』，要是碰上麻煩事，就是一句『不幹就是了』。」檸檬望向窗外那頭正在啟動的新幹線列車。「很久以前，東京有個叫寺原的人，那傢伙撈錢撈得很凶。」

「是叫『千金』的公司，對吧？我知道。我聽說過。」

少爺逐漸恢復元氣，蜜柑預感到他會愈來愈放肆，不爽起來。趾高氣揚的年輕人出現在小說裡蜜柑還能欣賞，但在現實裡，他連話都不想聽，聽了只會教人滿肚子氣。

「『千金』被整垮了，大概是六、七年前的事吧。寺原父子都死了，公司也解體了。然後你爸大概是預感到會有危險吧，馬上就撤到盛岡去。真是聰明啊。」檸檬說。

「呃，謝謝。」

「道什麼謝？我可不是在誇你爸。」檸檬依依不捨地目送遠去的白色新幹線列車。

「不，我是在為兩位救我的事道謝。我真的以為我死定了。我被五花大綁，他們大概有三十個人吧。而且那裡又是大樓的地下室。再說，就算我爸替我準備贖金，我覺得我還是會被他們給殺了。那些傢伙好像很氣我爸。我覺得我的人生準完蛋了。」

少爺似乎多話了起來，蜜柑板起臉。「你很敏銳。」他說：「首先，你爸真的很顧人怨。不光是那些傢伙而已。不討厭你爸的人，比不死超人更罕見。然後就像你猜的，那些傢伙就算收了贖金，應該還是會斃了你，這一點也沒錯。還有你的人生差點就要完蛋了，這也是事實。」

蜜柑和檸檬接到人在盛岡的峰岸委託，攬下交付贖金的工作。「把贖金送到監禁我兒子的歹徒手中，然後救出我兒子。」這是個說起來很簡單，做起來卻折騰死人的工作。

「你父親要求有夠多的。」檸檬嘀咕著，屈指算道：「救出我兒子、把贖金帶回來、把歹徒一夥人全殺了。美夢哪可能全部成真？」

峰岸設下了優先順位。首先，他兒子的性命是第一優先，接下來是贖金，殺害那幫歹徒是第三。

「可是唐納先生，你們全辦到了。這不是很厲害嗎？」少爺眼睛發亮地說。

「喂，檸檬，行李箱呢？」蜜柑突然想了起來。裝贖金的行李箱是個附滾輪的堅固皮箱，帶去出國旅行有點不夠大，但也不小。行李箱應該是由檸檬負責保管，但現在行李架和座位旁邊都沒看見。

「哦，蜜柑，你這個問題問得好。」檸檬大搖大擺地坐著，兩腳擱在前座的靠背上，然後摸了摸自己的口袋喜孜孜地說：「我把行李箱放這兒了。」

「那兒？你的口袋才裝不下行李箱。」

檸檬自顧自地笑了：「開玩笑的啦。口袋裡只有一張紙。」他甩了甩名片大的紙張說。

「那是什麼？」少爺把臉湊過去。

「是我之前去的超市送的抽獎券。每個月固定的日子可以去搖彩球機抽獎。頭獎是……你看，是機票呢。這抽獎很隨便，沒有期限，所以愛什麼時候去抽就什麼時候去抽。」

「要送給我的嗎？」少爺問。

「誰要給你啊？你要機票幹啥？你老爸會買給你吧？」

「喂，檸檬。別管什麼抽獎了，你把行李箱放哪兒去了？」一股不祥的預感，讓蜜柑的聲音變得有些淩厲。

檸檬得意洋洋地抬頭說：「聽好嘍，你對火車不熟，所以我來指點你吧。新幹線的車廂與車廂之間，現在已經有放置大型行李的空間了。可以擺像是出國旅行用的行李箱、滑雪道具之類的物品。」

蜜柑一瞬間啞然失聲。為了讓血氣上衝的腦袋冷靜，他反射性地用手肘惡狠狠地打了身旁少爺的手臂。旁邊傳來痛苦的呻吟。「你幹什麼？」少爺喘吁吁地說，蜜柑無視他，壓低聲音問：「檸檬，你爸媽沒過教你，重要的東西要擺在身邊嗎？」

檸檬顯然動氣了，「你那是什麼口氣？那你要把行李箱放在這嗎？這裡可是坐了三個大男人，怎麼塞得進來？」檸檬叫囂著，一堆口水噴在隔壁的少爺身上。「只能擺到別處了啊。」

「放到上面的行李架不就行了？」
「東西不是你提的，你不懂，那很重的。」
「不，我也提過，才沒有多重。」
「像我們這種邋遢可疑的人，身邊帶個行李箱，旁人一看就會猜想，『啊，那裡面一定裝了什麼值錢玩意兒』，很危險的。」
「才不會有人猜到。」
「會啦。還有蜜柑，你明知道我爸媽在我幼稚園的時候就出意外死掉了。我爸媽根本沒教過我什麼。硬要說的話，他們只教過我絕對不可以把行李箱擱在座位上。」
「胡說八道。」
褲袋裡的手機接通了。手機不停震動，刺激著皮膚。蜜柑取出手機，看到來電顯示，不由得垮下臉。「你爸打來的。」他告訴少爺。他站起來，就要往車廂外走去時，新幹線動了。
車廂門自動打開，蜜柑來到後方通道後，按下通話鍵，把手機放在耳邊。峰岸良夫的聲音傳出。「怎麼樣？」聲音沉穩，但十分清晰。蜜柑移動到窗戶附近，望著流過的景色應道：「新幹線剛發車。」
「我兒子沒事嗎？」
「如果有事，就上不了新幹線了。」

峰岸良夫接著確認贖金是不是帶回來了、那夥歹徒怎麼了。但隨著電車行駛的噪音變大，聲音愈來愈難聽清楚。蜜柑說明狀況。

「把我兒子平安帶回來後，你們的工作就結束了。」

你就光躺在別墅裡悠哉嗎？你真的擔心你兒子嗎？蜜柑忍不住暗忖。

電話掛斷了。蜜柑準備回座位，再次踏進三車的途中迎面碰上了檸檬，嚇了一跳。個子與自己同高的男子擋在正對面，感覺就像在照鏡子般古怪。而且對方要說是另一個自己，個性也比自己更隨便、更沒教養，讓蜜柑有種自己不好的部分化成分身冒出來的感覺。

檸檬表現出天生的毛躁說：「蜜柑，這下子不妙了。」

「不妙了？什麼東西不妙了？可別把我扯進你的鳥事裡啊。」

「跟你也有關係。」

「出了什麼事？」

「你剛才不是說最好把裝錢的行李箱擺在行李架上嗎？」

「是啊。」

「害我也在意起來，所以去拿行李箱了。我本來把它擺在車廂另一頭，前面的行李放置處。」

「值得嘉獎。然後呢？」

「行李箱不見了。」

蜜柑跟著檸檬穿過三車，去到另一側的車廂外。廁所和洗手台的旁邊就是大型行李放置處。總共有兩層，上層擱了一個大型行李箱，但不是裝峰岸的贖金的。旁邊有個公共電話撤掉後的空架子。

「你擺在這裡？」蜜柑指著大行李箱底下的空位。

「對，這裡。」

「跑哪兒去了？」

「廁所嗎？」

「你說行李箱？」

「對。」檸檬不曉得有幾分認真，真的跑去男廁查看。接著他粗魯地打開馬桶間，慌亂地大叫：「去哪兒了？去哪兒小便了？給我出來！」

是有人拿錯行李箱嗎？蜜柑想，但也覺得不可能。他知道他的心跳加速了。他也為了自己大受動搖而動搖。

「蜜柑，你知道要怎麼用兩個字來形容現在這種狀況嗎？」檸檬表情僵硬地說。

正好這個時候車上販賣的推車來了。年輕的販售小姐貼心地停下腳步，要是讓她聽見對話也不好，兩人便讓她先通過。推車離開後，蜜柑開口了：「兩個字嗎？『不妙』是吧？」

「不對，是『完了』。」

蜜柑提議應該先回三車，冷靜下來思考。跟在後頭的檸檬說：「喂，你聽到我說的嗎？還有其他兩個字可以形容嗎？」他不曉得是混亂過頭了還是神經太粗，以絲毫不緊張的口氣追問道。蜜柑裝作沒聽到，穿過車廂的走道。車廂裡很空，是因為現在是平日上午，而且時間還早嗎？座位只坐了四成，雖然不清楚平常的乘客量，但感覺相當少。

由於是與行車方向逆向前進，可以觀察到座位上的乘客狀態。有人抱胸、有人閉目、有人看報，看起來多半是上班族。蜜柑掃視各座位底下和上方的行李架，確定有沒有黑色的小型行李箱。

車廂正中央一帶坐著峰岸家少爺。他嘴巴大開，頹靠在椅背上，身體略朝車窗傾斜，兩眼緊閉著。兩天前遭人綁架後，他一直受到監禁，直到深夜才被解放，就這樣一直沒睡，他一定是睏了吧——蜜柑並不這麼想。蜜柑儘管感到一陣心臟幾乎跳出來的驚嚇，卻也繃緊了神經心想，「居然給我來這招？」他隨即在座位坐下，迅速地觸摸峰岸少爺的脖子。

「這麼危險的狀況，這少爺居然睡得著啊？」檸檬走過來站住了。

「檸檬，狀況更不妙了。」蜜柑說。

「什麼意思？」

「少爺死了。」

「真的假的？」

半晌後，檸檬說：「死定了。」然後屈指算了算，呢喃道：「三個字。」

有一就有二，有二就有三，那麼有三就有四，所以是不是應該說，只要一開頭，就永遠沒完沒了？七尾禁不住這麼想。就跟骨牌一樣。五年前執行第一個案子時，七尾嘗到了意料之外的大苦頭，當時他不小心想：「只要有一，是不是就有二？」不曉得是不是不應該那樣想，第二次工作時他也被捲入災難，理所當然似地，第三次也被捲入意料之外的狀況中。

「你婆婆媽媽地想太多了啦。」真莉亞曾這麼教訓他。真莉亞負責承攬委託，交付給七尾。她說自己就像是櫃檯小姐，但七尾實在不這麼覺得。七尾心中總會出現「妳做菜，我來吃」或是「妳下指令，我來做」之類的OS。忘了是什麼時候，他也曾建議她：「真莉亞也來工作看看怎麼樣？」

「我不就在工作嗎？」

「我是說實務工作，或者說前線執行那種。」

要打比方的話，現在的狀況就像是優秀的天才足球選手在場外拚命下指示，對一個不知所措地運球、幾乎是門外漢的選手焦急氣憤地大罵：「你為什麼就是踢不好！」也就是說，妳是天才足球選手，我是門外漢選手，既然這樣的話，天才自己下場比賽豈不是更快嗎？——七尾這麼說。——這樣不但可以減輕彼此的壓力，也更能夠做出成果。

「我是女人耶，你在胡說些什麼？」

「是這樣沒錯，不過靠妳拿手的中國拳法，就算三個大漢群起圍攻，妳也游刃有餘。搞不好比我更可靠。」

「不是那種問題，女人要是弄傷了臉蛋，那還得了？」

「妳活在哪個年代啊？現在可是提倡男女平等……」

「你這是性騷擾。」

對話不成立，七尾死了心。簡而言之，「真莉亞下指令，七尾勞動」、「天才是教練，門外漢是球員」這樣的角色分配似乎已不動如山。

對這次的工作，真莉亞也一如往常地斷定，「易如反掌，兩三下就可以搞定。這次絕對不會出問題。」老是同樣的局面，讓七尾也無力反駁了。「不，大概會出什麼亂子吧。」

「你真悲觀。跟嚷嚷著『地震要來了、地震要來了』，關在家裡不出門的寄居蟹有什麼兩樣？」

「寄居蟹是那樣的嗎？」

「如果不是那樣，牠幹麼背著房子一起移動？」

「不是因為不想付固定資產稅嗎？」七尾自暴自棄地應道，但被當成耳邊風。

「說起來，我們工作中本來就會遇到很多棘手的事，每次都很有可能被捲入危險啊。換句話說，麻煩就是我們的工作嘛。」

「我不是那個意思。」七尾明確地說：「不、是、那、個、意、思。」他斬釘截鐵地否定。唯有這一點，他不想被誤會。「聽好了，我至今碰上的麻煩，都不是妳說的那類。之前不是有個差事，要我去飯店大樓偷拍政治家的外遇照片嗎？妳一樣跟我說很簡單，兩三下就搞定了。」

「明明就很簡單啊。只是拍張照片罷了嘛。」

「如果那家飯店沒有發生連續槍殺案的話。」

當時大廳裡有個西裝筆挺的男子突然持槍濫射。事後查出歹徒原來是個優秀的官僚，可能因為平日積鬱過多，才會開始射殺飯店的房客，還占據了飯店。這是與七尾的工作完全無關、徹底偶然的事件。

「你不是大顯身手了嗎？你救了幾個人呢？還把歹徒的脖子給扭斷了。」

「我可是拚了老命耶。啊，還有呢，不是有次工作，是去速食店吃新產品，然後當場誇張地稱讚說『這真是太好吃了！美味到爆炸！』」

「怎麼，不好吃嗎？」

「是很好吃，可是我才剛吃，店就真的爆炸了。」

那次是被解雇的打工店員所犯下的案件。因為客人不多，沒鬧出人命，但整家店被搞得煙霧亂竄、火焰四起，一片烏煙瘴氣，七尾拚命把客人救出店外。不僅如此，因為當時有個黑道大人物躲在那家店裡，還引來了手持來福槍的職業殺手在外狙擊，鬧得不可開交。

「你不是還很厲害地找到殺手的埋伏位置，痛扁了他一頓？當時你也大顯身手呢。」

「那次工作，妳也在事前斷定『小差事一樁』。」

「本來就是啊，吃漢堡的工作哪裡難了？」

「還有上次的工作也是。妳跟我說『把錢藏在速食店的餐盤底下就ＯＫ了』，結果害我搞到襪子全濕，還差點被逼吃下全是芥末醬的漢堡。世上才沒有什麼簡單的差事。要是想得太樂觀就慘了。再說，這次的工作，妳連內容都還沒有說清楚。」

「已經給你指令了吧！搶走某人的行李，下車。就這樣。」

「是擺在哪裡的、誰的行李？我完全不曉得啊。搭上新幹線，詳情會再聯絡，這種工作不可能會是什麼簡單差事。而且還叫我在上野站下車。那不是剛上車就要下車了嗎？時間太緊迫了。」

「換個想法，好嗎？愈是困難的工作，愈需要事前指示。因為需要研究、演練，還要擬定失敗的對策。相反地，事到臨頭才給指示，表示這是簡單的差事。比方說，喏，假設有個工作是叫你現在立刻吹三口氣，怎麼樣？這需要事前資訊嗎？」

「我沒聽過、也不想聽那種歪理。這肯定不是什麼簡單的工作，世上才沒有簡單又單純的工作。」

「有的，簡單的工作要多少都有。」

「隨便告訴我一個吧。」

「比方說我現在正在做的，只是幫人仲介工作，夠簡單吧。」

「我就知道。」

七尾站在東京車站的新幹線月台時，手機響了，他才剛把手機靠上耳朵，站內廣播就像算準時機似地響起：「前往盛岡的『疾風號．小町號』即將進入二十號線。」男聲廣播搞得七尾聽不清楚電話另一頭真莉亞的聲音。

「喂？聽得到嗎？聽得到嗎？」

「『疾風號』要到了。」

廣播在車站月台肆虐。感覺手機就像被一層看不見的網子罩住了，有種電波遭到干擾的感覺。秋風舒爽地吹過。雲朵零星飄浮，看得到近乎清爽的藍白色天空。

「我想大概新幹線發車沒多久吧，我一接到有關行李的指示，會立刻聯絡你。」

「妳說聯絡，是用電話還是簡訊？」

「我會打電話。總之你要隨時留意手機。這一點沒問題吧？」

新幹線細長的車頭流暢地出現了。長而白的車體奔進車站月台裡，速度減緩，停止。車門打開，乘客下車。眨眼間，月台被擠得水泄不通，人群宛如流水瞄準乾燥的地面浸濕般，空間逐漸被填滿。原本形成的隊伍慢慢地潰不成形了。人群沖下樓梯裡，沒有流走而留下來的人們保持沉默，彼此沒有交換訊息，卻默默排出陣形來。儘管沒有任何明顯的指示，卻井然有序。真不可思議——七尾雖身為其中一員，還是這麼感覺。

他以為馬上就可以上車，但好像到了車廂清潔的時間，車門暫時關上。他發現其實沒必要匆忙掛掉真莉亞的電話。

「怎麼不是綠色車廂（註）？」近處傳來話聲。七尾望過去一看，那裡站著濃妝豔抹的女子和矮個兒男子。男子手提紙袋，圓臉上滿是鬍碴，外貌肖似裝在木桶裡讓人插劍的玩具。女子穿著鮮綠色的無袖上衣，露出讓人過目難忘的手臂。裙子超短，大腿外露，令七尾別開視線。他過度不自在到把玩起臉上黑框眼鏡的黑框。

「綠色車廂很貴啊。」男子搔著頭，把對號座車票遞給女子。「可是你看，二車二排，跟你的生日一樣呢。二月二日。」

「搞什麼啊你，我的生日根本不是那天！人家就是要坐綠色車廂，才打扮成這樣一身綠耶！」體格壯碩的女子嚷嚷著，用力推撞男子的肩膀。男子被推，手中的紙袋掉到地上，裡面的東西掉了出來。紅色外套、黑色洋裝等物品像是發生小雪崩似地，撒了一地，其中還摻雜了一個黑色毛茸茸如生物般的物體，把七尾嚇了一大跳。那東西看起來像是某種恐怖的生物，教人毛骨悚然。男子慵懶地撿起它。原來是頂假髮。七尾再次望去，看出那個穿無袖裙裝的女人並非女人，而是一個化了妝的男人。他有喉結，肩膀也很寬。七尾恍然大悟，難怪他的手臂會這麼粗，而且裙子短成那樣，教人看了不舒服。

「喂，小哥，幹麼直盯著人家看！」

七尾發現那道尖銳的聲音是針對自己，挺直了背。

「小哥，誰准你那樣看了？」有著一張可愛圓臉、滿臉鬍碴的男子稍微踏出幾步。

「你想要這些衣服？一萬圓賣你。喏，錢掏出來。」他撿起滾出紙袋的衣服。

賣我一千圓也不要——七尾差點脫口而出，但如果這麼做，肯定會被找碴，所以他支吾起來。看吧，果然倒楣到家——他心想。

「喏，跳個幾下看看。你身上有錢吧？」男子就像勒索國中生似地繼續挖苦。「戴什麼黑框眼鏡，裝知識分子啊？」他糾纏不休。七尾快步離開現場。

他思考工作。

其實要做的事很簡單。拿到行李，在下一車下車。沒事的，什麼事都不會發生，不會節外生枝。雖然已經不幸地被女裝男和鬍子男辱罵，但我的壞運也就到此為止，等於是先付清了。七尾這麼安慰自己。

「各位乘客久等了。」站內響起廣播聲。雖然語調平板，但這個消息讓等得發慌的乘客心頭頓時輕鬆許多。儘管沒有等上多久，七尾卻大大地鬆了口氣。「業務聯絡，二〇號，請開門」，這段話響起後，就像對咒語起反應似地，車門打開了。

七尾拿出對號座車票確認，上面印著四車第一排D座。「你可能不曉得，『疾風號』是沒有站票的。即使你馬上就要下車，還是要劃位才行。」七尾想起真莉亞把車票給他時交代的話。「我幫你挑了容易行動的角落位子。」

註：綠色車廂（Green Car）是日本國鐵和ＪＲ的頭等艙，由於過去會在車窗下漆綠色色帶識別，車票也是綠色的，故稱綠色車廂。

「那個行李箱裡究竟裝了什麼？」

「不曉得，不過一定不是什麼大不了的東西啦。」

「什麼叫一定不是？妳不曉得裡面裝了什麼嗎？」

「我哪知道啊？萬一問了，惹客戶不高興怎麼辦？」

「萬一是危險的東西怎麼辦？」

「什麼叫危險的東西？」

「人的屍體、鉅款、非法藥品、大量的蟲。」

「嗯。大量的蟲滿恐怖的呢，噁心死了。」

「其他三樣也一樣恐怖，好嗎？不會是什麼有問題的行李吧？」

「我想應該只是不能和別人說的東西吧。」

「那不就很危險嗎？」七尾的口氣已經半帶怒意了。

「就算裡頭裝的東西危險，只是運送而已，很安全的。」

「那是什麼歪理！那妳去送。」

「那麼危險的差事，我才不幹。」

七尾在四車最後方第一排坐下。一眼望去，車廂裡空位不少。七尾一邊等新幹線發車，一邊望向握在手中的手機。真莉亞還沒打來。一旦出發，一眨眼就到了上野站，搶行李的時間有限。他擔心能否來得及。

自動門發出噴鼻息般的聲音打開了。有人走進來。七尾才剛注意到，正要交疊的腳已經踢到了那名男子手中的紙袋。男子一臉凶惡地瞪來，臉上滿是鬍碴，臉色很差，眼睛四周一片暗沉，看起來很不健康。「對不起。」七尾立刻道歉。嚴格說起來是男子自己撞上來的，該主動道歉的不是七尾才對，只是七尾盡可能避免糾紛，不想去計較。與其要和人吵架，寧可自己先賠罪。男子一臉不悅，但沒有停下前進的腳步。不過此時七尾看見紙袋破了個小洞。可能是剛才自己踢到的時候弄破的。「啊，紙袋破了。沒關係嗎？」

「少囉嗦！」男子離開了。

七尾想再檢查車票，暫時解開皮帶上的皮製薄型腰包，查看裡面。除了車票以外，還裝了各種東西，包括原子筆和便條紙，還有小鐵絲、打火機、藥丸、手表、指南針、U型強力磁鐵、強力膠帶等等。他總共帶了三個手表，因為附加的鬧鈴功能意外地好用，於是將它們代替鬧鐘。真莉亞笑稱這些東西是「平民七寶」，因為這些都能在廚房或便利商店輕鬆弄到手。他還準備了強力類固醇藥膏和止血藥膏，用來治療燙傷等傷口。

被幸運女神拋棄的男子，能夠辦到的只有做好萬全的準備，所以這些道具七尾是絕對片刻不離身的。

他抽出插在腰包外袋的新幹線對號座車票，看到上面印刷的文字，吃了一驚。車票是從東京到盛岡的。為什麼是到盛岡？正當他疑惑不已時，手機響了。他立刻接起電話。真莉亞的聲音響起：「知道行李箱在哪兒了，就在三車跟四車間的行李放置處。那裡有個黑色行李箱，把手的地方好像貼了貼紙。物主似乎在三車，所以你拿了行李箱，就從三車以外的地方下車。」

「了解。」七尾答道，接著問：「我剛剛才發現，這工作是要在上野下車，為什麼車票卻買到盛岡？」

「沒什麼特別原因。你不曉得嗎？遇上這種情況，車票買到終點站準不會錯的。不曉得中間會出什麼差錯嘛。」

「看吧！」七尾稍微拉大嗓門說：「妳也覺得會出差錯！」

「這只是通則啦。你最好別那麼神經兮兮的。有沒有記得保持微笑啊？俗話說『和氣招祥』呀。」

一個人笑個不停只會招人猜疑啦——七尾嗆回去後，掛斷電話。不知不覺間新幹線發車了。

七尾立刻起身，從後方車門走出去。

到上野站只要五分鐘。沒時間了。幸好七尾馬上找到行李放置處，也馬上發現了塞在那裡的黑色行李箱。行李箱不大，附有滾輪。箱體不曉得是什麼材質，很堅硬。七尾看見把手上貼有貼紙。他小心不弄出聲地拖出行李箱。「很簡單的差事吧？」真莉亞嬌媚的聲音在耳邊響起。的確，到這裡都很簡單。七尾看表。距離抵達上野站還有四分鐘，他在心裡默念著快點到吧、快點到吧。七尾再次進入四車，提著行李箱，以自然的步伐前進。乘客應該沒有注意他。

離開四車，進入五車，經過走道，來到六車前方的車廂外。

直到此刻，七尾才鬆了一口氣，他原本怕會在出入口附近遇到麻煩事，一直保持戒備。例如會有一群年輕人坐門前打瞌睡或化妝之類的，堵住了通道，然後看到七尾就找碴說他瞪人什麼的，糾纏不清；要不就是有情侶在通道吵架，指著七尾問：「喂，你說哪邊才有理？」硬把他捲入爭吵中，總之是這類騷動。一直以來簡單的工作很少可以簡單地結束，所以他早有心理準備，不管碰上什麼事都不吃驚。

因此，車門附近沒有人，讓他如釋重負。接下來只等車子抵達上野站，離開電車，出去車站驗票口的時候打電話給真莉亞就行了。看吧？就說很簡單嘛——七尾想到她瞧不起人的聲音，禁不住一陣不愉快，但與碰上多餘的麻煩相比，是要好上太多了。

周圍突然暗了下來。車體鑽進地面，開始傾斜。這表示新幹線接近上野站的地下月台了吧。七尾握緊行李箱的把手，還多餘地確認一下手表時間。

門上的玻璃倒映出自己的臉。連自己都覺得真是張沒運氣的衰臉。「跟你交往之後，我經常搞丟錢包。」、「我開始常常犯錯。」、「青春痘愈來愈難好了。」他以前的女友都會如此抱怨——當然，當下七尾反駁那是血口噴人——不過，搞不好其實真的被說中了，可能是自己把霉運傳染給她們了。

尖銳的行駛聲漸漸安靜下來。在這個行進方向下，下車門似乎在左側。門外開始變得明亮。就像洞窟裡突然冒出未來都市般，月台唐突地現身了。看到零星的幾個乘客。

人影往後方流去。樓梯、長椅、電子時刻表在左側消失了。

七尾直盯著玻璃看，同時確認有沒有人靠近背後。要是被行李箱的物主發現，事情就麻煩了。新幹線放慢速度，開始能夠看清車站的輪廓了。七尾回想起只玩過一次的賭場輪盤遊戲。轉盤就像在賣關子不告訴你球究竟要掉在哪裡一般，慢條斯理地停下。新幹線也散發出類似的氛圍。就像在挑選要把車廂停在月台上的哪一個乘客前，惹人心焦地放慢速度，最後在乘客面前停了下來。

門外站著一個乘客。小個子，頭戴獵帽，一副小說中常見的私家偵探打扮。新幹線停了，車門卻遲遲不打開，這段停頓宛如在水中憋氣不吐般。

七尾隔著玻璃與月台的乘客兩相對望，想起有個人就生得這副落魄德行，愛好偵探風格的打扮。

那個人從事與七尾相同的工作，同在這個危險又不得和人訴說的業界工作。他的本名有點老土，但說起話來卻十分浮誇，老愛漫天臭蓋和誇大地中傷他人，所以被人稱做「狼」。當然不是「一匹狼」或「lonely wolf」那種剽悍或孤獨的意思，而是來自於說謊成性的狼少年寓言。然而他本身對這個不名譽的綽號倒也不在意，老是得意洋洋地說：「這是寺原老大替我取的名號。」在業界執牛耳的寺原不太可能特意為他命名，但本人似乎如此認定。

狼有許多自吹自擂的事蹟。「不是有個讓政治家、祕書自殺的傢伙嗎？逼人自殺的。」很久以前，在酒家碰上時，他曾對七尾這麼說：「是叫鯨魚還是殺人鯨的彪形大漢。江湖盛傳此人消失了，其實是我幹的。」

「你幹的？什麼意思？」

「有人委託我，我把鯨做掉了。」

以逼人自殺為業、代號「鯨」的傢伙突然銷聲匿跡，在業界裡蔚為話題。有人說是被同行幹掉的，也有人說是捲入意外，甚至有傳聞說有個痛恨鯨的政治人物高價買下了他的屍體，擺飾在自家，教人聽了毛骨悚然。不過無論真相為何，只敢接些扒竊行李、對婦孺動粗這類委託的狼，顯然不可能幹得來這種大案子。

七尾總是盡量小心不要撞上狼。因為他覺得跟狼相處一久，會無法克制動手揍他的欲望，那就麻煩了；而這個預感也沒有失準，有一次七尾真的揍了狼。

當時狼在夜晚的鬧區巷弄裡，正在對三個小學生動粗。「你在幹什麼？」七尾逼問，狼說：「這些傢伙竟然笑我髒，我正在教訓他們。」狼真的正在用拳頭毆打嚇得動彈不得的小學生的臉。七尾一陣怒火攻心，一把推開狼，朝他的後腦勺飛踢。

「居然會去保護弱小，你人也真好。」真莉亞後來知道這件事，這麼調侃他。

不是那樣的——七尾當下回答。當時冷不防湧上他的心頭的，是一個少年喊著「救命」、害怕地向他求救的孱弱模樣。「看到小孩子向我求救，我沒辦法拒絕。」

「你是說你的心理創傷？」

「被妳用『心理創傷』四個字帶過，總覺得有些難過。」

「心理創傷風潮已經過了。」真莉亞輕蔑地說。

那才不是什麼風潮——七尾說明。就算心理創傷這個詞已被過於濫用、淪為陳腔濫調，他的心被囚禁在那種漆黑的過去，仍是事實。

「嗳，那隻狼一碰上孩童、動物還是弱者，馬上就會變得殘酷不仁。差勁透了。而且要是自己快要遭殃，就搬出寺原的名號來說『我可是寺原老大眼前的紅人呢』、『我要跟寺原老大告狀』。」

「寺原早就不在了。」

「寺原死掉後，他好像哭到人都消瘦了呢。真夠白痴的。反正你總算給他點教訓了。」

狼被七尾狠踢，不光是肉體，連自尊心也滿目瘡痍，他的雙眼腫脹，怒翻天。「下次被我碰見，你就死定了！」他撂下這句話後逃走。這是七尾與狼最後一次碰面。

新幹線車門打開了。七尾提著行李箱，就要走下月台。他看著眼前那名戴獵帽的男子，還在默默讚嘆著這人長得真夠像那個狼呢，原來世上真有如此肖似的兩個人。沒想到對方突然伸手指著他喊：「啊，你這小子！」七尾這才發現原來那個乘客就是狼本尊。

七尾急忙想下車，狼卻卯起來堵住他的去路，硬擠上車來。七尾被狠狠一撞，倒退了幾步。

「真得感謝巧合啊，沒想到竟然能在這裡碰上你這小子。」狼喜孜孜地說，鼻孔張得老大。

等一下，我要下車啦——七尾低聲呢喃。如果大叫引來注意，可能會被行李箱的物主發現。

「豈能讓你在這裡溜了？上次欠你的帳得還一還才行。」

「晚點再還吧。我現在在工作。不，那筆帳就不必算了，送你。」

這下子麻煩了——正當七尾這麼想的瞬間，車門緩緩關上了。新幹線無情地載著七尾從上野車站出發了。很簡單的差事，對吧？真莉亞的笑聲在耳邊復甦。饒了我吧——七尾真想哀嚎。果然又變成這樣了。

王子

從前座靠背拉出托盤，把寶特瓶放上去。打開巧克力零食包裝，捏起一顆丟進嘴裡。列車離開上野站後，重返地面。天空有幾朵白雲零星飄浮，但大半還是清澈的藍色，感覺就跟他現在的心情一樣——晴空萬里。高爾夫球場寬闊的場地映入眼簾。宛如巨大蚊帳的綠網往右邊流去，沒一會兒校舍冒出來。那是好幾棟連在一塊的水泥立方體，窗邊有身穿制服的學生晃來晃去。是國中生還是高中生？王子慧想了一下，但馬上轉念心想反正都沒差。即使跟自己一樣是國中生，或者年紀更大，人都是一樣的。每個人都按照他的想像在行動。他望向右座的木村。這傢伙就是那類毫無趣味的人類代表。

儘管被束帶奪走了自由，木村一開始仍然瘋狂掙扎。所以王子把從木村那裡搶來的手槍架在旁人難以看到的角度，「一下子就好，先安靜點。如果不聽到最後，叔叔，你絕對會後悔。」他這麼說。

「我說叔叔，你都不覺得奇怪嗎？國中生的我居然會一個人搭新幹線。而且還查得到我坐在新幹線的哪個座位，這種時候不都會懷疑可能是陷阱嗎？」

「那情報是你放出來的？」

「因為我知道叔叔在找我嘛。」

「你不見了，所以我才找你，如此罷了。你不是躲起來了嗎？連學校也沒去。」

「我才沒躲。全校都停課了，我想去也去不成。」這是真的。雖然還不到冬天，但受到突然流行起來的病毒型感冒影響，學校停課一星期。到了下一週，流感的威力還是沒有減弱，又再停課一週。大人也沒仔細研究病毒的感染途徑、潛伏期，以及發病後病情嚴重的比例等等，只決定一旦有一定人數請假，學校就自動停課，這讓王子無法理解。害怕風險，為了逃避責任而遵循決定好的規則——王子並不打算責怪這種行為本身，但對於毫無疑問地繼續停課的教師，他認為真是蠢到腦殘了。他們檢討、分析、判斷的能力根本就是零。

「你知道停課期間我都在做什麼嗎？」王子說。

「誰知道。」

「我在調查叔叔的事。我想叔叔一定很氣我吧？」

「才不是。」

「咦，不是嗎？」

「那豈止是氣可以形容的！」木村說得彷彿字字滲血，讓王子不由得笑逐顏開。要撂倒無法控制情緒的人易如反掌。「看吧，這麼說來叔叔肯定想要教訓我吧，所以我猜叔叔八成在找我、要攻擊我。那麼待在家裡也很危險嘛。所以我想機會難得，就調查一下叔叔好了。告訴你哦，想要攻擊人、陷害人、利用人的時候，第一件該做的事，就是蒐集情報。那個人的家庭、工作、習性、興趣，從這些地方可以找到下手的漏洞。跟稅務機關的手法是一樣的。」

「國中生居然拿稅務機關做比喻，真是爛透了。」木村苦笑。「再說，小鬼調查得到什麼？」

王子垂下眉毛。他感到失望，這個人的想法果然太簡單了。被外表和年齡所左右，看輕了對手的能力。「有些人只要給錢，就可以幫忙蒐集情報。」

「你存了壓歲錢啊？」

王子吐出滿含幻滅的嘆息。「只是打比方。就算不是這樣，喏，有些人可能對國中女生有興趣啊。如果可以抱到光溜溜的國中女生，那些人可能也會幫忙做些類似偵探的工作，調查大叔的底細。例如說，叔叔被太太拋棄，離了婚，一個人扶養可愛的小孩，而且還酗酒——他們可能幫忙調查到這些。而我又有女生朋友願意助我一臂之力。」

「你拿國中女生送給大人？你是有那個女生的把柄嗎？」

「就說只是打比方而已嘛。別動氣。不只是錢，人總是出於各種欲望和算計在行動。就跟槓桿原理一樣，只要按對了欲望的按鈕，就算是國中生，也操縱得了人。叔叔不曉得嗎？性慾是比較容易壓動的一種槓桿。」王子故意用惹人發怒的口氣說話。對方愈是情緒化，就愈容易控制。「可是叔叔，你好厲害呢。我聽說你直到幾年前都還在做些危險的工作。欸，叔叔也殺過人嗎？」王子說完後，望向自己手中的槍。「叔叔連這種東西都有啊。真厲害。套在這前面的是減少槍聲的器具，對吧？好正式。」說完，王子亮出取下的滅音器。「人家怕得都快哭出來了。」他語氣生硬得像在念台詞。當然是唬人的，別說哭了，他得費上好大一番勁才不會失笑出聲。

「你在這裡埋伏抓我？」

「從叔叔開始找我那天起，我就放出新幹線的風聲了。叔叔不是委託了什麼人找出我在哪嗎？」

「以前的朋友。」

「是以前從事危險工作時的朋友吧？叔叔說要找一個國中男生，沒引起懷疑嗎？」

「一開始他輕蔑我，說沒想到我有那種癖好，可是聽了我的話，他很激動，也同情我。還說竟然把我家的小涉弄成那樣，絕對不能原諒。」

「可是結果那個人背叛了叔叔呢。我發現他好像在調查我後，我便反過來聯絡他，叫他把這個情報流給大叔。」

「隨你怎麼說。」

「他一知道可以任意擺布國中女生，馬上露出一副色胚相，哈得不得了，大人全都是那副德性嗎？」王子說。王子就是喜歡這種拿語言利爪刮過對方情感薄膜般的感覺。肉體鍛鍊得了，但精神肌肉可不容易鍛鍊。即使佯裝不在乎，還是無法不對惡意的荊棘做出反應。

「那傢伙有那種嗜好？」

「叔叔，過去的朋友不可信啊。不管有過什麼恩惠，大家早忘光了。建立在誠信之上的社會八百年前就消失了吧，也搞不好從來就不存在。可是沒想到叔叔真的會現身，真是嚇到我了。叔叔也太沒有戒心了吧。啊，對了，叔叔的小孩還好嗎？」王子吃了一顆巧克力點心。

「哪可能好！」

「叔叔，聲音太大了。要是有人過來，叔叔就慘嘍。還有手槍呢。會引起大騷動的。」王子假惺惺地呢喃細語。「惹人注意就糟了。」

「槍在你手裡，會遭殃的是你吧？」

木村的反應徹頭徹尾都在王子的意料之中，王子對此感到有些失望。「我會說我怕手槍，才拚命從叔叔那裡搶過來的。」

「把我綁成這樣，胡扯些什麼？」

「說得通的。乙醇中毒、辭掉警衛的工作，連正職都沒有的中年大叔，跟我一個普通國中生，你覺得人們會同情哪邊？」

「什麼乙醇，是酒精吧？」

「酒裡面有的，就是酒精當中的乙醇成分啊。可是叔叔，真虧你戒得了酒呢。我可不是在說笑，我是真心佩服喲。是有什麼契機嗎？因為小孩快翹辮子了？」

木村像個厲鬼般地瞪他。

「叔叔，我再問一次，你可愛的孩子還好嗎？他叫什麼去了？喏，那個最喜歡屋頂的……」王子故意模糊孩子的名字不說。「可是得當心點才行哦。讓小孩子一個人跑到那麼高的地方去，有時候是會不小心摔下來的。百貨公司的圍欄也可能是壞的。小孩子最喜歡那種危險的地方了。」

木村就要放聲怒吼，王子說：「叔叔，不安靜點會惹人懷疑的。」然後望向窗外。正好開往東京的新幹線列車從對側駛來，錯身而過。車體因而振動。因為速度過快，連外觀都看不清楚。王子靜靜地享受著速度的魄力。在時速超過兩百公里的巨大交通工具前，人是無力的。比方說，如果把什麼人、把他的人生拋在前方的軌道上，它將被輕而易舉地輾碎，變得無影無蹤吧。那壓倒性的力量對比深深地吸引王子。我和它一樣——王子心想。雖然無法以時速兩百公里的速度奔跑，但我也像它一樣，能夠如此地將他人毀滅。王子自然而然地笑了。

把木村的兒子帶到百貨公司頂樓的，就是王子一夥人。正確地說，是王子和他的跟班同學。那個六歲的小朋友很害怕。儘管害怕，但他不熟悉人的惡意。

喏，你從那邊的欄杆往下看。一點都不可怕，很安全的。

只要笑吟吟地這麼說，他便絲毫不懷疑。

「真的嗎？不會掉下去嗎？」哄騙這樣確認的孩子，再推他下樓，真是痛快極了。

「你在車廂裡等我的時候，不會怕嗎？」木村蹙起眉頭。

「怕？」

「你知道我做過危險的工作吧？我很有可能像這樣帶著槍。現在也是，只要時機抓不準，我已經對你開槍了。」

「是嗎？」事實上王子很懷疑真有那種可能嗎？他一點都不害怕，而是緊張。然而那是遊戲是否能夠順利進行的興奮與緊張。「可是，我想叔叔不會立刻開槍或是拿刀刺上來。」

「為什麼？」

「因為叔叔對我的憤怒，不是那樣就可以滿足的。」王子聳聳肩。「出其不意地射死我，結束了——叔叔不可能這樣就甘心了。至少也要威脅我，嚇唬我，讓我哇哇大哭，拚命道歉才行。」

木村不肯定也不否定。大人沉默的時候，八成都是被說中了。

「所以我想只要我先發制人就行了。」王子從背包裡取出自製電擊槍。

「那麼喜歡電擊的話，去開電氣行吧你。」

「叔叔以前從事危險工作的時候，殺過多少人？」盡情享受完擦身而過的新幹線餘韻後，王子再次轉向木村。

木村雙眼充血，就像是想用眼皮咬上來般。啊啊，看他這樣子，再過一下，即使手腳動彈不得，他也會撲上來——王子可以想像。

「我也殺過人喲。」王子說：「十歲的時候是第一次。一個人。然後後來的三年間，我又殺了九個人。總共十個人。從標準來看，這算多還是少？」

木村略微露出驚訝神色。這點事就把你嚇倒，那怎麼成？王子又幻滅了。

「對了，為了不讓叔叔誤會，我得聲明，我親自下手的只有一個。」

「什麼意思？」

「親手犯罪，那太愚蠢了。難道不是嗎？我才不想被誤會為那種愚蠢之徒。」

「那算哪門子的執著？」木村皺眉。

「第一個是……」王子娓娓道來。

王子小學四年級時，放學回家後騎著腳踏車出門買東西。他在大書店買了想要的書，回程時騎出大馬路。斑馬線的號誌變成紅燈，所以王子停下腳踏車，漫不經心地等著。旁邊有個穿毛衣的男子戴著耳機邊聽音樂邊看手機，除此之外沒有半個人影。幾乎也沒有車子，四下一片寂靜，甚至可以聽見從耳機傳出的音樂聲。

王子闖了紅燈，其實並沒有什麼特別的理由。只是紅燈一直不變成綠燈，而且幾乎沒有車子，所以王子覺得沒必要乖乖地等。王子慢慢踩上踏板，穿越斑馬線。下一瞬間，背後傳來巨響。是汽車的煞車聲與衝撞聲，正確地說，是先有衝撞的聲音，接著才是煞車的尖銳聲響。他回頭一看，一輛黑色的迷你廂型車停在馬路正中央，一名鬍子男慌張地從駕駛座跳出來。一名男子倒在斑馬線上，隨身聽破碎一地。

剛才的人怎麼會……？王子詫異，但立刻就猜出狀況了。大概是自己騎腳踏車過馬路，所以那個人也以為綠燈了。男子戴著耳機，專心把玩手機，可能他餘光瞥見王子將腳踏車騎出去的身影，於是妄下判斷，反射性地往前走，接著便被轉角開過來的迷你廂型車撞飛了。當時明明完全沒有車子要來的跡象，那廂型車究竟是從哪冒出來的？這件事更教王子吃驚。不過總而言之，男子被撞死了。從斑馬線的這一側看過去，男子顯然已經沒氣了，耳機線就像細長的血流般延伸。

「那個時候我明白了兩件事。」

「要注意號誌，是嗎？」木村說。

「一，只要留意作法，就算殺了人，也不會受罰。事實上那場交通意外就只被當成一般的交通事故處理，根本沒有人留意到我。」

「唔，應該吧。」

「二，就算有人因為我死掉了，我也完全不沮喪。」

「真值得慶幸。」

「就是從那之後，我開始對殺人產生興趣。對於奪走別人的性命、還有別人奪走他人性命的反應感興趣。」

「你是想嘗試完美犯罪嗎？你自以為你可以想到其他人完全想不到的殘酷事情，所以與眾不同，是嗎？告訴你，這種事只是沒有人實行罷了，每個人都想過。『為什麼不可以殺人？』、『活著的生物全都會死！為什麼人還能夠這麼冷靜？生命多麼空虛啊！』

就跟這類發言一樣，是每個人都會經歷的，青春期的必經之路。」

「為什麼不可以殺人？」王子提出疑問。這不是諷刺或玩笑。他是真心想知道答案，想碰到可以說出令他信服的答案的大人。他也猜到從木村身上得不到什麼有意義的發言。「就算殺人也無所謂吧。」木村八成只能說出這類不負責任的意見。一定會接著說：「但要是我和我的家人快被殺了，我不會坐視不見，可是其他人要死要活，都不關我的事。」

結果木村動著長滿鬍碴的下巴，不正經地笑著說：「我覺得就算殺人也沒什麼關係啊。」然後說：「不過如果對方要殺的是我還是我的家人，我可不會放過。除此之外的傢伙，不管是要殺人還是被殺，都請隨意。」

王子嘆息。

「那是敬佩的嘆息嗎？」

「叔叔的回答完全符合我的猜測，太教人失望了。」王子老實說：「繼續剛才的話題，總之後來我試了很多。首先是嘗試再稍微直接一點地殺人。」

「就是你先前說的親手殺掉的人嗎？」

「對對對。」

「你就是為了你那課外活動，把小涉推下樓？」木村的聲音不大，卻是絞緊了喉嚨、幾乎要滲出血來的銳利語調。

「才不是。是叔叔的小孩自己要找我們玩的。我們叫他不可以來，他偏要跟上來。

他看我們在百貨公司的屋頂停車場交換卡片。我們都叮嚀他說很危險，要乖乖待著，他卻搖搖晃晃地跑去樓梯那裡。等我們發現的時候，他已經掉下去了。」

「明明是你……是你們把他推下去的。」

「把一個六歲的小孩推下屋頂！」王子雙手掩口，誇張地做出為了駭人的想像而忍住尖叫的動作。「我們怎麼可能做出那麼殘忍的事？我連想都沒有想過。大人實在太可怕了。」

「小子，我宰了你！」儘管雙手雙腳被固定住，木村卻當場站起來，想撲到王子身上。

王子雙手往前伸，「叔叔，快停下來。接下來我要說重點了，你就聽聽吧。這可是攸關叔叔孩子的生死。你先安靜一下。」他以冷靜的語調說。

木村張大鼻孔，激動不已，但或許是介意王子說的「孩子的生死」，坐回座椅。

此時恰好後面的門打開了。好像是列車販售的推車，感覺有人叫住推車，買了什麼。木村也想回頭看那裡。

「叔叔，就算你對推車小姐胡說八道也沒用。」

「什麼胡說八道？叫她跟我約會之類的嗎？」

「我是說救命之類的。」

「不要我說，就塞住我的嘴啊。」

「那樣做就沒有意義了。」

「為什麼？沒有什麼意義？」

「明明嘴巴可以出聲，明明可以求救，卻辦不到。我想要叔叔嘗嘗那種無力感。所以如果堵住叔叔的嘴巴就沒意義了。我想看那種『明明可以，卻辦不到』的焦急模樣。」

這回木村的眼中浮現異於過往的神色。那是一種混雜了輕蔑與害怕，總之，就是發現了噁心的毒蟲般的感覺吧。不過他就像要隱瞞自己的恐懼似的，假惺惺地笑了。「不好意思，愈叫我別做，我就偏要做，這就是我的人生。我就是這樣活到現在的。所以我要抱住推車的大姊，哭著求她『快把這個國中生抓走吧！』你愈是不想要我那樣，我就愈要那樣。」

這個中年男人怎麼如此愛逞強？王子目瞪口呆。手腳被綁住，武器被奪走，上下關係已經一目了然，為什麼還不改掉那高高在上、像在應付比自己更低等的人的態度？他的根據大概只有他比較年長這一點。跟個國中生比起來，自己多活了幾十年——只出於這樣的事實！王子難掩同情。就算多活了幾百天無用的時間，又得到了什麼？

「叔叔，我就簡單明瞭地說了。如果叔叔不聽我的話，或是我出了什麼事，危險的可是你躺在醫院裡的孩子。」

木村沉默了。

爽快與失望席捲了王子。看著對方困惑的模樣，總是教人痛快無比。但同時他也有種「又來了」的感覺。

「有人在東京的醫院附近待命，就在叔叔孩子住的醫院附近。」
「附近是指哪裡？」
「可能是醫院裡面。總之，他馬上就能動手。」
「動手？」
「如果跟我聯絡不上，那個人就會動手。」
木村的表情露骨地表現出不愉快。「什麼叫聯絡不上？」
「新幹線抵達大宮、仙台、盛岡各站的時候，都會有電話打來確定我是否平安。如果我沒接電話，或是那人察覺有異狀……」
「那人是誰？你的同夥？」
「才不是。我剛才也說過了，人會出於各種欲望而行動。有人喜歡女人，有人想要錢。令人吃驚的是，也有些大人完全沒有是非善惡之分，什麼委託都肯接。」
「從網路找來的跑腿幹得了什麼？」
「那個人說他以前在醫療儀器公司上班，所以混進醫院，在叔叔孩子身上的儀器動些手腳，對他而言也不是做不到。」
「什麼叫也不是做不到？怎麼能做那種事？」
「到底能不能，不試不會知道。反正就像我剛才說的，他在醫院附近待命。在等我下達動手的指示。如果我打電話給他，說聲『請動手』，那就是指示。還有，除了每一站的定時聯絡以外，如果他打電話來，響了十次以上我都沒有接，那也算是指示。如果碰上那種情形，跑腿的就會去醫院，對叔叔孩子的呼吸器動手腳。」

「你那算哪門子自私的規矩！根本全都是指示，要是收不到訊號怎麼辦？」

「最近連隧道裡天線都整備得很完善，我想是不會接不到電話，可是叔叔最好還是祈禱不會收不到訊號。總而言之，如果叔叔做出什麼可疑的行動，我就不接他打來的電話。我會在下一站大宮下車，去電影院看個兩小時的片子殺時間。然後當我看完電影走出來時，叔叔的孩子應該已經因為醫療儀器故障，性命垂危了。」

「你別再胡鬧了！」木村瞪著他。

「才不是胡鬧。我總是很嚴肅的。胡鬧的是叔叔你吧？」

木村的情緒瀕臨爆發，鼻孔大大地張開，但可能已經意會自己無計可施，全身脫力，癱在座椅上。推車販售小姐經過，王子故意叫住她，買了巧克力零嘴。看著在一旁緊抿嘴唇，憤怒得整臉漲紅的木村，王子爽得不得了。

「我的手機響的話，叔叔也要記得提醒我一聲。萬一我沒在響十聲之前接電話就慘嘍。」

水果

「蜜柑，怎麼辦？」檸檬說。他的下巴前端指著閉上眼睛、一動也不動的峰岸少爺。少爺的嘴巴開著，那表情就像在嘲笑他們，教人不爽。

「還能怎麼辦？」蜜柑忙亂地撫摸嘴巴周圍。蜜柑似乎也難得亂了陣腳，檸檬對此感到有趣。

「都是你不好好盯著。為什麼把他一個人扔在這裡？」蜜柑問。

「有什麼辦法？誰叫你提起行李箱的事，害我很在意啊。被你那樣嚇唬，誰都會想再去確定一下嘛。」

「實際上行李箱也真被偷了。」蜜柑嘆息。「為什麼你的行動、發言、思考都這麼隨便？所以B型的人就是……」

檸檬立刻動怒了。「別拿血型判斷人啦！一點科學根據都沒有。要是認真說那種話，小心被別人笑。真要那樣說的話，A型的你就應該是一絲不苟、愛乾淨的才對。」

「沒錯，我的確是一絲不苟、愛乾淨，而且工作認真。」

「你得意個什麼勁啊？聽好了，我會捅妻子，跟我的血型沒關係。」

「是啊。」蜜柑乾脆地說：「你會捅妻子，純粹是因為你的個性跟判斷力有問題。」

接著蜜柑說「站著會惹人懷疑」，彎下腰，拉起死在中間座位的峰岸少爺，推到靠窗座位去。他讓屍體倚在窗邊，調整為略俯著頭的姿勢。「只能像這樣讓他裝睡了。」

蜜柑坐在屍體旁，是三人座的中間位子，檸檬坐他旁邊，靠走道的座位。「到底是誰幹的？死因是什麼？」檸檬低聲呢喃。

蜜柑摸起屍體，上下摸遍了，沒有疑似刺傷的傷口，也沒有出血。他抓起上顎和下顎，大大地打開，觀察嘴裡。如果服了毒，口腔裡可能還留有殘渣，所以臉不能湊得太近。「看起來沒有外傷。」

「下毒嗎？」

「可能。也有可能是過敏休克致死。」

「這種時候哪會有什麼過敏？」

「我怎麼知道？過敏又不是我發明的。噯，搞不好是因為原本被綁架的緊張突然解除了，加上一直沒睡飽又疲勞，導致心臟衰弱，一下子停止跳動了。」

「醫學上有這樣的例子嗎？」檸檬問。

「檸檬，你看過我讀醫學書嗎？」

「你不是老是在看書嗎？」檸檬說。蜜柑總是隨身攜帶書本，就連在工作時，一有空就會拿出來翻。

「我喜歡小說，可是對醫學書沒興趣。我才不曉得醫學上有沒有心臟停止的例子。」

檸檬胡亂搔了搔頭髮。「可是怎麼辦？就這樣去到盛岡，對峰岸說『我們把你兒子救出來了，可是他在新幹線裡頭翹辮子了』嗎？」

「而且裝贖金的行李箱也被偷了。」

「如果我是峰岸，一定會生氣吧。」

「就算我是峰岸，我也會生氣。暴跳如雷。」

「可是，峰岸那傢伙不是在別墅悠哉度假嗎？」

雖然不是直接聽說，但傳聞說峰岸跟情婦還有情婦生的女兒，也就是「非婚生子」一起去旅行了。

「親生兒子被抓了，命在旦夕，老爸卻跟情婦去闔家旅行，這太奇怪了吧？」

「那邊的女兒好像才讀小學，很可愛。相較之下，最重要的少爺，你看看，就這傢伙。既輕佻，又單細胞。要問比較疼哪邊，想都不用想。」蜜柑也不像是在開玩笑。

「噯，少爺既輕佻又單細胞，而且現在也沒氣了。那這樣一來，峰岸會不會就乾脆不跟我們計較了？」

「你少做夢了。就算是根本不喜歡的車，被人砸壞還是一樣會火大，而且還有面子問題。」

「那要怎麼辦嘛！」檸檬差點就要大吼。蜜柑用手指抵住嘴唇，低聲地叫他小聲。

「只能想法子了吧。」

「想法子是你的任務。」

「那是什麼話？」

檸檬開始躁動起來，檢查起峰岸少爺旁邊的窗戶、前座椅背上的托盤，然後翻起插在網袋裡類似文宣刊物的東西。

「你在幹麼？」蜜柑問。

「我在想會不會留下什麼線索。完全沒有。這少爺也真不貼心。」

「線索？」

「像是寫下凶手名字的血字之類的。不是常有嗎？」

「就算有也是在推理小說裡，好嗎？現實中才沒有那種東西。」

「是嗎？」檸檬收起文宣品，卻仍依依不捨地在峰岸少爺周圍翻來摸去。

「死前哪來的力氣留下什麼證據。而且根本沒出血，就算想留下血字也沒辦法。」

「蜜柑，你這人太龜毛了。」檸檬歪嘴說：「我說啊，像這樣死掉，留下來的人不是很傷腦筋嗎？為了今後著想，我可先說啊，蜜柑，要是你被誰殺了，記得好好留下線索啊。」

「什麼線索？」

「就凶手、真相的線索啊。至少也要弄得讓人知道是他殺、自殺還是意外死亡吧。我可是很怕麻煩的。」

「如果我死了，絕對不會是自殺。」蜜柑斬釘截鐵地說：「維吉尼亞．吳爾芙（註一）跟三島由紀夫（註二）我都喜歡，可是自殺我怎樣就是不中意。」

「那『危機你呀』是啥啊？」

「你老掛在嘴上的小火車的名字才更難記。我推薦你那麼多小說，你至少也讀個一本吧。」

「我從小就沒讀過什麼書。你也不想想我讀完一本書得耗掉多少時間！你才是，完全不肯記住我告訴你的湯瑪士的朋友。你連培西都認不出來。」

「培西是啥去了？」

檸檬咳了一下，陳述道：「培西是『綠色的小火車。調皮又愛惡作劇，可是工作時總是非常認真。培西經常捉弄朋友，可是有時候也會被朋友騙，把一些假的事信以為真』。」

「我真是納悶，那些介紹文你怎麼背得起來？」

「那是小火車卡片上面的說明。怎麼樣？很不賴吧？雖然是很簡單的說明，卻很有深度呢。培西可是『有時候也會被朋友騙，把一些假的事信以為真』呢。很落寞吧？很感人吧？你讀的小說就沒有這種深度吧？」

「隨便啦，總之你去讀個《到燈塔去》（註三）吧。」

「讀了可以知道什麼？」

「可以體悟到自己的存在有多麼渺小，只不過是眾多自我當中的一個。可以知道自己是渺茫無邊的時間之海中，被它的浪濤所吞噬的微小存在。很感動的。『我們將會消滅，孤身一人』。」

註一：維吉尼亞．吳爾芙（Virginia Woolf，一八八二～一九四一）。英國女作家，為二十世紀現代主義與女性主義的主要作家之一。後因嚴重憂鬱症，投河自殺。

註二：三島由紀夫（一九二五～一九七〇），戰後日本文學的代表作家之一。其切腹自殺轟動社會。

註三：吳爾芙的作品，原文《To the Lighthouse》。

「那是啥？」

「就是那部小說中一個登場人物的呢喃。聽見沒，每個人都會消滅，獨自一個人消滅。」

「我才不會消滅。」檸檬噘起嘴巴。

「會，而且是獨自一個人。」

「就算死了我也會復活。」

「那種死纏爛打的個性確實像你。不過我也一樣，遲早會死。一個人死。」

「所以叫你到時候要留下線索啊。」

「好啦。萬一我快被殺的時候，會努力留下訊息給你。」

「如果要用血寫凶手是誰時，記得寫清楚明白一點啊。不要用什麼字母代號還是猜燈謎。」

「我才不會留血字。我想想，好吧，如果我有餘裕跟凶手說話，我會請他幫忙傳話。這怎麼樣？」蜜柑想了一下說。

「傳話？」

「我會留下讓凶手在意的話。比方說，『幫我轉告檸檬，你在找的鑰匙放在東京車站的投幣式置物櫃裡。』」

「我又沒在找什麼鑰匙。」

「隨便什麼都行。我會說些讓那個幫忙傳話的人感興趣的內容。那樣一來，那傢伙或許有一天會裝出一副若無其事的樣子探問你說，『你是不是在找鑰匙？』或者突然現身在東京車站的投幣式置物櫃區。」

「因為在意，是嗎？」

「那樣的話，那傢伙就是殺了我的凶手。至少跟我的死有關。」

「好難懂的訊息。」

「又不能叫凶手幫忙傳他一下子就聽出來的訊息。」

「可是啊……」檸檬突然換了個嚴肅的表情開口：「我才不會那麼簡單就死掉。」

「我想也是。你很頑強，就算死了也會復活。」

「蜜柑，你也是。我跟你就算死了也絕對會復活。」

「水果到了明年還會再長出果實，就跟那一樣嗎？」

「是復活。」

新幹線搖晃著，慢慢鑽進地面。應該接近上野地下深處的月台了吧。窗外暗了下來，景色消失，取而代之地，車廂內的光景朦朧浮現。檸檬從前座椅背抽出小冊子，讀了起來。

「喂。」蜜柑立刻說：「你在放鬆個什麼勁兒？」

「我說過很多次了，想法子是你的專長。術業有專攻，不是嗎？」

「那你負責啥？」

新幹線的速度放慢了。感覺也像是在黑暗的洞窟裡點上了燈，但沒多久就乍然出現一個明亮的空間。月台逐漸現身了。蜜柑站了起來。「去廁所嗎？」檸檬問。

「喂，走了。」蜜柑戳他。

「走去哪兒？」檸檬不明白狀況，但被蜜柑嚴肅的樣子給懾住，站了起來。「要下車了嗎？從東京才坐一站就下車，太奢侈了吧？」

自動門打開，兩人來到三車的車廂外通道。四下無人。從行進方向左側的車門窗口可以看到月台往後流去。

「你說得沒錯。」

「什麼東西沒錯？」檸檬蹙起眉頭。

「從東京搭新幹線，在上野下車，太奢侈了。要去上野的話，搭山手線就行了。不過裡頭也有人會在上野下車。」

「誰？」

「在新幹線裡偷了別人的行李箱，想要立刻開溜的傢伙。」

「啊啊。」檸檬點頭。「有道理。」

兩人走近下車門。「如果有人在上野下車，那傢伙就是竊賊嗎？」他用食指敲敲玻璃窗。

新幹線開始煞車了。

「提著那只行李箱的話，一眼就可以看出來，但也有可能裝進其他容器裡。不過那也會是不小的行李吧。總之有人在這裡下車的話，就是第一候選。你先追再說。」

「我嗎？」

「難道還有別人嗎？不是說術業有專攻嗎？你既沒專攻過什麼，也沒動過腦袋，但總該追蹤過可疑的傢伙吧。」

新幹線幾乎完全停下來。煞車聲響起。「萬一有好幾個人怎麼辦？」望著月台的檸檬忽然想到，提出疑問。

「只能追可疑的。」蜜柑說得乾脆。

「萬一有好幾個可疑的人怎麼辦？最近全是些可疑分子。」

新幹線停下，車門打開。蜜柑下了月台，檸檬也跟著離開車廂。兩人站在月台邊緣，細細觀察有沒有人從新幹線下車。月台幾乎是一直線，只要凝目細看，應該可以確認下車乘客才對。檸檬和蜜柑視力都很好。遠方的物體也大致都能看得清楚。

沒看到有人下車。

約兩節車廂前的五車還是六車出入口，有個頭戴獵帽的陌生男子指著車廂內，走進新幹線裡，但除此之外，沒有特殊狀況。

前頭車廂實在太遠，看不清楚的蜜柑抱怨道：「最前面看不到。」

「十一車再過去是秋田新幹線的『小町號』。雖然連在一起，可是跟這邊的『疾風號』車廂內不能往來，竊賊應該不在那邊吧。」

「這樣啊。不愧是對電車吹毛求疵的你。」

「蜜柑，告訴你，『吹毛求疵』可不是稱讚。」

月台開始廣播新幹線發車的提醒音樂。雖然有幾個乘客上車，但沒有半個人下車。怎麼辦？檸檬問。能怎麼辦？沒人下車，就只能回車廂了啊。蜜柑答。

才剛上車，新幹線就發車了。列車朝著地面上的光明駛上平緩的坡道。發車的音樂輕快地響起。檸檬配合著音樂哼哼唱唱，回到座位，但一看到靠坐在窗邊的峰岸少爺，心情又變得暗淡。感覺像想起了什麼非做不可的麻煩差事。或者說，這根本就是非做不可的麻煩差事。

「那麼……」靠走道座位的檸檬再次蹺起二郎腿，擺出放鬆的姿勢說：「蜜柑，現在要怎麼辦？」還是老樣子，完全不思自立自強，全指望別人的態度。

「凶手還留在電車的可能性很大。」

「還有子彈嗎？」檸檬從自己的外套內側掛在兩肩的槍套取出手槍。昨天為了救回峰岸少爺，用掉了不少子彈。「彈匣只剩一盒了。」

蜜柑也一樣取出自己的槍。「我也是。幾乎沒子彈了。沒想到在新幹線裡也得用上，真是準備不周。」他說，從另一個槍套抽出槍來，自嘲地說：「不過還有這個。」

「那把槍哪來的？」

「昨天在地下監禁少爺的那些傢伙的。我覺得好玩就撿回來了。」

「好玩？槍哪裡好玩了？難不成上面有印湯瑪士？別唬爛了，湯瑪士可是小朋友的偶像呢，才不會跟手槍之類危險東西有瓜葛。」

「不是啦。」蜜柑苦笑。「這上頭動過手腳，不會正常射出子彈。你看。」蜜柑把槍口轉向檸檬，檸檬一面仰身一面別開臉去。「很危險耶，不要這樣啦。」

「不是啦，這把槍射不出子彈啦。槍口看起來像是空的，可是其實裡面塞起來了。這是自爆槍。」

「自爆槍？就像《暴衝火車》（註）那樣嗎？」檸檬想起以前看過的電影。他對電影沒興趣，但喜歡看電影中出現的火車和電車。他從電影中能感受到車輪轉動的聲音、牽引桿的動作；如果是蒸汽火車，從煙囪噴發的立體黑煙令人聯想到隆起的肌肉；另外還有列車駛過鐵軌的聲響，最重要的是鋼鐵電車疾駛而過的魄力，這些都教他覺得興奮。檸檬已經不記得《暴衝火車》的內容了，但在暴風雪般的景色中，勇猛地站在火車上的男子身影令他印象深刻。他有股親切感，覺得這人一定也跟自己一樣，熱愛火車。

「這把槍要是就這樣開槍，就會爆炸。」

「這種槍要幹麼？」

「拿來當陷阱吧。拿這把槍的傢伙一副希望我趕快把它搶走的模樣。一定是希望我把槍搶走後，立刻扣下扳機，『砰』的一聲把我給炸了，然後拍手叫好吧。」

「真虧你看得出來耶。為什麼蜜柑你就能那麼小心翼翼？」

註：原名《Runaway Train》，台灣譯作《滅》。

「是你太輕率了。看到按鈕就去按，看到繩子就去拉，收到郵件就全打開，然後中毒。」

「是啊。」

檸檬放開腳，倏地站起來。他俯視蜜柑，用下巴指了指行進方向。「我去看看，確定一下車廂裡面有沒有可疑人物。拿著行李箱的人一定就在車子裡吧。反正到下一站大宮還有時間。」

「或許他把行李箱藏在某處，若無其事地坐著。每個可疑的傢伙都要看仔細啊。」

「我知道。」

「要不著痕跡地看哦。萬一惹出事來，可就麻煩了。要不著痕跡地調查啊！」

「囉嗦啦。」

「囉嗦好像不是稱讚。」蜜柑諷刺地說：「要是到了大宮就麻煩了，得盡快找到才行。」

「為什麼？」

檸檬怎麼會忘了呢？蜜柑目瞪口呆。「峰岸的部下不是說好了在大宮等我們嗎？」

「這樣啊。」檸檬也想起來了。有人會在車站等待，確定峰岸少爺跟行李箱是否平安無事地上了新幹線。是這麼安排的。「真麻煩。」

「沒想到能在這兒碰上你。」狼雙眼發光，一把揪起七尾的衣襟，用力把他推到另一側的門上按住。

新幹線離開上野站，衝出地面後又再加了速。景色接連流向後方。

「等一下啦，我得在上野站下車的。」七尾正想要這麼說，嘴巴卻被堵住了。狼用他的左手肘壓住了七尾的下巴一帶。

行李箱離手了。就擱在對側的門旁。會不會在車輛搖晃中傾倒？七尾很擔心。

「你害我少了一顆臼齒。」戴獵帽的狼嘴角冒泡說：「都是你害的，你害的！」他很激動。

看吧，果然——七尾心想。果然變成這樣了。狼的手肘撞得他很痛，但這個狀況更教他沮喪。為什麼工作就是沒辦法輕易解決？既然沒辦法在上野下車，直到下一站大宮之前，都必須待在新幹線裡。這段期間也有可能碰到行李箱的物主。

狼亂晃著一頭沾滿頭皮屑的長髮，還不停地喃喃埋怨，教人憤恨極了。

新幹線一個搖晃，狼身體失去了平衡。「饒了我，饒了我。」趁著狼的手肘移開，七尾抓緊機會道歉。「反對暴力、反對暴力。」他舉起雙手，低調地擺出萬歲的姿勢。「在新幹線裡這樣鬧，會引起騷動的。總之咱們一起在大宮下車，然後再談好嗎？」七尾這麼提議，卻也有股不祥的預感，覺得沒能在上野下車，事態就已經無可挽回了。

「幹麼一副跟老子平起平坐的口氣啊你？你這隻瓢蟲！」

這話讓七尾感到不悅。腦中的溫度瞬間上升。業界裡有不少人稱七尾為瓢蟲。七尾並不討厭這種昆蟲。瓢蟲鮮紅色的小身體十分可愛，星星般的黑點每一個都像獨立的小宇宙，而且從霉運不斷的七尾來看，幸運七，那七顆星也可以說是他所憧憬的花樣。然而同行臉上掛著怪笑說出這個稱呼時，口氣顯然是揶揄的，換句話說，那只是在嘲笑他不過是隻又小又弱的昆蟲，教他不愉快極了。

「好啦，放開我吧。你到底想要怎樣？」

幾乎就在七尾這麼說的同時，狼掏出了小刀般的東西。

「喂喂喂。」七尾動搖了。「幹麼在這種地方亮那種東西啊？要是被人看見了，豈不麻煩大了嗎？」

「不許亂動。就這樣去廁所。我要在那裡把你碎屍萬段。放心吧。接下來我也有工作要辦，沒辦法慢慢料理你。其實我比較想好好折磨你一番，讓你哭著求我快點讓你死了解脫，不過這回就優待你，讓你死得痛快些。」

「我不太喜歡電車的廁所。」

「你的人生就要結束在你討厭的廁所，真是太讚了。」獵帽底下的眼睛詭異地綻放光芒。

「我有工作要辦。」

「我也是。跟你的可不一樣，是大案子。我不是跟你說過我沒時間了嗎？」

「少來了，你居然接得到大案子？」

「是真的！」狼張大鼻孔，下流地表現出強烈的自尊心後，用握刀的另一隻手摸索自己的內袋，掏出照片。上面是一個女人的臉。「看，你知道這個人嗎？」

「我怎麼可能知道？」七尾說完，不禁皺眉。狼老是隨身攜帶自己下一個施暴對象的照片。他蒐集案主給他的照片，還有自己辦完事後的照片，到處向人吹噓比較說「這是毆打前跟毆打後」，或是「這是幹之前跟幹之後」、「這是死掉前跟死掉後」。這也讓七尾作嘔。「為什麼你老是攻擊婦孺？因為是狼，所以老抓小紅帽嗎？」

「你啊，你知道這女的是誰嗎？她可不是普通女人。」

「到底是誰啊？」

「這可是復仇啊。終於、終於被我找到了。」

「是要向你求愛不成的女人復仇，是嗎？」

狼立刻板起臉。「隨你怎麼說。」

「反正你也只會凌虐柔弱的女人。」

「隨你怎麼想。嗳，萬一跟你說了，被你搶先下手就糟透了。我啊，就像是正要去討伐明智光秀的秀吉（註）。」狼說完，把照片收回口袋裡。

註：日本戰國時代，即將統一天下的織田信長遭部下明智光秀於本能寺奇襲殺害，當時身在遠地的信長愛將木下秀吉（即後來的豐臣秀吉）立刻揮兵返回討伐明智光秀。

自比為歷史人物的感覺，七尾無法理解。

「我得盡快行動才行，你這邊也早點解決吧。」狼說，把刀子按在七尾的脖子上。

「你怕嗎？」

「怕。」七尾感覺不到逞強的必要性。「不要這樣。」

「是『求您不要這樣』吧？」

「求您不要這樣，狼大人。」

要是有乘客過來，會引起懷疑。兩個大男人身子緊貼在一塊兒，是在做什麼？就算看不見刀子，也一定會心生疑念。怎麼辦？怎麼辦？七尾的腦袋開始轉動。頂在脖子上的刀子感覺隨時都會割破皮膚。刀尖微微地刺激著皮膚，惹人發癢。

七尾提防著刀子，同時觀察狼的姿勢。七尾個頭比他高，所以狼伸長了手，重心並不穩。破綻百出——七尾才剛這麼想，旋即身子一翻，一眨眼便繞到狼的身後，雙手插進狼的兩脅，把狼固定成萬歲姿勢，箍住他的手臂，抓住頭頂和下巴。轉瞬間情勢逆轉，狼也亂了陣腳。「喂喂喂，住手、住手！」

「你就這樣乖乖給我回自己的座位去。我也不想多惹事端。」七尾在狼的耳邊說。

他的身體熟知如何折斷人的脖子。更年輕時，他就像學習連續踢球不落地的技巧一樣，反覆練習這技術，現在扭脖子已可說是他的拿手絕活。他只要抱住別人的頭，考慮角度和力道，順手一折，就可以輕而易舉地折斷頸骨。當然，他並不是認真想要折斷狼的頭。他不想再製造更多麻煩。只要用手牢牢地固定住對方的頭，再作勢威脅要折斷就夠了。

「知道了，放開我的頭！」狼慌亂地叫道。

此時車輛一個搖晃。雖然感覺不是多大的震動，但不知道是控制狼的姿勢不穩定，還是狼的鞋底材質易滑，兩人當場跌倒了。

回過神時，七尾一屁股跌坐在地板上。居然丟臉地跌倒，七尾羞得面紅耳赤。然後他發現自己的手裡依然抓著狼的頭髮。狼也跌坐在地上。是摔倒的時候狼自己把刀子刺到自己了嗎？七尾慌了，右手伸出去確認一看，刀上沒看到血跡，他鬆了一口氣。

「喂，站起來啊。」七尾放開狼的頭髮，推推往前蹲的狼的背，結果狼的頭就像脖子還沒長硬的嬰兒一樣，無力地垂晃。

咦？七尾眨眨眼睛。他赫然一驚，繞到狼的前面，確認他的臉。狼的表情不對勁。兩眼翻白，嘴巴張開，最重要的是，脖子不自然地扭曲。

「真的假的……」就算這麼說也已經遲了。是真的。七尾抓著狼的頭跌倒，用力過猛，把狼的脖子給折斷了。

手機震動。七尾也沒確定來電號碼，直接拿到耳邊。會打來的只有一個人。

「世上根本沒有簡單的工作吧。」七尾說。他總算站起來，把狼的屍體也拖起來，靠在自己身上，保持平衡。就像在支撐一個巨大的傀儡木偶，費勁極了。

「你怎麼不聯絡我！難以置信！」真莉亞不耐煩地說：「你現在人在哪？在上野下車了吧？行李箱呢？」

「我現在在新幹線裡，行李箱在手邊。」七尾以自認為很輕鬆的方式回答，同時望向撞到對側車門、靜止在原處的行李箱。「我沒在上野下車。」

「為什麼！」真莉亞激動地責備。「怎麼回事！」她大叫。「你連從東京搭車，上野下車的差事都做不好嗎？」她刻意壓低聲音，可能是正拚命壓抑著激動。「到底要什麼工作你才做得好？顧收銀台？絕對不可能，顧收銀台可要臨機應變判斷許多狀況，對你來說太難了。那從東京車站搭新幹線就辦得到，是吧？上得了車，卻下不了車。下次我就幫你找這種工作！」

七尾湧出一股把手機摔在地上的衝動，但忍了下來。

「我是打算在上野站下車的。事實上車門打開，只差一步就要下車了。可是那傢伙正好從那裡上車了。就在那個月台的那節車廂。」說完後，七尾望向靠在自己身上的狼，改口說：「也不是那傢伙，應該是這傢伙。」

「什麼那傢伙這傢伙，誰跟誰啊？新幹線的神嗎？神對你說『小朋友，不可以下車哦……』是嗎？」

七尾沒理會那幼稚的嘲諷，壓低聲音說：「是狼。那個老是對婦孺、動物動粗的下三濫。」

「哦，狼啊。」真莉亞的聲音這才變成了擔憂七尾的語調。她不是在擔心七尾的安危，而是在提防變故。「他一定喜上眉梢吧。他那麼痛恨你。」

「他高興到都抱上來了。」

真莉亞的聲音不見了。或許她是在分析狀況。這段期間，七尾把手機夾在脖子上，思考該把狼移到哪裡去才好。就像狼說的，扔到廁所裡嗎？不，不行，七尾馬上想道。把屍體塞進廁所應該可行，可是他無法忍受要在座位上一直擔心屍體會不會被發現。他一定會在意得不得了，頻頻跑去廁所探看，反而啟人疑竇。

「喂，那現在是什麼狀況？」真莉亞的聲音響起，像在刺探。

「現在我正在煩惱該把狼的屍體藏到哪裡去。」

手機另一頭又沉默了。一會兒後，真莉亞嚷嚷起來：「中間出了什麼事！上車的狼抱住你，然後現在變成屍體。中間呢！」

「沒有中間。硬要說的話，先是狼拿刀子抵住我的脖子，說要刺死我。」

「為什麼？」

「因為他討厭我吧。然後情勢逆轉，我假裝要扭斷他的脖子。完全只是假裝而已，結果新幹線搖搖晃晃。」

「新幹線本來就會搖晃，這又怎麼了？」

「受不了，狼幹麼在這種節骨眼冒出來！」七尾忍不住憤恨地說。

「不要說死人壞話。」真莉亞嚴肅地說：「可是也用不著殺他吧？」

「我沒打算要殺他。我們腳一滑，跌了個跤，結果他的脖子就折斷了。那不是我的錯，完全是不可抗力。」

「愛找藉口的男人最不可取了。」

「不要說活人壞話。」七尾開玩笑說，但他其實根本沒心情打哈哈。「現在我抱著狼，不知所措。屍體該怎麼處置？」

「就在車門附近摟著他，一直擁吻就行了吧。」真莉亞有些自暴自棄。

「兩個男的一直依偎到大宮嗎？我覺得這不太實際。」

「若要說實際的方法，只能隨便找個座位把狼丟上去了。小心別被發現了。放在你的座位也行，或是找出他的車票，查出他的座位。」

原來如此，還有這招啊——七尾點點頭。「謝啦，就這麼做。」

狼身上的廉價外套胸前口袋裡露出手機。七尾覺得或許派得上用場，抽出來收進自己的工作褲口袋裡。

「別忘了行李箱。」真莉亞說。

「我差點忘了。」

真莉亞的嘆息聲又傳來。「總之快點解決吧。我都快睡著了。」

「還不到睡覺時間吧？」

「我從昨天就一直在家看電影。《星際大戰》六部曲。」

「那我先掛了。再聯絡。」

木村

被魔鬼氈束帶纏住手腳的木村奮力扭動手腕和腳踝，試圖解開，卻絲毫沒有鬆動的跡象。

「這是有訣竅的，雄一。」小時候的記憶突然復甦。有個聲音在呼喚自己的名字。過去幾乎未曾想起的那個場景，是木村老家的起居間，一個二十多歲的男子手腳正被繩索綁住。「喏，試試看能不能逃脫，阿繁。」木村的父親在笑。一旁木村的母親也捧腹大笑，應該還沒有上小學的木村也哈哈大笑。那個叫阿繁的年輕人好像繼承木村父親以前的工作，也就是說，他跟父親應該只是職場上前輩與晚輩的關係，但他有時會跑來木村家玩。阿繁外表忠厚老實，像個爽朗的運動選手，他似乎把木村的父親視為恩師，也很疼愛木村。

「雄一的爸爸工作的時候真的很可怕喲。你爸爸的名字不是叫木村茂嗎？大家不是叫他禿鷹，而是尊稱他茂鷹呢。」阿繁這麼說。木村的父親跟阿繁好像是因為兩個人的名字發音都是「shigeru」而變得親近。在家喝酒的時候，通常都是木村的父親在埋怨「工作太辛苦了，我想換個職業」。木村學到原來大人也會說洩氣話，還有人不管長到幾歲，日子都一樣難過。木村一家與阿繁也在不知不覺間疏遠了。他回想起來的是阿繁在模仿電視節目逃脫秀的場景。那是從被繩索捆住的狀態逃脫的魔術，阿繁宣稱「那我也會」。

阿繁「嗚嗚」呻吟著扭動身體，就在木村轉頭看電視的時候，阿繁已經解開繩索了。

那究竟是怎麼辦到的？

當中是不是有什麼可以讓我解除目前狀態的線索？

木村拚命拿十字鎬挖掘記憶沉眠的山，試圖從裡面挖出重要的情報。然而他想不起來。

「叔叔，等我一下哦。我去上個廁所。」王子離席，去到走道。穿著西裝式外套的那個模樣，看起來完全是在上流人家受到呵護成長的國中生。「為什麼我要任憑這種臭小鬼擺布？」木村氣憤不已。「啊，要不要順便給叔叔買個酒？那是叫杯裝酒嗎？」王子留下教人氣憤的話，往後方車廂走去。廁所不是另一邊比較近嗎？木村發現了，但不打算告訴王子。

這個少年肯定是在上流人家呵護備至中成長的國中生。是在好人家呵護備至中養出來的充滿惡意的國中生。木村想起幾個月前第一次見到王子時的情況。

那是個積雨雲像要侵蝕天空似成片覆蓋的上午，木村正從倉井町的醫院回來。他結束警衛工作，早上回到家時，小涉鬧肚子疼，木村立刻把他帶去固定看診的小兒科醫院。這要是平常，他會把小涉送去安親班，然後立刻鑽進被窩，但現在他因為沒辦法睡覺，睏得整顆腦袋昏昏沉沉。而且醫院人多得嚇人。又不能在候診室堂而皇之地喝酒。發現這一點時，他的手指正抖個不停。

其他孩子看起來都沒有小涉的病情嚴重，木村瞥著戴口罩狀似痛苦的孩子，氣憤地心想「演得那麼誇張」、「應該讓真正不舒服的孩子優先看病吧」。他把其他的父母全瞪遍了。瞪過後也無事可做，目光瞟向忙碌往來的護士屁股。結果小涉的病也不嚴重。還沒輪到看診，小涉就一副健康人的模樣，低喃說：「爸爸，我好像不痛了。」可是都已經來到這裡了，就這麼回去也教人不甘心，木村叫小涉假裝肚子痛，領了藥，離開醫院。

「爸爸，你喝酒了？」離開建築物後，小涉難以啟齒地問。

因為聽到小涉說肚子不痛了，加上鬆了一口氣，木村在候診室裡啜起裝在小瓶子裡的酒，被小涉看見了。「如果小涉的肚子再繼續疼下去，我一定會因為擔心過度，灌上一堆酒吧。這麼一想，沾沾舌頭的量算不上什麼。」木村在心裡這麼辯解，打開從口袋掏出的小酒瓶蓋，把身子轉向牆壁，不讓其他候診病患看見，舔了舔瓶口。小酒瓶裡裝著廉價白蘭地。做警衛工作的時候，為了讓身體渴望酒精時可以解饞，他總是隨身攜帶小酒瓶。木村腦中已經建立了一套說詞：「這就跟有過敏性鼻炎的人為了不影響工作，使用噴劑是一樣的。要是酒精效力過了，集中力渙散，疏忽了警衛工作，豈不是個大問題嗎？萬一手指發抖，弄掉手電筒不是糟了嗎？換句話說，這是對宿疾採取的必要預防措施。是為了做好工作才喝的酒。」

「小涉，白蘭地叫做蒸餾酒，蒸餾酒從美索不達米亞文明時期就開始釀造嘍。」就算跟小涉這麼說，他當然也無法理解。小涉好像察覺父親又開始找藉口了，但嘴裡還是念著「沒鎖、不打米呀」，享受著那種發音。

「蒸餾酒在法文叫做歐多比。你知道是什麼意思嗎？生命之水。酒就是生命之水。」木村說，自己放下心來。就是這樣，把小瓶中的白蘭地含在嘴裡，完全就是拯救生命。

「可是爸爸渾身酒味，醫院的醫生都嚇到了。」

「那醫生不是戴著口罩嗎？」

「就算戴著口罩也覺得臭啊。」

這可是生命之水呢，臭又怎樣？當醫生的應該都懂——木村說。

「爸爸，我要尿尿。」經過拱頂商店街時，小涉這麼說。木村跑進附近一棟有許多年輕人、熱鬧無比的時尚流行大樓裡找廁所。一樓沒廁所，木村咒罵，搭電扶梯到二樓，在賣場繞了一大圈，才找到了藏在最深處的廁所。

「你一個人會上吧？爸爸在這裡等你。」木村拍拍小涉的屁股說。他在廁所通道旁邊的長椅坐下。前面是進口高級女裝店，那裡的店員胸部很大，而且穿著衣領大開的襯衫，木村打算好好看個夠。「嗯，我一個人會上。」小涉得意地消失在廁所裡。

小涉很快就回來了。木村發現自己手中握著白蘭地的小酒瓶。自己什麼時候掏出來的？沒印象。蓋子沒打開，所以我還沒喝吧——木村就像在確定別人的行動似地確定著。

「怎麼這麼快？沒尿出來嗎？」

「尿出來了。可是很多。」

「很多？尿很多嗎？」

「不是，裡面有很多大哥哥。」

「哪裡？我去看看。」木村站起來，往廁所走去。「他們看起來很可怕，我們回家吧。」小涉拉扯木村的手說，被木村甩開了。反正一定是一群年輕人聚在一塊兒，抽菸聊天吵鬧吧，要不然就是在勒索還是扒竊吧，要是那樣的話，就去整整他們。睡意和酒精不足讓木村煩躁不堪，想要發洩一下這種不愉快。「你在這兒等著。」他把小涉留在長椅，走進男廁。男廁裡有五個穿學生服、長相稚氣的國中生。廁所很大，牆壁有兩面設置小便斗，剩下的一面牆有四個馬桶間。男國中生在靠近馬桶間的空位圍成一圈站著，看到木村進來，瞥了他一眼，但立刻又繼續交頭接耳。木村裝作若無其事，經過他們旁邊，站在小便斗前小便。他豎起耳朵偷聽背後的對話。反正一定是在商量什麼無聊事，要不然就是在計畫什麼惡作劇吧。木村立刻想到要來給他們製造些麻煩。雖然他已經金盆洗手，但並不討厭動手動腳。

「怎麼辦啦？」背後一個國中生以氣憤的口吻說。

「只能派一個人去跟王子說明了吧。」

「你說派人，是要派誰啊？都已經去到一半了，臨陣脫逃的可是你耶！」

「才不是，我打算要幹的。都是卓也沒膽，說什麼肚子痛。」

「我是真的肚子痛啦。」

「那你去跟王子說啊，說你肚子痛，沒辦好他交代的事。」

「我才不要。上次被電真的恐怖死了。要是被比那個更強的電到，一定會死掉的。」

說到這裡，其餘四個人都沉默了，木村感到意外。

他不曉得他們在商量的具體內容，但可以猜想出大致上的構圖。

這群國中生有個首腦人物。不清楚是同學、學長還是大人，總之有個向他們發號施令的人。大概是那個被稱為王子的人吧。王子殿下，多滑稽的綽號啊。而他們違背了王子殿下的期待吧。他們沒有執行命令，王子可能會生氣，他們正在廁所裡絞盡腦汁，討論責任要由誰來負？該怎麼辯解？就是這麼回事。碰上王子殿下，來上幾個平民百姓也對付不了吧——木村一邊受不了遲遲尿不乾淨的小便，一邊感到驚訝。不過他們說的「被電」，木村就不明白了。既然說「被電」，表示是電擊之類的東西嗎？木村腦中浮現的是國外執行死刑時使用的處刑裝置。但他實在不認為會為了懲罰而用上那麼誇張的玩意兒。有人說「要是被比那個更強的電到，一定會死掉的」，這也令他在意。十幾歲的年輕人經常會滿不在乎、比起實際意義更加輕佻地把「死掉」、「我殺了你」、「會被殺」掛在嘴上，但他們的口氣卻截然不同，有種死亡近在咫尺的真實感。

木村尿完後，拉起拉鍊，走近國中生。「你們在這種骯髒的地方鬼鬼祟祟地幹什麼？會擋到路耶。那你們要怎麼辦？誰要去跟王子殿下謝罪？」

木村伸出沒洗的右手，就要往前面小個子男學生的制服肩上抹。

國中生瞬間變換陣形。原本的圓形一下子散開，面對木村排成一列。五個人都穿著一樣的學生服，但理所當然，個子和長相都各不相同。滿臉青春痘的高個子男生、三分頭、小個子但肥胖的愚鈍男生——木村在腦中觀察。雖然他們卯足了勁威嚇，看起來卻只是稚嫩的小孩。

「我說國中生，就算大夥兒在這兒商量也不是辦法啊。快點去向那個王子殿下賠罪是不是比較好？」木村一拍手，這群國中生便嚇得渾身一顫。

「跟你沒關係！」

「快滾啦，臭大叔！」

稚氣未脫的孩子逞強的模樣顯得滑稽，木村禁不住笑開了。「你們是對著鏡子練習那種狠勁，對吧？我國中的時候也幹過。眉毛像這樣扭翹起來，『你說啥？』『啊啊？』練得比社團活動還勤呢。可是啊，這一點屁用都沒有的。等青春期過了，回想起來，連自己都要笑。在網路找色情裸照還有意義多了。」

「這傢伙渾身酒臭味！」三分頭男生體格還不賴，但捏住鼻子的誇張動作，看起來就像個小學生。

「你們今天本來打算要幹什麼？告訴我這個臭大叔吧。讓大叔也參一腳吧。王子殿下命令你們做什麼？」

國中生一瞬間沉默了。「你怎麼知道？」半晌後最角落的男生問。

「我在小便的時候，你們自己在背後窸窸窣窣說的啊。我全聽到了。」木村說，掃視眼前五個國中生。「跟大叔商量怎麼樣？大叔提供諮詢哦。告訴大叔王子殿下的事吧。」

他們沉默了一會兒。互換視線，就像在無聲地商量。

「喂喂喂，你們真的要找我商量啊？」木村爆笑出來。「開玩笑的啦。我怎麼可能幫你們這種小鬼頭？頂多帶你們去風化場所見識見識，還是幫你們教訓什麼人而已。」

那些國中生的表情依然沒有放鬆，反倒是更加嚴肅地商量起來了。他們是真的走投無路了嗎？——木村板起臉。接著他移動到洗手台洗手。鏡子裡，國中生在他背後坐立難安地再次圍成圓陣，小聲說話。

「捉弄了你們，不好意思啊，掰掰。」木村招呼說，用另一個男學生的制服抹手，但國中生完全沒有生氣。

「喂，小涉，久等了，爸爸回來了。」木村離開廁所。可是小涉不見了。木村嚇了一跳。究竟跑哪兒去了？他東張西望，望向長長的通道，卻都沒瞧見兒子的蹤影。

木村大步走近大胸部女店員，「喂」地一聲叫住她。一頭褐色捲髮、大眼睛的店員露骨地擺出不愉快的表情，但不清楚是因為木村散發出來的酒臭味，還是他無禮的態度。「喂，妳有沒看見一個這麼高的男孩子？」他把手放在自己的腰部。

「啊。」她露出詫異的樣子，指向店後面說：「往那邊走去了。」

「那邊？為什麼？」
「我怎麼知道？另一個男生把他帶走了。」
「什麼叫另一個男生？」木村粗聲粗氣說：「安親班的朋友嗎？」
「不是他的哥哥嗎？大概國中生那麼大。感覺很清爽，像好人家的小孩。」
「好人家的小孩？那誰啊？」
「我怎麼知道？」
木村也沒向店員道謝就離開了。他彎過通道，眼睛四處掃視。小涉，你跑哪兒去了？跑哪兒去了？哪裡去了？「你保護得了孩子嗎？」前妻一臉輕蔑責備著他的模樣掠過腦海。焦急化成汗水，滲出皮膚。心跳愈來愈快。

總算在下樓手扶梯附近發現小涉時，木村因為如釋重負，差點當場癱坐下來。小涉被個穿學生服的男生牽著。

木村大叫著跑過去，惡狠狠地扯過小涉的手。制服學生被硬是扯開牽著的手，卻也沒有驚嚇的模樣，一臉不在乎地對木村說：「哦，是爸爸啊。」

個子大約一百六十五公分高吧，體形有些清瘦，黑色的頭髮很細柔，有點長，但完全不顯笨重。一雙大眼有著分明的雙眼皮，就像在黑暗中發光的貓眼般，醒目極了。簡直像個女孩子——木村心想。他覺得彷彿被個韻味十足的女人給瞥了一眼似的，一時之間不知所措，並對這樣的自己苦笑。

「你在做什麼！」木村抓起小涉的手，粗魯地拉過來。這話是對著學生服的男生說的，但小涉好像以為自己挨罵了，一臉害怕地回話：「可是他說爸爸去那邊了。」

「不是跟你說過不可以跟陌生人走嗎？」木村加強語氣說，但他也明白自己平日根本沒有這樣叮嚀，只有他的父母，也就是小涉的爺爺奶奶會提醒他。「你是誰？」他轉向眉清目秀的國中生，板起臉問。

「我是加野山國中的學生。」學生服男生毫不驚慌，態度沉穩地幾乎像是會說「我只是依老師吩咐行事」的人。他說：「我的朋友聚在廁所裡聊天，我怕會嚇到這麼小的小朋友，所以想帶他到遠一點的地方去。結果他說他不曉得爸爸在哪裡，所以我想帶他去廣播處尋人。」

「我就在廁所裡。小涉明明知道，你少胡說八道了。」

小涉可能滿心以為父親在氣自己，只是縮著脖子，戰戰兢兢地點頭。

「那就怪了，小朋友不是那樣對我說的啊。」國中生表情絲毫不變，滿不在乎地說：「可能是我的口氣太凶，他不敢說吧。我因為擔心他，口氣可能嚴厲了一點。」

教人不順眼。比起想要把小涉帶走這件事，國中生出奇冷靜、對木村的言行也絲毫不畏懼的那種態度更教人煩躁。那種感覺有別於對沒禮貌、不正經的嫌惡，硬要說的話，木村從中感覺到一種可以說是狡猾的成分。

「廁所裡的國中生好像在等某國的王子殿子。」木村帶著小涉離開之前說：「他們在那裡偷偷摸摸商量些什麼。」

「啊，那是在說我。」國中生爽朗地回答：「我姓王子。很古怪的姓吧？我常被人調侃名字，很傷腦筋呢。我叫王子慧。啊，他們雖然聚在廁所，也不會抽菸幹麼的，請放心。」他連玩笑都說得彬彬有禮，然後走向廁所了。

王子回來了，木村停止回想。

「那時你是想對小涉幹麼？」在新幹線的座位被束帶綁住手腳的木村提起回憶中的場面。

「我只是想確定而已。」王子淡淡地回答：「那個時候，我竊聽了廁所裡的同學對話。」

「竊聽？你在廁所裡裝竊聽器嗎？」

「不是，是藏在其中一個同學的制服口袋裡。」

「間諜啊？」木村說出口後，忽然覺得這個字眼很幼稚，自己感到害臊極了。「你是在擔心別人說你的壞話嗎？」

「有點不一樣。就算他們說我壞話也無所謂，不過讓他們以為『可能被竊聽了』、『或許有間諜』，他們的行動就會大受影響。最重要的是，再也無法相信同伴了，不是嗎？這對我來說正方便。」

「那又怎麼了？」

「所以那時候我只是在廁所外面偷聽而已。我打算事後再讓大家發現裡頭有間諜。這麼一來，他們可能會開始疑神疑鬼，相互猜疑。不，事實上也真的變成那樣了。不過叔叔的孩子在那裡盯著我看，好像很介意我的樣子，看得我也想跟他玩玩了。」

「小涉才六歲，他看人根本沒什麼意思。」

「是啊。可是不是會讓人想陪他玩玩嗎？而且我也想確定一下那對小朋友有多少影響。」

「那是指什麼？」

「電擊。我想知道對那麼小的小朋友電擊，會有什麼反應。」王子指著自己背包裡的電擊槍說：「我本來想試試看的，結果被叔叔早一步發現，計畫泡湯了。」

水果

檸檬先往前方的四車前進。他試著想起弄丟的行李箱形狀。那是個什麼樣的行李箱？

「兩位的孫子除了感興趣的東西以外，什麼都記不住呢。」小學時，級任老師這麼對祖父母說：「他可以背出《哆啦A夢》第幾集出現怎樣的道具，可是校長叫什麼名字，卻怎麼都記不住。」老師似乎目瞪口呆。檸檬不明白老師在嘆息個什麼勁兒。記住校長的名字，跟記住《哆啦A夢》的道具出現的場面，哪個比較重要，不用說也知道。

行李箱的尺寸，大概高六十公分，寬四十公分吧。上面有把手。也有滾輪。黑色的，材質很堅固，摸上去冰冰涼涼的。

要打開行李箱，必須在數字鎖上輸入四位數密碼，但檸檬和蜜柑都不曉得密碼。「不告訴我們，要怎麼跟對方交易？連裡頭的東西都沒法確認，怎麼辦事啊？」從峰岸的部下那裡接到行李箱任務時，檸檬忍不住抱怨。

倒是蜜柑立刻就領悟了。「簡而言之，比起敵人，我們更不受信任。峰岸怕我們會搶了贖金跑掉。」

「喂喂喂，開什麼玩笑，我可不想替不信任咱們的傢伙工作。」

「有什麼關係？如果知道密碼，就會想打開嘛。」

接著蜜柑說「來做個記號好了」，從口袋裡取出兒童玩具般的貼紙，貼在數字鎖附近。對了，行李箱上應該有蜜柑的貼紙。

四車前面站著列車販售小姐。她可能是停下推車在檢查商品數量，正操作著小型終端機。

「喂，妳有沒有看到有人拿著這麼大的黑色行李箱？」檸檬問。

「咦？」小姐瞬間嚇了一跳，但立刻反問：「啊，您說的行李箱是……？」她穿著一件深藍色的圍裙，制服扮相頗為休閒。

「行李箱就是裝行李的箱子啊。黑色的提箱。我們擺在放置處，卻不見了。」

「不好意思，我不太清楚。」販售小姐被檸檬的視線嚇著，躲到推車後面回答。

「這樣啊，不清楚啊。」檸檬丟下這句話，繼續前進。進入四車。

車門安靜迅速地打開的樣子，讓檸檬聯想到以前在電影中看到的太空梭內部。「噗咻」一聲打開。

乘客不多。檸檬走在走道上，看著左右座位底下或牆上的行李架。行李不多，很容易確認，哪兒都沒見著黑色行李箱。不過他在右側的行李架上看見一個令人介意的袋子。離車門幾排遠的座位上方擺了一個大紙袋。檸檬雖看不見內容物，但懷疑有可能是把行李箱裝在袋中，然後擱在那裡。既然起了疑心，檸檬的行動就沒有猶豫。他目不斜視地走向那個座位。右邊的三人座只坐了一個人，是靠窗座的男子。檸檬一屁股在靠走道的座位坐下，然後望向窗邊的男子。

第一印象，年齡約三十前後，可能比自己年長一些。看起來也像個學生，不過穿著西裝。男子正在讀一本包了書店書套的書。

「喂。」檸檬把右手撐到對方附近，稍微傾斜身體，出聲問道：「喏，擱在那兒的東西，那是啥？」他指著頭上的行李架。

男子好像這才發現有人叫他，望向檸檬。他抬頭看正上方。「啊，那只是個紙袋。」

「看也知道是紙袋。裡面裝了什麼？」

「咦？」

「我的行李不見了。應該還在新幹線裡面，所以我正在到處找。」

男子一瞬間好像不明白檸檬的意思，說：「希望可以趕快找到呢。」然後半晌後，他可能察覺了檸檬的目的，說：「那不是，我沒有拿，紙袋裡裝的只是一些伴手禮。」

「哪有那麼大的伴手禮？」

「我買了很多。」
男子看起來人很老實、膽小，卻出乎意料地一點都不怕檸檬。
「反正讓我看看。」檸檬站起來，伸長手就要取下架上的紙袋。男子既不生氣，也不驚慌，又繼續看書去了。他的臉上甚至浮現平靜的微笑，反倒搞得檸檬不自在。
「看完裡面的東西後，可以幫我放回去嗎？」
檸檬把紙袋擱在座位上查看裡面。裡面裝著疑似在東京車站買的好幾種西洋糕點。
「東京名產啊？買真多。」
「我想買點好吃的，可是不曉得該買些什麼。」
「伴手禮罷了，那麼認真挑幹麼？」
「抱歉沒能幫上你的忙。」男子安靜地微笑。「可以請你幫我把袋子放回去嗎？」
檸檬粗魯地把紙袋丟回行李架。接著他挨到男子旁邊的座位。身體彈跳似地一晃。
「我說你啊，其實你知道我在找的行李箱跑哪裡去了，對吧？」
男子默默回看檸檬。
「平常人的話，要是被人像這樣檢查自己的紙袋，不是會生氣，就是會害怕。可是你卻冷靜成這樣，簡直就像一開始就猜到了。就跟那個一樣。偽裝好不在場證明的凶手就算被刑警詢問不在場證明，也不會驚慌，而是會滿不在乎地回答『那個時間我在某某店』，跟那是一樣的。你早就演練過了。喏，我說得沒錯吧？」
「這話太亂來了。」男子瞇起眼睛，一副快要笑出來的樣子。他的動作讓文庫本的書套掀開了。封面上的標題是《飯店自助餐全攻略》，看得出裡面有許多像是飯店料理的照片。「這豈不是跟狩獵女巫的時候，說『妳不承認妳是女巫，就是妳是女巫的證據』一樣嗎？什麼我不害怕，所以我很可疑，這話太亂來了。」男子闔上書本。「我也嚇了一大跳呀。你突然坐到我旁邊，叫我讓你看我的東西，我只是嚇到沒法反應罷了。」

根本不是那樣——檸檬心想，也說出口了。「你是幹什麼的？」

「我現在是補習班老師，只是家小補習班的老師。」

「老師啊。我向來跟老師不怎麼投緣。不過我認識的老師幾乎都很怕我。從沒一個像你這樣氣定神閒的，是看多了嗎？已經習慣不良少年了？」

「你希望別人怕你嗎？」

「也不是那樣啦。」

「我自認是個平凡人，也並非完全不害怕。」男子看起來有些困惑，「不過如果我不害怕，」但他接著說：「可能是因為以前我曾捲入過一場大風波，從那之後，我對很多事情都看開了。或許是麻痺了吧。」

大風波？檸檬皺起眉頭。「被不良學生找上門揍人嗎？」

男子又瞇起眼睛。眼角擠出皺紋，嘴巴笑開，變得像個少年。「我的妻子意外過世，我碰上可怕的人，出了很多事。」他說。「可是，噯……」不過他立刻換了個聲調。「可是就算愁眉不展地過日子也沒用，所以我想好好地活得像個活人。」

「活得像個活人？那什麼比喻啊？你不就是個活人嗎？」

「不，大家意外地都活得像個行屍走肉呢。當然會說話，會玩樂，可是應該要更……」

「放聲嘶吼？」

男子露出極開心的表情，用力點點頭。「那也不錯。放聲嘶吼的確讓人感覺生氣蓬勃，還有多吃點好吃的東西之類的。」他打開文庫本，亮出書裡的自助餐料理照片。

檸檬不曉得該說什麼好，但他覺得不能一直跟這個人糾纏下去，便起身去到走道。

「總覺得老師你好像愛德華。」

「愛德華？那是誰？」

「湯瑪士小火車的朋友。車身號碼是二號。『愛德華是個非常善良的小火車，對每個人都很親切。他曾經幫忙爬不上坡的高登，推他一把，還救助差點變成廢鐵的崔佛。多多島上每個人都很信賴他。』」檸檬下意識地脫口說出曾背誦過的介紹文。

「好厲害，你把介紹文字都背起來了？」

「如果考試科目是闡述湯瑪士小火車，我早進東大了。」

檸檬說完，離開座位，往行進方向走去。

走出四車一看，車廂外的行李放置處空無一物。

來到六車正中央時，檸檬碰上一名少年。

他不清楚少年是從哪裡冒出來的。注意到時，兩人已經在走道迎面碰上了。是國中生嗎？最近的小朋友長得還真清秀——檸檬心想。五官分明，看起來像個性別曖昧的洋娃娃。

「幹麼？」檸檬難以判斷對一個小孩該使出幾分狠勁。他看著討人喜愛的少年，想起綠色的火車頭培西。

「啊，沒有，叔叔在找什麼東西嗎？」少年說：「我看到叔叔在探看廁所。」

少年像個模範生，讓檸檬看不順眼。他從來沒跟感覺聰明的傢伙意氣相投過。「我在找行李箱。黑色的，大概這麼大。你有看到嗎？沒有吧？」

「啊，那個箱子的話……」

檸檬倏地把身子挨近少年。「你知道？」

少年不禁顯得退縮，但他還是沒有害怕的樣子。「剛才我看到有人提著這麼大的行李箱。」他用手比畫高度和寬度。「黑色的。」他指了指行進方向。就像配合他的動作，新幹線速度加快，檸檬站著，禁不住有些踉蹌。

「怎樣的傢伙？」

「呃……」少年把手支在下巴一帶，歪著頭。仰望天花板回溯記憶的那張臉，看起來也像個裝模作樣的少女。「呃，穿著顏色樸素的長褲，上面好像是牛仔外套。」

「牛仔外套啊。幾歲？」

「大概快三十或三十出頭吧。對了，他戴著黑框眼鏡，很帥氣哦。」

「謝啦。」

「不會，舉手之勞。」少年揮揮手，露出近乎刺眼的燦爛微笑，彷彿周圍也跟著瞬間明亮了。

「你那張笑臉，」檸檬苦笑著說：「是在瞧不起大人，還是真的有一顆純潔無垢的心？」

「都不是。」少年當下回答：「我天生就是這種臉。」

「小孩子上了新幹線，就該擺出更小孩子的表情，眼睛閃閃發光才對。」

「叔叔喜歡新幹線嗎？」

「有人會不喜歡新幹線嗎？雖然我比較喜歡五〇〇系啦。我當然不討厭『疾風號』。不過更進一步說的話，我喜歡的是『我拉的是公爵大人的專用列車哦』的那台。」

少年露出詫異的表情。

「喂喂喂，你居然不曉得史賓賽嗎？你沒看過湯瑪士小火車嗎？」

「小時候或許喜歡吧。」

「你現在不也是個小孩嗎？看你長得一副培西臉。」檸檬粗聲粗氣地說。接著就照著少年所說的走向前面的車廂，然而才剛踏出一步，就看到門上橫條狀的電子告示版。「〇〇報新聞」的文字從右往左移動。檸檬沒多想地看著上面的文字。是都內的寵物店有蛇失竊的新聞。好像是非常珍奇的蛇，才會上了新聞。偷竊動機不明。檸檬不感興趣地呢喃道：「一定是把蛇拿去賣了吧。」然後他看到下一則新聞。

「藤澤金剛町慘案，死者十三人。監視攝影機遭人破壞。」文字從右向左顯示。

原來是十三人啊——檸檬也沒有特別感慨地心想。當時一片漆黑，他們接二連三打倒持槍的對手，到底有多少人也不清楚。流了那麼多的血、割了那麼多的肉，化成文字一看，卻是這麼的枯燥無味呢——檸檬心想。

「真恐怖呢。」身後的少年似乎也和檸檬一樣看了新聞。「十三人耶。」

「我一個人做掉六個多吧，剩下的都是蜜柑做的。雖然不少，但也不多。」

「咦？」

少年反問，檸檬自覺說得太多了。「那玩意兒正式名稱叫做『旅客導覽資訊處理裝置』，你知道嗎？」他轉移話題。

「咦？」

「那個播新聞的裝置。」

「哦。」少年點點頭。「內容是從哪裡輸入的呢？」他提出疑問。

檸檬知道自己的臉笑開了。「我來告訴你。」他張大鼻孔說：「那有兩種。一種是從前頭車輛的裝置自動顯示的，另一種是從東京的綜合指令所傳送過來的。從車輛內部自動顯示的就是那個，『本車目前通過某某站』那類資訊。此外的廣告啊、新聞那些，都是從綜合指令所傳來的。有時候不是會發生什麼事故，影響班次嗎？那些即時訊息就是從綜合指令所輸入，顯示在這裡的。然後新聞的顯示也很有意思，那是六家報紙的新聞輪流播放。然後……」

「呃，我們擋路了。」少年以毅然的口吻說，檸檬也回過神來。

列車販售的推車來到附近了。販售小姐一張臉抽搐著，像在哀嘆怎麼又碰上這男人了？為什麼不管去到哪裡都碰到這個人？

「什麼嘛，虧我還想告訴你更多更有意思的事呢。」

「有意思？」少年後面一定是想接「哪裡有意思了」。

「難道沒意思嗎？旅客導覽資訊處理裝置，不覺得很感動嗎？」檸檬一本正經地說：「噯，總之謝謝你告訴我啦。如果找到行李箱，都是多虧你幫忙。下次我買糖請你吃。」

瓢蟲

正巧經過的乘客是個身材嬌小、穿西裝外套的少年。七尾闔上手機，塞進工作褲的後口袋裡，要自己冷靜下來。窗邊倚著狼的屍體。狼的脖子斷了，稍一不注意，失去平衡，腦袋很有可能會往不自然的方向垂下去。

「他還好嗎？」少年停步對七尾說。是學校教他看到別人有難要伸出援手嗎？真是多管閒事。

「沒事沒事，他只是喝多了酒，意識不清了。」七尾小心不讓語氣變得慌亂，稍微挪動身體，輕拍狼的屍體。「喂，起來啦，你嚇到小孩了。」

「要我幫忙把他扶到座位上嗎？」

「不，不用不用，我喜歡這樣。」誰啊？誰喜歡怎樣啊？七尾在心裡這麼吐槽。喜歡跟屍體依偎在一起眺望車窗外嗎？

「啊，掉了。」少年望向地板說。還以為是什麼，原來是新幹線的對號座車票。或許是狼的車票，掉下去了。

「不好意思，可以請你幫我撿一下嗎？」七尾拜託道。他支撐著屍體，不好蹲身，而且他覺得最好滿足一下這個少年心中的「想要幫助別人」的欲望。

少年立刻幫忙撿起車票。

「謝謝。」七尾道謝，低下頭去。

「不過酒精真的很可怕呢。今天跟我一起來的叔叔也是戒不了酒，教人傷腦筋。」少年口齒伶俐地說，然後留下一聲「再見」，往六車走去了。不過途中他好像發現了孤單被擺在對側門的行李箱，問：「這也是大哥哥的嗎？」

哪所學校啊？七尾幾乎要擺出臭臉了。他希望少年快點離開，少年卻不知道還有哪裡不滿，就是不肯離去。到底是在哪所學校念書，才能被教成這樣一個好心的孩子？等我有了孩子，也要送去那裡讀——他幾乎就要這麼酸人了。

接著他又想我果然不走運。在這種狀況碰巧經過的乘客竟然是個滿懷善意、親切無比的少年，實在太倒楣了。

「是啦，行李箱擱那兒就好了。我等一下會拿走。」七尾的語調不禁變得有點嚴厲，他連忙自制。

「可是擺在這裡的話，可能會被別人拿走。」少年糾纏不休。「一有機會，大家都會趁虛而入的。」

「真意外。」七尾忍不住說：「我還以為你們學校是教你們要相信別人，是提倡『性善說』的。」

「為什麼？」少年似乎知道什麼是「性善說」。連我都是最近才從真莉亞那裡學到這個詞的——七尾覺得窩囊極了。

「也沒有為什麼……」因為感覺那是一所專出乖學生的學校。

「我認為人天生是沒有善惡可言的。」

「意思是有可能變好，也有可能變壞？」

「不，我認為要看如何去定義善惡。」

多麼獨立思考的少年啊——七尾都快嚇傻了。現在的國中生都這樣說話嗎？想到這裡，他禁不住感動。少年又說：「我來幫你提行李箱。」

「不，不用了。」再繼續被糾纏下去，七尾真的要發火了。「我自己會想辦法。」

「請問這裡面裝了什麼呢？」少年撫摸行李箱，彎下腰來看個不停。

「我也不曉得。」七尾不小心老實說了，但少年似乎把它當成了玩笑，笑了。一口整齊的牙齒白亮亮地發光。

少年似乎意猶未盡，但一會兒後，他還是留下快活的道別，往六車去了。

七尾鬆了口氣，把狼的屍體扛到肩上，移動腳步，走近行李箱。先是屍體，然後是行李箱，得想辦法解決這兩樣東西才行。據說人在三車的行李箱物主應該還沒有發現行李箱被搶了，但萬一發現了，應該會全車四處尋找才對。如果毫無防備地提著走，被發現的可能性很高。

七尾扛著屍體，抓著行李箱的提把，左右窺看，不知所措。應該先找個座位讓這具屍體坐下嗎？他看到垃圾桶。上面有丟瓶罐的洞口，還有丟雜誌的細長洞口，此外還有可以整個掀開的蓋子。

然後他發現設置垃圾桶的牆上，丟雜誌的洞口旁邊有個小小的突起。看起來像鎖孔，但沒有洞孔，只有一個突起。七尾不假思索地伸手按下去。結果「嚓」的一聲，彈出一個金屬零件。這是什麼？七尾用手指去轉。

打開了。

以為是牆壁的部分變成一片板子，打開後，便是一個近似大型寄物櫃的空間。裡面有隔板，分成上下兩層。下層是垃圾桶，掛著疑似業務用的彩色垃圾袋。乘客把垃圾丟進洞裡，就會掉進這裡面吧。整理垃圾袋時，一定是像這樣連門打開，整個拖出來。

令七尾高興的是板子上層空無一物。沒時間想了。七尾左手摟著屍體，用右手單手抬起行李箱。他使勁地把箱子放到板子上。「咚」地一道巨響。他立刻把門關上。

沒想到這種地方有空間可以藏東西，七尾有些高興。

接著他撐著屍體，確認起剛才少年幫忙撿起來的對號座車票。是六車第一排。也就是眼前的車廂，而且是最前面的座位。正好可以不引人注意地搬動。

太好了、太幸運了。然後他想了：「真的嗎？」

平時總是衰到家的自己，難得體驗了兩次「走運」。第一次是打開垃圾桶的板子，成功藏好行李箱。第二次是狼的對號座是距離車廂外最近的地點。

他自我預警道：「等一下就要遭殃嘍。」同時也吶喊著：「只是這點幸運就要遭殃嗎？」

窗外的景色接連往後方流去。建設中的大樓屋頂上設置的巨大起重機、成排的集合住宅、飄浮在空中的飛機雲，全都以相同的速度消失而去。

七尾重新扛好狼的屍體。如果背個大男人，顯然就太顯目了，所以他以肩搭肩、練習兩人三腳般的動作前進。當然這樣也一樣可疑，但除此之外，也沒其他法子了。

六車車門打開，為了躲藏，一走進裡面，七尾立刻倒坐在左側的兩人座位上。他把狼的身體推到窗邊，自己則在靠走道的位子坐下。幸好旁邊的座位是空的。

正當七尾吁了一口氣，狼的身子一晃，靠了過來。七尾慌忙把他推回窗邊，考慮到平衡，順便調整他的手腳方向。失去靈魂的生物身體什麼時候看都一樣噁心。他想把屍體固定好，免得亂動。他摸索擺放了好一陣子，覺得不要緊了，把手放開，然而沒多久，狼的屍體又慢慢地小雪崩似地倒了過來。

七尾按捺住就要發作的衝動，再一次慎重地調整屍體的方向。他讓屍體靠到窗邊去，總算弄出像在睡覺的姿勢，也重新將獵帽深深戴好。

此時真莉亞又打電話來了。七尾離開狼旁邊的座位，回到後面的車廂外通道，在窗邊接手機。

「一定要在大宮下車喔。」

七尾苦笑。不必真莉亞說，他也打算這麼做。

「那如何啦？新幹線之旅愉快嗎？」

「才沒工夫享受，我都快被折騰死了。剛才好不容易才讓狼坐下了。他在座位睡覺，行李箱也藏好了。」

「很有一手嘛。」

「妳知道行李箱的物主是什麼樣的人嗎？」

「只知道人在三車。」

「沒有更具體一點的情報嗎？光是知道我該提防怎樣的人，也很有幫助啊。」

「如果我知道就告訴你了，我是真的不知道。」

「聖母瑪利亞，求妳垂憐我吧。」站在車門附近，感覺行駛聲變得很大。七尾一面聽著手機，一面把額頭按在車窗上。冰冰涼涼的。他目送著建築物不斷流過。

有人從後方車廂進入的聲音響起。車門打開，傳來腳步聲。聽得出廁所門開了，人才剛進去裡面，馬上又出來了。還附贈一聲憤恨的咂嘴聲。

是在廁所裡面找東西嗎？

七尾瞥了一眼。是個個子高高瘦瘦的男子。

男子穿著外套，裡面是灰色棉衫。頭髮不曉得是不是睡亂的，髮梢隨意飛翹。眼神充滿攻擊性，像是會不看對象任意惹麻煩的類型。七尾見過這個人。七尾壓抑焦急的心情，假裝講手機的一般旅客，說著「哦，這麼說來……」然後背對男子轉向車窗。

「怎麼了？」真莉亞察覺七尾的語調變了。

「其實啊……」七尾拖著尾音應話，目送男子消失到六車後，才恢復成原來的口氣說：「車上有認識的人。」

「誰？名人嗎？」

「喏，雙胞胎的那個。就是工作跟我們類似，雙胞胎的，金桔檸檬，不是……」

真莉亞的口氣緊張起來。「蜜柑跟檸檬，是吧？可是他們兩個不是雙胞胎。只是氣質相近，大家都誤會了。他們的個性也是天差地遠。」

「他們的其中一個剛才經過了。」

「粗枝大葉，喜歡電車跟湯瑪士小火車的是檸檬；一板一眼，愛讀小說的是蜜柑。一個就像B型，一個就像A型。如果是夫妻，早就離婚了。」

「光從外表看不出血型啦。」七尾為了掩飾自己的緊張，以輕佻的口吻答道。要是對方穿著小火車圖案的T恤就好了——他想。然後說出了不好的預感。「難道行李箱是他們的？」

「有可能。我不曉得他們兩個現在是不是一道，以前好像是各幹各的。」

「我曾聽說他們是目前辦事最牢靠的業者？」

忘了是什麼時候的事了，七尾曾在一家開到深夜的咖啡廳，和一個肥胖的知名仲介業者碰了面。那個仲介業者說，他以前總是親自下海殺人，承攬危險的案子，但在身體開始長出贅肉，動作變得遲鈍的同時，也對這個工作開始心生厭倦，於是改行做仲介了。當時仲介業還很少見，而他可能是因為個性認真，又講義氣，似乎做得頗成功。而他現在已經完全變成壯碩肥胖的中年體形，看來放棄實務是正確選擇。「我本來就很擅長組織同業間的聯絡方法，所以很適合仲介這一行。」他滿懷自信地這麼說，但七尾不懂箇中道理。他對七尾提議道：「別管真莉亞了，要不要接我的案子？」

他的口頭禪是「我有好消息跟壞消息」，當時他也說了這句話。

「好消息是什麼？」

「我手上有個報酬非常棒的案子，七尾，我可以讓你賺這筆。」

「壞消息呢？」

「對手很棘手。是蜜柑跟檸檬。他們大概是業界目前辦事最牢靠、最胡來也最恐怖的兩個人。」

七尾當下拒絕了。要和真莉亞分道揚鑣，他不怎麼抗拒，但他可不想為此去跟有那麼多個「最」字頭銜的傢伙互槓。

「我可不想跟他們作對。」七尾對著電話另一頭的真莉亞嘆息。

「就算你不想，對方也不一定這麼想。如果他們跟行李箱有關的話。」真莉亞悠悠哉哉地說：「再說，所謂的業界之最，就跟有望入圍今年奧斯卡的宣傳一樣，是誰說了算？太多了啦。喏，你也聽說過推手吧？在車子還是電車前把人『砰』地一推，裝成意外事故殺人的同業。那之前也被人說是最厲害的業者，還有一段時期，虎頭蜂不也是熱門話題嗎？」

這名號七尾聽過。六年前虎頭蜂潛入在業界稱雄的寺尾的公司，殺害社長寺原，一躍成名。他也聽說過虎頭蜂是用毒針悄悄扎刺目標的脖子或指尖，總是一個人或兩個人行動。

「可是最近根本沒人提虎頭蜂了。就像退了流行，後繼無力呢。或許因為是蜂，刺一下就完了吧。」

「是這樣嗎？」

「以前業界全是些誇大不實的傳說啦。」

七尾又想起仲介業者的話。「看老電影時總會令人驚訝，那個沒有CG也沒有特效的年代，怎能拍出那麼震撼的場面，興奮不已，對吧？像德國的默劇電影，明明那麼老舊，卻神得幾乎發光了。」

「不是因為夠老，所以才覺得神嗎？」

仲介業者以戲劇化誇張的動作搖頭。「不對，是明明老了，卻神得不得了。就跟這一樣，以前的業者真的很厲害。怎麼說，粗獷，還是堅硬，總之強度不同。」他熱烈地訴說。「那麼，你知道為什麼以前的業者絕對不會輸嗎？」

「為什麼？」

「因為他們現在不是已經死了，就是退休了。沒得輸啊。」

「有道理。」

仲介業者滿足地點頭，開始口沫橫飛地說起自己交好的傳說業者的當年勇。

「如果我早點退休，是不是也會變成傳說？」七尾對著電話說，真莉亞立刻嘲諷道：「是啊，做為一個連在新幹線上野站下車都辦不成的傢伙，流芳萬世。」

「我會在大宮下車啦。」

「小心別成了連在大宮也下不了車的傢伙。」

七尾掛斷電話，往自己原本的座位——四車折返。

王子

「欸，叔叔，愈來愈好玩嘍。」王子對旁邊的木村說。

「好玩？哪裡好玩了？」木村一副自暴自棄的模樣，把手拿到臉前，用綁在一起的拇指搔自己的鼻子。「你是受了天啟嗎？省悟到自己是個多麼罪孽深重的人了嗎？你只是去上廁所而已吧？」

「其實廁所是在這節車廂的前面呢。我搞錯去了後面，所以得穿過六車，到再過去的五車廁所。」

「王子殿下也會有搞錯的時候啊？」

「可是啊，我總是得天獨厚。」王子說，體認著自己至今為止一直是多麼地幸運。

「就算失敗，結果也會帶來成功。特地繞遠路去廁所，真是做對了。一開始我去廁所之前，看到兩個男的站在車廂外的走道。那時我沒怎麼注意，直接進了廁所，結果出來的時候，他們還在那裡。一個男的抱著另一個男的。」

「被抱住的八成是喝醉酒啦。」木村哈哈大笑。

「就是啊。另一個人也說他喝醉了。可是啊，依我看來可不是那回事。」

「什麼意思？」

「那個人沒有意識。而且我沒聞到酒味，最重要的是，他脖子的角度很不自然。」

王子說完，忍不住「噗哧」一聲笑了出來。

「脖子角度不自然？」

「那個戴黑框眼鏡的大哥哥拚命掩飾，可是我猜那是脖子斷掉了吧。」

「我說你啊，」木村又深又長地嘆了口氣。「哪可能有那種事？」

「為什麼沒有？」王子望向木村，或者說木村旁邊的窗外景色。然後開始動腦思考自己接下來該採取什麼行動。

「如果有人死了，一定會鬧開來的。」

「我覺得就是不希望事情鬧開，那個人才會拚命掩飾。他對我也撒了謊。」王子想起剛才的男人。戴黑框眼鏡的男子長相斯文，然而王子一提議要幫忙扶喝醉的人，他卻慌了手腳。一看就知道是在強做平靜，但慌得那麼露骨，也教人禁不住同情。「而且那個人還帶了一個行李箱。」

「那他是想把屍體塞進行李箱裡吧。」木村懶散地說。

「啊，真是個好主意。可是大概塞不進去吧。被扶住的人雖然個子矮小，可是實在塞不進行李箱。」

「你先去通知列車長吧。就說，車上坐了一個脖子斷掉的人，可以嗎？脖子斷掉的人該付多少新幹線車資？」

「才不要。」王子立刻回答：「要是那樣做，新幹線就要停駛了，最重要的是……」他頓了一下。「那樣不是很無聊嗎？」

「王子殿下真任性。」

「我還沒說完。」王子笑吟吟地說：「後來我就回到那邊的車廂外了，可是途中還是覺得在意，又再往後折去。結果有另一個男的從六車走過來。他在找行李箱。」

「什麼意思？」

「有個男的仔細觀察走道跟座席空隙，在找東西。」

「你說的不是剛剛那個抱著酒鬼的黑框眼鏡男？」

「嗯。這個男人個子挺拔，眼神不善。感覺很兇暴，至少不像個正經社會人士。然後他還對車上的乘客盤問『那個袋子裡面裝什麼？』。很可疑，對吧？一看就知道是在拚命找什麼。」

木村誇張地打哈欠。看到這一幕，王子冷冷地心想「這個大叔也很拚呢」。木村無法掌握王子說的內容全貌，也不明白王子為什麼要提起這個話題，正感到不安。為了不讓這個比自己年幼的敵人察覺他的不安，他才會假裝打哈欠兼深呼吸。只差一步了——王子心想。只差一步，木村就會承認自己的無力，接受自己不管在立場或狀況上都走投無路的事實了。

人是需要把自己正當化的。

如果不認為自己是正確的、堅強的、有價值的人，就沒辦法活下去。所以當自己的言行與自己的認知有落差時，人就會找藉口好彌補其中的矛盾。虐待孩子的父母、外遇的聖職人員、威望掃地的政治家，每個人都會找藉口。

被迫屈服於他人時也是一樣的。會需要自我正當化。為了不去承認自己的無力、無能和軟弱，人會找出其他理由。人會想「既然能讓我屈服，這個對手一定非同凡響」，然後更進一步認為「在這種狀況下，不管是誰應該都無法抵抗」，好說服自己接受。自尊心愈高、自信心愈強的人，這麼說服自己的力量也就愈強大，而一旦這麼接受，力量的上下關係就會明確地烙印在那個人心裡。

接下來只要再拋出兩三句維護對方自尊心的話，對方就會對自己言聽計從了。這是王子至今為止在學校生活中親眼見證的事實。

大人也跟小孩沒什麼兩樣——王子懷著飄飄欲仙的心情想道。

「換句話說，有個人在找行李箱，另一個人拿著那個行李箱。」

「那你去告訴那個人啊，說你在找的行李箱在那個黑框眼鏡男手裡。」

王子瞥了一眼行進方向的車門。「其實我對他撒了謊。拿著行李箱的黑框眼鏡男其實在後面的廁所，我卻對找行李箱的人說他在前面。」

「你想幹什麼？」

「這是直覺，我認為那個行李箱裝著很重要的東西。既然都有人那麼拚命在找了，應該有什麼價值吧？」王子說完後開始思量。這麼說來，那個「找行李箱的人」在走過來的途中，沒有在前一節車廂外碰到那個黑框眼鏡男嗎？那個行李箱並非可以折疊藏匿的東西，只要經過，應該馬上就會發現了。他是漏看了嗎？還是那個黑框眼鏡男提著行李箱進廁所去了？

「大概是小學二年級的時候吧。」王子觀察旁邊的木村，笑開了說。王子笑的時候，會把整張臉擠得皺巴巴的。這麼一來，大人就會誤以為他是個天真無邪、純真無害的小孩，放下戒心。王子熟知這一點。實際上現在這一瞬間，王子的笑容也讓木村頓時放下了緊張。「那個時候非常流行機器人卡片，同學都在蒐集。一包一百圓左右，超市也有賣，可是我完全無法理解那東西哪裡好玩。」

「像我家的小涉，買不起卡片，都自己做的。純手工卡片。很感人吧！」

「哪裡感人了？」王子連撒謊的必要性都感覺不到。「不過自己做的我還可以理解。比起買別人製作好的商業性的、毫無個性可言的圖案卡片，不用錢的、自己畫的還比較有意義。叔叔的孩子圖畫得好嗎？」

「一點都不好。很感人吧！」

「不好啊？有夠遜的。」

木村一瞬間怔住，慢了一拍才湧現出兒子遭到侮辱的憤怒。

王子總是慎選措辭。不管那些話聽起來多麼地粗暴、輕薄，都不是不經大腦說出口的。王子總是認為必須自覺到自己用怎樣的口氣說出怎樣的話。他知道在朋友的對話中，若無其事地使用「有夠遜」、「真沒用」、「無聊」這些否定的詞彙，能夠建立起某種權力關係。「有夠遜」、「無聊」儘管毫無根據，卻深具影響力。像是「你爸有夠遜的」、「你的品味簡直慘不忍睹」，用來曖昧地否定對方重要的基本原則是很有效的。

說起來，沒有多少人對自己的價值觀有牢不可破的基準和自信。尤其是年輕人，價值的基準總是在變動。換言之，他們無法擺脫周圍的影響。所以王子動不動就會滿懷自信地說出侮辱與嘲笑。這麼一來，那就會成為超越主觀的客觀尺度，使自己和對方的立場差距變得明確。他人會認定「他是有著某種基準、能夠下判斷的人」。明明自己沒拜託，別人卻會這麼看待他。在一個集團裡，只要站上「決定價值的人」的位置，接下來就輕鬆了。儘管沒有棒球、足球那樣明確的規則，朋友卻會把王子的定奪當成裁判一樣尊重。

「有一次，我在店裡的停車場撿到一包卡片。還沒有拆封，或許是店家在進貨時掉的。結果裡面有一張種類非常稀少的卡片。」

「王子真幸運呢。」

「沒錯。那也是我幸運。我在學校秀出那張卡片，少年收藏家全都兩眼發光，爭相求我把卡片讓給他們。當然，我不需要那種東西，老實說，我本來是想免費送出去的。

可是想要的人實在太多了，我不曉得該給誰才好，所以情急之下——當時我真的別無企圖，也沒有什麼深意地說『不能平白送給你們』。結果你猜怎麼了？」

「反正一定是變成天價成交的拍賣會那樣吧？」

「叔叔也真單純。真可愛。」這個時候王子也挑選了措辭。問題不在木村的發言哪裡「可愛」，重要的是王子單方面地判斷「可愛」。這麼一來，木村就會發現自己在對方眼中是幼稚的。然後他不得不想自己哪裡幼稚了？是想法幼稚嗎？當然，沒有答案。因為「可愛」沒有道理。這麼一來，木村就會開始介意起「應該知道理由」的王子的價值基準。

「當然，幾乎就要發展成拍賣會了。好幾個人開始出價。可是這時有人提議，『王子，不是用錢，用別的東西來換怎麼樣？你說什麼我都聽。』局面就此扭轉。那同學大概是判斷比起付錢，『聽從命令』負擔更輕吧。實際上他或許也沒錢。結果其他人也爭先恐後提出同樣的要求。這時我發現了。我可以利用這個狀況，讓班上陷入混亂。」

「讓班上陷入混亂？」

「我可以讓同學之間相互競爭、猜疑。」

「你從那時候就以王子自居了哦，王子殿下？」

「那個時候我發現了。有人想要的東西，光是這樣就有價值，只要擁有它，就能夠占上風。」

「看你神氣兮兮的。」

「我不是神氣。只是從那個時候開始，我就對自己能夠對他人的生活造成什麼影響產生興趣。剛才我也說過，就像槓桿原理一樣，我的一點行動，可以讓別人的生活變得憂鬱，甚至毀掉一個人的人生，很厲害吧？」

「我無法同意。結果甚至去殺人，你到底是想幹麼？」

「就算不殺人，比方說，感冒快好的時候，不是會咳個不停嗎？那種時候，要是在偶然經過的路上正巧有台嬰兒車，就趁著母親不注意時，故意把臉湊過去咳嗽。」

「什麼跟什麼？真可笑。」

「嬰兒沒有免疫力，可能會染上病毒型感冒。因為我的咳嗽，會讓那孩子和母親的生活全亂了套。」

「你真的試過？」

「是啊。也可以跑去殯儀館，故意去撞正在搬運骨灰的家屬。像是假裝跌倒。然後家屬就會弄掉骨灰，雞飛狗跳。這麼一點小事，就可以毀掉一個人人生的最後。大家都不認為小孩心存惡意，所以不會嚴厲責備，更不會被法律制裁。弄掉骨灰的家屬更是會以淚洗面，陷入萬劫不復的境地。」

「你真的幹過？」

「我去瞧瞧。」王子站起身。

「你要去哪裡？」

「去看行李箱在哪裡。」

王子從六車走道往後走，大略掃視了一下，但沒看到黑框眼鏡男的身影。他也看了天花板附近的行李架。放置行李的輸送帶狀的地方，擺著大背包、紙袋、行李箱。但形狀和顏色都跟剛才看到那個有滾輪的行李箱不同。王子一直都留意著黑框眼鏡男，應該沒有錯過，可以研判他不是去到王子和木村所在的七車之前，而是在更後面，靠一車的車廂裡。

王子思考著，出了六車。

車廂外沒有人。馬桶間廁所有兩間，靠行進方向的那間鎖著。對面的洗手台簾子拉著。有人在用吧。那個黑框眼鏡男或許提著行李藏在廁所裡。他打算一直閉關到大宮嗎？不是個壞主意。或許會有人因為廁所不能用而困擾，但反正旅客不多，惹來抗議的可能性也不大吧。藏在這裡是個法子。

王子考慮是不是該等上一會兒。如果人一直不出來，就硬叫列車長打開好了。就像平常那樣，裝出充滿親切善意的模範生樣貌說：「廁所一直關著，裡面的人會不會是出事了？」

列車長應該會毫不懷疑地打開廁所門鎖吧。

結果就在這個時候，洗手台的簾子「唰」一聲打開。王子嚇了一跳，差點往後跳，但走出來的女人沒有特別起疑，向他道歉：「啊，不好意思。」王子腦中浮現道歉的詞句，但沒有說出口。道歉會在人與人之間製造出上下關係，必須謹慎為之。

王子望向離去的年輕女子背影。洋裝，外罩外套，身材中等，約二十後半吧。王子忽然想起小學六年級的級任老師。他想不起來是姓佐倉還是佐藤了。當然，那時候是記得的，但他不認為有必要在畢業後還繼續記住，所以忘了。就王子來看，級任老師完全只是「級任老師」這只棋子，就像棒球選手對其他隊伍的野手不是叫名字而是叫位置一樣，對他們只有這點程度的關心。

「級任老師的姓名和個性無關緊要。就連個人的信念或使命感也都大同小異。人的個性和想法，說穿了其實都可以分類成幾個模式。要怎樣才能讓他們站在我們這邊？這個模式也大抵都是固定的。老師到頭來也是只要這麼做就會這麼動、這樣對待就會這樣反應，如同參考書，所以跟機械活動的裝置沒有兩樣。裝置不需要專有名詞。」

王子這麼說，大半的同學都不懂他的意思，一臉茫然，頂多只是盲從地附和。「原來如此，老師叫什麼名字不重要，是吧？」其實這個時候他們應該問或是察覺到「那麼對王子來說，我們同學也不過是裝置罷了嗎？」然而他們卻從未這麼做。

那個女老師一直到最後都深信王子是努力填補教師與學生隔閡的橋梁，是個明理懂事的優秀少年。她甚至感謝王子說：「如果沒有慧同學，老師根本不會發現班上有霸凌現象。」

太過天真無邪、相信王子是站在同一陣線的老師實在太可悲，所以王子有一次給了她線索。在繳交讀書報告時，王子寫了有關他剛讀到的盧安達大屠殺的書籍。比起小說，王子更喜歡閱讀有關世界情勢的著作和史料。

小學生居然會讀那種書，似乎讓老師不敢置信，甚至對王子心生尊敬，佩服他真是早熟。王子心想，如果自己有什麼特別的才能，那大概是閱讀理解的能力更勝於一般人吧。閱讀、咀嚼內容，讓他增加字彙與知識，解讀力也更上一層樓。閱讀帶來將人的感情與抽象概念語言化的能力，使他能夠複雜、客觀地思考。

比方說，他只是把別人內心的不滿、不安、焦躁用語言表現出來，就會受到佩服、依賴。

而盧安達發生的大屠殺事件，裡面充滿了各種暗示。

盧安達有圖西族與胡圖族兩個種族。兩族外表上幾乎沒有差異，也有不少家庭是圖西與胡圖聯姻而成。民族的區分，完全只是人為的分類。

一九九四年，總統的專機遭人擊墜，此事件導致了胡圖族發起大屠殺。百日之間，約三個多月內，有多達八十萬人慘遭屠殺。而且還是被過去鄰居手中的柴刀砍死。單純計算，每天都有八千人遇害，每分鐘就有五、六個人被殺。

不分男女老幼，無一倖免的這場悲劇，不是發生在遠古以前的非現實事件，而是短短十幾年前的現代悲劇，這一點讓王子感到非常耐人尋味。

「世上居然會發生如此殘酷的事，令人難以置信，但我認為我們不能逃避它，只把它當特例或遙遠國度的事件。我從這件事裡學習到，我們必須從認清自己的脆弱開始做起。」

王子在感想中如此寫道。儘管模稜兩可，卻是填滿了看似「賞心悅目」感想的無意義文字，他明白大人就吃這一套。這些全是空泛浮面的詞句罷了。但這段文字的後半，卻也是他的真心話。

王子學到人有多麼容易受到煽動。為何這樣的慘劇無法立刻阻止、為何屠殺能夠成功？這個模式很有參考價值。

比方說，書上提到美國遲遲不願承認發生了這場盧安達大屠殺，反倒是拚命找「這並非屠殺」的藉口，不願正視事實。儘管圖西族屍橫遍野的畫面都被報導出來了，美國卻採取「無法斷定這是否為大屠殺」這種曖昧的態度。

為什麼？

因為如果承認大屠殺，根據條約，聯合國有可能會要求美國採取某些行動。

聯合國也是一樣，幾乎形同虛設。

對置身於盧安達事件之外的日本來說，則會認為「如果有什麼大問題，美國還是聯合國應該會處理吧」。既然有世界警察，犯不著自己多管閒事——就是這種感覺。然而實際上決定美國和聯合國態度的，不是使命感或道德，而是利害得失。

王子直覺聯想到，這不光只限於非洲小國的事，套用在自己學校也一樣通用。

如果把發生在學生之間的問題，例如霸凌等暴力事件換成大屠殺，教師就是美國、聯合國。

就像美國不肯接受「屠殺」這個詞，教師也不願意承認霸凌的存在。萬一承認，就得面對隨之而來的各種精神上、工作上的麻煩。

所以王子想到，可以反過來利用這一點，把教師捲入，製造出「儘管有霸凌存在，卻沒有被視為問題」的狀態。

讀到發生在盧安達某所技術學校的屠殺段落時，王子興奮得發抖，原來如此，這太有意思了。

傳聞說，那所技術學校有聯合國部隊進駐，會保護民眾。既然是聯合國，一定會從大屠殺中拯救人民。兩千名圖西族人如此深信，逃進那所學校。然而遺憾的是，那個時候聯合國部隊的任務已經從「拯救圖西族」變更為「協助盧安達的『外國人』避難」了。聯合國的士兵等於是被間接指示「不必救盧安達人」。

聯合國的士兵都如釋重負。因為他們可以不必蹚這渾水了。如果要保護圖西族，自己遭殃的可能性就大了。實際上聯合國的士兵就以「這不是我們的任務」為由，在胡圖族團團包圍中離開了那所學校。

緊接著，留在該所學校的兩千名圖西族人遭到屠殺。

正因為有應該要維持和平的聯合國部隊在那裡，反而製造出更多的犧牲者。

太有意思了。

教室裡的學生不管表面上如何表現，內心都深信教師最後一定會出面維持秩序。大部分的家長也都如此，他們相信老師，或把責任推給老師，放心撒手。因此只要能夠巧妙地操縱老師，就可以讓這些同學陷入絕望。

王子想到駕馭老師的方法。

首先是灌輸老師觀念，讓她覺得承認霸凌會是件麻煩事，後患無窮。

同時施加恐懼，讓她害怕身為教師的自己可能也會遭殃。

然後為她準備自我正當化的藉口，說她已經積極處理了，她已經善盡教師的責任了。

課外讀物心得報告也考慮到這一點，提到美國和聯合國的愚昧及自私的邏輯。他期待級任老師會發現到「這是在說我」、「這孩子很危險」。王子像這樣給了她提示。

當然，女老師沒有察覺。她反倒是讚嘆道：「慧同學都讀這麼深奧的書嗎？好厲害！」還說：「可是居然會發生這種悲劇，真是太可怕了。明明同樣都是人類，真是難以置信。」王子大失所望。

為什麼會發生大屠殺？王子可以輕易理解。因為人是靠直覺在判斷事物的。而且這種直覺深受周遭人群的影響。

王子在書上看過一個有名的實驗。把眾人集合在一處，對他們提問，問題的答案顯而易見。眾人依序回答，每個人都可以聽到其他人的回答內容。然而其實這群人當中只有一個人是受試者，其餘全都被指示要故意說出錯誤的答案。結果怎麼樣？那唯一一個「依自己的意志選擇正確答案」的人，被問三次裡會有一次去迎合別人「錯誤的回答」。受試者當中高達四分之三，都一度捨棄自己的正確判斷。

人是會去迎合他人的生物。

還有其他類似的實驗。根據那些實驗，人類容易與他人同調的模式是「這個決定非常重要，而正確答案不明確、難以回答」的情況。

在這種情況，人就容易人云亦云。

答案顯而易見時則沒問題。人可以相信自己的答案。

或是這個回答並不會造成重大影響時也沒問題。人可以輕鬆說出自己的答案。

換句話說，我們可以這樣想人在非得做出可怕的決斷，或是違背倫理的決定時，就會附和群體的見解，確信「這樣做才是對的」。

根據這些，王子可以理解為什麼大屠殺非但沒有停止，反而愈演愈烈。他們一定是相信集團的決定才是對的，而不是自己做判斷，盲從動手。

廁所裡傳來聲響。沖水聲。門開了，但裡面走出來的是個中年男子。身穿西裝的男子走到洗手台。王子立刻打開那間廁所的門查看，裡面只有一個馬桶，看起來不像藏有行李箱。王子接著也打開隔壁間廁所。那裡是女廁，但王子不在乎。

沒有行李。

拿到哪裡去了？王子動腦。

一定是藏到哪裡了。哪裡？

那個行李箱的大小沒辦法完全藏在車廂座位底下。行李放置處和廁所也沒看見。

王子走近垃圾桶，並沒有特別的理由，只是除此之外的地方都找遍了而已。王子看著丟瓶罐的圓形洞口還有丟雜誌的長條形洞口，儘管覺得這裡塞不進行李箱，但還是把臉湊過去。即使查看裡面，也只有壓扁的便當盒堆積著。

緊接著，王子發現了突起。

丟雜誌的洞口旁邊有個小突起。王子抱著一線希望按下去，結果「嚓」地一聲，跳出了一塊金屬。王子毫不猶豫地轉動它。眼前的板子大大地掀開，王子不禁雀躍。他完全沒想到這種地方竟然能打開。而裡面就像架子一樣，底下有垃圾袋，上面擺著行李箱。是行李箱。一定是那個黑框眼鏡男想要帶走的箱子。

找到了。王子闔上板子，恢復原狀。他慢慢地吐氣。

沒必要慌。那個黑框眼鏡男不會輕易把行李箱從這個藏身處移走吧。他應該很放心，覺得只要藏在這裡，直到目的地都不會被人發現。

要怎樣才能讓事情變得更好玩？

發現目標讓王子湧出無比的成就感，他暫時先回去七車。我果然運氣絕佳——他更加如此相信了。

木村

木村想起有關王子的記憶。

第一次在百貨公司遇到王子時，木村心想八成不會再見到這個國中生了。

然而就像被看不見的磁力所吸引，不到兩個星期，木村再次與王子扯上關係。

這天木村也跟小涉在一起。他們送木村的父母——小涉的爺爺奶奶去最近的車站，正在回家的路上。

木村的父母一天前過來，說是來參加東京舉行的同學會，下榻木村公寓附近的小旅館，還帶幼稚園放學回來的小涉去玩具店，寵愛地說：「想買什麼都買給你。」小涉性格內向，顯然被爺爺奶奶的「買給你、買給你」攻勢嚇到了。結果小涉只拿了店頭發的氣球好像就滿足了，爺爺誇張地嘆息，責備木村說：「都是你什麼都不買給他，他才會變成這樣一個沒欲望的孩子。可憐噢，噢噢，實在太可憐了。」

「小涉天生就那樣啦。」木村說明，但他們聽不進去，還搬出與木村離婚的女人來挖苦說：「她在的時候，小涉還天真無邪一點，至少知道要討玩具。」、「就是因為你邋裡邋遢，她才會跑掉。」、「才不是，她自己欠了一屁股債，只能跑路啦。」、「明明就是受不了你這個酒鬼。」、「那時候我還沒喝得這麼凶啦。」這是真的。妻子還在的時候，木村雖然一樣懶散，卻不是這種酒不離手的生活。如果那時候自己就這樣酗酒的話，妻子應該也會擔心小涉，不可能把監護權交給他。

「你眼裡就只有酒。」

「不要隨便一口咬定。」

結果爺爺一臉嚴肅地說「看就知道了」、「聞就知道了」。仔細想想，從木村小時候父親就老愛這麼一口咬定。看就知道了、人壞的部分臭得要死，兩三下就露餡了——他總是不可一世地這麼主張，但在兒子看來，只覺得那是老人家的偏見，教人看不順眼。小時候常來家裡玩的阿繁也苦笑說：「木村兄成天都在說『那傢伙很臭』、『這傢伙也臭得要命』嘛。」

「然後自己老愛放屁。」這麼回話的是奶奶。

買了玩具後，大夥去了設有許多運動遊樂器材的大型公園。木村坐在長椅上，看著小涉拉著氣喘如牛的奶奶跑向高台溜滑梯。他吁了一口氣，總算可以擺脫小涉，暫時輕鬆一下了。他就要從口袋裡掏出裝白蘭地的小瓶子，那隻手卻被爺爺抓住了。爺爺不曉得什麼時候坐在他旁邊。

「你幹麼？」木村壓低聲音怒道，爺爺不為所動。雖然滿頭白髮就是副老人相，但肌肉結實的身體不動如山，握力也很強。手愈握愈大力，木村承受不住，放開了小瓶子，爺爺抓起瓶子，說：「你知道什麼叫酒精中毒嗎？」

「就是像我這樣吧。」

「噯，你還算是輕微的，但再這樣下去，肯定會變成沒救的酒鬼。你知道酒精中毒是怎樣的狀態嗎？」爺爺爽快地把搶走的小瓶子還他。木村接下瓶子回答：「就是愛喝酒又喝很多的人吧？」

「說得籠統些是這樣，可是既然都叫中毒了，那就是病了。這跟喜歡喝酒、海量是不一樣的。只要喝上一口，就會永遠喝下去。已經不是毅力還是忍耐的問題了。就是停不下來，才會叫做酒精中毒。這跟體質也有關係，這種人只要一喝就完蛋了。」

「既然是遺傳的問題，那爸也一樣吧？不，還是媽的基因？」

「我們不喝酒。你知道為什麼嗎？因為我們知道酒精中毒絕對治不好。」

「怎麼可能治不好？」

「腦裡面好像有種叫做Ａ10神經的東西。」

囉嗦死了，這老頭幹麼上起課來啊？木村做出掏耳朵的動作。

「然後有個實驗，這實驗利用一種裝置，只要一壓桿子，就會刺激Ａ10神經。然後你知道人會怎麼做嗎？」

「我哪知道啊？」

「會不停地壓桿子。」

「什麼意思？」

「Ａ10神經只要受到刺激，腦就會感到爽快。換句話說，就是一壓桿子，就可以輕易得到快感。所以人會不斷重複這個動作。就像猴子無法自制，不停自慰一樣。而這種快感好像又很類似吃到好吃的東西或達成工作時的成就感。」

「那又怎樣？」

「只要喝酒，就會刺激到Ａ10神經。」

「那又怎樣？」

「只要喝酒，儘管什麼事都沒做，卻可以得到成就感。這太輕鬆了，很棒，對吧？既輕鬆，又舒服。這樣一來，接下來會怎樣？就跟不停地壓桿子一樣，只能不停地喝酒。然後不停地這麼做，腦就會變形。」

「腦會變形？」

「一旦變成那樣，就無法恢復原狀了。一沾到酒，就陷入開關打開的狀態。假設有個酒精中毒者長期以來一直戒酒。中毒症狀已經消失，也可以過著普通人的生活了。可是啊，那傢伙只要喝上一口酒，無庸置疑，從那一刻開始，他又會離不開酒了。因為腦子還是原來中毒的那個樣子。這不是忍耐力或意志力的問題，而是腦已經變成那樣了。男人只要看到女人的裸體，瞳孔就會反射性地放大。就跟這個一樣，怎樣都身不由己。這就是成癮的機制。」

「什麼機制，少賣弄那種假學問的字眼了。所以說那又怎樣？告訴你，白蘭地可是從美索不達米亞文明的時候就有，是歷史悠久的飲料呢。」

「我說你啊，那說法的真實性還存疑，好嗎？你這樣囫圇吞棗聽信情報，遲早要吃鱉。聽好了，能夠從酒精中毒振作起來的唯一方法，就是永遠戒酒。只要沾一口就完了。況且成就感本來就不是可以靠酒精還是藥物得到的，只有認真工作一途。要是可以輕易得到快感，人的身體就會開始依賴成癮。」

「什麼依賴成癮，又在那裡賣弄了。」

「總之你也學學我，工作就是了。透過勞動獲得的成就感非常健康的。」爺爺口氣粗魯地說。

「什麼工作，說得那麼好聽，你也只不過是個超市的倉管罷了。」從木村懂事開始，父母親就過著近乎隱居的生活。他們在附近的超市工作，但那也只算是打工，所以木村打從心底厭惡他們不起眼地工作、不起眼地掙錢糊口的人生。

「你少瞧不起倉管。我的工作是負責管理庫存跟叫貨。」爺爺張大鼻孔吐氣說：「跟我比起來，你才沒正經工作過吧？」

「喂，我現在不是好好地在警衛公司工作嗎？」

「的確，那是個了不起的工作。歹勢。」爺爺老實道歉。「可是在那之前，你一直都沒在工作吧？」

「以前的事就別提了。要說的話，上國中的時候大家不都沒工作嗎？而且在當警衛以前，我也是有在工作的。」

「什麼工作？」爺爺一本正經地看向他，木村嚇到了。他過去做的是接受他人委託，拿槍奪取人命的不人道工作。要是說出來，就算是這個老頭，也會感覺到為人父母的責任吧。木村差點就在拌嘴中說溜嘴，但他還是猶豫了，沒必要讓都已年過花甲、邁入人生後半的父母知道更多糟糕的事實。

「反正八成不是什麼可以大聲宣揚的工作吧？」

「又是你『看就知道』那一套？」

「沒錯。」

「我怕說出來會嚇死你，還是別說好了。」

「喂，你老爸年輕的時候也是瘋狂過的。」

「等級完全不一樣啦。」木村苦笑。再也沒有比聽長者吹噓自己往日的辛苦、癲狂更無趣的事了。

「總之你別再喝酒啦。」

「感謝爸擔心我的身體。」

「我才不是擔心你的身體，是擔心小涉。你大概頑強得很，就算用鞋子踩扁，抹在地板上，也死不了。」

「我是蟑螂嗎？要是被鞋子踩扁，就算是我也會死的。」木村笑道。

「聽好了，為了小涉，絕對別再喝酒了。」

「我也想為了小涉戒酒啊。」木村說著，手卻已將小瓶子的瓶蓋轉開了。「才剛說就這樣。」爺爺悲嘆。「我再說一次，要治好酒癮，只有遠離它一條路。只能永遠戒酒。」

「反正我這人就是渾身酒臭。」

爺爺直盯著木村說：「光是酒臭還好，要是連人都臭了，你就完了。」他抽動著鼻子說。

「是是是。」木村把拿下蓋子的小瓶子湊上嘴巴。可能是因為爺爺的忠告言猶在耳，他有些躊躇，只含了一小口在嘴裡。感覺酒的成分沁入腦袋，使得腦袋像海棉般扭絞變形，他不禁毛骨悚然。

這天在車站與爺爺奶奶道別後，木村與小涉一起從來時路折返。穿過古老的商店街，走過住宅區。

「啊，有人在哭耶，爸爸。」經過倒閉的加油站旁的小路時，小涉這麼說。木村雖然牽著小涉的手，但因為在想著父親留下來的話，心不在焉。「酒精中毒治不好」，這句話在他腦中徘徊不去。木村本來以為即使現在陷入中毒狀態，只要接受治療，還是可以繼續喝酒。比方說像性病，生殖器官腫起來，這段期間雖然沒辦法性交，但只要治好了，又可以繼續享樂了。他以為跟這是一樣的。可是如果老頭說的是真的，酒精中毒就跟性病不一樣了。酒精中毒治不好，一輩子都不能喝酒了。

「喂，爸爸。」小涉再次叫道，木村看向小涉，循著他的視線望去。倒閉之後用繩索圍起來的加油站後面，圍牆與大樓之間，聚集一群穿學生服的人。

總共有四人。

其中兩人各自抓著另一人的單邊手臂，讓他動彈不得。剩下那一個則站在他的對面。被制住的男學生一臉慘然，快哭出來地說：「喂，不要這樣啦！」

「欸，爸爸，他們沒事吧？」

「噯，沒事吧。大哥哥有他們自己的問題要解決吧。」

木村想要就這樣經過。即使回想自己國中的時候，也曾像這樣欺凌他人、陰險地在一旁起鬨。木村自己站在欺凌的一方，所以知道那種事就算沒什麼大不了的動機或契機也會發生。人就是要站在優於他人的地位才能放心，透過凌虐別人，來體認自身的安全。人是有這種特質的——木村這麼解釋。

「等一下，你們也是同罪吧？為什麼只有我遭殃？」他聽到其中一個少年嚷嚷道。是雙手被制住的國中生。

木村停下腳步，再次望去。雙臂被抓住的學生短短的頭髮染成褐色，穿著改短的制服，體格也很壯碩。那或許不是欺負弱小，而是鬧內訌也說不定。木村湧出了一點興趣。

「有什麼辦法？那傢伙會跳下去，都是你做得太過火了。」抓右臂的制服男噘起嘴巴說。圓臉、寬額，長相像一塊岩石，但還留有幾分稚氣。

國中生其實還只算是小孩。正因為是一群小屁孩在表演暴戾之氣，讓人沒什麼現實感。

「又不是只有我一個人逼他，每個人都有份吧？我把影片上傳網路之前，那傢伙就說他想死了啊！」

「王子不是交代過要在真的逼死他之前收手嗎？王子氣得要死。」負責抓左臂的制服男說。

王子──聽到這個曾耳聞的名號，木村感到詫異，但更在意的是「想死」、「真的逼死他」這些話。

「只要你被電一下就好了，忍一忍吧。」

「誰願意啊！」

「你仔細想想看。」這麼說的制服男是四人當中個子最高的。「如果你在這裡拒絕會怎麼樣？我們每個人都得被電。你一樣要被電，而我們也得被電。那樣一來，我們可會恨你的。可是如果你一個人扛下來的話，我們不是會感謝你嗎？橫豎都要被電，哪邊比較好？被我們怨恨好，還是被我們感謝好？」

「那就當成已經電過就好了嘛。就跟王子堅持說已經電過了。」

「你以為不會敗露嗎？」高個子國中生苦笑著說：「你有自信不會被王子發現嗎？」

「且慢，諸位國中生。」木村故意用煞有介事的口吻說，走進圍牆與大樓之間。小涉也被父親牽著跟上來。「你們把同學霸凌到死嗎？」木村走近說：「佩服佩服。」他打趣似地點頭說。

國中生面面相覷。三對一的構圖崩解，他們急遽變回四名同夥，提防起木村。

「呃，有事嗎？」高個子制服男板著臉問。他的臉會那麼紅，是因為緊張跟不安嗎？還是單純生氣？雖然不清楚，但木村也覺得他虛張聲勢得真是辛苦。「有什麼事？」

「什麼有什麼事，這狀況顯然太不尋常了吧？」木村指著原本被剝奪自由的國中生說：「被電是什麼意思？電擊？是什麼遊戲嗎？」

「不懂你在說什麼。」

「你們太大聲了，我全聽見了。你們把同學霸凌到自殺，對吧？真過分。那現在是在開檢討會嗎？」木村說，一旁的小涉擔心地拉扯他的手。「我們還是回家吧？」他不安地低語。

「囉嗦啦，帶著小孩滾邊去啦。」

「你們說的王子是誰？」

瞬間四名國中生頓時變得面無血色。就像聽到什麼恐怖的咒語似地，那樣子讓木村更感興趣了。不過同時——或者該說總算，他想起之前在百貨公司遇到的國中生。

「哦，這樣啊，王子是那傢伙啊。咦，你們不就是廁所那幫人嗎？那個時候也在開什麼祕密會議嘛。『這樣下去王子會生氣，怎麼辦？』對吧？」木村調侃他們，想起之前遇到的王子。「那種像少爺的傢伙哪裡可怕了？」他說。

四人沉默。

高個子男學生手裡提著便利超商的塑膠袋。木村一個箭步，一把搶過袋子。事出突然，高個子男學生來不及反應，嚇了一大跳，拚命伸手想搶回來。木村身體迅速一閃，左手揪住國中生的手，握緊小指一扭。尖叫聲響起。

「扭斷你的手指哦。你們少瞧不起大人了。你們以為我比你們多活了幾年？我可是忍受過比你們多上好幾倍的無趣光陰。你們知道我折斷過多少根別人小指？」木村淡淡地說出這番嚇唬人的話，把搶來的紙袋交給小涉。「裡面裝了什麼？」

「喂，住手！」國中生緊張起來，木村威脅道：「你們敢動一下，我就折斷這傢伙的手指。我說到做到。」

「爸爸，這是什麼？」小涉從塑膠袋裡取出器具。是個看起來像遙控車操控器的簡單儀器，上面有桿子和幾條電線。

「這是啥？」木村放開國中生的手指，拿起儀器。「好像N軌的電源（註）。」

木村小學的時候，有個家裡有錢的同學，擁有許多鐵路模型，常拿火車在上面跑的模型向人炫耀，木村就是在他家看到的。這儀器很像鐵路通電用的電源。或者說看起來就是那玩意兒。上面有兩條電線，前端連著類似膠帶的東西。還有電源線。「這是幹麼用的？」

就算詢問，國中生也依舊沉默。

木村凝視這個儀器。往旁邊一看，大樓牆壁底下有插座。是室外作業機械用的電源吧。上面有防雨用的遮雨蓋，底下是插孔。

「喂，是那個嗎？你們打算把插頭插進那裡面，然後把電線貼在別人身上，電擊人家，是嗎？」木村說，不由得有些困惑。木村在國中時也曾拿道具欺凌過別人，但那完全是用來毆打。他從來沒想過要用插座的電源來折磨人。而且這個機器看起來像是為了電擊而改良過，感覺使用次數相當頻繁。「你們常幹這種事嗎？」

這已經不是暴力、霸凌的程度了，是利用機器進行的拷問。

「喂，這是那個什麼的？王子的興趣嗎？」

「你知道王子？」本來被抓住的國中生膽怯地問。

「前陣子在百貨公司我也碰到他了。你們在百貨公司的廁所一臉凝重地哭訴會惹王子殿下生氣的時候，我就在場啊。」

「啊！」高個子國中生好像這才發現見過木村。其他三人似乎也想起木村是那時候來攪和的酒臭男子了。

「那個時候卓也同學成了箭靶呢。」木村說出偶然留在記憶裡的名字。「卓也同學嚇得要死，說沒有聽從王子殿下的命令，會惹王子殿下生氣，好可怕、好可怕。」

他們全員對望，無聲地商量。一會兒後，圓臉的國中生依然板著臉，開口了：「聽說卓也死了。」

不要多嘴！——其他三人面色蒼白地瞪他。

「什麼叫死了？比喻嗎？」木村實在不願意承認自己害怕，開始耍起嘴皮子。「就像搖滾已死那樣嗎？職棒已死，卓也同學已死。」

國中生臉上浮現痙攣似的微弱笑容，不是在瞧不起木村，而像是在對他的不可靠感到同情與失望。

「不會是真的死了吧？這樣啊，你們剛才說的什麼跳下去，就是在講卓也同學嗎？」木村嘆了一口氣。受不了怎麼會碰上這麼陰沉的鳥事。「我說你們啊，人死了就完了啊。」

「爸，走了啦。」也因為小涉在旁邊拉他的手，木村心想差不多該離開才是上策，而且這也不是什麼多有意思的事，便轉過身子。

註：N軌為日本及台灣最普遍的鐵路模型，指1/148～1/160縮尺的模型規格，軌距為九公釐。

然而聲音卻響了。「大叔，救救我們！」木村回頭一看，四個國中生都面無血色，嘴唇不停顫抖。「大叔！」高個子叫道，同時圓臉說：「幫我們想想辦法啊！」剩下的兩人同聲合唱：「救救我們！」當然，他們應該不是像才藝發表會那樣決定好台詞的順序。他們是各自出於自己的意志求救，聲音偶然重疊在一起而已，而這也完全表現出他們真切的期望，連木村也不禁動搖了。「還以為你們要逞凶鬥狠，這次倒是求救起來了，什麼意思啊？」

國中生已經完全成了脆弱的少年，決堤似地傾吐著分不清是訴苦還是哀求的話。

「反正大叔也不是什麼正經上班族吧？」

「幫我們解決王子吧！」

「我們全都會被他殺掉的！」

「這樣實在太不對勁了。我們學校每個人都失常了。都是王子搞的！」

木村覺得煩死了，揮手甩開四人。「囉嗦啦，你們搞什麼啊？」他覺得恐怖，就像半好玩地放下釣鉤，沒想到卻釣上了大得嚇人的魚，幾乎要把自己反拖進水中。

「好吧，我去幹掉王子。」木村草率、出於玩笑地說。結果國中生的表情露骨地綻放光明，讓木村慌了手腳。他四下環顧。這裡是圍牆與大樓之間的夾縫，但從身後的馬路可以看得一清二楚。在路人眼中看來，或許像是一對父子被國中生聯手恐嚇，還是帶著孩子的男子正在教訓國中生？「你們一個人交個一百萬來，我就接下。」

就連為了拒絕而提出的條件，國中生都表示興趣，令人驚訝的是，他們竟把這一百萬圓的花費當成現實的金額計算起來。木村急了。「我騙你們的啦。這還用說嗎，我開玩笑的。去找自己的爸媽商量吧。既然你們那麼怕那個王子殿下，就去向爸媽求救吧。找老師也行。」

國中生突然發出含糊不清、囁嚅的聲音，一副幾乎快哭出來的樣子。

「你們竟然那麼拚命，很恐怖耶。一切免談。」木村往下一看，小涉正直盯著他瞧。木村奇怪他在看什麼，原來是自己手中的瓶子。自己手中抓著裝白蘭地的瓶子。我什麼時候拿出來的？木村納悶著，關上蓋子。既然能關上蓋子，表示自己打開過。完全是無意識的。自己甚至沒有意識到，就取出瓶子，轉開蓋子，喝了酒。木村忍住咂嘴的衝動。小涉擔心且悲傷地看著他。

要是被國中生這樣強逼——木村開始找藉口。碰上這種狀況，不喝點酒怎麼冷靜得下來？這時候喝酒，保持冷靜，也是為了保護小涉的必要行動。沒錯，這些酒是必要的。把酒含進嘴裡，就像乾涸的大地喜獲甘霖，營養沁入體內所有的神經，感覺腦袋也變清晰了。「看吧，酒精到底哪裡不好了？」連這樣的念頭都湧上來。是毒是藥，全看怎麼運用。

「卓也他爸……」一個人悄聲呢喃說：「卓也他爸上個月被公司開除了。」

「你在說啥？」這話沒頭沒腦的，讓木村皺起眉頭。「卓也是那個死掉的學生吧？」

「是在卓也死掉以前的事。卓也他爸對我們學校的女生動手，被抓了。這件事曝光，卓也他爸被公司開除了。」

「我不曉得他對國中生做了什麼，可是那是自作自受吧？」木村張大鼻孔說。可是看到他們猶豫不決、尋思該怎麼說的樣子，不得不再開口：「難道……那是你們設計的？不會是你們陷害那個叫卓也的老爸吧？」

他們沒有否定，感覺就是肯定的意思。

「其實他爸是清白的嗎？」

他們依然沒有否定。

「我不曉得你們是怎麼做的，可是那種事真有可能嗎？」

「那個女生也只是照著王子說的做而已。」圓臉的國中生低聲說。

「因為卓也他爸開始調查王子的事。」

「想要反抗王子殿下，就被捏造出性侵事件？王子殿下連這種事都設想到了？王子殿下真是聰明絕頂，殘酷無情啊。」木村半調侃地說，然而四個國中生全都點頭了。他們深切感受到王子的冷酷無情。

「已經有三個老師辭職了。」一個人呢喃。

「一個是憂鬱症，一個是鹹豬手，一個是事故。」

「不要告訴我都是你們幹的喔？」

國中生沒有回答。

「可是啊，就算是這樣，也用不著怕成那樣吧。只要你們團結起來，合力圍攻，王子殿下什麼的，兩三下就可以幹掉了吧？我說得不對嗎？」從體格來看，那個王子感覺也不強。就算那個少年其實是個格鬥高手好了，只要多人聯手，應該不是問題。

四個人的反應很古怪。他們好像聽到了什麼意想不到的提議，愣在原處。就像驚訝於這傢伙究竟在胡扯些什麼啊？

原來如此——木村心想。這些國中生從來沒有動過這種念頭。他們從來沒想過要與王子對決，逆轉這樣的立場。

木村想起以前接過的案子。當時他負責監視某個遭到綁架監禁的人。在陰暗的老舊公寓一室，男子被剝得近乎全裸，連話也不會說，神智朦朧。木村在隔壁房間看電視、喝酒，打發時間，不過那時有件事讓他覺得很不可思議。男子手腳並未受到束縛，房間也沒有上鎖。更誇張的是，連玄關大門都開著，可以自由出入。所以木村一直納悶著「為什麼那個人不逃走？」

回答他這個疑問的，是那次工作時和木村輪流監視的男子。他說：「你知道『習得性無助』嗎？」

「習得性無助？」木村反問。

「原本好像是對狗電擊的實驗。實驗安排只要狗跳起來，就可以逃離電擊。平常的話，狗應該會逃走，對吧？不過如果在那之前，讓狗體驗到不管怎麼做，都逃離不了電擊，那麼狗就再也不會嘗試要逃跑了。」

「會死心，是嗎？」

「簡而言之，就是一旦被灌輸自己是無助的，即使是在只要加把勁就可以得救的狀況下，也會坐以待斃。人也是一樣的。家庭暴力也是。母親會任憑挨打，是因為已經被灌輸無助感了。」

「所以……」木村望向男子被監禁的房間。

「沒錯。那傢伙不會逃跑。他認定自己逃不掉。人不是根據邏輯行動的，最根本的部分還是動物本能。」

就跟那一樣嗎？

木村望向眼前的國中生。他們已經認定憑自己的力量不可能扳得倒王子。他們是被灌輸什麼了嗎？之前或許已經有過好幾次同伴和大人因為王子的指示而遭殃的情況。這些經驗累積對他們灌輸了無助感嗎？電擊也是原因之一吧。雖然不曉得是怎樣的電擊、王子下了什麼指示，不過電擊有可能壓迫了他們的精神。

仔細一看，四個國中生都還太年幼了。他們雖然刻意講究髮型、修剪眉毛，拚命打扮外表，內心卻充滿了不安，就像小狗一樣。一副拚命爭奪狹小世界地盤的表情。

要操縱這些傢伙，或許意外地簡單——木村想。然後他悟出不該再牽扯下去。看見濕著眼睛悲傷嗚叫的棄犬，最好視而不見。「噯，自個兒想辦法吧。」

「叔叔，救救我們！」他聽見圓臉國中生說。

小涉不安地握住木村的手。「我們走吧，回家吧。」他拉扯木村的手說。

「誰管你們啊。再見。」木村發現自己不知不覺間竟喝光了整瓶酒，狼狽不已。

「噯，努力變成了不起的大人吧。」他丟下這句話，離開了。

「喂，叔叔。」

聽到聲音，木村醒了。他花了一點時間才發現他在新幹線裡。雖然沒有完全睡著，但他恍惚打著盹，所以從旁冒出的王子臉龐，就像從記憶裡爬出來的幻影。

「喂，叔叔，現在不是悠哉睡覺的時候呀。你都不擔心自己接下來的遭遇嗎？」

「有什麼好擔心的？都被綁成這樣了，我啥都不能做啊。不是嗎？」

「就算是這樣，你最好有點危機意識吧。雖然我在新幹線裡埋伏叔叔，但目的可不是要跟叔叔一起手牽手快樂遊東北啊。」

「不是嗎？一起去吧。到盛岡吃個冷麵怎麼樣？我請客。」

王子笑也不笑。「我有事拜託叔叔。」

「免談。」

「別這樣嘛，我也無法忍受躺在醫院病床上的小朋友遭受痛苦啊。」

木村感到胃部一陣沉重，同時湧出一股血液沸騰般的怒意。「你要我幹什麼？」

「要你在盛岡辦的事，等快到了再告訴你。」

「你是在賣關子惹我焦急嗎？」

「可是叔叔也不想知道我要拜託你殺誰吧？」

木村忍住咂嘴的衝動。王子能這麼滿不在乎地說出危險的言論，感覺就是因為他年幼無知，卻也覺得是因為他太老成了。「誰啊？你要我殺誰？」

「這樂子就留到後頭吧。」王子說完彎下身子，開始拉扯纏在木村腳踝上的布帶。

「噢，你要放了我嗎？」

「聽好嘍，要是叔叔輕舉妄動，叔叔的小孩可能就慘了。就算我把帶子解開，也不代表叔叔自由了。別忘了，如果聯絡不上我，醫院的小孩就再見嘍。」

反射性的怒意讓木村渾身顫抖。「喂，你好好檢查手機了吧？」

「咦？」

「你沒接電話就慘了，不是嗎？」木村皺起眉頭。

「啊，對。差點忘了。如果響了十下我沒接，到時候叔叔的小孩也一樣慘。說得沒錯。」

「你敢給我說什麼不小心漏接電話，我絕對饒不了你。」

「叔叔，那不重要。」王子滿不在乎地接著說：「我有別的事要請叔叔幫忙。」

「幫你捶肩膀，是嗎？」

「我想要叔叔陪我一起去拿個東西。」王子指著後方車廂說。

槿

藤澤金剛町的行人專用時相路口，南北向馬路的號誌現在是綠燈。行車陸續通過。

等待行人號誌的人們群聚在斑馬線前方。槿站在距離那裡約三十公尺遠的大型書店前。他看看號誌。再看看行人。男，高個子，清瘦，三十多歲，不對。男，大個子，二十多歲，不對。女，不對。男，小個子，二十多歲，不對。女，不對。男，學生制服，不對。他等待目標男子經過。

十字路口的號誌變了。人潮一口氣湧上斑馬線。縱向、橫向，十字交叉前進。沒多久，行人號誌閃了，變成紅燈。馬路又變成綠燈。時機已經根植在身體。重要的是黃燈亮起的時機，還有閃完的瞬間。車子在黃燈時比在綠燈時更會加速，容易莽撞地直衝上來。

我覺得推手就像鎌鼬（註）。有個女的這麼說過。她是委託人。槿自稱是推手的代理人，與那個女人接觸。

平白無故，手腳卻突然出現割傷，大家不是都說這是妖怪鎌鼬幹的好事嗎？其實那只是被銳利的風給割傷的。我想推手就跟鎌鼬一樣，大家只是把意外身亡或跳軌自殺的人，用被推手害死來說明罷了。都只是在事後創作出根本不存在的事物。

很多人都誤會了，鎌鼬並不是因為風而被憑空創造出來的。是風造成割傷的說法，從頭到尾也只是謠言。槿這麼說，惹得女人不高興了。

不高興的話，回去就好了，然而女人卻更加執著，追根究柢地探問推手的事。槿討

註：一種傳說中的風妖。

厭這女人，沒接下案子就離開了。然而女人仍然死纏爛打地追上來，槿便在夜路途中推了她的背。女人被紅燈前瞬間加速的農夫車給衝撞了。這對槿來說是無償勞務，徒留疲倦。

男，矮個子，四十多歲，不對。女，不對。男，大個子，二十多歲，不對。女，不對。女，不對。男，大個子，四十多歲。槿繼續盯緊從左邊路過的男子。男子身穿直條紋灰西裝，頭髮很短，肩幅很寬。槿跨出步子。男子走向十字路口，混進等綠燈的行人行列，槿也走進去。雖然是有意識，但感覺異於主動操舵。

馬路的號誌從綠燈變成黃燈。男子在斑馬線前停下。槿望向從右方駛來的通行車輛。黑色迷你廂型車，司機是短髮女子，他看出後車座有兒童座椅。時機不合。再下一輛偶然也是同型的迷你廂型車。號誌變了。車子衝上來。槿的右手飄忽移動，觸摸男子的背。

撞擊聲，還有輪胎前傾刮過路面的聲音。尖叫聲沒有立刻響起。人們的無語就像一場透明、無聲的爆炸。

槿已經離開原地了。他一樣宛如隨波逐流地走回來時的道路。背後傳來「叫救護車！」的尖叫，但槿的胸中連小石投入湖中的漣漪都沒被激起。他只是不經意地想起許久以前，自己也曾在這個十字路口辦過事。

「蜜柑，你說說湯瑪士朋友的名字。」應該去找行李箱的檸檬空手回來了，而且居然毫無解釋，就一屁股坐到三人座中靠走道的座位，悠哉地聊起這話題。

蜜柑瞄了一眼擺在靠窗座的峰岸少爺的屍體。因為檸檬實在是太悠哉了，讓他忍不住想確定一下他們身處的狀況。屍體還在，狀況沒什麼變化。然而這個檸檬剛剛卻說起八竿子打不著的話題。「難道你找到行李箱了？」

「你知道湯瑪士朋友的名字嗎？把你知道的名字裡面感覺最稀罕的說出來。」

「這跟行李箱的報告有關嗎？」

「怎麼可能有關？」檸檬稍微頂出下巴，露出目瞪口呆的表情。「行李箱已經無關緊要了。」

簡而言之，就是沒找到吧——蜜柑也看出來了。他和檸檬搭檔工作，已經超過五年了。檸檬運動能力出類拔萃，不管陷入什麼危機，都能臨危不亂，冷靜——或者說冷酷地行動。在從事危險工作上，是再可靠不過的同事了，然而另一方面，檸檬可能不擅長精密作業，也或許是因為凡事都懶的個性使然，做事草率且不負責任。此外，他還不服輸，就算犯了錯，也會藉口說個沒完，不願承認自己失敗。如果到了不得不承認的地步，就會大言不慚地說：「這事就別計較了吧。」他會把意識從事實轉移開，真的試圖忘記。每次收爛攤子的都是我——蜜柑很清楚。但他也知道，就算抗議這件事，也只是白費唇舌。

蜜柑嘆了口氣。「高登。」他說：「湯瑪士小火車裡應該有個叫高登的角色吧？」

「我說你啊，」檸檬頓時擺出洋洋得意的神情。「高登是超有名的朋友，好嗎？幾乎是主角了耶。我出的題目可是稀罕的名字耶。」

「什麼題目？」蜜柑轉動脖子。他覺得跟檸檬相處比工作還要累人。「那你告訴我啊，標準解答是什麼？」

檸檬微微張大鼻孔，拚命想要掩飾神氣的模樣。「噯，至少你也該回答韓德爾爵士嘛。舊名福康。」

「湯瑪士有叫這名字的朋友嗎？」

「要不然就是奈德吧。」

「小火車真多呢。」蜜柑只能不痛不癢地敷衍。

「不過奈德不是小火車，是一般車。」

「什麼跟什麼？莫名其妙。」

蜜柑看向屍體旁邊的車窗。外頭的景色不斷流過。巨大公寓過去了。

「喂。」蜜柑諄諄教誨在鄰座哼起曲子看起雜誌的檸檬說：「我知道你不想承認自己失敗。但現在可不是能那麼輕鬆悠閒的時候。你明白吧？峰岸的兒子已經放棄呼吸，身體都涼掉了，而行李箱又不曉得跑哪兒去了。我們說起來就像被交代去蔬果店買東西，卻沒買到菜，連錢包都給弄丟，一事無成的沒用小毛頭一樣。」

「你的比喻太拐彎抹角了，聽不懂啦。」

「簡而言之，我們現在處境『非常糟糕』。」

「我知道啦。四個字，對吧？」

「你就是看起來不明白，我才要告訴你。聽好了，我們得更焦急一點才行。不，我已經夠急的了，問題是你，你應該更焦急一點。我再確認一次，你沒找到行李箱，是吧？」

「是啊。」檸檬不知為何得意地挺胸說，蜜柑正要訓他，就被檸檬搶先辯解道：

「可是啊，我被一個小鬼頭騙，也夠倒楣了。」

「被小鬼頭騙？怎麼回事？」

「有個小鬼裝出乖寶寶的樣子，跟我說『有人拿著大哥哥在找的行李箱往那邊去了』，我聽信他的話，一直走到『疾風號』前頭去找呢。」

「那個小鬼也不一定就是撒謊吧。一定有人拿著行李箱沒錯。小鬼看到應該也是真的。只是你沒找到而已。」

「可是那太奇怪了吧？那麼大的李箱不可能不見啊。」

「你看過廁所了嗎？」

「算看過吧。」

「算？什麼叫算看過？」蜜柑忍不住厲聲逼問。但他發現檸檬不是在開玩笑，更加愕然了。「不全部看過就沒意義了吧?拿走行李箱的人可能躲在廁所裡啊。」

「有人在用的廁所怎麼查啊?」

蜜柑連嘆息都覺得浪費工夫。「不全部找過就沒意義了。我去看看。」

他看看手表。再五分鐘就到大宮了。「不好了。」

「怎麼了?什麼東西不好了?」

「快到大宮站了。峰岸的部下會來檢查。」

峰岸這個人或許是因為長期經營危險組織,疑心病非常重,從不信任別人。他相信「人只要碰到可以背叛的局面,就一定會背叛」,所以委託他人辦事的時候,也為了預防對方背叛,總是會準備監督人員和監視裝置。

這次也是,峰岸擔心蜜柑和檸檬難保會在哪時候決心背叛他,帶著錢逃走。或是萬一他們拿兒子當人質,帶到其他地方去就糟了。

「所以我要調查你們有沒有背叛我。」在洽談時,峰岸甚至當面向他們如此宣告。

峰岸要自己的部下在新幹線的停車站待命,調查蜜柑和檸檬是不是真的帶著他的兒子搭上了前往盛岡的新幹線、有沒有什麼可疑的舉動。當然,聽到說明的時候,蜜柑和檸檬絲毫沒有背叛的念頭,打算照著委託完成工作,所以不當一回事地點頭答應。「請便,儘管調查吧。」

「完全沒料到事情會演變成這樣。」

「總是會有事故的。湯瑪士的主題曲裡也有唱道『如果發生事故,千萬別氣餒。』」

「你最好給我氣餒一點。」然而檸檬似乎根本沒把蜜柑的話聽進去，打起拍子，輕快地哼起歌。說得真是好，湯瑪士的歌太有深度了——檸檬沉浸在感動中。「啊，可是，」此時他總算轉向蜜柑說：「在大宮的月台等我們的檢查人員，他們會進車廂嗎？」

「不曉得。」蜜柑也不清楚這部分的詳情。「或許只是從月台隔著窗戶確認我們的座位。」

「那樣的話，」檸檬撐起上半身，指著窗邊的屍體說：「讓這傢伙裝作睡著的樣子，咱們再裝傻，不就可以蒙混過去了嗎？」

檸檬樂觀的意見令人反感，但有值得同意的地方。確實，如果對方沒有上車，是可以瞞得過去。

「況且他們也不可能猜到峰岸的兒子死掉了，還坐在這裡嘛。」

「的確。連我都嚇到了。」

「就是啊。那一定騙得過去啦。」

「可是如果他們起疑，有可能會上車。」

「大宮的停車時間只有一分鐘，沒時間搞太多啦。」

「說得有理。」蜜柑想像。如果自己是峰岸，會下什麼指示？「我想部下應該會在月台確認我們的樣子，要是覺得可疑，就打電話聯絡峰岸。」

「像這樣嗎，『老大，少爺的臉色像個死人。會不會是喝醉了？』萬一這樣，會怎麼樣？」

「峰岸大概會猜到，『我兒子不可能喝醉，肯定有什麼不對勁。』」

「會猜到嗎？」

「那種大人物對這類事情特別敏感，然後峰岸八成會派大批部下在下個停車站仙台待命，闖進新幹線，不顧一切逮住我們。」

「把負責聯絡的傢伙的電話搶走如何？只要阻止他們報告峰岸，我們也不會惹峰岸生氣了。這個少爺也是，只要他死掉的消息沒被公開，他就不算死掉。」

「峰岸這種等級的人物，就算沒有電話，也有太多其他聯絡手段了。」

「比如飛鴿傳書之類的嗎？」不曉得為什麼，檸檬似乎很中意自己的發言，糾纏不休地追問：「欸，是不是飛鴿傳書啊？」

「比方說，不是有大樓電子告示板那類的嗎？可以在上面顯示訊息。『少爺被殺了』，像這樣告訴他。」

檸檬的眼睛眨得飛快，直盯著蜜柑說：「你是說真的嗎？」

「開玩笑的。」

「蜜柑開的玩笑每次都有夠難笑。」明明說難笑，檸檬卻一副樂不可支的模樣。

「那樣的話，下次我們也用棒球場的大螢幕當留言板如何？在那個大大的螢幕上播放『工作順利完成』，來通知委託人。」

「我不明白這樣做有什麼好處。」

「不是很好玩嗎？」檸檬笑得像個孩子。然後他慢慢地從口袋裡抓出一張紙，再從某處掏出筆來寫字。「喏，帶著這個吧。」他把紙遞給蜜柑。

蜜柑接過來一看，那是超市的活動抽獎券。

「背面啦。」檸檬說。蜜柑翻過來一看，上面畫著圓臉的火車頭。說不上畫得好還是差。

「這啥？」

「亞瑟啊。我不是幫你把名字也寫上去了嗎？『害羞的紫紅色小火車。非常熱愛工作，從來沒有事故紀錄，是他的驕傲』。亞瑟是從來沒有引發事故的完美小火車哦。他的零事故紀錄還在持續刷新呢。亞瑟沒有貼紙，所以畫給你。」

「這怎麼了嗎？」

「這可是零事故的小火車呢。你當成護身符帶著吧。」

連小孩都不會被這種東西騙，蜜柑目瞪口呆，卻連回嘴的力氣都沒了，他把圖摺成一半，塞進屁股口袋。

「不過亞瑟後來也被湯瑪士捉弄，引發了事故吧。」

「那怎麼行？」

「可是湯瑪士說了句名言。」

「什麼名言？」

「『紀錄的存在就是為了被打破！』」

「任意破壞別人的紀錄，湯瑪士說這什麼話！這麼不打動人心的台詞也真少見。」

瓢蟲

七尾回到四車第一排。如果真莉亞說的是真的，那麼行李箱的主人就在三車。坐在附近的車廂令人不安，但七尾覺得坐哪裡都一樣，還不如單純地選擇手中對號座的座位。

腦中浮現檸檬和蜜柑的事。

他們在找行李箱嗎？七尾感覺自己坐的座位地板下陷、天花板崩塌，壓迫著他。那對搭檔不僅冷酷，而且凶暴，無論是精神上或技術上都是暴力行為的專家。七尾想起胖子仲介業者告訴過他的資訊。

七尾也想過要把行李箱移到更近的地方，像是三車與四車的車廂外垃圾桶，但還是作罷。再一次轉移陣地的時候可能會被人看到。不要亂動行李箱才是上策。不要緊的，很順利的，沒問題的，應該不會再發生突發事故了吧，七尾如此告訴自己。「真的嗎？」內在的自己彷彿正如此呢喃，揶揄著每次你只要辦事，不都會被捲入意外狀況嗎？從小學那次在回家途中被綁架開始，你的人生不就一直處於不可抗之巨大命運嗎？

七尾叫住路過的推車小姐，說：「我要柳橙汁。」

「柳橙汁賣完了。平常不會賣完的，真的很不巧。」

即使聽到小姐說明，七尾也泰然自若。他甚至想應道「我就知道」。他已經習慣這類霉運了。比方說去買鞋子，喜歡的顏色就一定賣光，剩下的全是不合腳的。排隊結帳，隔壁的隊伍就結得比較快。坐電梯時好心禮讓老人先進去，輪到自己進去時，就會響起超重的警鈴聲。家常便飯了。

七尾改買碳酸飲料，付了錢。

「你總是提心弔膽，浮躁不安，所以一年三百六十五天都像大凶日。」以前真莉亞這麼說過他。「所以你應該再從容自在些，感覺快慌張時就喝口茶，做個深呼吸，比方說在手掌上寫寫『人』字，或是『薔薇』這類筆畫多的字，讓自己冷靜下來比較好。」

「我會成天提心弔膽，不是因為我杞人憂天還是想太多，而是出於經驗法則。因為我的人生實在太不走運了。」七尾答道。

他打開拉環，喝了碳酸飲料。辛辣的觸感在嘴裡瀰漫開來，害他噎到了。行李箱藏好了，大宮就快到了，只要冷靜行動，雖然目的地從上野變更為大宮，但幾乎是照預定完成工作。只要提著行李箱去找真莉亞，抱怨個幾句「這哪裡是簡單的差事」，然後就結束了。

他愈是強烈地這麼祈禱，不安感就愈是湧現。

七尾為了要自己冷靜，深深地坐入座位中，然後繃緊神經，張開左手掌，打算用右手寫個漢字，以食指比畫起「薔薇」來，然而卻比想像中更癢，他甩了甩手。

結果甩動的左手敲到前面托盤上的罐子，罐子掉了下來。或許是因為列車還在行駛，小罐子輕快地四處滾動，往車廂前方滾去了。七尾慌忙起身去追。

他樂觀地以為罐子很快就會停下來了，然而它意外地左右亂拐，不停滾動。七尾一下彎腰，一下走過走道，一下向乘客道歉，慌手忙腳。

罐子滾過半個車廂時終於停了，七尾立刻彎腰撿起來。他嘆了一口氣，直起身子，結果側腰一陣劇痛。七尾呻吟起來。他不曉得出了什麼事，懷疑自己碰上了敵人，比方說行李箱的主人向他出招攻擊，頓時渾身冷汗直淌。「哎喲，對不起啊。」直到聽到老婦人的道歉聲，才發現原來不是被攻擊。對方是個嬌小的婦人，好像是正要從座位起身，伸出了拐杖，卻不巧刺中了剛撿起罐子的七尾側腰。七尾痛苦萬分，一定是刺到要害了。

「讓一讓。」老婦人來到走道，可能光是走動就很費勁了，她沒再繼續關心七尾，說了聲「不好意思，讓我過去」，就此離去。

七尾趴靠在座位靠背上，撫摸肚子，調整呼吸。這也不是光靠忍耐就好的疼痛，他扭動身體，左右搖擺，結果跟後方座位的男子四目相接。男子年紀跟七尾差不多，或更年長些，可能是那身西裝打扮讓他看起來像個認真的上班族。感覺擅長一絲不苟地計算數字，他是會計人員或稅務事務所的員工嗎？七尾反射性地猜測對方的身分。

「你沒事嗎？」對方擔心地問。

「沒事。」七尾用力挺身，卻感到一陣尖銳的劇痛，又差點蜷起身子。他在男子旁邊的空位坐下，緊急避難。「好像有點痛。剛才跟那個人撞到了。我只是來撿這個罐子的。」

「真倒楣呢。」

「噯，我已經倒楣慣了。」

「你常倒楣嗎？」

七尾望向男子手中的書，是旅遊書嗎？上面有很多旅館的照片。

疼痛總算緩和，七尾正要站起身，忽然想到，「像是……」他侃侃而談起來。「像是我小學二年級時，曾被人綁架。」

男子似乎有點嚇到。「怎麼突然說到這個。」他輕笑說：「你家很有錢嗎？」

「怎麼可能。」七尾立刻搖頭。「我家和有錢扯不上邊。我小學時，除了體育服以外，爸媽從沒買過別的衣服給我，朋友有的玩具，我只能羨慕得流口水。真的是羨慕得流口水喔。那時我們班上有個同學很有錢，他跟我完全相反，什麼都有，零用錢好像多到花不完，也有一堆漫畫跟模型玩具。噯，就有錢人啦。什麼都不缺。那個有錢朋友有一次這麼對我說：『你家那麼窮，你只能去當足球選手或加入黑道了。』」

「嗯。」男子曖昧地應聲。表情悲傷，像在同情當年的七尾。「還真有這種孩子呢。」

「就是啊。不是加入黑道，就只能當足球選手，這實在太荒唐了，不過那時的我是個純真的孩子，心想原來是這樣，所以兩邊都做了。」

「兩邊？足球跟……？」男子瞪大眼睛，歪著頭問。

「犯罪。偷別人的足球，是我生平第一次犯罪。然後兩邊我都不斷練習，成了箇中好手，的確是靠著它們維繫自己的人生，所以那個有錢朋友也算是我的恩人。」七尾對於平常不算多話的自己，竟然對著初次見面的男子如此滔滔不絕感到困惑，但這個表情平靜，卻感覺沒什麼生氣的男子有一種奇妙的氛圍，彷彿靜靜地吸收著自己的話語。「啊，我本來要講什麼去了？」七尾說，想起來了。「對了，綁票。」還要說啊？七尾自己也很驚訝。「你那個有錢朋友感覺更容易被綁架呢。」男子說。「敏銳！」七尾興匆匆地說：「你說得沒錯。」他忍不住接了下去。「綁架犯搞錯了，把我跟有錢朋友搞錯了。我回家的方向跟有錢朋友一樣。而且那個時候我猜拳猜輸，背了他的書包。有錢朋友的書包顏色跟其他學生不一樣，怎麼說……」

「與眾不同，是嗎？」

「對對對，是有錢人款吧。」七尾笑道：「所以我被認錯，遭到綁架，吃足了苦頭。我一直說我不是那個有錢朋友，卻沒人相信。」

「可是你獲救了呢。」

「我是自己逃掉的。」

歹徒向有錢朋友的父母勒索贖金，他的父母不當一回事。因為自己的兒子好端端地在家裡，這是理所當然的。歹徒一夥人火冒三丈，對七尾愈來愈粗暴。「所以就說我不是他啦！」歹徒總算相信七尾的話，打電話到七尾家。他們大概是改變想法了吧。「只要拿得到錢，打哪家來的都無所謂。」

「我父親對歹徒說了非常天經地義的話。」
「什麼話？」
「心有餘而力不足。」
「哦？」
「歹徒目瞪口呆，責怪他們算哪門子父母。但我可以理解，心有餘而力不足，說得沒錯。就算想救孩子，也沒錢付贖金。無可奈何。我明白我得自個兒想法子才行。所以我逃走了。」

記憶倉庫的門扉一道道開啟。「砰、砰、砰」地打開又關上。反覆乍現的昔日場景雖已蒙塵，卻又充滿一定的鮮明度，完全不像兒時體驗的臨場感。歹徒的疏忽、七尾的運動能力和膽識、還有鐵路平交道柵欄放下的時機、公車抵達的時間，是這些救了他。七尾同時想起他當時搭上的那台公車發車時所帶來的安心感，還有自己沒錢投幣時的焦急。總而言之，儘管還是個小學生，七尾卻成功地自行逃脫了。「砰、砰、砰」腦中的門扉接連開啟。當他發現任意回溯記憶不太妙的時候，已經連不該打開的門都打開了。裡面冒出來的是以「救命」般的眼神向自己哀求的少年表情。

「怎麼了？」西裝男子或許是敏感地察覺出七尾的變化，出聲問道。

「心理創傷。」七尾說出真莉亞用來挖苦自己的字眼。「那個時候，除了我以外，還有別的孩子被綁架。」

「誰？」

「不曉得。」七尾真的不知道。那孩子在他遭到監禁的地方。「那裡或許是類似倉庫，把綁票來的孩子集中在那裡吧。」

平頭的陌生少年對想要獨自逃走的七尾說：「救我。」然而七尾沒有救那個少年。

「因為會絆手絆腳嗎？」

「我為什麼會那樣做，理由我已經不記得了，或許是類似直覺吧。那個時候我完全沒有要救他的念頭。」

「那孩子怎麼了呢？」

「不曉得。」七尾老實說：「只在我的心裡留下了創傷。我根本不願意想起。」怎麼會又想起來呢？七尾關上記憶的櫃門，甚至想要上鎖。

「歹徒呢？」

「沒抓到。我父親嫌麻煩，沒有報警，我也無所謂。能夠活著回家，知道可以憑自己的力量脫困，就已經是大收穫了。咦，我怎麼會說起這個來？」自己怎麼會滔滔不絕地說起這種事，七尾感到不可思議極了。簡直就像按下開始鍵就自動說話的機器人。

「總之，自從我被認錯而遭綁架後，我的人生就全是這類倒楣事。高中入學考的時候，難得我考題都猜到了，卻因為坐隔壁的男生拚命打噴嚏，結果落榜了。」

「被分散注意力嗎？」

「不是。他噴了一堆鼻涕還是口水在我的答案卡上，我急忙擦掉，卻把已經畫好的答案卡弄得沒辦法讀了。連名字都抹掉了。」

七尾家裡經濟拮据，如果要升學，就只能讀公立高中，然而這也因為素不相識的某位考生的過敏性鼻炎泡湯了。父親和母親都是性情平淡的人，對這件事既不生氣也不悲傷。

「真不走運呢。」

「只要洗車就會下雨，除了希望下雨而洗車的時候。」

「這是什麼？」

「以前很流行的莫非定律。我的人生就是一連串的莫非定律。」

「莫非定律，真懷念呢。」

「如果哪天你看到排隊結帳的隊伍前面有我，最好換到別的隊伍。其他隊伍絕對結得比較快。」

「我會記住的。」

手機響了。來電顯示是真莉亞。七尾有種鬆了口氣、又像嘔氣、又像說話被打擾而生氣的心情。鬆口氣、嘔氣、生氣。

「被拐杖戳到的地方也不痛了。謝謝你聽我說話。」

「我沒幫到什麼。」男子謙遜地說。他的表情沒有膽怯，卻也不是沉著，感覺像是重要的情緒回路插頭鬆脫了。

「你或許很擅長讓人打開話匣子。」七尾把忽然感覺到的告訴他。「沒有人這麼說過嗎？」

「咦？」男子可能以為遭到責備，顯得動搖。「可是我什麼都沒做啊。」

「就像個神父，只是待在你身邊，就忍不住說出一切，或者說像個人體懺悔室，或是活神父。」

「活神父？神父大抵都是活的啊。況且我只是個補習班的講師而已。」

男子說這些時，七尾已背對男子，走到車廂外。他一接起手機，真莉亞的聲音立刻扎了上來。「接那麼慢！」

「我去廁所了啦！」七尾大聲說。

「真有閒情逸致呢。反正從你以往的經驗來看，就算去了廁所，衛生紙也一定會剛好用光，要不然就是尿到自己的手，是吧？」

「我不否認。有什麼事？」

手機傳來真莉亞顯然不滿的鼻息聲，但把它當成新幹線行駛的震動聲，就不會在意了。雖然站在窗邊，但七尾不想靜止不動，便站到連結部上面。沉重的地板狀物體像生物關節般蠕動著。

「還什麼事，你可真悠哉呢。差不多要到大宮了吧？這次要好好下車啊。可怕的大野狼屍體擱哪兒去了？」

「不要讓我想起來。」腳底下搖來搖去，七尾用身體維持平衡。

「噯，就算狼的屍體被發現，也沒有人知道是你幹的吧。」

沒錯，七尾也這麼想。狼的身分，包括他的本名在內，應該幾乎沒有人知道，警方就算發現那具屍體，光是要查出身分，就得費上好一番工夫吧。

「那是怎樣？要好好在大宮下車，是吧？我知道啦。」

「我想這次應該沒問題，不過為了慎重起見，還是得給你一點壓力。」

「壓力？」

「我剛才打電話給委託人了。告訴他我們優秀的選手提著行李箱，沒能在上野站下車。嗳，反正你會在大宮下車，我想應該也不是什麼大問題，可是還是通知一聲比較好嘛，對吧？這是社會人士應有的禮儀。碰到的困難、犯下的錯，都要老實報告。」

「對方生氣了？」

「嚇得臉都白了。我是看不見啦，可是那聲音一聽就知道臉色蒼白。」

「幹麼要臉色發白？」生氣還可以理解。七尾有不好的預感——包括這可能不是什麼簡單差事的預感，還有這個預感會成真的預感。

「那個委託人好像也是被其他委託人委託的。也就是說，我們是包商底下的小包商。」

「這不是常有的事嗎？」

「就是啊。可是最上游的委託人，是盛岡那個叫峰岸的……」

此時列車突然格外劇烈地左右震動，七尾失去平衡，一個踉蹌，抓住附近的扶手。

「妳說誰？」七尾把手機按回耳朵問：「剛才我沒聽到。」話才說完，列車就進隧道了。窗外暗了下來。低吼般的激烈轟隆聲響籠罩列車。小時候每當列車鑽進隧道，七尾就害怕不已。因為他感覺暗下來的期間，有一頭巨大的怪獸正激烈地喘著氣，把臉湊近列車，正在打量車裡的乘客。有沒有壞孩子？有沒有正好可以讓我抓走的乖孩子？怪獸像這樣用眼睛掃視著，窺看著自己，所以他總是把肩膀縮得小小的。或許是因為被認錯綁架的恐懼還留存心底，他認為如果要從乘客中挑一個倒楣鬼，那一定是自己。

「你知道峰岸嗎？至少聽過名字吧？」

七尾一瞬間不明白真莉亞想說什麼，然而理解的同時，他的胃開始痛了。「妳說的峰岸，是那個峰岸？」

「我不曉得你說的那個峰岸是哪個峰岸。」

「那個聽說把遲到女人的手砍斷的……」

「五分鐘。只是遲到五分鐘。」

「簡直就像恐怖民間故事裡的角色嘛。我聽過傳聞，說什麼峰岸先生最痛恨不認真工作的傢伙。」七尾自己這麼說完後，一陣頭暈目眩，加上腳底晃動不止，他差點當場倒下。

「看吧，」真莉亞說：「看吧，很不妙吧！我們沒有認真工作嘛。」

「妳怎麼聽起來事不關己？最上游的委託人真的是峰岸嗎？」

「雖然不是很清楚，但感覺好像是這樣。」

「只是感覺，還不一定就是吧？」

「是啊。可是總之委託人嚇白了臉，說這樣下去會惹峰岸先生不高興。噯，已經發生的事也沒辦法了，只要在大宮下車，就不是什麼大問題，別哭哭啼啼的，放大膽子吧——我這麼跟他說。」

「峰岸知道這件事嗎？知道我沒能在上野下車，也沒認真完成工作。」

「我也不清楚耶，這要看那個委託人怎麼做了。他有可能不敢說、還沒有說，或是害怕要是不說會惹峰岸生氣，連忙跑去報告。」

「這麼說來，應該有人打電話通知妳行李箱放在哪裡。」七尾想起，新幹線剛出發，真莉亞就聯絡說「行李箱在三車跟四車之間」。「這麼說的話，表示有人從這輛列車通知妳這件事吧？」

「或許吧。那又如何呢？」

「那樣的話，我可以把他當成同一陣線的人，都是要搶走行李箱的人吧。」如果列車裡有同伴，多少會覺得可靠些。

「你最好別指望。那個人一定只負責確定行李箱的位置，打電話通知而已。或許已經在上野下車了。」

七尾也覺得確實有這個可能。

「可是，怎麼樣？有沒有一點緊張感了？會不會覺得不認真工作就慘了？」

「我本來就很認真在工作。」七尾說，對自己用力點頭。沒錯，這世上還有人活得比我更認真嗎？雖然也要看認真的定義，但我不好高騖遠，腳踏實地，也不詛咒自己的赤貧出身，沒有自暴自棄，用偷來的足球勤練花式足球，一直到現在。我覺得就算有人會尊敬我，把我當成人生楷模也不奇怪。

「你是認真工作，可是你沒半點運氣，不曉得會出什麼事。」

「不會有事的。」這話當然不是對真莉亞說的，這是在向自己、向自己的命運確認。「行李箱我藏好了。大宮就快到了，只要下車，工作就完成了。峰岸也沒理由生氣了。」

「我是這麼祈禱。不過跟你一塊兒工作後，我也學到很多，像是世上是有意想不到的霉運在伺機埋伏的。就連覺得不可能失敗的工作也是，會發生意料之外的狀況，然後失敗。就算沒失敗，也會慘兮兮。『啊，原來還有這種失敗方式啊』，我每次都學到教訓。」

「可是妳每次都說是簡單的差事。」

「這也是事實啊。誰叫你不管做什麼都會被捲入麻煩，有什麼辦法？想要敲著石橋過河，就會不小心敲到蜂窩，被蜂螫到摔下橋去。全是這種事。你沒打過高爾夫球吧？」

怎麼沒頭沒腦地問這種問題？七尾詫異。「是沒有。」

「你最好別打。不是要把球打進洞裡嗎？你要把球從洞裡撿起來時，就會有老鼠從洞裡冒出來，一口咬住你的手。」

「胡說八道。高爾夫球洞裡怎麼會有老鼠？」

「你就是會碰上這種事。你就是個發現讓任務失敗方法的天才。」

「要是有『搞砸任務』的委託上門，或許我可以幹得不錯。」七尾開玩笑地說。結果真莉亞以意外嚴肅的口吻指摘說：「結果你就不會搞砸了，總是這樣的。」

「莫非定律。」

「那是明星的名字嗎？艾迪．墨菲（註）？」

此時七尾突然感到不安。「我開始擔心行李箱是不是還在了。」他望向行進方向。

「是啊。應該藏得萬無一失的行李箱不見了，你是很有可能碰上這種事的。」

「別嚇人。」

「當心點。就連去確定行李箱還在不在，也可能出什麼事。」

那到底要我怎麼辦？七尾想要吼叫，卻也能了解真莉亞的憂心。

王子

王子解開束帶，放木村的手腳自由，但他沒有不安。如果木村任憑情緒爆發，貿然動粗，可能危及孩子的性命。木村已經理解這一點了，不會把那番話當成信口開河還是唬人吧。他應該明白王子不是會隨便撒那種謊的人。而且王子還對木村說「我想請你幫我」。換句話說，木村知道如果完成工作，王子可能會放了自己的孩子。王子認為木村

註：艾迪．墨菲（Eddie Murphy），現代美國喜劇演員。

明明還有其他解決途徑，卻要反抗自己讓兒子落入險境的可能性很低。人只要知道還有出路，就不容易自暴自棄。

「那我要做什麼？」

木村摸了摸被鬆綁的腳踝，一臉嘔氣的表情說。向憎恨的對象請求指示應該是無比屈辱的事，但木村忍下來了。王子爽快得不得了。

「現在跟我一起去後面的車廂吧。車廂外不是有垃圾桶嗎？裡面藏著行李箱。」

「那行李箱裝得進垃圾桶裡？」

「我本來也不曉得，垃圾桶那裡的牆壁像片板子，可以打開。」

「是黑框眼鏡男藏起來的？可是你搶他的行李箱要幹麼？既然是行李箱，應該還滿大的吧？把它拿到這裡，擱在腳下，一下就會被發現了。也不能放在座位上，拿身體去遮吧？」

王子覺得木村的意見沒錯。雖然那不是出國旅行用的大行李箱，但擺在座位附近，馬上就會曝光了。

「我想到兩個法子。」王子邊說邊走出車廂，然後暫時靠到門邊，與木村面對面。「第一個法子是請列車長保管。」

「請列車長保管？」

「對，把行李箱拿過去，向列車長說明，請他保管。不是有車長室、或那附近有業務用的小房間嗎？只要請列車長暫時放在那裡，物主就找不到了。」

「說找到物主不明的行李箱嗎？有行李箱掉在車裡？馬上就會被車內廣播，所有的乘客都會知道了。想要行李箱的人會在車長室前面大排長龍。」

「我會用更像樣一點的說詞。像是這是我的行李箱，可是旁邊的大叔乘客一直想要對它作怪，可以幫我保管到下車嗎？這類的。」說到旁邊的乘客時，王子比了比木村。

「這樣肯定會更惹人懷疑。」

「像我這樣的國中生誠實地說明，就不會被懷疑了。」

木村粗魯地「哼」了一聲。他可能是想一笑置之，但顯然也預測到「列車長可能也會被這個國中生給騙了」。

「可是如果交給列車長保管，就不是你的東西了。」

「在盛岡下車時，請列車長還給我就好了，要是有困難就算了。雖然想知道行李箱裡裝了什麼，可是行李箱是我藏起來的，這個事實更重要。這樣我就可以誘導想要它的人，讓他們動搖。」

「就跟你們班上流行的機器人卡片一樣嗎？」

「對。可是我還想到另一個方法，也就是只拿走行李箱裡的東西。」那個黑框眼鏡男看成寶的行李箱上有四位數的數字鎖。「那個鎖只要一直試下去，遲早可以打開。」

「你要全部試過？你以為有多少組號碼？太辛苦了吧。」木村似乎瞧不起小孩子的提案。這個人依然無法擺脫先入為主的想法——王子感到同情。

「要試的是叔叔你。叔叔要進廁所，不停地轉數字鎖。」

「誰要在廁所裡幹那種事？」

木村立刻就失去冷靜，讓王子差點笑出來。他咬緊牙關忍住。

「叔叔，像這樣一再提醒，我也很不忍心，可是如果叔叔不聽話，叔叔的小孩就慘了喔。只是在廁所裡弄個行李箱的鎖，這點事你最好還是乖乖照做。那樣絕對比較好。」

「要是一直關在廁所，會惹列車長懷疑的。」

「我會定時查看廁所附近，如果有人排隊，就跟你說。然後你暫時出來，看情況再進去試就好了。而且開行李箱的鎖又不是什麼壞事，怎麼辯解都可以。」

「會轉到死耶，我可不要轉行李箱的鎖轉到老死。」

王子再次跨出腳步，進入下一節車廂，穿過走道。他想像跟在後面的木村心情。把自己的兒子從建築物推下去的罪魁禍首，那嬌小的身軀就在眼前，他一定很想立刻撲上去。如果周圍的人許可，他一定想要勒住他的脖子、扳起他的手臂，惡狠狠地痛揍他一頓。然而現在的木村無法這麼做。雖然是因為他們人在新幹線裡，在公眾面前，但更重要的是，事關孩子的性命。光是想像木村咬牙切齒、無處發作的窘樣，王子就感到爽快。

「叔叔。」王子一邊走過六車，一邊向後回頭。不出所料，木村拚命壓仰憤怒、醜陋地扭曲的臉就在眼前，他痛快極了。「試出四位數字的組合，應該沒有想像中耗時。從0000到9999而已，總共有一萬種組合。粗略計算，一秒鐘試一組的話，就是一萬秒，約是一百六十七分鐘，兩小時快五十分。而且實際上大概會比這時間還快。而且我覺得試一組也要不了一秒。」

「心算真快，天才兒童。」木村開玩笑說，連這種反應都讓王子覺得愚蠢。

「幸運之神這麼眷顧我，連我自己都覺得吃驚呢。就算任意行動，多半也都會往好的方向發展，而且我也常常中獎。自從出生以來，我就幸運得近乎不可思議，所以我想這四位數字應該也很快就可以找到正確組合了。我猜應該會在開始的三十分鐘內，0000到1800之間就打開了。」

離開車廂。沒有人影。王子毫不猶豫地移動到垃圾桶那裡。

「喂，這裡嗎？」木村來到旁邊，於是王子指著垃圾桶的突起部分說：「喏，那邊。按下去後，轉動拉起來。」

木村照著王子說的動手，然後使力拉桿子。「啊。」木村出聲。王子也從旁邊看，他確定垃圾桶上的架子擺著黑色行李箱，說：「就是那個，快點拿出來。」

木村沒想到能被打開的地方居然被打開了，茫然失措，他被王子催促，伸長身體拚命拖出行李箱。放下地板的同時，王子迅速關上板子。

「那麼叔叔，你趕快去那邊的廁所裡開鎖吧。」王子隨即指著車廂外的廁所說：「最好決定個暗號。如果有什麼事，我會從外面敲門。不過其他乘客或許也會敲門，得區別一下才行。總之如果有其他人在排隊，最好先出來一下，我會連續敲五下門。因為一般人應該不會敲到五下。然後如果有什麼危險人物靠近，我會敲叩叩、叩。中間隔一拍。」

「什麼叫危險人物？」

「像是黑框眼鏡的大哥哥之類的。」王子說，卻也猜想如果是那個看起來沒什麼自信的男子，就算被他發現是自己偷了行李，或許也可以哄騙過去。人是有容易籠絡和不容易籠絡的。這與知識和體能也有關係，不過是以基本的精神構造和個性決定的。容易籠絡的人，即使年紀增長也不會有所成長，所以世上的詐欺和犯罪才不會減少。「或是在找那個行李箱的人。」那個人感覺思慮淺短，充滿可能幹出某些激烈行為的危險性。「如果那些人過來的話，我就敲兩下跟一下。」

「叩叩、叩，是嗎？那我要怎樣？」

木村的問題讓王子差點笑出來。他在仰賴自己、向自己尋求指示，此時雙方的立場已經確立了。王子真想鼓勵他自個兒動動腦嘛。

「我想要看情況吧。所以叔叔在裡面等的時候，最好保持警戒。等人離開了，我會再敲一次門當信號。」

「如果人不離開怎麼辦？」

「我會設法轉移他們的注意力。再說，我想不會有人知道叔叔在廁所裡開行李箱，應該不會等上太久。」

「你意外地滿隨便的嘛。」

木村或許是帶著嘲諷的口氣說的，但王子沒有特別的感覺。他知道計畫不需要想得太周全。重要的是發生狀況時，不能慌亂，必須有彈性地選擇下一個行動。

「叔叔，那你現在立刻去試號碼吧。盡快把行李箱打開。準備，衝刺！」王子拉扯木村的衣服，把他帶去廁所那邊。

「你少神氣兮兮地命令人了。你以為我會乖乖聽你指示嗎？」

「當然會。萬一叔叔從廁所不見，跑去哪裡的話，我會立刻打電話。打給醫院裡的同伴。那麼叔叔的小孩大概就會因為那通電話再見了。手機真是恐怖呢。什麼事都辦得到。」

木村露出厲鬼般的表情瞪著他，但王子毫不在乎。他打開廁所門。木村也不抵抗，一副不知所措的模樣進了廁所。裡面傳來上鎖的聲音。

王子看看手表。快到大宮站了。距離盛岡還有一段時間。應該用不了多久，行李箱就可以打開了。

王子站在車廂外時，後方的五車車門發出噴氣聲打開了。

走過來的是那位戴黑框眼鏡的男子。他穿著短牛仔外套，工作褲也很適合他。堆在眼角的皺紋看起來像是老好人的象徵。王子小心維持自然，靠近廁所門，敲了兩下，停頓，然後再敲了一下。他裝出想上廁所，但裡面有人，只得放棄的樣子。接著他假裝這才注意到男子，「你是剛才的……」王子出聲說：「那個喝醉酒的人沒事嗎？」

「哦，是你啊。」雖然只有一點，但男子的表情露出疲憊的神色。他覺得我是個麻煩人物——王子察覺。這種反應也不稀奇。有些大人覺得王子是個值得稱讚的模範生，也有些大人覺得再也沒有比值得稱讚的模範生更煩人的傢伙了。

「那個人就那樣睡著了。醉鬼真會給人添麻煩。」黑框眼鏡男子搔了搔太陽穴，停下腳步。然後他轉向垃圾桶，瞥了王子一眼。

「怎麼了嗎？」王子問，但他可以猜出男子的下一步行動。他想確認行李箱還在不在。比想像中得更快，王子想。行李箱才剛藏起來而已，所以王子本來推測男子應該要更久之後才會來確認。或許這個人比我猜想的還要膽小、神經質。王子重新打量男子。他一定是那種一離開家門，就立刻擔心起門窗有沒有鎖、瓦斯有沒有關的類型。

「沒什麼。」他一定希望王子快點走掉吧。雖然不到不耐煩的地步，卻看得出不滿。

王子假惺惺地看手機，然後撒謊說「啊，打來了」，做出接電話的姿勢，往門口附近走去。他猜想如果自己沒有看著，男子也比較好打開垃圾桶。不出所料，他用餘光瞥見男子急忙行動。傳來有點大的聲響。是在打開垃圾桶的板子吧。王子故意不看那邊，但他可以想像男子發現行李箱不見，怔在原地的表情。他忍住笑意。

「饒了我吧。」王子聽見哀嘆聲，假裝講完電話，回到廁所前。「怎麼了嗎？」他虛情假意地問，男子一臉蒼白地愣著，任由垃圾桶牆上的板子就這麼開著。「咦，那裡可以打開啊？」王子假惺惺地問。

男子用力撓抓頭髮。他摘下眼鏡揉眼睛確認的動作，完全是連漫畫人物都已經不會擺的老套不甘心模樣，但本人似乎很認真。他陷入愕然，然而他口中說出來的「果然」兩個字讓王子感到意外。「果然？什麼東西果然？」

男子是因為過度震驚而神智不清了嗎？他也沒有提防，對王子說明道：「我把行李箱，喏，你也看到過吧？我的那個行李箱，我把它放在這裡。」

「為什麼要放在這種地方？」王子裝成無知純真的國中生提出疑問。

「有很多原因。」

「行李箱不見了嗎？『果然』是什麼意思？」

「我就猜到會變成這樣。」

他知道行李箱會被搶走？王子感到不愉快。他預期到自己會來搶行李箱嗎？男子彷彿看透一切的發言，讓王子想要糾正「少扯謊了」，但他忍住。「你早就知道行李箱會不見嗎？」

「也不是知道啦。如果知道，我就不會把行李箱放在這兒了。可是總是這樣的。不管我做什麼，結果總是適得其反。只要我覺得要是怎樣就慘了、希望不會怎樣，就一定會變成那樣。我心想行李箱要是不見就慘了，跑過來一看，不出所料，行李箱不見了。」男子說完，一副就要嚎啕大哭的模樣。

原來是這麼回事，王子鬆了口氣，「真倒楣呢。」他表示同情。「行李箱不見就糟了嗎？」

「很糟、非常糟。我本來打算在大宮下車的。」

「沒有行李箱就不能下車了嗎？」

聽到這話，男子直盯著王子看。他不曉得是不是從來沒有考慮過這樣的選項，眨巴著眼睛，像是在遙想選擇了「那個選項」的自己的未來。「如果我打算下車以後永遠亡命天涯，或許可以下車吧。」

「裡面裝著那麼重要的東西？」王子伸手掩住嘴巴。這動作很假，連自己都覺得好笑，但王子計算到這麼做或許可以使對方看輕自己。然後王子慢吞吞地揚聲「啊」地一叫。「這麼說來，我剛才有看到那個行李箱。」

「咦！」男子瞪大眼睛。「在、在哪裡？」

「我來這裡的時候，看到有人提著黑色的行李箱。那個人個子很高，穿著外套，頭髮有點長。」

王子一邊回想著在車廂裡碰到的在找行李箱的男子外表，一邊說明。

一開始表情詫異的男子聽著聽著，漸漸皺起眉頭。「蜜柑還是檸檬嗎？」

王子不明白怎麼會在這時候冒出水果的名稱。

「那個人去哪兒了？」

「我留意到時，人已經不見了。」

「這樣啊。」男子說，交互看了看行進方向和後方。他在煩惱該往哪邊找。「你覺得他去哪邊了？直覺就好，告訴我。」

「咦？」什麼叫直覺就好？

「我不管做什麼，幾乎都會得適得其反。所以如果我往六車去，拿走行李箱的傢伙八成就在另一邊，但我回去五車的話，對方一定就在前頭。如果我自己選，就會中了計。」

「中了誰的計？」

男子倒吸一口氣，似乎語塞了。然後他不耐煩地接著說：「不就是有嗎？從上面看著這裡，操縱著眾生命運的什麼人。」

「我倒不這麼想。」王子說：「我覺得沒有誰在操縱人。世上沒有命運之神，就算有，神也只會把我們扔進玻璃箱裡，接下來連觀察都懶，置之不理。」

「那我運氣不好，也不是神明害的？」

「我不太會說明，不過比方說，準備一個傾斜的板子，從上面放下玻璃珠或撿來的石頭。這麼一來，石頭應該會朝著各種方向，經過各種路線往下滾，但在滾動的途中，也不是有什麼人去操縱它的方向，對吧？是它的速度和形狀等決定它會往哪裡滾，就算放著不管，也會自然變成那樣。」

「你是說我會這麼倒楣，是因為我具備這樣的性質，無論怎麼掙扎，也無法改變，是嗎？」

如果男子不高興還是生氣就好玩了，然而王子的話卻讓他超乎預期地沮喪，反倒讓王子不知所措了。「呃，你喜歡哪個數字？」王子唐突地問。

「咦？」男子動搖，儘管因為動搖而思緒紊亂，卻明確地回答出「七」這個數字。

「我姓七尾，所以我喜歡七。幸運七。」

「那麼，賭賭看七車怎麼樣？」王子指向前面的車廂說。

「我覺得這也會適得其反。」男子說，接著說「我還是選反方向好了」，往後方走去。應該再一下就到大宮站了。

「希望你能快點找到。」

王子走近廁所，用手背敲了一下門。你在找的行李箱就在這裡面，卻渾然不覺地經過，真的很不走運呢——王子真想對男子說。

水果

車內響起音樂，通知即將抵達大宮站。接著是廣播。鄰座的檸檬怪笑著問：「你很緊張？」

「有點，你就不緊張嗎？」大宮站應該有峰岸的部下等著。

「不太會。」

蜜柑忍不住嘆息：「真羨慕你這麼單純。說到底，都是因為你的疏忽才會變成這樣吧？」

「是啊。」檸檬說著，嗑起零食。「不過也不光是我一個人害的。搞丟行李箱或許的確算是我的錯，不過那傢伙會死掉，與其說是我或你的錯，倒不如說是那傢伙的錯。」

「那傢伙？你是說這傢伙嗎？」蜜柑比比在窗邊座位一動也不動的屍體。

「沒錯。都怪他自己要死掉。你不這麼覺得嗎？幹麼死掉啊？莫名其妙。」

新幹線的速度慢下來了。蜜柑站起身。

「喂，你要去哪裡？」檸檬不安地問。

「到大宮了。得跟峰岸的部下報告沒有異狀。我要去車廂外面。」

「你該不會想要就這麼下車，然後開溜吧？」

原來還有這一手——蜜柑想。「嗳，就算溜了也一樣麻煩吧。」

「如果你跑了，我就立刻打電話給峰岸，把責任全推到你身上，自告奮勇去抓你。我要舔峰岸的皮鞋，向他搖尾乞憐說：『我會去把那顆臭蜜柑抓回來，求求您開恩，放我一條生路』。」

「我才不相信你肯做到那種地步。」蜜柑鑽過坐著不動的檸檬與前座靠背之間的隙縫。

新幹線開始煞車。蜜柑站著望向右邊窗戶，看到巨大的競技場。充滿一股近似巨大要塞的魄力，卻缺乏真實感。左側百貨公司的招牌正往後方流去。

「不要過度自信了。」檸檬在身後說：「湯瑪士的主題曲裡也提到『過度自信，會讓集中力散漫』。」

「聽起來你完全是歡樂地豁出去不管了。」蜜柑目瞪口呆。「再說那首歌，唱的是你吧？」

「我才沒有過度自信。才不是過度。我的自信是無過與不及。」

「是說你集中力散漫。你總是粗枝大葉，怕麻煩，不是嗎？沒有集中力也沒有注意力可言。」

「啊，你少瞧不起我的注意力。比方說，湯瑪士的朋友裡……」

「又是湯瑪士。」

「有兩個叫奧利佛的，你知道嗎？一個是道格拉斯救過的小火車，另一個是怪手。一般說到奧利佛，都只會想到小火車的奧利佛，但嚴格說起來是有兩個的，同名的。」

「這又怎麼了？」

「這表示我的注意力無懈可擊。」

知道了、知道了——蜜柑甩甩手。要比的話，《安娜．卡列尼娜》裡面可是有三個登場人物都叫做尼可拉呢，可是就算說了，檸檬肯定也只會牛頭不對馬嘴地問：「安娜卡到什麼？安娜卡到尼娜？」

新幹線開進大宮站月台。

一走出車廂，就聽到廣播指示下車門在左側，蜜柑站在左側出入口前。月台從右往左移動。等待列車的乘客身影零星可見。

峰岸的部下長什麼樣子、大概有幾個人，蜜柑也不曉得。就在能否順利找到的不安掠過腦海的瞬間，他在幾乎就要完全停下的新幹線對側車窗看到一個外表異於恪守常識和法律的一般市民、顯然是在地下社會橫行闊步的男子，他相信「就是那傢伙。」男子身材挺拔，頭髮全往後梳攏，儘管是西裝打扮，卻一身黑，裡面的襯衫是藍色的，沒打領帶。人影立刻消失到左邊了，蜜柑沒看清楚他的臉。

車門隨著吐氣般的聲音打開了。

蜜柑立刻跳出月台。轉向左邊一看，剛才的黑西裝藍襯衫男子正靠到月台邊緣，把臉湊近新幹線車體。男子雙手在眉毛上移動，遮擋光線。他也不管嚇到坐在窗邊的兩名年輕女乘客，繼續窺看車廂裡。是在確認峰岸少爺的座位吧。

「嘿！」蜜柑出聲叫那個人。

男子轉過頭來，眉頭擠出皺紋。比想像中更具威嚴，難說是個輕佻的小混混。年紀應該四十多歲，如果是上班族，就算說他是管理階級也不奇怪。往後梳攏的髮型也很適合他。男子眼神銳利，看不到贅肉，只是站著而已，就散發出緊迫的氛圍，扎刺著蜜柑的神經。

「幹麼?小哥。」藍襯衫男子說，繼續觀察車廂裡，頻頻斜瞥著蜜柑。

「我是蜜柑。你是峰岸委託來確認我們是不是把他兒子帶過來的，對吧？」

「哦，就是你啊？」藍襯衫男子一瞬間放鬆緊張，接著顯露出另一種緊張。「新幹線之旅還順利嗎？」

「還好。三個臭男人並坐在一塊兒，悶得很啦。」蜜柑指向車窗。望過去一看，坐在車裡的檸檬也注意到這裡，像個孩子似地天真無邪地揮手。只能祈禱他別多事。

「睡著了嗎？」藍襯衫用拇指比比車窗。

「你說少爺嗎？是啊。我們把他救出來時，他被五花大綁在椅子上，好像一直沒睡。一定累壞了吧。」蜜柑集中全副神經演出自然的口氣，如此說明。停車時間不長。新幹線應該差不多要出發了。

「有那麼累嗎？」藍襯衫抱起手臂，一臉有點難以信服地把臉挨近車窗。車裡靠窗座的女客臉都僵住了，全身後仰。檸檬還是一樣揮著手。

「這麼說來，峰岸他……」蜜柑說。他不想讓男子對峰岸少爺的屍體看得太仔細。

「不是峰岸，是峰岸先生。」藍襯衫男子把臉靠近得鼻子幾乎要壓上去，口氣雖然平靜，卻散發出不容分說的威嚴。

「峰岸先生，」蜜柑訂正說：「峰岸先生是個可怕的人嗎？我聽說過很多傳聞，可是不曉得詳情。」

「只要守信用，就沒什麼好怕的。對不認真辦事的傢伙來說很可怕。這很理所當然。對吧？」

月台響起發車的音樂。蜜柑隱藏放下心中大石的心情，佯裝心如止水地說：「我差不多得走了。」

「啊，是啊。」藍襯衫男子離開車窗，轉向蜜柑。

「幫我們好好向峰岸報告啊。」

「是峰岸先生。」

蜜柑轉身，回到新幹線的車門。他鬆了口氣，心想這下子至少可以拖延到下一站仙台了，此時他卻感覺藍襯衫男子的視線正目不轉睛地觀察他的背影。不可以鬆懈——他告誡自己。摸摸屁股口袋，確認檸檬給他的抽獎券觸感。上面畫著零事故的小火車圖案。這能保佑嗎？

「啊，喂！」藍襯衫男子從後面叫道，蜜柑停下腳步。一隻腳已經上了車。他故作自然地把另一腳也收進車裡，回過頭。「什麼？」

「行李箱也拿到了吧？」藍襯衫男子的表情沒有懷疑的神色，看起來也不像在警戒。顯然只是公事公辦地確認，所以蜜柑也小心穩住呼吸回答：「當然了。」

「你們該不會把行李箱放在座位以外的地方吧？」

這藍襯衫還真敏銳——蜜柑在內心咂嘴。「當然了，就擱在座位底下。」

蜜柑慢慢地把身體轉回去，進入車廂內。車門正好在身後關上。

進入三車，回到座位。跟座位上的檸檬四目相接了。檸檬豎起拇指，一臉興高采烈地說：「太簡單了嘛。」蜜柑慌了，小聲制止他。「不要這樣！那傢伙八成還在看。」

檸檬反射性地看窗戶，但他的反應毛毛躁躁，非常不自然。蜜柑也不好再制止一遍，也跟著望向窗戶。藍襯衫男子就站在窗外，以彎腰姿勢看著這裡。

檸檬又揮手了，但感覺對方看起來比剛才更要狐疑。「喂，你少得意忘形了。他會起疑的。」蜜柑盡量不張口地呢喃。

「沒事啦。都已經出發了。列車一旦開動，誰都阻擋不了。除非是胖總管漢特先生。」

藍襯衫男子在緩慢啟動的新幹線窗外凝神細看。蜜柑就像對工作夥伴打招呼般微微舉手。

藍襯衫男子也張開右手，說再見似地搖晃，跟著新幹線稍微走了一會兒。然後他突然瞪大眼睛，表情變得僵硬，蜜柑也跟著皺起眉頭。出了什麼事嗎？蜜柑感到奇怪，往旁邊望去，看見難以置信的光景。檸檬正抓起擱在窗邊座位的峰岸少爺的屍體左手，就像勉強人偶揮手似地左右搖晃。儘管頭倒在窗邊、身體也傾向窗邊，左手卻左右搖擺，這個動作以正常人來說，角度太不自然了。蜜柑也不禁嚇得魂飛魄散，慌忙拉扯檸檬的手。「喂，住手！」結果屍體一晃，朝檸檬身上癱過去，頭無力地一垂，沉甸甸地往正下方落去。那看起來實在不像是睡著的人的動作。蜜柑赫然一驚，急忙撐住屍體。「喂喂！」檸檬也表現出焦急的樣子。

在新幹線開始加速當中，蜜柑望向往後方流去的月台。藍襯衫男子一臉凝重，正把手機按在耳朵上。

他調整屍體的方向，總算讓姿勢穩定下來。

蜜柑癱到椅背上。檸檬也同時靠到座椅上。

「死了。」蜜柑無法克制這麼說，檸檬卻在隔壁座位小聲唱起：「如果發生事故，千萬別氣——餒——」

目送著遠去的大宮站，七尾盤算這下子到底該怎麼辦。腦袋裡好像有滾滾煙霧在翻騰，無法思考。

他不想回去自己的座位，在車廂外凝視著手機。他知道應該要聯絡真莉亞，卻提不起勁，但電話打來，也只是時間問題。

七尾下定決心，打了電話。

真莉亞立刻接了。幾乎沒等鈴響，撲上來似地迅速，這讓七尾心情沉重。就連那個樂天、面對任何事都豁然大度的真莉亞都急了。一定是因為她知道峰岸的可怕。

真莉亞先是以不耐煩的口氣問：「你現在搭什麼線過來？」她是想確定七尾在大宮下車後，要循什麼路線過去吧。

「跟剛才一樣。東北新幹線的『疾風號』。」七尾差不多是豁出去了，以淡然的口氣回答。車廂外噪音滿大的，所以語調變得有些衝。真莉亞的聲音很難聽清楚。

「還沒到大宮嗎？」

「大宮過去了。然後我現在在『疾風號』上。」

一瞬間，真莉亞說不出話來，聽得出她啞口無言了。但從過去和七尾合作的經驗，她似乎也立刻察覺出了什麼事，深深地嘆了一口氣。

「我就猜可能會這樣，沒想到真被我料中了，不愧是七尾。」

「行李箱不見了。所以我下不了車。」

「你不是把行李箱藏好了嗎？」

「可是不見了。」

「只能結婚了。」

「咦？」

「我說你乾脆跟不幸之神結婚算了，既然她那麼愛你的話！其實我應該高興才對，結果都呆掉了。」

「應該高興？什麼意思？」

「我猜你反正八成下不了車，結果還真被我猜對了！我想我應該高興，可是一旦知道事情真的變成這樣，還真叫人喪氣。」

那挖苦人的草率口氣讓七尾惱火，想要反駁個一兩句，但他也明白現在的自己沒有那種餘力。最重要的是該怎麼度過眼前的這場危機。

「七尾老師，我有問題。我知道你找不到行李箱了。雖然無法接受，但我了解狀況了。可是為什麼你不在大宮下車？行李箱不見了，表示大概是被誰搶走了吧？而新幹線在大宮停靠，所以可以想到的可能性有兩種。一，拿了行李箱的人在大宮下了車，二，那個人還在車上。」

「沒錯。」

新幹線即將抵達大宮站的時候，七尾連夜趕工似地慌忙分析了這件事。自己也該在大宮下車嗎？還是該留在新幹線裡找行李箱？

「你沒有在大宮下車，為什麼？」

「二選一。我得選擇其中一邊。我想要選擇可能性較大的一邊。」

七尾考慮的是，哪一邊取回行李箱的可能性較大？如果在大宮站下車，七尾能找到拿走行李箱的人、捉住他嗎？這麼一想，七尾實在沒有自信。如果對方換乘其他列車，或消失在大街上，七尾幾乎是無計可施。相反地，如果不下新幹線，而拿走行李箱的人還在列車上，他就有機會搶回來。因為對方也離不開新幹線，只要進行地毯式搜索，或許有可能找得到。這麼一想，七尾做出還是留在列車裡才是上策的結論。最重要的是，七尾期待只要他人還在新幹線上，他的工作就是「進行中」，不會被判定為「失敗」。即使峰岸要求說明狀況，他們也可以回答「還在新幹線裡奮鬥」。

才剛這麼想完，新幹線就停在大宮站，車門打開了。

七尾無聲無息地下了月台。因為他覺得應該在這裡確定一下有沒有乘客提著行李箱下車。如果有可疑乘客下車，就有必要追上去。由於車體沿著月台略微彎曲，前方車廂幾乎完全看不見，但七尾覺得至少要確定看得到的範圍，便東張西望觀察著。

他在後方車輛，三車與四車之間看到兩個令他在意的男子。一個塊頭高大，一身黑西裝。以男性而言，頭髮留得有些長。

是蜜柑還是檸檬嗎？總之黑髮的高個子男背對七尾，正面對著某人。另一個人似乎是來車站月台迎接的，是個上了年紀的男子，藍色襯衫很醒目。劉海全往後梳的髮型很像外國電影裡的老奶奶，七尾覺得很可愛。

沒多久，高個子男子折回新幹線裡。從瞥見一眼的側臉來看，無法判斷那是蜜柑還是檸檬，或是完全無關的人。留在月台的藍襯衫男子從窗外窺看車廂裡。感覺不像單純來送別的，但也看不出他是來做什麼的。可以確定的只有那裡是三車。

「妳說行李箱的主人在三車，對吧？」說明大宮站發生的事之後，七尾問真莉亞。

「是啊，我聽到這樣的說明。那麼蜜柑跟檸檬也在三車？」

「是疑似他們的人。換句話說，他們是行李箱主人的推論大有可能了。」

「還推論咧，說得那麼誇張。」

「咦，妳說什麼？」七尾不是裝傻。新幹線雖然算是平穩的，但站在車廂外面還是容易失去平衡，而且震動個不停，十分嘈雜。感覺就像存心分散七尾的集中力，妨礙他跟可說是唯一同伴的真莉亞對話似的。「總之，我覺得繼續坐在新幹線裡，找到行李箱的可能性比較大。」他一字一句地說。

「是啊，可能性是很大。也就是說，蜜柑他們把行李箱從你手上搶回去了？」

「我拿了他們的行李箱。而他們又把行李箱從我這裡搶回去。大概就是這麼回事吧。我可不想還有其他第三者攪和在裡頭，讓事情更複雜。」

「你一這麼想，幾乎都會成真。」

「不要嚇我。」希望和夢想不會實現，但害怕的事卻會化成現實。

「不是在嚇你。對你來說，這不是習以為常的事了嗎？你受到不幸之神寵愛啊。不幸的女神。」

七尾忍受著新幹線的搖晃，拉大嗓門說：「不幸的女神是美女嗎？」

「你想知道答案？」

「不想。」

「可是該怎麼辦才好？」真莉亞可能也真的沒轍了，聽得出她拚命在想辦法。

「怎麼辦才好？」

「好了，聽仔細了。」真莉亞這麼說，但七尾正好因新幹線晃動而失去平衡，在尋找立足點，沒聽到她的聲音。「總之你要從蜜柑他們那裡搶回行李箱。」

「怎麼搶？」

「不知道。不過不管怎樣，你都絕對要去搶。你要拿到行李箱。這是大前提。然後這段期間，只能找藉口向委託人搪塞了。」

「找什麼藉口？」

「行李箱拿到了。只是沒能在大宮下車。新幹線要到仙台才會停，請等到那時候——我會這麼說。重要的是已經拿到行李箱這一點。要不著痕跡地強調你認真辦事，只是不幸地沒能下車。這樣或許會好一點。」

「什麼東西好一點？」

「峰岸的怒意。」

有道理，七尾也這麼覺得。被吩咐去蔬果店買東西的孩子，比起「買不到菜，不敢回家」，說明「菜買到了，可是路上碰到施工，遲遲回不了家」，感覺比較能夠得到信賴。受責罵的程度應該也會不同。

「這麼說來，蜜柑他們認得你嗎？」真莉亞的聲音變得緊張。很明顯地，她開始想像七尾和蜜柑等人對決的場面了。

七尾回溯記憶。「我想應該不認得。我們也沒在工作中碰過頭。有一次他們在某家小吃店時，有人告訴我說那兩個人很有名，叫蜜柑跟檸檬，據說是業界最能幹的好手。他們倆光看外表就讓人覺得很危險，事實上當時也真的鬧了事，嚇死我了。所以仔細看臉的話，我認得出來。」

「啊，那反過來也有可能啊。」

「反過來？」

「或許也有人偷偷向蜜柑他們介紹過你。那個戴黑框眼鏡的年輕人，就是當今業界最倒楣的業者，之類的。所以或許對方也認得你的臉。」

「怎麼可……」說到一半，七尾也把話吞回去。他不敢斷定沒這種可能。真莉亞或許是察覺了七尾的心情，得意洋洋地說：「就說吧？你的人生就是充滿了這種可能性。誰叫你受到倒楣的醜八怪女神眷顧呢。」

「啊，妳說她是醜八怪。」

「沒時間煩惱了。喏，快去三車吧。」
此時七尾發現真莉亞的電話背景聲變得吵鬧。「妳在外面？」
「啊！」真莉亞大叫。
「怎麼了？」
「太令人吃驚了。怎麼會這樣？」
「出了什麼事？」七尾把電話按到耳朵上。
「討厭啦，害我完全沒勁了。」真莉亞一個人嘟囔抱怨著，嘆息個沒完。
七尾目瞪口呆，掛斷了電話。

木村

電車裡的廁所怎麼就是如此令人發毛？木村彎著腰，一邊摸著行李箱，一邊板著臉。廁所當然仔細清掃過，也不是特別骯髒，卻就是會教人感到不快。

木村正在對付擺在前方的行李箱數字鎖。轉動一格，使勁。一動也不動。下一個，繼續摩擦小數字鎖。移動一格數字，扳開。想要扳開，但沒有動靜。

新幹線微微晃動著。

待在小房間裡，可能是因為壓迫感使然，木村覺得自己的精神狀態似乎正被逼迫到極限。

他想起稍早前的自己。他無法戒酒，即使只是一下子，只要沒有酒，就感到不安、焦急、煩躁。可能是爺爺奶奶交代，小涉曾將家裡的酒全部藏起來，結果木村發瘋似地找，如果沒找著，連護髮水都想拿來灌。唯一還有救的是他不曾對小涉動粗吧。如果自己打了小涉，體內一定會充滿後悔的膿，就這樣死掉。

木村戒了酒，拚命從酒精中毒的叢林裡掙脫出來了，小涉卻在醫院裡昏迷不醒。正確地說，就是因為小涉被搬進醫院，木村才能夠痛下決心脫離酒精中毒。「為什麼我終於正常了，小涉卻不在了？這樣根本沒法重新來過啊！」他會想要這麼悲嘆也是事實。

車體的晃動斷斷續續地衝撞木村的身體。

他用手指撥動行李箱的數字鎖。使力想要打開。可是打不開。已經從0000試到0261了。雖然才剛開始沒多久，但木村已經厭倦這瑣碎單調的作業。自己為什麼非得為那個王子幹這種無聊事不可？屈辱與憤怒讓情緒爆發，他踹了馬桶三腳。每次發飆，他就恢復理智想「現在得先冷靜下來才行。」冷靜地假裝服從王子的指示，等待機會。等待教訓那個臭小鬼的機會。

然而他沒多久又火大起來，想發飆。就這麼不斷循環。

王子中間給過一次信號。敲兩下門，再敲一下，「叩叩、叩」地響。如果就跟剛才決定好的一樣，這表示在找行李箱的黑框眼鏡男過來了嗎？木村心繫外頭，但他能夠做的只有繼續破解數字鎖。沒有多久，敲門聲又響了一下，他知道男子離開了。

轉到0500的時候，木村反射性地從「05：00」這個數字排列回想起某天黃昏顯示著五點的鐘面。

那天在自家客廳裡，小涉在看的兒童節目就快結束，木村在小涉旁邊橫躺著喝酒。這天是星期一，但警衛工作休息，他一整天就這麼躺著灌酒。此時家裡的門鈴響了。木村猜想八成是推銷報紙的。平常的話，他都叫小涉去應門。因為與其一個醉醺醺的中年男子去玄關，讓雖然是幼兒，但聰明靈敏的少年去應門，來客肯定也比較開心。

然而那個時候卻是木村自己去應門了。小涉看電視看得渾然忘我，而且自己也差不多該爬起來了。

玄關另一頭站著身穿學生服的少年。

木村想不到國中生上門會有什麼事，一瞬間以為是來傳教的，丟下一句：「我們不缺。」

「叔叔。」國中生以完全不像初次見面的親暱，但也不到厚臉皮的態度，而是哭求似的感覺叫道。

「你誰啊？」酒喝得太多，終於看見現實不存在的東西了嗎？這是國中生的幻影什麼的嗎？木村想，這才回憶起來。他見過這個少年。忘了是什麼時候，不過是在路上碰到的國中生。弱不禁風的細長體形，白皙的長臉讓人聯想到瓜子。鼻梁很高，有點彎曲。「你怎麼會跑來這裡？」木村粗聲問道，眉頭皺到不能再皺。

「叔叔，救救我。」

「你搞什麼啊？」木村嫌麻煩，想要關門，但還是感到在意，走出去外面。他抓起國中生的後衣襟，也就是學生服的高領處，惡狠狠地一拖，把他按倒在地上。一眨眼就被摺倒的瓜子臉少年立刻啼哭起來。「好痛！」可是木村不打算手下留情。

「你怎麼會知道我家？你是之前在外面碰到的學生吧？呃……不是國王，叫啥去了？王子嗎？惹惱了王子殿下，嚇得魂不附體的國中生。你怎麼找到這裡的？」

「我跟蹤你。」少年呻吟著，但明確地回答。

「跟蹤我？」

「我去補習班的時候，騎腳踏車經過這附近，看到叔叔走在路上，就跟上來了。所以我知道叔叔的家在這裡。」

「怎麼不去跟蹤性感大姊姊啊？還是怎樣？原來你有那種嗜好嗎？你偏愛大叔這味，是嗎？」木村會這麼嘲弄，是因為他背地裡擔憂這個國中生可能會帶來某些不祥的、晦暗的壞事。為了隱藏恐懼，木村下意識地開起玩笑。

「不是啦。可是除了叔叔以外，我沒有別人可以拜託了。」

「又是王子殿下的事？」木村把氣呵在瓜子臉少年臉上。他自己無法判斷是不是充滿酒臭味，但看少年難受的表情，或許還滿臭的。

「會死掉啦。」

「要是酒臭燻得死人，比起香菸，更應該全面禁止喝酒吧。」

「不是說那個啦。阿竹會死掉啦。」

「阿竹是誰啊？又是你同學？」木村受不了地說：「前陣子不是才有誰自殺了嗎？

你們那是哪門子學校啊？我絕對不會讓我孩子進去讀。」

「這次不是自殺啦。」瓜子臉少年很激動。

「你們是死是活，我根本無所謂啊。」

木村大可以一腳踢開少年，丟下一句「誰理你」，關上家門。但瓜子臉少年搶著說「不是人，是狗，阿竹是朋康養的狗」，讓木村改變了主意。

「啥？什麼跟什麼？真複雜。」木村說，卻湧出了好奇心。他對家裡的小涉說「小涉，我出門一下，你乖乖在家看電視」。小涉乖巧地應「好」。「真沒辦法，就去幫你看一下吧。」

位於住宅區一角的公園，是木村也常去的地方。除了設有遊樂設施和沙堆，裡面還有一片樹林。在鎮上算是座寬廣奢侈的公園。

前往公園的路上，木村從少年那裡聽到事情的梗概。

事情的開端，是有個家裡開私人診所的同學說「我家有醫療用電擊器」。好像是類似ＡＥＤ（註）的器具，主要用來電擊因心室顫動而停止跳動的心臟，不過比那還要更強力一些，還是試驗機種。

那就和ＡＥＤ一樣，使用方法很簡單，將兩個電極片夾在心臟位置固定好，儀器就

註：自動體外心臟去顫器（Automated External Defibrillator）的縮寫。

會測量出心電圖。如果判斷需要進行電擊，只要按個鈕，就會通電。

「王子聽了立刻說，『來試試看它的威力有多大吧。』」瓜子臉少年歪嘴說。

木村也一陣不舒服，挖苦道：「王子殿下就是滿腦子淨想著這種事的尊貴人物。」

接著問：「那結果怎樣了？」

「那個醫生的兒子說那是全自動的，不會對正常的人運作。」

「這樣啊？」

瓜子臉少年板著臉搖頭說：「他好像以為這樣說，王子就會死心。」

「王子還是想試？」

少年難受地點頭。

然後，王子今天叫醫生的兒子把電擊用的機械拿出來。

「現在正在公園準備要實驗，是嗎？」

「他集合大家……」

「對了，那機器是用在心跳停止的人身上的吧？」

「對。」

「如果用在正常的人身上會怎樣？」

少年的臉垮了。「我偷偷問過醫生的兒子，他說，『我問我爸，我爸說可能會死掉。』」

「這樣啊。」

「ＡＥＤ是全自動的，所以不會出那種意外，可是那是試驗機種，而且又很強力……」

木村「嗯」了一聲，吐了吐舌頭。「所以王子殿下打算拿那條叫阿竹的狗當實驗品？原來如此。就算是王子殿下，也沒膽一下子就拿活人來試驗嗎？」

瓜子臉少年搖搖頭。那與其說是否定，更像是失望，是為了木村的想像沒超出王子預期的失望，是這個人或許贏不了王子的失望。

「不是的。王子一開始打算拿朋康來試。」

「你那個朋康同學犯了什麼錯嗎？」可以猜到八成如此。木村回想起自己以前接觸過的危險集團。集團領導人在對同伴施暴的時候，通常都是為了收殺雞儆猴之效。那樣更能夠約束集團、散播恐懼，也就是可以獲得讓同伴順從的效果。如果是被同學如此恐懼的王子，應該會做出一樣的事來。他會以電擊做為懲罰，讓周遭重新認識到他的可怕。

「朋康有點遲鈍。笨手笨腳的。上次也是，在書店偷漫畫時，他跑得太慢，差點被抓。」少年說明，朋康被店員逮到，多虧其他同伴從背後踹倒那個店員，才讓他脫困。「可是那個店員被踹倒後，大家還一直踢，把店員都踢昏了，弄得差點不可收拾。」

「偷個東西罷了，何必那麼拚命？」

「這種事發生過好幾次，可是朋康也有一點愛臭屁。」

「既遲鈍又臭屁，難怪會惹王子不高興。朋康同學是那種會宣揚『我老爸是律師，很了不起哦』的人吧。」木村只是碰巧想到，所以拿律師當例子，但直覺有時候似乎會猜中，瓜子臉少年難掩驚訝地說：「沒錯，那傢伙的老爸就是律師。」

「可是律師也沒什麼好怕的啊。王子本來就不甩法律規範吧？」

「可是朋康他爸好像也認識一些可怕的人，所以才敢那麼囂張。」

「哦，那一定會被討厭嘛。光臭屁就夠煩的了，更教人抓狂的是拿來炫耀的還是朋友的事蹟。噯，那種人還是吃點苦頭好。」木村雖然是半開玩笑地說，卻也有一半是認真的。

「朋康被選去做那個醫療電擊器的實驗，朋康當然不願意。他在公園哭著下跪，嚷嚷著求王子饒了他。」

「那王子殿下怎麼了？」

「王子說，那好，我就放過你，不過你要把你的狗帶來。是朋康家養的阿竹。我從小學就認識朋康，他從以前就超疼那隻狗的。」

哼，木村嗤之以鼻，他明白王子在想什麼了。醫療器具的實驗已是次要的了吧。他想要看到朋康為了保身，把疼愛的狗交出來獻祭。他想要藉由這樣做，惡狠狠地蹂躪朋康的心吧。木村瞭若指掌。雖然瞭若指掌，卻也禁不住動搖，王子真會做到那種地步嗎？「王子殿下真不賴呢，性格惡劣成那樣，反倒簡單明瞭。」

「叔叔，王子沒有那麼容易懂的。」

瓜子臉少年這麼說的時候，兩人走到公園附近了。

「叔叔，我不能一起去，我差不多要走了。要是被他們以為是我告的狀，我就死定了。」

太自私了吧，真沒膽——木村沒心情這麼嘲笑。實際上這個少年也真的拚上了命。如果他背叛同伴的事曝光，不曉得會有什麼遭遇。至少可以確定他絕對會被抓去當成醫療儀器的實驗品吧。

木村揮手說：「那你快回去吧。我會裝成是偶然經過。」

少年像個害怕的幼兒般用力點頭，就要離開。「啊，等一下。」木村叫住他。少年回頭，木村左拳揮了上去。他瞄準臉頰，惡狠狠地揍過去。少年的臉猛烈一晃。他的眼睛睜得老大，手掌撐到地面。

「你也幹了不少壞事吧？這算是一點小懲罰。讓我揍一下也不為過吧。」木村啐道：「可是為什麼是我？幹麼跑來向我求救？就沒有其他大人了嗎？」竟然向一個嗜酒成性、還有孩子的男人求援，顯然挑錯對象了。

「沒有別人了。」少年一次又一次撫摸挨打的下巴，確定有沒有沾到血。他也沒有生氣的樣子，甚至有種一記拳頭就了事，算他撿到的感覺。「沒有人能阻止王子了。」

「去報警啊。」

「警察……」少年欲言又止。「不行的。警察才沒用。警察那種地方，不是需要更多證據才肯行動嗎？警察只會抓些一看就知道的壞蛋。」

「什麼叫一看就知道的壞蛋？」木村說，但也能夠理解。對於偷竊、暴力罪犯，法律可以發揮機能。因為只要套上法條，給予罰則就行了。然而碰到並非如此、更要曖昧模糊的惡意，就沒那麼容易了。法律沒有效力。「噯，王子殿下是在自己的王國城堡裡頭，制定法律、修改法律的人嘛。」

「就是啊。」少年摸著下巴，漸漸遠去。「叔叔感覺跟那種城堡裡頭的規矩沒有關係，不是嗎？」

「因為我是個酒鬼嗎？」

少年沒有回答，消失了。木村還是懷疑那是酒精讓他看見的幻覺。

踏進公園，一直線前進。木村自己這麼認為，但實際上是不是真的筆直行走，他無法判斷。他彷彿聽見父母親在悲嘆「你本來就沒辦法筆直走在人生大道上」。他在手上呵氣，聞聞味道，但還是判斷不出來。

往裡面前進，進入樹木林立的陰暗場所途中，裡面傳來分不出是人聲還是其他聲響、有如精神面黑暗嘈雜聲的氣息。

平緩的下坡，可說是樹林底部的那個地方堆積著樹木的落葉。一團黑影聚在那裡。穿著國中生制服的一夥人，看起來像是正在舉行某種儀式的可疑集團。

木村先躲在樹木後面。鞋底踏到葉子，發出薄紙磨擦般的聲響。或許距離還遠，對方似乎沒有發現。

木村探出頭，再次望向國中生集團觀察。醉意全消了。近十名學生服少年正在捆綁一隻狗。一開始木村看不出是把狗綁在什麼東西上面，但馬上就知道是另一個國中生了。大概是飼主朋康吧。他們把雜種狗用抱住朋康的姿勢疊在一起，再拿膠帶層層纏住。「沒事的，阿竹，沒事的。」朋康安撫的聲音傳來。為了消弭愛犬的不安，他正拚命地呼喚吧。連木村都被他的努力感動了。

木村再次躲到樹木後面。其他包圍狗和朋康的國中生默默無語。充滿興奮與緊張。狗沒有吠叫，這讓木村感到不可思議，他再次探頭窺看。狗的嘴巴被一大片像是布的東西蓋住，緊緊包住了。

「喂，快點貼啦。」一名國中生說。好像正在貼上醫療儀器的貼片。

「貼上去了啦。這個貼這邊就行了吧？」

「可是這個真的有用嗎？」

「當然有用了。你那什麼口氣，是在說我撒謊嗎？你才是，剛才揍朋康的時候，你還跟他說對不起。你很不甘願是吧？我要跟王子說哦。」

「我才沒說！你少瞎掰了！」

病入膏肓了，王子殿下的支配力真是太強大了——木村不禁咋舌。以恐怖領導集團時，愈是順利，構成集團的末端成員就愈無法信任彼此。對暴君的憤怒和抗拒不會在同伴之間共享，化成反抗的火種。末端成員只會希望自己能夠免於責罵、免於受罰，因而相互監視。木村拿槍從事非法工作時，經常聽到一個叫寺原的人，那個寺原的團體成員之間好像就是彼此猜忌，疑神疑鬼。只希望自己不會犯錯、祈禱寺原的注意力能轉向其他人，換句話說，同伴之間隨時都在尋找獻祭品。

這狀況不就跟那一樣嗎？

木村的臉扭曲了。在落葉上鬼鬼祟祟、拿醫療儀器進行危險實驗的少年肯定沒有其他心力去享受惡作劇，也沒有絲毫沉浸在刺激的亢奮感。有的只有恐懼。他們為了自保，正要執行危險的任務。

木村望向腳下，這才發現自己穿的是拖鞋。儘管他可以猜到接下來會發生什麼事、公園會出現什麼發展，但他的準備顯然不足。脫掉拖鞋嗎？不，光腳行動會有限制。回去拿槍嗎？那樣或許比較省事，可是好麻煩——正當木村左思右想時，被綁住的朋康大叫起來：「對不起，對不起！還是不行啦！我不要阿竹死掉啦！」擴展在整片樹林的各種樹葉好似吸收了他的聲音，但仍確實傳進木村耳裡了。那種悲痛的叫聲不僅無法牽制團體的行動，反而會成為催化劑。因為犧牲者的慘叫只會刺激嗜虐心。

木村從樹木後面走出來，慢慢地踏過平緩下降的地面，走近集團。

「啊，大叔。」一名國中生馬上就發現了。雖然沒印象，不過八成就跟把木村帶到公園來的瓜子臉少年一樣，是在路上碰過的少年之一吧。

木村踩著拖鞋走過落葉，慢慢地踱步過去。「喂喂喂，怎麼可以欺負小狗呢？放過阿竹吧。」木村掃視集團說。地面擺著疑似醫療儀器的東西，從上面延伸出來的貼片黏在狗身上。「可憐的阿竹，竟然碰到這種事。真令人同情。可是既然有我這醉鬼大叔來了，你就沒事了。」

木村趁著周圍的少年還愣在原處時，走到狗旁邊，撕掉貼片。他把纏住朋康和狗的膠布也一併撕掉了。膠布非常黏，撕下不少毛，狗掙扎著。可是總算是解開了。

「喂，不妙！」背後響起聲音。「快阻止這個大叔啊。」

「少年啊，盡量煩惱吧。我正在妨礙你們的任務，不快點想法子，王子殿下就要生氣嘍。」木村打趣說。「倒是王子人呢？」他邊扯斷膠布邊說。

「叔叔，你怎麼能那麼狂傲呢？」此時傳來一道格外清澈、沉穩的聲音。

木村抬頭。不遠處是王子近乎刺眼的笑容。石頭砸了上來。

「喀嚓」，行李箱打開了，木村停止回想。數字鎖來到了0600。王子殿下果然幸運嗎？想想試遍全部的四位數字要多久，還真快就找到正確答案了。木村把關上的行李箱暫時擺到馬桶上面，再重新打開。

裡面整整齊齊地放滿了一萬圓鈔票。木村沒有特別的感慨。不是新鈔，而是用過的舊鈔，也有相當的厚度，但也不到足以讓人驚嚇的金額。木村以前運過比這多上好幾倍的鉅款。

木村正要先關上蓋子，此時發現蓋子內側夾著幾張卡片。抽出來一看，是銀行金融卡。總共有五種，每一張銀行都不同。卡片的表面都以疑似油性筆的字跡寫著四位數字。

意思是用這些卡片，隨便愛提多少錢都行嗎？除了如山的紙鈔，還附贈提款卡，真海派的大禮。最近的非法交易流行這種手法嗎？

木村忽然動念，從一疊紙鈔裡抽出一張。「反正少一張也不會怎樣吧。」他說完，將紙鈔撕個粉碎。只是單純地因為他一直想要這麼做做看。木村闔上行李箱蓋，拿開箱子，把撕破的紙鈔扔進馬桶裡。

手在感應器前一晃，馬桶便嘩啦啦地沖水。離開廁所。木村下意識地期待眼前的王子會稱讚他：「幹得好。」

水果

「好了，小蜜柑，現在該怎麼辦？」被窗邊的屍體和走道的蜜柑夾在中間，檸檬感到拘束，說：「跟我換一下位子啦。我討厭坐中間。」

「你是什麼意思？」蜜柑以僵直的眼神問。他好像不打算讓開。

「什麼叫什麼意思？」

「檸檬，你知道月台有峰岸派來的人吧？」

「當然知道啊。少瞧不起我了。所以我才揮手，不是嗎？」

「你幹麼揮那傢伙的手？」蜜柑拚命壓抑煩躁，指著在窗邊閉著眼睛的峰岸少爺。

蜜柑儘管激動萬分，卻因為介意周圍而小聲說話，這讓檸檬覺得好笑極了。「你那說話的樣子很像電視那個耶，惡整明星機密報告的起床大突擊單元。就你那窸窸窣窣的口氣。」檸檬說完，想起以前聽說的事。「說到起床，你聽說過一個起床氣很重的殺手嗎？」

蜜柑好像不打算陪檸檬耍嘴皮子，但還是簡短地應道「聽過」。

「他要是在睡覺的時候被吵起來，就會氣到射殺對方呢。而且連看到別人被叫醒也會生氣，實在有夠惡質的。」

「就連同伴叫醒他也會生氣，對吧？所以不用多久，跟那傢伙共事的人要聯絡他時都避免直接見面。我是這麼聽說的。都是在車站留言板上寫下指示。」

「他是冴羽獠（註）喔？」檸檬想起很久以前看的漫畫。他猜反正蜜柑一定不知道，不出所料，蜜柑問「那是誰？」

「以前的殺手啦。可是啊，留言板實在太老派了。」

「幹這一行最麻煩的就是確立聯絡方式。要想出不留下證據，但能確實把情報傳給對方的方法，真是超麻煩的。而且方法愈是講究，就愈容易出錯。」

「是嗎？」

「比方說，剛才不是說可以用大樓的電子告示板聯絡嗎？就算這麼決定好了，也得先把同伴送進訊息的發訊處，要不然就得收買發訊處的負責人。」

註：北条司的漫畫《城市獵人》的主角。只要在新宿車站的留言版寫下YYZ，私家偵探冴羽獠便會主動聯絡。

「反過來說，只要確保發訊處是自己人，怎麼樣都有辦法，不是嗎？」

「那樣大費周章，沒有意義。」

「可是啊，那個起床氣很重的殺手很厲害，對吧？我可是聽說了，人家都說他強得要命，是傳說中的業者。」

「傳說這玩意兒，是自己說了算，根本就沒有那種業者。就算是傳說，也是都市傳說那類的吧。要不然就是那些傢伙想聯絡手段想得太認真，到夢裡頭相互傳訊去了吧，所以現在也依然沉睡不醒。」說著說著，蜜柑的聲音自然而然變大了。

「就算你睡著，我也不會把你給叫起來。我很好心吧？」

「因為你總是睡得比我多。」

「我說，為了讓別人不把這傢伙當成屍體，是不是讓人看看他在動的樣子比較好？」

「要是有人明明睡著了，卻會向人揮手，那傢伙不是人偶，就是有人在搖死人的手。」

「囉嗦啦，應該有一定的效果才對。」檸檬開始抖腳。「剛才那個頭髮全往後梳的傢伙，現在一定正在向峰岸報告。四個字——沒有異狀。」

「他肯定是在報告沒錯。『峰岸先生的公子樣子不太對勁。我想八成出了什麼相當嚴重的差錯。』」

「你那不曉得有幾個字。」

「問題不在字數。」

檸檬看著正經回答的蜜柑側臉，納悶這傢伙為何老是繃得這麼緊？「噯，算了。那蜜柑，你怎麼看現在這個狀況？」

蜜柑看向手表。「如果我是峰岸，就會派部下到下個停車站仙台。派一群全副武裝的危險傢伙去。然後堵在月台，不讓車上的哥倆好給溜了。如果哥倆好繼續留在列車裡，就殺進去。幸好這輛新幹線空位很多。現在他們一定正在把對號座全部搜刮一空吧。」

「被盯上的哥倆好真衰呢。」

「不曉得是哪裡的倒楣鬼呢。」

「這麼說的話，一到仙台，就會有一大群臭男人衝上新幹線來嗎？那太討厭了。」檸檬想像整輛列車塞滿全副武裝的鬍子佬的場面，禁不住渾身哆嗦。「峰岸的部下裡就沒有年輕女人嗎？可不可以叫她們穿泳裝上車啊？」

「不管是男是女，都一樣拿著槍吧。當你『啊，比基尼』地耍豬哥的時候，人家搞不好已經開槍了。」

車廂的門打開了。行進方向——四車方向有一名男乘客往這邊過來了。是個年輕男子。

「檸檬老師。」蜜柑說，檸檬有些警覺起來。

「幹麼？蜜柑同學？」

「要不要聽聽我的笑話？」

「才不要。像你這種死板的傢伙說什麼『這很好笑哦』的時候，九成九都讓人笑不出來。」

蜜柑不理會，說：「前陣子我在我家附近碰到朋友。」檸檬瞬間就明白蜜柑的意思了。檸檬留意不讓自己的臉上浮現笑意，說：「我也認識。」

「這樣啊。」

對話停止了。

新幹線外面的景色陸續通過。看著高爾夫球練習場和公寓向後方流去，檸檬又想起了湯瑪士小火車。「欸，湯瑪士小火車的故事裡，多多鐵路公司的胖總管漢特先生會對湯瑪士和培西這些小火車說：『你真是個有用的小火車。』漢特先生都會這麼說。」

「那個漢特先生是誰啊？」

「就胖總管啊。要說幾次你才記得住？『漢特先生是多多鐵路公司的總管，總是戴著一頂黑色的高禮帽。他會誇獎勤勞的小火車，責罵做壞事的小火車。小火車都很尊敬他。』就類似多多鐵路公司的社長。很讚吧？」

「什麼東西讚？」

「就『你真是個有用的小火車』這句話啊。聽到有人稱讚自己有用，很讓人高興呢。我也想要有人稱讚我說，你真是個有用的小火車呀。」

「那就好好派上用場啊。聽好了，今天的我們距離有用的小火車遠得很。」

「我們又不是小火車。」
「是你先提起小火車的！」蜜柑粗聲說。
「蜜柑，你把我剛才給你的貼紙拿出來看看。」
「早就還給你了。」
「啊，對。」檸檬從口袋取出折起來的貼紙簿。「你知道哪一個是培西嗎？」
「不知道。」
「你跟我一起幹了幾年了？應該已經夠久了。你差不多也該記住湯瑪士朋友的名字了吧。」
「那你讀了我推薦給你的《禁色》了嗎？讀了《群魔》了嗎？（註）」
「才不要咧。你推薦的都只有字。」
「你推薦的都只有蒸汽火車。」
「也有柴油火車啊。嗳，算了。那不重要，我剛才靈光一閃了。」
「靈光一閃什麼？」
「想到好點子。」
「像你這麼隨便的傢伙，說起什麼『我想到好點子』的時候，九成九都不是什麼好點子，不過我就姑且聽之吧。」

註：《禁色》是三島由紀夫的作品，《群魔》（Бесы）是杜斯妥也夫斯基的作品。

「你真是的。聽仔細嘍，你說要找到殺害這個峰岸少爺的凶手，或是找到不見的行李箱。因為峰岸會生氣。」

「沒錯。然後我們兩邊都沒找著。」

「不過你的方針錯了。不，是沒有錯，但不是什麼好法子。可是啊，別灰心，每個人都有失敗的時候。」

「除此之外，還有其他解決方法嗎？」

「有。」檸檬壓抑住就要笑開的嘴角。

蜜柑微微瞪眼。「喂，小心別被鄰居聽到了。」

「我知道。」檸檬回答：「就是那句話，『凶手不是找到的，是製造的』，你知道這句名言是誰說的嗎？」

「八成又是你喜歡的湯瑪士小火車裡的角色說的吧？」

「我怎麼可能每句話都跟湯瑪士有關係？是我，那是我的名言。『凶手不是找到的，是製造的』。」

「什麼意思？」

「只要在這輛新幹線裡隨便找個傢伙，把他當成凶手就行了。」

蜜柑的表情出現了變化。檸檬心想一定自己的妙計嚇到他了，高興起來。

「這點子不壞。」蜜柑低聲說。

「就是吧？」

「雖然不曉得峰岸會不會信。」

「是啊。可是總比啥都不做要來得強吧。我跟你，不，你跟我壞了事。咱們坐視少爺被殺，又搞丟了行李箱。一定會惹峰岸生氣吧。可是如果解決了凶手，那還像話些。」

「行李箱要怎麼解釋？」

「我想想，就說凶手不曉得把行李箱丟哪兒去好了。總之，雖然我不覺得這樣就可以解決一切，不過準備一個代罪羔羊，把錯全推到他身上，喏，怎麼說……」

「或許可以分散峰岸的怒氣。」

「沒錯，我就是這意思。」

「要找誰？」蜜柑接受自己的提議，就要著手實行，這讓檸檬感到滿足，同時卻也懶得動了，他忍不住脫口而出：「咦？真的要幹？」

「點子可是你提的！喂，檸檬，你要是老在那裡胡言亂語，我也是有脾氣的。聽好了，我喜歡的小說裡有這樣一段。『我輕蔑那個人。因為腳下的大地都崩裂了，巨岩就要從頭頂砸下來，他卻在那兒齜牙咧嘴。因為他在確定臉上的妝。我的輕蔑化成暴風蹂躪這裡，他……』」

「知道了、知道了，」檸檬左右揮手。「不要生氣啦。」

蜜柑生起氣來有多可怕，檸檬非常清楚。蜜柑平常老是讀些艱澀的書，只使用最低限度必要的暴力，看起來很淡然，可是他一旦生起氣來，卻分外冷酷無情，完全無法收拾。尤其從表情看不出他究竟是不是在生氣，更是棘手。沒有前兆或預警，就像火山突然爆發那樣恐怖。但檸檬知道，要是蜜柑開始引用起小說或電影內容，就得當心了。不曉得是不是腦袋裡的記憶盒子被激動打翻了，蜜柑會開始滔滔不絕地念起中意的小說文章。這不折不扣就是他生氣的前兆。

「知道了，我們嚴肅討論。」檸檬輕輕舉起雙手。「我找到一個最適合抓來當代罪羔羊的傢伙了。」

「誰？」

「你也發現了吧？那傢伙似乎也知道峰岸。」

「是我認識的那傢伙嗎？住在附近的……」

「對，住在附近的，我們認識的傢伙。」

「原來如此，好主意。」蜜柑說道，站起來。「我去一下廁所。」

「喂，什麼意思？」

「趁現在先小便去。」

「萬一在那之前機會來了怎麼辦？如果有機會跟鄰居聊天的話。如果等不到你回來怎麼辦？」

「交給你。你一個人也沒問題吧？我想大概會比兩個人一起下手更安靜地結束。」

檸檬覺得自己受到信賴，有點高興。「是啊。」

「別給別人添麻煩嘍。」

檸檬目送蜜柑往車廂外走去。他把臉湊近旁邊的峰岸少爺屍體，用手夾住他的頭，操縱人偶似地上下搖頭。「檸檬，你真是個有用的小火車呀。」他模仿腹語術說。

瓢蟲

沒時間煩惱了——真莉亞這麼說。然而七尾煩惱不已。他邊煩惱邊前往三車。

他想著蜜柑和檸檬的事，胃立刻就痛了。危險的工作他習慣了，但他也非常清楚優秀的業者有多棘手。

三車車門打開的瞬間，七尾就下定決心了。他們就在裡面吧。必須佯裝自然才行。我是去廁所回來的三車乘客，一點都不可疑——他這麼告訴自己。應該裝成這樣走進去。車廂裡頭空位不少。很適合泰然自若地隨便找個位子坐下，但不適合隱身在人群之中。七尾抬頭，裝做若無其事地掃視座位。有了。對面左邊的三人座座位中央一帶，坐著三名男子。靠窗座的男子靠在窗上，睡得像個死人般，但旁邊的兩人是醒的。靠走道的男子一臉嚴肅，像是在質問坐中間的男子。兩人身材都差不多。頭髮稍長，消瘦，挺拔得連折起來的腿都嫌多餘。

七尾不曉得哪個是蜜柑，哪個是檸檬。

決定在他們附近坐下，是出於一瞬間的判斷。他們三人的座位後方正巧空著。再後面也空著。為了確保安全，應該離得更遠些，但想要盡快掌握狀況，還是盡量坐近點好。一方面也因為真莉亞威脅，連續出錯也讓他動搖。七尾的腦中瞬間浮現一個足球員為了挽回自己的失誤造成的失分，正在嘗試平常絕對不會冒險的突破性挑戰。為了彌補失誤，他做出風險十足的動作。這種情況，從沒見過有哪個失誤的選手扳回一城的例子。空轉只會留下空轉的結果，然而犯了錯的選手卻不得不放手一搏。

七尾在他們後方一排的位子坐下。進入車廂時，一瞬間和他對望的不曉得是蜜柑還是檸檬，但看起來並沒有發現七尾的身分，這也推了他一把。很好，他們不認得我，七尾放心了。出於自己的經驗，他也判斷人們對於座位後方是毫無防備的。

七尾屏住呼吸，小心不引人注意，從前面的椅背抽出網子裡的小冊子打開。是類似郵購的目錄，上面刊登了各種商品。七尾翻著，豎耳聆聽前面兩人的對話。

他稍微前屈，雖然不到全部，但還是聽到了對話。

坐在中央的男子提到湯瑪士如何、小火車怎麼樣。根據真莉亞的說法，喜歡湯瑪士小火車的應該是檸檬。那麼從後面看去左側的男子就是愛好文學的蜜柑了。

七尾留神不引起懷疑，翻開陳列著皮包照片的紙頁。他心想要是上面刊登著「峰岸的行李箱」這樣商品，他一定會二話不說立刻買下來。

「聽仔細嘍，你說要找到殺害這個峰岸少爺的凶手，或是找到不見的行李箱。因為峰岸會生氣。」

檸檬的聲音傳來，七尾差點渾身一抖。行李箱也不在他們手裡。他發現這件事了。「峰岸」這兩個字也讓他差點做出反應。他們不是說峰岸，峰岸少爺指的是誰？如果照字面看，那是指峰岸的兒子。峰岸有兒子嗎？真莉亞提過嗎？想不起來。而且檸檬還說「殺害峰岸少爺的凶手」。峰岸的兒子被殺了。幾乎讓他背脊發涼。究竟是誰？誰敢幹出那麼大逆不道的事情？

七尾想起以前居酒屋的老闆在他和其他人面前說過「世上有兩種人」。那種說法實在太陳腔濫調，七尾禁不住苦笑，但還是禮貌性地反問：「哪兩種人？」

老闆說了：「不認識峰岸的人，還有害怕峰岸的人。」

周圍的反應不太好。

老闆察覺這一點，接著說：「還有峰岸本人。」

「那不是三種了嗎？」眾人噓聲連連。

這段對話讓七尾笑了，卻也加深了他的想法，峰岸果然可怕，最好還是對他忌憚三分，不要扯上關係才是上策。

「凶手……」他聽到檸檬指著蜜柑神氣活現地說了。接下來的話有點沒聽清楚，但他聽到最後是說「是製造的」。

沒多久，靠走道的男子，蜜柑靜靜地站起來，把七尾嚇了一跳。他把臉轉向車窗，全身緊繃。「我去一下廁所。」蜜柑說。蜜柑好像要去廁所所在的前方，靠四車的車廂外。

檸檬叫住他。「喂，什麼意思？」

「趁現在先小便去。」蜜柑答。

「萬一在那之前機會來了怎麼辦？如果有機會跟鄰居聊天的話。如果等不到你回來怎麼辦？」

「交給你。你一個人也沒問題吧？我想大概會比兩個人一起下手更安靜地結束。」

「別給人添麻煩嘍。」蜜柑留下這段話，轉身離開三車了。

頓時，車廂裡落入寂靜。七尾這麼感覺。當然，車體在搖晃，窗外流過的景色也喀噠作響，但蜜柑與檸檬對話停止的瞬間，車廂裡就變得一片寂靜，陷入彷彿時間停止的錯覺。

七尾翻著冊子，眼睛追著文字，卻看不進去。他的視線在文章上掃著。「現在的話，」他想。「現在的話，只有檸檬一個人。如果要接觸，機會就只有現在了。」他拚命思考。

「接觸他做什麼？」另一個自己反駁說：「我得找到行李箱才行，他們又沒有行李箱，跟他們談也沒意義。」

「可是也沒有其他人可以依靠了啊。」

「我要依靠他們嗎？」

「或許可以反過來利用峰岸，跟他們談判。俗話不是說嗎？敵人的敵人就是朋友。」

雖然還沒有掌握全貌，但蜜柑他們一定也是在為峰岸運送行李箱。而七尾被峰岸委託搶奪蜜柑他們的行李箱。換句話說，這等於是峰岸一方面委託蜜柑和檸檬，卻又同時委託七尾搶奪行李箱。可以想見當中一定有玄機。所以如果向他們坦白「其實我也是被峰岸委託的」，對方固然會驚訝、警戒，但也有可能對七尾萌生某種同伴意識。在「找到行李箱」這部分，他們的目的相同，所以如果暫時放下一開始七尾搶走行李箱的事實，雙方也是有可能合作的。比方說，也有一些夫婦原諒對方僅只一次的外遇，白頭偕老，就類似那樣，他們今後也可以結為盟邦。七尾想要這樣提議。

他隨手翻了翻小冊子，闔起來，塞進前方椅背的網子裡。冊子很難插進去，費了一點工夫，不過總算塞好的時候，七尾也拿定主意。如果出其不意地先發制人，或許可以封住檸檬的行動。然後再說明自己的狀況。好，七尾直起身，站起來。

「嗨。」檸檬的臉就在眼前。

七尾一時間不明白發生了什麼事。那的確是他知道的臉。

「嗨，你好嗎？」對方像老朋友似地打招呼說。檸檬就在七尾的座位旁，堵住走道般地站著。

在解開浮現腦袋的問號之前，身體先行動了。先是伏下頭去。七尾感覺檸檬的拳頭揮過頭頂。只差一步，那記鉤拳就砸在腦門上了。

七尾立刻抬頭，抓住檸檬的右手，使勁全力扭轉。他要從背後壓制住檸檬。七尾盡量把動作壓到最小，不讓其他乘客發現。他想避免在這裡把事情鬧大。萬一驚動警察還是上了新聞，峰岸也會提前發現他失敗了。現在他還需要時間。

幸而檸檬似乎也想避免引人注目，只做出最低限度的必要動作。

檸檬陣陣痙攣似地抖動右手。七尾抓住他的手鬆開了。

七尾明白只要一點空檔就會要了命。可是他無論如何就是會介意周圍，東張西望。大部分乘客不是在睡覺就是在看手機或雜誌，但是他看見車廂後方有一個幼兒站在座位上，正興致勃勃地盯著他們。不妙。他用手肘撞檸檬的胸口。目的不是為了傷害，而是讓他失去平衡。趁著對方閃避時，七尾滑動身體，坐回自己剛才坐的窗邊座位。一直站著，遲早會引起注意。

檸檬也在座椅坐下。隔著中央座位，兩人動起手來。前座椅背微微向後仰倒頗為礙事，卻也無計可施。

坐著與人對幹，這還是七尾頭一遭。

擺動上身，揮出拳頭。對方的拳頭則後仰閃過，或是用手臂格擋。對方也差不多。檸檬朝七尾的側腰打來，由下刨挖似地使出凶狠的重擊。七尾看準時機，利用了靠肘。他用左手迅速扳下原本收起來的靠肘。檸檬的右臂撞到靠肘，打出「咚」的鈍重聲響。檸檬咂嘴。七尾才剛暗叫快哉，不知不覺間檸檬的左手已經冒出刀子。那把體積雖小，卻發出凌厲光芒的小刀狠狠劃過半空中。七尾抽出前座椅背的小冊子，用雙手翻開接住刀子。刀子刺穿印刷在紙上的田園風景照。七尾立刻想要用紙裹住刀子，但對方早一步抽回去。

幸虧不是槍。不知道是顧忌槍聲，還是認為近距離格鬥小刀比較有利，又或者是根本沒有槍？總而言之，檸檬沒有拔槍出來。

對方再一次拿刀刺過來。七尾打算像剛才那樣拿小冊子擋，卻無法如願行動。刀子刺進了左臂，一陣劇痛劃過。七尾飛快地瞥了傷口一眼。傷口不深。再看檸檬。七尾飛手一揮，成功揪住檸檬的左手腕。他把檸檬的手扯過來，另一隻手全力敲下靠肘去砸。刀子掉出檸檬的手，滾進座位底下。呻吟聲響起。七尾繼續進攻。他伸出兩根右指，瞄準檸檬的雙眼。沒有餘裕斟酌力道了，他打算戳破對方的眼球，卻在千鈞一髮之際被檸檬閃過。手指戳到眼皮旁邊。檸檬整張臉皺了起來。七尾準備再一次瞄準眼球的時候，檸檬的手伸向了身側。七尾知道檸檬的手摸到了什麼，但眼皮眨了一下再睜開時，槍已經亮出來了。槍架在左大腿處，底下的地方。

「其實我不想用的，可是太麻煩了。」檸檬悄聲說。

「開槍會引起慌亂。」

「沒辦法。這是緊急手段。蜜柑聽過我解釋，也會接受的。更何況，幹架本來就不可能不給其他人惹麻煩。」

「你知道我？」

「你緊張兮兮地走進車廂的時候我就發現了。『啊，發現可愛的小羔羊了。』」

「羔羊？什麼羔羊？」

「你是那個吧？在真莉亞那裡工作的傢伙。」

「你連真莉亞都知道？」七尾說，交互看著檸檬的臉和腰上的槍。他什麼時候會開槍都不奇怪。

「同業嘛。麥當勞很清楚摩斯漢堡。國際牌對索尼瞭若指掌。就跟那一樣。這業界夠小的了，什麼都接的業者又沒幾個。我也從仲介大叔那裡聽說過你。」

「那個『我有好消息跟壞消息』的大叔？」

「對對對。不過那傢伙有的幾乎都是壞消息。可是真莉亞的名字我常聽到。我也聽說真莉亞這幾年都在當眼鏡同學的經理。」

「眼鏡同學的風評如何？」七尾注意維持集中力，盡可能裝出頗有餘裕的樣子。

「不差。用湯瑪士的朋友來比喻，大概是麥陶級的吧。」

「那是角色的名字嗎？」

「是啊。麥陶很棒的。」檸檬說完後，接著說：「麥陶有十個車輪，是非常大的小火車。麥陶總是冷靜沉著，喜歡安靜的地方。可是麥陶覺得在調車場跟朋友聊天也很開心。」

「什麼？」

「麥陶的介紹文。」

突如其來的朗讀讓七尾困惑，他心想「喜歡安靜的地方」這一點倒是跟自己一樣，露出苦笑。他期望平靜的時光，然而卻落得這步田地——他禁不住自嘲。

「我看過眼鏡同學的照片。沒想到你會在這種地方滿不在乎地靠上來，是巧合嗎？」

「感覺像巧合，也不像巧合。」

「啊，我知道了，行李箱就是你拿走的吧？」檸檬好像恍然大悟。「這下正好，也沒必要誣賴你了。小偷根本就是你嘛。」

「聽我說。你們也是被峰岸委託搬運行李箱的，對吧？」

「果然，你也跟這件事有關。你知道行李箱。」

「我也是峰岸委託的。峰岸委託我搶走行李箱。」

「什麼意思？」

「峰岸瞞著你們僱了我，雖然我不知道理由。」

「真的嗎？」

檸檬說這話應該沒有特別的根據，然而這句「真的嗎？」卻讓七尾有些動搖。他並非完全確定這真的是峰岸的委託。

「為什麼峰岸要叫你搶行李箱？我們可是預定要把行李箱送到峰岸那裡去。」

「很奇怪，對吧？」七尾想要強調其中的蹊蹺。

「聽好了，比方說，湯瑪士小火車裡，會請其他小火車搬運貨車上的東西時，只有兩種理由。不是湯瑪士故障不能動了，就是湯瑪士不受信任了。」

「你們故障了嗎？沒有吧？所以不是第一個理由。」

檸檬咂嘴道：「那就是峰岸不信任我們嗎？」

他舉起的槍口突然變得緊張。檸檬顯然很不愉快，他的不愉快似乎會讓他扣在扳機上的手指使力。「喂，你最好快點把行李箱還回來。行李箱在哪裡？聽好了，我會在這裡開槍射你。當你痛得滿地打滾時再把你的衣服翻遍，就可以找到你的車票。然後去到你的座位，就可以找到行李箱。對吧？與其那樣，你最好還是在我開槍之前自己把行李箱交出來。」

「不是的。我也在找行李箱。行李箱也不在我的座位。」

「好，我要開槍了。」

「真的！如果行李箱在我手裡，我就不會特地跑來這節車廂了。我本以為行李箱在你們手裡，所以才冒著危險過來。沒想到真的碰上危險了。」七尾說，內心要自己冷靜下來。害怕與激動只會讓對方占上風。自己的不幸、倒楣雖然到現在都還習慣不了，但槍口他已經看慣了。不值得為此慌了手腳。

檸檬顯然不相信七尾的話，但他還是在尋思：「那是誰把行李箱拿走了？」

「要是知道，我就不必麻煩了。不過簡單地想，應該還有另一個人，或另一組人馬。」

「另一組人馬？」

「除了我跟你們以外，還有其他人想要行李箱，行李箱現在就在那人手裡。」

「那也跟峰岸有關嗎？峰岸在想什麼？」

「我說過好幾次了，我也搞不清楚狀況。我也一樣笨啊。」比別人厲害的，只有足球技巧跟危險差事。

「你明明戴著眼鏡，卻很笨嗎？」
「沒有戴眼鏡的小火車嗎？」
「有個叫韋弗的。他是戴眼鏡的蒸汽小火車，就算別人說他壞話也不生氣，是個好傢伙。不過，嗳，腦袋或許不太靈光。」
「峰岸或許根本就不相信業者。像是我跟你們。」七尾把想到的就這麼說出來。「他也期待只要自己繼續說下去，檸檬就不會開槍。「所以連送個行李箱，也打算要透過好幾個業者。」
「他幹麼這麼費事？」
「我小時候曾被附近一個大叔拜託買東西。」
「你在說什麼？」
「他說，如果我照著他的吩咐去車站買雜誌回來，他就給我跑腿費。我卯足了勁幫他跑腿，結果那個人滿不在乎地說『買來的雜誌都摺到了，這樣不能給你跑腿費了。』」
「什麼意思？」
「狡猾的大人會在一開始就先準備好藉口，省得付錢。所以峰岸也可以對你們說：『行李箱呢？你們搞砸了，我饒不了你們。』」
「他為了這個目的，所以派你來搶行李箱？」
「只是打比方而已。」七尾說完後，也覺得原來如此，搞不好真是這樣。也就是說，峰岸會不會是吝於支付全額報酬給受僱業者，不想對他們說「幹得好」，才故意製造出讓業者不得不感到虧欠的狀況。

「饒不了？所謂的饒不了是指？」

「不付你們錢，或是對你們開槍之類的。『麻煩差事就交給別人吧』、『可是不想付錢』、『要是可以用過就丟就好了』，他會不會是這麼想的？」

「為了妨礙我們而僱用其他業者的話，結果另一邊也得花錢，根本划不來吧？」

「如果是簡單的差事，就可以僱用更廉價的業者。總得來看，應該可以省下不少花費。」

「對於努力奉獻的小火車，怎麼可以不誇獎他真是有用呢？」

「也有人比死還要痛恨誇獎別人。峰岸會不會也是那樣？」

七尾留意盡量不要讓意識飄到槍口上。他想盡可能讓檸檬忘了扣扳機這回事。

「你的同伴蜜柑還沒從廁所回來嗎？」

「的確有點慢。」檸檬說，卻沒有移動視線。「是廁所有人嗎？」

「會不會他其實背叛了你？」七尾說出當下冒出來的想法。

「蜜柑才不會背叛我。」

「搞不好就是他把行李箱藏到別的地方去的。」七尾的目的在於攪亂對方。可是如果激怒檸檬，讓他扣下扳機，那就得不償失了。七尾在摸索當中的平衡點。

「蜜柑不會背叛我。我跟他之間並沒有信任。不過那傢伙總是很冷靜。他很清楚，就算騙了我，也只會讓事情更麻煩而已。」

「他也不曉得你現在正在這裡格鬥，悠哉地排隊等廁所，你不生氣嗎？」七尾試著想讓他們鬧內訌。

檸檬的表情放鬆了些。「告訴你，蜜柑也早就注意到你了。」

「咦？」

「你一進來，那傢伙就說『我在我家附近碰到朋友』。唐突得很。那是暗號，表示附近有認識的臉孔。為了不讓那個人發現才那麼說。那傢伙去廁所的時候，也吩咐把你交給我。」

「咦？這樣嗎？」七尾覺得目睹了自己有多無能。祕密通訊和暗號，每個業者都會用。雖然想不起來他們的對話裡有沒有那樣的內容，但恐怕是真的。

同時焦急湧上心頭。如果蜜柑知道自己，什麼時候趕過來都有可能。二對一的話，自己實在沒有勝算。

「對了，」檸檬開口：「你應該沒有起床氣吧？」

「起床氣？」

「我聽說有個起床氣很重、超恐怖的業者。我以為那就是你。不是嗎？」

七尾沒聽說過那種人，不過以起床氣重為特色的業者也真讓人莞爾。「那人很厲害嗎？」

「或許就像傳說中的小火車賽雷布提吧。就連高登都得對他另眼相待呢。」

「對不起，我聽不懂你的比喻。」

「聽好了，你打不倒我。就算你殺了我，我也不會死。」

「什麼意思？」

「檸檬大人是不死身，就算死了也會復活。我會出現在你面前，把你嚇死。」

「不要那樣嚇人。」七尾板起臉。「什麼幽靈、死後的世界的，我很怕那種事情。」

「我們可是比幽靈還要可怕。」

此時，在他們座位的對向窗戶有一輛新幹線交會而過。雖然只有一瞬間，但列車發出激烈的聲響，往後方竄去。彷彿在彼此激勵，說著：「我不允許寧靜的疾馳，有刺激才叫人生。」

「啊，那就是麥陶嗎？」七尾並沒有特別意圖地呢喃說。這稱不上戰略，更沒有勝算。只是腦袋裡還留著剛才檸檬提到的叫麥陶的小火車，他也介意那究竟是怎樣的車體，所以說出口罷了。

檸檬毫無防備地說著「哪個？」，轉身往後看，反倒把七尾嚇了一大跳。檸檬手裡還握著槍，卻像在閒話家常般轉頭望向背後的窗戶。七尾立刻察覺不能錯失良機。他把檸檬持槍的右手往下壓，同時另一隻手毆向對方的下巴，猛烈地撼動下巴、震動大腦，讓對方失去意識。這是七尾十幾歲的時候，剛開始進行犯罪訓練時練習過好幾次的技術，和他練足球一樣。他聽到一種宛如肌肉斷掉，或是開關打開的聲音。喀咚一聲，檸檬兩眼翻白，倒在座位上。七尾把他的身體拖到窗邊，讓他坐好。接著調整傾斜的角度，不讓檸檬倒下，一瞬間也想過是不是該折斷他的頸骨。不過七尾猶豫了。除了狼以外，在這輛列車裡再度殺人，讓他覺得危險。而且在這裡殺了檸檬，肯定會讓剩下的蜜柑暴怒。不能和檸檬一干人為敵。他們難說是自己人，但在這裡全面開戰，也實在看不出好處。

接下來該怎麼辦？怎麼辦？怎麼辦？

他的腦袋發熱，齒輪開始急速運轉。

他拿起檸檬手中的槍，插進腰帶背後，用外套底下的襯衫遮住。也決定將檸檬的手機沒收。七尾彎下腰，確認刀子掉在地板何處。他本來想撿起，卻中途作罷。

怎麼辦？思考的滑輪轉個不停，各種點子接連出現。出現又消失。怎麼辦？怎麼辦？內在的某人向他呢喃著。

該往前或往後到哪個車廂去嗎？蜜柑可能會從廁所回來。這麼一想，就沒法往前面去了。只能去另一邊，後面了。

七尾在腦中推演自己該採取的行動，以及逃亡的路線。自己逃到後方，蜜柑追上來，這樣下去會被逮住。遲早都是甕中鱉。有必要在某個地方想法子閃過蜜柑。

七尾打開腰包，先取出軟膏，打開蓋子，在被檸檬割傷的地方抹藥。血流得並不多，但能愈快止血愈好。用手指抹開。手臂內側和外側都在痛。被打到的部位內出血了吧。檸檬的拳頭確實對自己的骨肉造成了創傷。每當活動、觸碰，就陣陣發疼，但七尾無計可施。

他從腰包裡取出電子表。沒時間深思了。他把音量調到最大，設定時間。會花多久？太快沒有意義，太慢也不行。為了慎重起見，他決定多用一個表，設定得比第一個晚十分鐘響。

他把一隻表擺在檸檬座位底下的地板。站起來，另一隻表擱在行李架上。接著他就要離開，視線卻飄到前排座位上。是檸檬他們本來坐的三人座，窗邊的男子依然安靜不動。七尾感到奇怪，移動座位，摸了摸那個人。他懷著警戒把手擱在男子肩上，沒有反應，他心想「難道……」把手按到脖子上，沒有脈搏。死了。這個人是誰？七尾過度混亂，嘆了一口氣，但沒閒工夫繼續待在原處了。不過他在檸檬原本的座位前方椅背網子裡看到像是喝了一半的寶特瓶。他想到另一個機關。他從腰包取出小藥包。是水溶性的睡眠導入劑——安眠藥。撕破包裝，把藥粉倒進寶特瓶，搖晃後蓋上蓋子，放回網子裡。檸檬會不會喝它、會不會睡著，七尾完全沒有底，但希望種子能散播愈多是愈好。

他往後方二車前進。好了，怎麼辦？七尾又自問。

王子

正當王子猶豫是不是該回座位時，聽到廁所門打開的聲音，木村出來了。他一臉氣悶。

「幾號？」

「你怎麼知道打開了？」

「看你那張臉就知道了。」

「你怎麼不吃驚也不高興？王子殿下的運氣真是太強大了。0600。」木村說，俯視旁邊的行李箱。「我暫時關起來了。」

「那我們回去吧。」王子說道，折回他們的車廂。行李箱交給木村拿。要是在途中被物主發現，只要把行李箱和責任全推到木村頭上就行了。

兩人回座。王子讓木村坐在窗邊。現在是重要關鍵，王子繃緊神經。如果能夠在這時候再次綁住木村，就可以暫時放下心了。

「叔叔，我要把你的手腳再綁起來。事關叔叔孩子的安危，我想叔叔是不會亂來，可是還是暫時先恢復剛才的狀態吧。」

有沒有綁住你並不重要，對任何一方都無所謂哦——王子現在必須給對方這麼感覺。老實說，對方的手腳是不是自由，其實對狀況有著至關重大的影響。木村和自己有著體格上的差距。就算有小孩的性命做擔保，也難說木村不會突然間自暴自棄，也就是一股同歸於盡的念頭殺上來，那樣一來，靠自己的力量是抵擋不了的。遭到對方暴力相向的情況，有可能會發生預期之外的麻煩。為了確保安全，還是該像剛才那樣奪走木村的身體自由，不過不能讓對方看出自己的利益和企圖。

王子很清楚，要站在優勢控制什麼人，這是必要的技巧之一。「現在是改變狀況的關鍵時刻」、「如果要扭轉局面，就只有現在了，應該全力對抗」，如果聽到別人這麼說，或許每個人都會採取行動。只要理解現在是唯一的機會，應該會拚上老命抵抗吧。所以反過來說，只要不讓對方察覺這一點，就有勝算了。許多統治者都長於此道。他們隱藏自己的意圖，也就是不說出這輛列車的終點站是哪裡，極為自然地搬運乘客。其實乘客也可以在途中停靠的車站下車，但不讓他們發現這個事實。裝作自然地讓列車通過。當人們後悔「早知道那時候就下車了」的時候，都已經太遲了。無論是大屠殺還是戰爭，或是對自己毫無益處的條文修訂，幾乎都是「注意到時已經變成這樣了」、「早知道會變成這樣，我就反抗了」。

所以當王子重新用束帶綁住木村的手腳時，心裡放下了一塊大石。木村甚至沒有發現抵抗的機會減少了。

王子打開擺在腳邊的行李箱。他看到裡面塞滿紙鈔，只「哼」了一聲。

「嗳，裡面裝的東西完全不脫預想和期待。用行李箱裝紙鈔，一點創意也沒有。可是裡面還放著金融卡，倒是有點新意。」

王子聽到木村這麼說，檢查裡面，的確，箱蓋內側的收納口袋裡裝著五張金融卡。每一張都用麥克筆寫著四位數字。「可以用這些提錢，是嗎？」

「大概吧。現鈔和提款卡的兩段式攻擊呢。真是大費周章。」

「可是如果用這些卡片提錢，所在位置就曝光了吧。」

「又不是警察，查不到的。再說給卡片和收卡片的都不是幹什麼正經勾當的，彼此之間有默契不能背叛的。」

「是嗎？」王子把成疊的紙鈔翻起一兩張查看。「喂，叔叔，你抽走了一張，對吧？」

木村的臉僵住了。他表情扭曲，臉頰漲紅。「你什麼意思？」

「總覺得要是看到這種東西，叔叔八成會這麼做。機會難得，所以你抽走個一兩張紙鈔，撕成碎片，沖進馬桶裡，對嗎？」

木村的表情略沉，臉色愈變愈鐵青。好像猜中了。逗起來真沒勁。

木村現在才開始掙動起手腳，但他早已被束帶綁住了。既然要掙扎，應該在被綁起來之前掙扎才對啊。

「我說，叔叔，你知道世界上什麼事是對的嗎？」王子脫掉鞋子，彎起膝蓋，用雙手抱住。他背靠在椅背上，用屁股維持平衡。

「世上才沒有對的事。」

「沒錯、沒錯，叔叔說得沒錯。」王子點頭。「世上是有被視為對的事，但沒有人知道那是不是真的對。所以能夠讓人覺得『這是對的』的人，才是最厲害的人。」

「這很難懂，請說老百姓的話，好嗎？王子殿下。」

「喏，比方說，不是有部電影《原子咖啡廳》（註）嗎？很有名的電影。裡面有利用核武進行的作戰訓練。訓練內容是引發核爆之後，士兵步行進攻。作戰前的說明中，

註：一九八二年上映的電影，為有關核武的紀錄片。原名為《The Atomic Cafe》。

類似領導的人在士兵面前的黑板上邊寫字邊說『必須注意的只有三點。爆炸、熱、輻射能』，然後告訴士兵『這裡頭新的字眼只有輻射能，不過這是最不重要的玩意兒。』」

「最不重要？」

「輻射能看不見，也聞不到。只要照著命令做，也不會造成身體不適——士兵被這麼教導。然後核武爆炸，士兵朝著蕈狀雲才剛升起的地點步行前進——穿著平常的衣服。」

「什麼跟什麼？原來輻射能沒什麼大不了的嗎？」

「怎麼可能？所有的人都遭到輻射污染，慘得要死。簡而言之，人這種生物，只要聽到說明，就會想要相信，只要上頭的人自信十足地說『沒什麼好擔心的』，就會某程度地信服。而上頭的人才不打算把真相全部說出來。在同一部電影裡，有兒童教育節目，卡通裡的烏龜說了，『核子彈爆炸了！快點躲起來！』還說只要躲到桌子底下就沒事了。」

「怎麼可能？」

「就我們來說是很荒唐，可是只要政府冷靜、自信十足地這麼斷定，人民就不得不相信那是對的。不是嗎？事實上當時那樣就是對的。喏，現在因為會危害健康，被禁止使用的石棉，以前也是因為它具有優秀的耐火性、耐熱性，受到廣泛使用。以前也有過蓋房子就一定得用石棉的時代啊。」

「聽聽你那口氣，你真的是國中生嗎？」

太荒唐了，王子嗤之以鼻。到底什麼才叫做像國中生的口氣？讀了許多書，得到許多資訊，自然就會言之有物了。這跟年齡沒有關係。「而且石棉被證實對人體有害後，一直到禁止使用，中間耗了好幾十年呢。這段期間大家一定都是這麼想的，『如果真的危險，應該會吵得更凶才對，法律也應該會禁止。既然沒有被禁止，就表示沒事吧。』現在石棉已經被其他材質取代了，不過也不曉得什麼時候會被證實那對人體一樣有害啊。像是公害、食物污染、藥害，誰也不曉得該相信什麼好。」

「你是想說『國家太過分了，真是可怕，政治人物都是群廢物』嗎？真普通的意見。」

「不是的。總之要讓人把『根本不對的事』當成『對』的，是很簡單的。而且國家和政治人物當時或許也深信那樣就是『對』的，沒打算騙人也說不定。」

「所以怎麼樣？」

「重要的是自己要站在『讓人相信』的一邊。」王子說，心想就算跟木村解釋這些，他也一輩子無法理解吧。「況且操縱國家的不是政治人物。是政治人物以外的力量、官僚和企業代表等，是這些人的意志在推動社會。不過這些人不會上電視。一般人只會看到電視報紙上的政治人物的臉孔和表現。這對躲在他們背後的人來說正方便。」

「批判官僚也很普通啊。」

「可是就算大家覺得『官僚不好』，卻也不是具體了解那個官僚的事，所以無從對他提出不滿和憤怒。看不到臉孔，只聽得到言論。相較之下，政治人物是具體可見的，所以官僚就利用這一點。受到攻擊的是站在台前的政治人物，自己則躲在後面。如果有政治人物礙事，就把對那個政治人物不利的情報洩漏給媒體。」王子說著，發現自己說得太多了。他想或許是打開了行李箱，讓他有些興奮了。「結果擁有許多情報，能夠隨心所欲地提供情報的人，是最強大的。比方說，光是知道這個行李箱在哪裡，應該也可以控制別人。」

「你要把這些錢怎麼辦？」

「不怎麼辦，不過是錢罷了。」

「什麼不過是錢，當然是錢啦。」

「叔叔也不想要吧？就算有再多錢，也救不了叔叔那個傻孩子嘛。」

木村臉上的皺紋變深了。彷彿憎恨刻下了陰影般。真單純——王子心想。

「說到底，你為什麼要做這種事？」

「叔叔的問題太曖昧了。這種事是哪種事？行李箱的事？還是把叔叔綁起來，坐到盛岡去的事？」

木村窮於回答。他果然連自己都不明白。連自己想問什麼都不清楚，只是不得要領地脫口問「為什麼做這種事？」。這種人絕對無法修正自己的人生軌道，王子想。

「為什麼要對小涉做那種事？」半晌後，木村這麼問了。他好像總算決定該問什麼了。

「我說過很多次了，小涉是自己跑到屋頂上去找我們，自己掉下去的。他吵著『大哥哥，陪我一起玩、陪我一起玩』。我提醒過他很多次，跟他說很危險，不可以過來。」

木村的臉紫脹得幾乎全身噴煙。「噯，那件事就別提了。」但他很快就壓下自己的怒意。「我不想聽你那種沒屁用的歪理。我問的是，你為什麼要盯上小涉？」

「那當然是為了欺負叔叔。」王子說，故意把手指豎在嘴巴前，呢喃道：「這是祕密。」

「你……」此時木村突然開口了。瞬間，木村表情上的緊張瞬間消失，非常自然地放鬆下來，同時眼睛熠熠生輝。木村突然返老還童，一張臉好像變成了十來歲的少年，就像王子和王子同一所國中的同學一樣。王子突然有股旁邊的木村與自己平起平坐的錯覺。「難道……你是怕我嗎？」

對王子來說，被看輕並不是什麼稀罕事。王子是國中生、外表不可怕、體格不壯碩，不少人因為這些理由，瞧不起王子、愚弄王子。王子總是享受著把這些對象的輕侮轉變成恐怖的過程。

然而木村此時的話卻讓王子有些動搖了。

他想起幾個月前的事。

白天的公園，樹木叢生的小樹林，有些凹陷的土地上，王子正與同學進行醫療儀器的實驗。因為王子提議要電擊總是遲鈍、老扯人後腿的朋康。與其說是提議，更應該說是指示。新的儀器異於ＡＥＤ，如果在心臟跳動的狀態下使用，或許會鬧出人命來。王子明明知道，卻沒有說明。提供的資訊應該壓到最小限度。他也明白，萬一朋康的性命有了什麼萬一，到時候就是機會。因為陷入恐慌、混亂的他們，更是只能仰賴自己了。

朋康一直哭，哭鬧著懇求，所以改用他的狗當實驗品。這時王子的興趣已經從醫療儀器的效果轉移到其他地方了。

把自己疼愛、長年以來共同生活的愛犬當成祭品獻出來的朋康，究竟處在怎樣的精神狀態？他對這件事產生興趣。

朋康深愛著那隻狗。然而現在卻要凌辱愛犬。這自相矛盾的行動，他要怎麼正當化？他一定會拚命找藉口，說服自己不是個壞人。

想要控制朋友的話，動搖他們每個人的自尊心最有效果。要讓他們體悟到自己是多麼卑劣的人。要達到這個目的，最簡單的作法是利用性方面的事。曝露他們的性慾，對他們施加屈辱。或是以某些形式秀出他們父母親的性行為，他們就會大受動搖，彷彿失去了依賴的支柱。人有性慾，這並非什麼值得驚訝的事，然而他們卻會為此感到自卑。真是單純，王子忍不住想。

而第二有效的是讓他們背叛人。不管是父母、兄弟、朋友都好。重要的是讓他們拋棄珍愛的人，使自己的價值暴跌，所以凌辱朋康的狗也是其中的一環。

然而就在按住狗，即將施加電擊的時候，木村跑來了。

王子馬上就發現是那個曾在街頭百貨公司碰到的男子。帶個孩子，一副不良少年就這樣長成大人的德性，人品差，只會直線思考，就是這種印象。

那時木村好像也只是單純想要救狗和朋康。「喂喂喂，怎麼可以欺負小狗？」他說：「少年啊，盡量煩惱吧。我正在妨礙你們的任務，不快點想法子，王子殿下就要生氣嘍。倒是王子人呢？」

他那種笑讓王子不爽。王子說著「叔叔，你怎麼能那麼狂傲呢？」撿起石頭扔去。木村正面吃了一記石頭，往後倒，一屁股跌坐在地上。

「按住他好了。」王子靜靜地說，穿著學生服的同學聽從他的指示，迅速行動。木村兩旁各站了一個人，抓住他的手臂。

「很痛耶，幹麼啦？」木村吵鬧。

王子站到他面前。「叔叔，你這樣不行呀，得再多觀察一下周圍才行。」

狗叫聲響起，王子往旁邊望去，是朋康跟狗。朋康好像趁著眾人的注意力被木村引去的時候爬起來了。他渾身發抖，杵在原地。狗也沒有逃跑，就像要保護飼主朋康似地發出勇猛的叫聲。或許還差一點——王子感到遺憾。要破壞狗和朋康的信賴關係，還差一點決定性的事物，比如說再多一點疼痛、再多一點孤獨、再多一點背叛。

「王子殿下，你像這樣拖著同伴跑，很好玩嗎？」

即使只是國中生，三個人一起聯手壓制，木村也無法自由行動。一個人從背後架住，兩個人從旁邊各抓一隻手。

「無視於自己置身的立場，像那樣逞強，不但很窩囊，也很沒意義。」王子說。

「告訴你，人的立場是會依自己的行動不斷改變的。」儘管雙臂的自由被奪走，木村卻一副若無其事的態度，滿不在乎。

「有人要揍這個叔叔的肚子嗎？」王子望向其他同學。冷不防一陣風刮過，落在地上的樹葉沙沙滾動。他們突然接到命令，赫然一驚，面面相覷，接著爭先恐後地搶到木村身前，勤奮地揮起拳頭。木村被毆打肚子，「嗚噁」地痛苦喘息，然而接著發出的聲音卻從容自在。「灌太多酒，好噁心。快吐了。我說你們啊，就算是被王子殿下命令，也沒必要那麼拚命聽從吧？」

「那，叔叔你要當實驗品嗎？」王子望向地上的醫療儀器。「那好像是電擊器哦。」

「好哇。」木村不在乎地說。「我一直很憧憬犧牲自己的身體研究不懈的居禮夫人，求之不得。」

「就算逞強也沒好處。」真是愚蠢，王子心想。這個人過去的人生一直都是如此吧。從來不曉得什麼叫努力和忍耐，肯定總是隨心所欲、自私自利地行動。

「是啊，那我就別再逞強好了。好可怕哦，好可怕哦，王子殿下！」木村裝哭說。「救命呀，救救我呀，王子殿下，吻我！快吻我！」

王子不覺得生氣，也不覺得好笑。他反倒是不可思議地想這樣一個人怎麼能平安無事活到今天？

「那就來試試吧。」王子望向同學。他們雖然依照指示打了木村，卻不知道接下來該如何行動，呆在原地。

聽到王子的話，幾個人動了起來，搬來醫療儀器，靠近木村。必須把儀器上的電線拉過來，將前端的兩個電極貼片貼到上半身才行。拿儀器的一個人蹲下來，掀起木村的襯衫，想要在他的皮膚貼上貼片。此時木村開口：「喂，你幹麼那麼毫無防備地蹲在我前面？小心我踢飛你！我的腳可是自由自在。喂，王子殿下，你最好叫人把我的腳也綁起來。」

王子不曉得他是裝作泰然自若，還是自暴自棄了。不過他聽從木村的建議，指示另一個人按住木村的雙腳。

「我說啊，你們同伴裡面都沒有女生嗎？就算被男生這樣摟抱，我也一點都高興不起來。你們每一個都渾身精子的臭味。」

王子不理會木村的話，吩咐貼上貼片。

如果木村死在這裡的話——王子盤算。若是那樣，就跟警方說「這個陌生叔叔不曉得從哪裡搬來醫療儀器，貼在自己身上玩起來。他好像喝醉了」。如果死的是一個酗酒的危險傢伙，世人應該也不會大驚小怪地追究。

「那就來試試吧。」王子站到木村面前。木村現在被四個學生服的國中生抓住，看起來也像是在十字架上被奪去自由的耶穌基督。

「啊，等一下。」此時木村忽然說了。「我發現一件不太妙的事。」他發出一種虛脫的聲音，接著轉向旁邊，望向站在那裡，也就是抓著他的左臂的國中生說：「欸，我的嘴巴旁邊冒了一顆痘子耶，你看得到嗎？」

「咦？」負責抓左臂的學生眨了眨眼，把臉湊過來。瞬間，木村的嘴裡噴出東西。他把積在嘴裡的口水用力啐出去了。負責抓左臂的學生一下就被猛然噴上臉來的口水嚇得亂了陣腳。他放開手，就要擦自己的臉。

木村毫不猶豫地揮舞自由的左臂。拳頭惡狠狠地砸向屈身抱住他的腳的學生腦門，也就是頭頂。挨揍的學生雙眼翻白，抱住自己的頭。木村的雙腳被解放了。

木村彎膝，朝站在後面的學生的小腿踹去。最後再用頭槌衝撞抓右臂的人。一眨眼就製造出四個痛得哀哀叫的國中生。

「鏘鏘——好了，王子殿下，看到了嗎？不管來上幾個國中生，我都不痛不癢。接下來該懲罰的就是你啦。」木村拍著手，朝王子走近。

「大家，快點，制住這個人。」王子命令同學。「就算弄傷他也無所謂。」

除了呻吟的四個人以外，在場還有三個王子的同學。可能是因為才剛目睹木村的動作，他們顯然怕得猶豫了。

「要是不乖乖聽話，到時候就要挨罰了。你們的父母兄弟姊妹也一樣要挨罰，無所謂嗎？」

王子一說，同學便爭先恐後一擁而上。光是暗示要對他們施加電擊，就競相遵從指示的他們，完全就是機器人。

然而木村一眨眼就擺平所有人了。他接連揍倒手持刀刃的國中生。抓住他們的衣領，撕開他們的衣服，抓著袖子甩，施加暴行。沒有節度，也毫不留情。倒下的人都吐血了，他卻仍一次又一次用手肘或手掌跟手腕之間的堅硬部位繼續毆打。還故意折斷一兩個人的指骨。不曉得是酒精作用還是疲倦使然，木村的腳底搖晃不穩，卻讓他的模樣看起來更像個異常者。

「喂喂喂，王子殿下，怎麼樣？不管你再怎麼神氣，也連我都阻止不了，不是嗎？」木村以半恍惚的表情說道，一副幾乎要口角流涎的樣子。

該怎麼回答？王子動腦，卻一時想不出話來。

就在這當中，木村已經站到王子身前，雙手粗魯地一揮。王子一時不曉得發生了什麼事。自己的學生服被猛力左右扯開了。鈕釦被扯掉飛走，響起布料破裂的聲音。然後木村不知道什麼時候抱著醫療儀器，就要把貼片貼到王子身上。

王子甩開它。

「你是不是怕我？」新幹線座位上的木村有些得意洋洋地說。「所以你才想要報復我。想要當作沒有怕過我那回事，想要抹消那段過去，對吧？」

王子瞬間就要回答「才沒那回事」，但他把話吞了回去。變得情緒化的話，等於是輸了。

我怕木村嗎？王子自問。

在公園裡，面對行動不受拘束、即使血花四濺也不以為意地發洩暴力的木村，王子確實是感到自卑。木村的肉體的確充滿力量，有著不受知識與常識束縛的奔放。對於以頭腦來彌補社會經驗不足的王子來說，等於是不容分說地目睹了自己的缺陷，不由得感到衝擊。也就是說，他感覺到被披露出在眼前毆打同學的木村才是原本的人類，而自己是虛假的，只是片單薄的背景罷了。

所以那一瞬間，王子決定逃離公園。他趁著朋康和狗跑出去，裝出追上去的模樣，離開了公園。

當然，王子很快就恢復冷靜了。他也明白了木村不過是個人生的落後者，他能夠那麼天真無邪地施加暴力，也只是顧前不顧後罷了。不過即使只有短短一瞬間，木村確實讓自己陷入狼狽。王子對他的恨與日俱增。他非得讓木村陷入恐懼，向自己屈膝求饒，否則不能甘心。

連木村都控制不了的話，自己的力量也可想而知。王子理解到這等於是在參加一場實力測驗，以確認自己的力量。

「我才不怕叔叔。」王子回答。「叔叔的小孩就等於是一場實力測驗。該說是謎題還是……」

木村似乎一頭霧水，怔在那裡，但他似乎察覺命在垂危的孩子被拿來輕浮地調侃，漲紅了臉，剛才應該還掛在臉上的從容神色眨眼間消失無蹤。這樣就好，王子想。

王子把行李箱拿到自己腳下，確認數字鎖來到0600，打開。

「想要錢了，是嗎？就算是王子殿下，壓歲錢也領不到多少嘛。」

他不理會木村的貧嘴，取出裡面的金融卡，塞進屁股口袋。然後關上行李箱，抓住提把。

「你要幹麼？」

「拿去還給主人。」

「什麼意思？」

「就字面上的意思。我要把行李箱放回原來的地點，垃圾桶的位置。啊，或許不要放回去，擺到容易發現的地方，像是隨手擱在行李放置處比較好呢。」

「你想做什麼？」

「我已經知道裡面是什麼了，老實說，我有點覺得無所謂了。接下來觀賞哪些人會來搶這個行李箱比較有趣。裡面的卡片我也拿走了，一定會有人傷透腦筋吧。」

木村板起臉，目不轉睛地盯著王子。他不懂王子的想法、王子的行動原理，正在為此困惑。

不是為了錢或名聲，而是為了其他的、想要觀察人類行為的欲望，對木村來說或許很稀奇。

「我去去就來。」王子起身，拖著行李箱開始移動。

槿

打完電話，報告工作結束了。對象是可以算是同業的仲介業者。以前那名仲介自己下海工作，但身體長出贅肉，動作變得遲鈍，年過五十以後，就徹底擔任窗口，獲得成功。

槿一向是個人承攬委託，但最近也接一些那名男子介紹的工作。六年前有個大計畫是要摧毀一個叫「千金」的公司，接下那個任務時，槿對於和其他業者聯絡的煩雜感到厭倦，也是原因之一。

那一連串事件，也是從剛才的行人專用時相路口開始的。當時的記憶又復甦。毛遂自薦要當家教的男子、兩個孩子和女人、布萊恩·瓊斯、義大利麵，往事種種毫無脈絡地掠過。這些記憶在腦中浮游之後，就如同塵埃落定般，記憶的場面沉落。

電話另一頭的仲介說了聲「辛苦了」，接著說「正好」。

麻煩的預感。

我有好消息跟壞消息，他接著說。

槿苦笑，那是仲介的口頭禪。

兩邊我都不想知道。

別這樣說，那我先說壞消息，男子說。其實我朋友剛才突然打電話來，說有個有點麻煩的差事，而且時間很趕。

真糟糕呢，槿不帶感情，禮貌性地應道。

然後是好消息。那個很趕的工作現場，就在現在你所在的位置附近。

槿停下腳步。他四下環顧，卻只見寬闊的大馬路和便利商店。

兩邊聽起來都像壞消息。

也不算是委託啦，是以前關照過我的朋友拜託的，我沒法拒絕，仲介老實招認。

跟我沒關係。我不是不想接，只是我不喜歡一天接兩個案子。

那是我的老前輩拜託的，可稱得上是始祖級。仲介業者勁頭十足地說服。以遊戲比喻的話，就像《夢幻仙境》跟《雷諾尼都記事》（註），應該付出一點敬意，對吧？他如此慫恿。

用我聽得懂的比喻說，槿說。結果對方回，用音樂比喻的話，就是「滾石合唱團」。

那我就知道了。槿微笑了。

不，或許是「何許人樂團」（The Who）。已經解散了，可是有時候會復活這樣，對，就是那樣。

你那樣說我也不懂。

註：兩款都是經典的動作角色扮演遊戲。

你討厭老東西？

對於自古以來就存在的事物，我感到尊敬。能夠活得長久，光是這樣，就表示自有其優秀之處。那到底是什麼委託？我就姑且聽聽吧。

仲介業者高興得就像槿已經一口答應似地，開始說了。

槿聽了委託內容，差點笑出來。

內容實在太曖昧了，而且怎麼想自己都不適任。

為什麼？你怎麼會不適任？

我的工作地點是有車子經過的地方，或是車站月台。建築物裡沒有交通工具經過，室內不是我的工作範疇，轉給其他業者吧。

是這樣沒錯，可是沒時間了。那裡正好就在你現在的位置附近。可能沒時間拜託其他人了。其實我也正在趕去那裡的路上。這幾年我全力投入仲介業，從來沒自己下海，不過今天看來是沒法子了。只能我自己擔任實戰部隊了。

偶爾這樣也不錯啊。畢竟是老前輩的委託嘛。

我很不安啊。對方就像年輕人自白害怕出社會一樣，口吻怯懦。說他太久沒工作了，很不安。所以可以請你也一起來嗎？

我去了又能怎樣？我的綽號可是推手。工作內容差太遠了。這簡直是叫鉛球選手去跑馬拉松。

你人來就好。我已經快到了。

祝你幸運。

這樣啊，槿，謝謝。我欠你一份情。

他到底是怎麼聽的，為什麼會聽成槿已經答應了呢？

水果

蜜柑出了廁所，直到離開洗手台，都好整以暇。

剛才走進三車的是同業，他馬上就看出來了。或許是因為比自己和檸檬年輕些，又戴著黑框眼鏡，看起來富有知性。而且似乎有點神經質的傾向，本人或許自以為裝得若無其事，但明顯是忐忑不安。當他經過旁邊時，也一副想看這裡想看得不得了的樣子。那種不自然，讓蜜柑幾乎要忍俊不禁。

時機巧得教人吃驚。

拿這傢伙來當祭品豈不是再適合不過了嗎？如果就像檸檬說的，要把罪責誣賴到別人頭上，再也沒有比他更適合的人選了。走投無路的黑暗裡射進了一絲光明，蜜柑感到有些許的感動。

蜜柑會留下檸檬離開，是因為真的想上廁所。要是一直忍著尿意，會對行動造成妨礙。他判斷應該在動手前先解決一下才好。而且他認為交給檸檬一個人應該也沒問題。

那個黑框眼鏡的男子是真莉亞僱用的人。蜜柑在廁所邊小便邊回溯記憶。他和蜜柑與檸檬一樣，不挑工作，以老套但易懂的名稱來說，就是被稱為「萬事包」的一類業者。過去雖然沒有在工作上碰過頭，但曾聽說過那個人「雖然是新人，但很能幹」的口碑。

再怎麼能幹，也不到檸檬應付不了的地步吧。現在那個眼鏡男一定正被檸檬痛毆，乖乖聽話才對。蜜柑這麼想著，慢吞吞地洗手。他用肥皂仔細地搓洗手指。關掉水，把手放上烘手機的送風口。

電話響了。裝在屁股口袋裡的薄型手機靜靜地震動。他看了來電顯示，是認識的名字。是那個在都內經營小書店的胖女人。那家店專賣各種成人雜誌，從寫真集到露得過火的書籍，應有盡有，堅持著與時代脫節的平面媒體生意。雖然有一定數量的熟客，但營業額可想而知。不過不曉得為什麼，非法工作與相關業者的情報都會流到老闆娘那裡。為了得到情報，人們會聚集過去，然後留下別的情報。由於這樣的循環，老闆娘「桃」成了五花八門的情報據點。蜜柑和檸檬也會視工作內容去桃那裡購買必要的情報，有時候也賣情報。

「我說蜜柑你啊，是不是慘了？」桃的聲音在電話另一頭響起。列車搖晃得很厲害，蜜柑走到車廂外通道的窗邊，稍微放大音量。「什麼意思？」他裝傻。

「峰岸好像在招兵買馬，到仙台跟盛岡。」

「仙台？峰岸把人叫去那裡去幹麼？是那個嗎？最近流行的網聚？」

桃的嘆息聲傳來。「檸檬也說過，你開的玩笑真是有夠無聊的。再也沒有比嚴肅的男人用力擠出來的玩笑更難笑的了。」
「不好意思喔。」
「好像不光是部下。只要是有本事的傢伙，可以趕到仙台的，都希望立刻過去集合的樣子。我這兒也接到不少聯絡。幾十分鐘以後到仙台集合——這連一般的打工都沒辦法呢。不可能召集到多少人。」
「那妳是來問我們要不要去打工的嗎？」
「怎麼可能？不是那樣，我是接到有人看到你們跟峰岸的兒子在一起的情報，所以我想難道是你們想跟峰岸作對嗎？」
「作對？」
「像是把峰岸的兒子監禁起來，跟他交易這類。」
「怎麼可能？就算是我們，也知道那是多可怕的事。」蜜柑苦笑。儘管再明白不過，現在他們卻身陷駭人的狀況。「相反啦。峰岸委託我們把他兒子救出來，我們現在正在搭新幹線過去。」
「那峰岸幹麼招兵買馬？」
「是在準備歡迎我們吧？」
「要是那樣就好了。我可是很中意你們倆喲。所以擔心你們會不會碰到危險，想說還是忠告你們一聲。助人果然是快樂之本呢。」
要是有什麼新情報再告訴我吧——蜜柑本來要這麼說，卻改口問：「這麼說來，喏，真莉亞不是僱了一個人嗎？」

「瓢蟲，是吧？」

「瓢蟲？」

「七星瓢蟲。那孩子也很可愛，我滿喜歡的。」

「我聽說過傳聞，被妳喜歡上的業者幾乎都會不見。」

「比方說？」

「蟬。」

「哦，蟬的事真的很遺憾。」桃沮喪地說。

「那個瓢蟲是個什麼樣的傢伙？」

「不能免費告訴你。」

「剛才不是有人說助人為快樂之本嗎？叫那傢伙接電話。」

桃的笑聲與車門的震動搖晃聲混合在一起。

「七尾那人彬彬有禮，怯生生的，可是不能小看喲。他很強。」

「他很強嗎？」看起來不像。感覺坐辦公室還比較適合他。

「與其說是強，還是該說快？有人說『就要互幹的時候，已經被他撂倒了』。還說他的動作就像彈簧。喏，愈是一板一眼的人，一發起飆來，就愈沒法應付，不是嗎？比原本就凶暴的人更難纏多了。要說的話，七尾就是那型的。很認真，可是理智一斷線就很恐怖。」

「可是，唔，應該不可能跟檸檬勢均力敵吧。」

「至少我覺得最好別小看他。我看到的全是些因為小看他而吃苦頭的傢伙。而且也常聽到他的傳聞，敗在七尾手下的業者多到都可以辦網聚了呢。」

「無聊。」

「喏，你也抓過瓢蟲吧？昆蟲的。豎起食指，瓢蟲就會滴溜溜地爬上去。」

蜜柑想不起來自己小時候是怎麼對待昆蟲的。他有虐待昆蟲的記憶，也記得哭著埋葬死掉昆蟲的情景。

「那你知道瓢蟲爬到指頭頂端之後會怎樣嗎？」

他憶起昆蟲移動著小小的腳爬上自己食指的觸感。令人起雞皮疙瘩的噁心與搔癢般的快感混合在一起。這讓蜜柑知道自己也曾那麼做過。爬到指頭頂端的蟲子會吸氣似地停止一拍，然後展翅從指頭飛起。「會飛走吧？」

「沒錯。七尾好像就是會飛。」

就連蜜柑也不曉得該怎麼回話了。「哪有人會飛的？」

「人怎麼可能會飛！蜜柑，你這人真的很死腦筋耶。這是比喻啦，比喻。七尾要是被逼急了，腦袋回路就會飛起來。」

「會失常，是嗎？」

「會轉得飛快。那算集中力嗎？他被逼急的話，瞬間爆發力還是反射神經，總之想法好像會變得非比尋常。」

蜜柑掛了電話。雖然覺得不可能，卻不禁緊張起來。他突然擔心檸檬是否平安無事。他快步回到三車。車門打開，映入眼簾的是閉著眼睛的檸檬。檸檬坐在原本座位的後面一排，就在失了魂的峰岸少爺座位正後方。檸檬一動也不動。蜜柑馬上就看出他被幹掉了。他走過去坐下，先用手按壓檸檬的脖子。有脈搏，但也不是在睡覺。強硬地掰開他的眼皮看，是昏倒了。

「喂，檸檬！」蜜柑在他耳邊喚道，但檸檬不動。

他用手背拍檸檬的臉頰。

站起來，四下環顧。沒見著七尾的人影。

此時恰好列車販售的推車從背後過來了，蜜柑叫住販售小姐，壓低了音調說「給我冰的飲料」，買了罐裝碳酸飲料。

他目送推車離開三車後，把罐子按到檸檬的臉頰上。連脖子也按了。他期待能把檸檬冰醒，檸檬卻文風不動。

「真是，像什麼話。別說是有用的小火車了，根本是輛廢鐵。」蜜柑埋怨，接著說：「不過本來就不是小火車嘛。」

檸檬突然醒了。他上半身蹦了起來，眼神卻是空洞的。他一把抓住隔壁的蜜柑肩膀，大叫：「誰是廢鐵！」蜜柑連忙用右手摀住檸檬的嘴巴。在車子裡大叫那種話會引起注意。不過新幹線剛好進入隧道，震動的聲音變得劇烈，檸檬的聲音並未顯得太突兀。

「冷靜點，是我。」蜜柑把手裡的碳酸飲料罐按在檸檬的額頭上說。

「啊？」檸檬回過神來。「很冰耶。」他抓過罐子，未經同意就打開拉環，喝了起來。

「怎麼樣？」

「怎麼樣？很冰啊。冰汽水。」

「不是啦，我是在問剛才出了什麼事？朋友呢？」蜜柑反射性地用了密語，然後改口說：「七尾去哪兒了？真莉亞那邊的業者。」

「那小子……」檸檬猛地站起，推開蜜柑，就要衝出走道，蜜柑拚命制止。

「等一下，到底出了什麼事？」他要檸檬坐下來。

「疏忽了。我剛怎麼了？」

「就像斷電似地睡著了。你被弄昏了嗎？」

「我可沒被幹掉。我只是沒電了。」

「難不成你本來要殺了他？」蜜柑預設檸檬會以暴力制服七尾，然後拘禁他。

「不小心激動起來了。你聽我說，那傢伙意外地很強。碰到強敵的時候，不是會讓人超興奮的嗎？我可以了解高登神氣地說『本大爺是多多島上第一快的小火車』，認真起來加速的心情了。」

「剛才桃打電話來，所以我向她打聽了一下，七尾那傢伙好像不能小看，會吃苦頭的。」

「是啊。我是小看他了。不可能真的有麥陶嘛。」檸檬說完後，移動視線。「怎麼搞的？我的座位又不是這裡。」他說，搖搖晃晃地移動到峰岸少爺的三人座去。看得出他的腦袋還沒清醒。

「你在這裡休息一下。我去找他。他還沒下新幹線。如果他知道我去了那邊的廁所，應該也只能往後面的二車逃了。」

蜜柑站起來經過走道。車門開了。通往二車的那節車廂外沒有廁所和洗手台。一看就知道沒有藏人的空間。

如果七尾往後面去，只要去到一車盡頭，就可以把他逼到絕路。能夠藏身的地方不多。不是坐在座位上，就是蹲在走道上，否則就是躺在左右天花板附近的行李架，再不然就是車廂外的夾縫、廁所、洗手台，頂多就這樣了。只要地毯式地掃遍二車和一車，就可以逮到他。

他想起剛才看到的七尾的打扮。黑框眼鏡、牛仔外套，底下是淡褐色的長褲。

進入二車。有乘客。大概坐滿了三分之一，理所當然，每個人都面朝行進方向，也就是蜜柑這裡。

蜜柑不是一一確認每一個人，而是先把整個場景做為一個影像大致捕捉。感覺就像自己進入的瞬間，就用相機拍下整個空間的狀態，確認是否有不自然的活動。光是突然站起來、背過臉去或身體緊繃，都十分醒目。

蜜柑慢慢經過走道。他小心地不要太惹人注意，但留心每一排地觀察。

令人介意的是車廂正中央一帶，正面右邊兩人座的男子。男子坐在窗邊，把椅背完全放倒，正在睡覺。男子的帽子戴得很深，完全把臉遮住了，但那宛如從西部劇裡拿出來的牛仔帽非常可疑。紅褐色的，非常顯眼。旁邊沒有人。

是七尾嗎？他以為這樣藏不會被發現嗎？還是打算出人意表？

蜜柑集中意識，以便對方什麼時候撲上來都能夠應付，小心靠近。來到旁邊的瞬間，蜜柑一把掀起那頂牛仔帽。他已經做好對方會撲上來的心理準備，事情卻未如此。那只是個熟睡的人。長相和七尾不同，年齡也有差距。是別人。

想太多了嗎？蜜柑吐出憋住的氣。結果接著在二車盡頭，通往一車的車廂外通道看到綠衣人晃過。蜜柑從自動門走出車廂。那個穿綠色無袖上衣的乘客就要走進廁所，蜜柑伸手按住門。

「等一下。」蜜柑忍不住出聲。

「幹什麼？」轉過來的傢伙雖是女裝打扮，但性別顯然是男的。個子很高，肩膀也很寬。裸露的手臂也是肌肉結實。

雖然不曉得是什麼人，但至少可以確定不是七尾。

「沒事。」蜜柑答道。

「哎喲，大帥哥。要不要到廁所裡頭樂一下？」對方捉弄似地說。

蜜柑湧出一股當場痛毆這個女裝男的衝動，忍了下來。「你有沒有看到一個戴黑框眼鏡的年輕人？」

女裝男咧嘴一笑，鼻孔張開。鼻子底下的鬍碴顯得一片青。「你說拿了我的假髮，不曉得跑去哪的年輕人？」

「他去哪兒了？」

「不知道。要是你找到他，幫我把假髮拿回來。」女裝男說。「哎喲，人家要尿出來了啦。」他消失到廁所裡面。真聒噪的傢伙——蜜柑目瞪口呆。

廁所鎖上了。

另一間廁所空著。蜜柑檢查裡面，但沒有人。洗手台和男廁也是空的。

女裝男說的假髮令人介意。難道七尾是搶假髮來變裝了嗎？就算是這樣，並沒有乘客和他擦身而過。

那樣的話，七尾只可能在一車了。

為了慎重起見，蜜柑決定也查看一下行李放置處。那裡擺了一個貼滿貼紙的行李箱。旁邊有紙箱。蜜柑打開蓋子查看，箱裡裝了一個塑膠盒。塑膠盒六面全是透明的，看起來像水槽，可是裡面是空的。蜜柑想要抬起來，但上蓋已經鬆脫，他打消了念頭。上面嵌著透明的板子，但好像鬆開了。裡面會不會本來裝著毒氣之類的東西？蜜柑覺得有點恐怖，現在也沒工夫去管。

他站起來走過通道，打開通往一車的門，再次大略捕捉眼前的景象。面向自己的座位與幾名乘客映入眼簾，他首先注意到的是三人座中央的一塊黑影。蜜柑原以為是巨大的人類頭髮，嚇了一跳，但立刻就發現那是一把打開的雨傘。是折疊式雨傘嗎？它孤伶伶地擱在無人的座位上。

雨傘前兩排的座位有乘客在睡覺，但那不是七尾。打開的雨傘有什麼意義嗎？感覺也不像會爆炸。蜜柑直覺那是圈套。會不會是用這把傘吸引他的注意力，好讓他疏忽了其他地方？蜜柑赫然一驚，偶然往下望，發現有一條短繩橫亙在走道中央。他小心不絆到繩子地跨過，確定一看，那是用來打包的塑膠繩。繩子綁在左邊三人座和右邊兩人座兩邊的靠肘上，穿過座位底下，牽在靠地板處。可能是已經用過的，繩子有點起毛。

原來如此，蜜柑看出來了。是要用雨傘吸引他的注意力，讓他疏忽腳下，被繩子絆倒吧。

這過分單純的策略讓蜜柑苦笑，同時也繃緊了神經。

桃說，七尾被逼到絕境的時候，腦筋就會動得特別快。

他可能在有限的時間內做好了全部能做的事。弄昏檸檬之後還沒有經過多久。這段期間，他已牽好繩索。雨傘也是七尾放的吧。他一定是想讓追上來的敵人、讓蜜柑在這裡跌倒。那麼，讓人跌倒之後，他打算怎麼做？蜜柑思考。從模式來看，有兩種可能。一是對跌倒的對象施加攻擊，或是趁著敵人跌倒的時候逃走。那麼他應該就在附近。蜜柑飛快張望，但附近的座位只有兩名打扮得花枝招展的十多歲女生，和一個埋頭看筆電的平頭男而已。兩名女生好像有點介意蜜柑，但沒有要吵鬧的樣子。還有一對看起來就像在進行不倫之旅的男女。是中年男子跟年輕小姐。沒看到七尾的人影。

就在後面，盡頭處最後排的座位上，看得到一小部分的頭部在動，是兩人座的窗邊。那動作就像是看到蜜柑，突然彎下身去，蜜柑沒有漏看。

他加快腳步。

是假髮。戴著假髮的頭若隱若現。綻放光澤的髮絲般物體看起來非常人工。那完全就是發現蜜柑後連忙裝睡的動作，顯然太可疑了。

是七尾嗎？蜜柑瞥了一眼車廂。座位全都背對著他，附近也沒有其他乘客。

蜜柑快步走近，打算迅速攻擊，然而此時假髮倏地站了起來。蜜柑瞬間退開一步。

不是七尾。分明是別人。那是個圓臉、蓄鬍的中年人，嘻皮笑臉地露出諂媚的笑。假髮男軟弱地舉起雙手，開口說了：「對不起。」頭上的假髮就快滑落，他伸手撐住。

「對不起，我也是被拜託的。」男子僵著臉說。他的手上拿著手機，毛毛躁躁地操作著。

「被拜託？誰拜託的？」蜜柑又掃視車廂。「拜託你的傢伙上哪兒去了？是戴黑框眼鏡的年輕人吧？」蜜柑低聲問，揪住男子的衣領。他擰絞廉價條紋襯衫的衣襟，加重了力氣。雖然只有一點點，但男子的身體浮上半空。「我不知道，我不知道！」對方立刻說。「安靜。」蜜柑斥道。男子看起來也不像在撒謊。「那男的想要偷假髮，所以我問他在做什麼，結果他塞了一萬圓給我。」男子壓低了聲音說明。雖然聲音不大，但還是有名乘客注意到這裡可能有糾紛，站起來轉身看過來，蜜柑發現後，立刻放開對方的衣服。男子一屁股掉回椅子上，假髮從頭上滑了下來。

這個人也是圈套嗎？

蜜柑決定再一次折回二車。在一車的走道上，蜜柑半途中親熱地抓住疑似不倫旅行的男子肩膀。對方嚇了一大跳。

「你知道那把傘是誰放的嗎？」他指著擺在車廂內猶如雕像的黑傘說。

男子明顯是嚇到了，瞪大眼睛。一旁的女人倒是很冷靜，答道：「剛才有一個戴眼鏡的人放的。」

「放那把雨傘有什麼用意嗎？」

「不曉得，可能是打開晾乾吧。」

「那個人去哪兒了？」

「回去了吧。」女子指向行進方向，也就是二車的方向。

是在哪裡錯過了？

從三車到一車，沒看到疑似七尾的人。

蜜柑望向通往二車的車廂外走道，剛才的女裝男從廁所出來了。他搖晃著壯碩的身體，頭也不回地朝一車走進來。真麻煩——蜜柑正想著，不出所料，女裝男從打開的自動門現身，擋住去路說：「帥哥，怎麼啦？你在這兒等人家嗎？」

擋路啦——蜜柑儘管這麼想，但還是先問：「你洗手了嗎？」

「哎呀，忘記了。」女裝男滿不在乎地回答。

瓢蟲

離開三車車廂的七尾不停地自問自答，怎麼辦？怎麼辦？昏倒的檸檬應該會睡上一會兒。可是蜜柑會從廁所回來。應該沒多久他就會發現出了什麼事，然後他會追上來。如果蜜柑往四車，也就是往行進方向去，那就得救了，但世上應該沒那麼好康的事。蜜柑會推測七尾逃往後方的可能性比較高。蜜柑應該會往這裡來。

二車與三車之間的通道沒有廁所也沒有洗手台。七尾站在垃圾桶前，按下突起的地方，打開牆上的板子。雖然可以用來藏行李箱，但很難塞進一個人。一目了然。

不能藏在這裡。那要怎麼辦？怎麼辦？

七尾知道自己的視野愈來愈狹窄了。因為焦急，心臟開始怦怦亂跳。呼吸急促，說不出的不安揪緊胸口。他甩頭。怎麼辦？怎麼辦？腦中充滿呢喃。思考被氾濫成災的洪水沖走了。漩渦團團轉著，把浮現出來的話語和情緒像在洗衣機裡胡攪一通似的。七尾委身在那股焦躁感的洪水中，激流攪拌著腦袋。當然，時間只過了一下子而已，要說的話，只有眨幾下眼睛的時間，但奔流停止的瞬間，心情也切換過來了。腦中的混濁消失，沒有思考也沒有躊躇，身體動了起來。視野完全異於方才，一片開闊。

二車的門在往後方走去的七尾面前打開。噴氣聲宛如用力嘆息似地響起。座位全部朝著行進方向，也就是七尾進入的方向。

走過走道。

右側，兩人座的中間有個男子在睡覺。是個頭髮和眉毛摻雜了白髮的中年男子，他把座椅完全放倒，半張著嘴睡著，熟睡得幾乎都像可以聽到鼾聲了。旁邊的座位擺著帽子。紅褐色的牛仔帽頗為醒目。雖然不清楚適不適合，但應該是那個人的東西吧。七尾經過的瞬間，拾起帽子擱在睡著的男子臉上。他也擔心可能會弄醒男子，但或許是睡得太熟，男子一動也不動。

蜜柑看到這頂牛仔帽會起疑嗎？他不知道會引發什麼結果。或許什麼都不會發生。不過重要的是即使沒用，也要設下好幾個機關。對方會猜疑、推量、或許還會退縮，因為對方正處於被動。只能靠累積這些來一決勝負了。

一來到連接一車的車廂外通道，七尾立刻左右掃視，尋找能用的東西。行李放置處的空間有出國旅行用的行李箱。上面貼著貼紙，感覺使用頻率很高。七尾抓住它，想要拖出來，但是太重，只得作罷。

旁邊有紙箱，用塑膠繩捆著。

七尾解開繩索。打開箱子一看，裡面還有盒子。

是透明的塑膠盒，裡面擺了一條黑繩子。

怎麼會特地把繩子那麼寶貝地裝在水槽般的容器裡？七尾覺得好玩，湊上去一看，忍不住輕聲尖叫。裡面裝的不是什麼繩子，而是一條蛇。彷彿具有黏性的光亮表皮上有著斑紋，在箱裡蜷成一團。七尾退到後方，跌坐在通道上。這種地方怎麼會有蛇冒出來？這也是自己的不幸之一嗎？是不幸女神的新手法嗎？他目瞪口呆，幾乎想要嘆息。而且七尾動到的時候，箱蓋滑開，蛇從裡面溜出來了，他已經沒力氣驚訝，而是無言了。

七尾看著蛇滑溜地往行進方向消失，罪惡感油然而生，覺得好像犯了什麼無法挽回的過錯。話雖如此，他現在也沒有閒工夫去追蛇。不曉得蜜柑什麼時候會從後面追上來。七尾收拾好箱子後，站起來。他本來想把捆在箱上的塑膠繩也放回去，卻改變主意，把繩子從箱子上解開。他抓起繩索，在手中捲成一團。就別管消失的蛇跑哪去了，他這麼對自己說。現在只能快逃。

通道上的廁所和洗手台無人使用。他檢查廁所內部，但並不想躲在那裡。蜜柑追上來的時候，如果看到廁所裡有人，一定會心生警戒。那樣會變成甕中鱉。

進入一車。看見座位和乘客。他快步經過兩人座和三人座之間的走道。

左邊的三人座上有個男子在睡覺。正上方的行李架突出一隻雨傘來。是折疊式雨傘，隨手擱在那裡。七尾毫不猶豫地把傘打開。「啪」地一聲，雨傘伸展開來。乘客的視線聚集過來，七尾不以為意，把它夾在隔一排的座位椅背上。

然後他動手把手裡的塑膠繩綁在三人座中央座位的靠肘上。他跪到地上，蹲下身子，把繩索穿過座位底下，拉過走道，然後牽到兩人座的座位底下。從座位間的縫隙拉出來後，一樣綁在靠肘上。等於是在腳下拉了一條繩子。

七尾小心不被絆倒——自己這麼倒楣，非常有可能掉進自己設下的陷阱，所以他小心翼翼地跨過繩子，不再回頭，來到一車後面。雖然可以去末端的通道，但那裡沒有地方可躲。他再次折回一車。

雨傘和塑膠繩，能設下的機關就只有這兩樣。這樣實在不夠。

他想像蜜柑被雨傘分心，沒發現腳下的塑膠繩而被絆倒的光景。然後自己從附近的座位現身，毆打亂了陣腳的蜜柑的頭，如果可能，就揍他的下巴，讓他昏倒，然後趁隙逃到反方向的車廂去。他想像著這樣的步驟。這可能實現嗎？當然不。這麼單純的圈套，蜜柑才不可能上當。

他環顧一車裡面。

他抬起頭時，看到車廂最角落，出入口的上方牆壁有電子告示牌。是橫長形的，報社發出的新聞從右向左流過。現在這輛列車裡面發生的事才叫大新聞呢，七尾想要苦笑。

車廂裡還是找不到能夠躲藏的空間。

七尾轉念，開門出去。他決定回去二車。腦中想起的是在東京車站月台碰到的場面。「怎麼不是綠色車廂？」就是有個化濃妝的人這麼說的場面。穿著女人衣服，也就是扮女裝的男人氣呼呼的。他也想起女裝男旁邊的小個子黑鬍鬚男一臉困惑。「綠色車廂很貴啊。可是你看，二車二排，跟你的生日一樣呢。二月二日。」

七尾穿過廁所和洗手台旁邊。他提心弔膽，不曉得蛇什麼時候會冒出來，不過沒看見蛇。是鑽進垃圾桶裡了嗎？

他走進二車裡。第二排有兩個人。女裝男在看週刊，黑鬍子男在玩手機。往他們頭上的行李架一看，有紙袋。是在東京車站的月台看到的那個紙袋。裡面裝著花稍的紅色外套和假髮。自己是不是該利用它來變裝？他們背後的座位——第一排沒有人，所以七尾悄然無聲地滑進去，墊起腳尖抓住紙袋，一把扯過來。弄出一點聲音了。但背對這裡的兩人似乎沒有發現。

七尾從車門離開車廂，移動到窗邊，慌忙翻查袋子裡面。有外套、洋裝和假髮。他只拿了假髮。紅色外套或許太顯眼了些。假髮能把自己隱藏到什麼程度？

此時突然有人出聲：「欸，你怎麼偷拿人家東西？」七尾嚇得差點跳起來。

女裝男和黑鬍子男站在後面。兩人都一臉凶惡，朝他逼近。「你偷我們的紙袋。」其實他們早就注意到七尾的行動，追到通道來了。

七尾連猶豫的心力都沒有。沒時間了。他一把握住男子的右手，身體一翻，一眨眼就扭住了黑鬍子男的手。「好痛！好痛！」黑鬍子男尖叫，七尾在他耳邊喝斥道：「小聲點！」他知道在這麼做的時候，自己也漸漸陷入絕境。他感覺到蜜柑逼近的腳步聲就在耳邊作響。即使蜜柑現在立刻現身也不奇怪。

「欸，小哥，你這是做什麼？」體格壯碩的女裝男說。

「沒時間了，請照我說的做。」七尾急忙說，然後換成不習慣的命令口吻。「照我說的做！如果照做，我會給你們錢。可是如果不合作，我就扭斷你們的脖子。我是說真的。」

「你在說什麼啊？」女裝男似乎嚇到了。

七尾先放開黑鬍子男的手，把他轉向自己，然後把手中的假髮放到他頭上。「你去一車最後面。戴著這個。會有人從後面追上來，等他靠近你的時候，你就打電話給你女朋友。」

七尾瞬間說女裝男是他女朋友，但兩人似乎也沒有覺得奇怪的樣子。

怎麼辦？怎麼辦？

他拚命動腦。在腦中的紙上擬定步驟、描繪藍圖，擦掉又飛快地重畫。

「我幹麼非打電話不可啊？」

「讓電話響幾下，然後掛斷就行了。」

「讓電話響，然後掛斷？」

「不用交談。只是信號而已。沒時間了。總之照我說的做。喏，快點！」

「喂喂喂，你在那裡胡說八道些什麼啊，小哥？」

七尾不理會，從屁股口袋掏出錢包，抽出一萬圓，塞進男子的襯衫胸袋。「這是酬金。」

黑鬍子男的眼睛微微發亮。七尾內心竊喜。如果能用錢收買就簡單了。「如果你幹得好，我會再加碼兩萬。」

是思慮淺薄嗎？男子頓時變得幹勁十足。「要躲到什麼時候？誰會過來啊？」

「有個高個子的型男會過來。」七尾輕推男子要他快走。「知道了啦，照做就是了吧？」男子戴著怪異的假髮，就要往一車去。然而他在途中停下腳步，回頭問：「喂，這不是什麼危險差事吧？」

「沒事的。」七尾斷定說。「安全到嚇死你。」

謊話連篇——罪惡感籠罩心頭。

黑鬍子男不曉得究竟有沒有聽懂指示，板著臉消失到一車去了。七尾轉向女裝男。

「你過來這裡。」

幸好女裝男對七尾也沒有抗拒或反感的樣子。甚至可以說非常起勁。七尾在通道前進一會兒，移動到廁所前面。「小哥，你真是愈看愈帥呢。我一定要幫你。」女裝男比起蓮花指來，七尾有點嚇到，但立刻匆忙回話：「等一下要來的人更帥，好嗎？很快就會有個男人從那邊過來。你站在通道這裡……」

「會有型男模特兒過來啊？」

「然後你就走進這間廁所，讓那個型男模特兒看到你要進廁所的樣子。」

「什麼意思？」

「反正照做就是了。」七尾急了。

「然後我要怎麼做？」

「我會在廁所告訴你。」

「在廁所？什麼意思？」

七尾說完，打開廁所門踏進一隻腳。「我先進去這裡面，你等一下看到那個男的之後再走進來。當然，不可以讓他看到我在裡面。」

女裝男似乎並未完全理解指示，但七尾判斷再耗下去就太危險了。「照我說的做。萬一等了十分鐘都沒有人來，到時候你就進來吧。」七尾說完，進去廁所裡關上門。他站在馬桶旁邊。不曉得能否順利。他選了開門時的死角，背貼在靠入口的牆壁。

一會兒後，廁所的門開了。七尾緊張不已。「人家要尿出來了啦」，女裝男說著這句話走進廁所，然後關門鎖起來。

廁所裡，七尾和女裝男面對面。

「他來了？」

「真的很帥耶。的確像個模特兒，腿也好修長。」

蜜柑果然追上來了。儘管已經有了心理準備，七尾還是不禁胃痛。

「竟然兩個人在這麼狹窄的地方獨處……」不曉得究竟有幾分認真，女裝男扭著身體就要挨上來。他噘起嘴唇說：「要人家親親你也行喲。」「給我安靜點。」七尾盡可能表現出威嚴，這是他最不擅長的事之一，但為了讓對方安靜，他凌厲地說。聽不到外頭的動靜。

他在腦中想像蜜柑的行動。檢查過通道後，他應該會去一車。得先把車廂從頭到尾確認過一遍吧。沒人使用的廁所、使用中的廁所一定都會檢查，但七尾估算，剛才女裝男走進去的廁所，蜜柑應該會疏忽了警戒。據檸檬說，蜜柑也認得七尾的臉。那麼他應該知道剛才進廁所的女裝男不是七尾。他一定不會立刻就想到廁所裡有兩個人。

蜜柑差不多進二車了嗎？七尾想像。蜜柑被打開的雨傘吸引。他會發現拉在底下的塑膠繩嗎？

會。

他會確信那是七尾設下的機關。他會判斷七尾一定來過這節車廂。

那麼他更應該會一路查到一車最後一排了。

好了，那個黑鬍子男會照著七尾說的行動嗎？待在第一排，看到蜜柑靠近就打電話。七尾是這麼交代的。拜託啦，大叔——七尾祈禱的瞬間，聽到女裝男背的小皮包裡響起疑似手機的鈴聲，鈴聲很快就停了。簡直是再完美不過的時間點。

「好。」七尾說。沒必要磨磨蹭蹭了，只能聽從直覺。「你從廁所出去，到一車。」他對女裝男說。

「咦？」

「離開這裡，直接去一車。」

「去一車幹麼？」

「剛才那個人可能會叫住你。你就說你什麼都不知道就行了。你只是被我威脅，照我說的做而已。」

「那你呢？」

「你不必知道。就算那個男的問你，你也堅持說你不知道就是了。」七尾說。機會只有一次。只能跟女裝男一起出去廁所，往新幹線的行進方向移動了。就算蜜柑朝這個方向看，女裝男的身體也會擋住七尾的身影。應該。

「對了。」七尾從口袋裡掏出手機，交給女裝男，是從狼那裡搶來的手機。「把這個交給那個男的。」

「啊，給我錢。」

差點忘了。七尾想起來，從錢包裡掏出兩萬圓，摺起來遞過去。「謝謝你，救了我一命。」雖然七尾如此說，但心想還不知道是不是真的得救了，打開廁所門說：「好了，走吧。」

女裝男往左方，一號車走去，而七尾往反方向的右方，頭也不回地前進。

木村

王子提著行李箱，消失在後方車輛。

木村靠到窗邊，眺望窗外的景色。速度比想像中更快。他有意識地看著，建築物和地面都飛快地被拋向後方。雙手雙腳被綁住的狀態當然非常難受，木村想要換個舒服的姿勢，卻失敗了。新幹線進入隧道了。陰沉的隆隆聲響籠罩車體，窗戶喀噠震動。腦中浮現「前途無『亮』」四個字。在醫院昏睡不醒的小涉，他的腦袋裡會不會其實也是這樣的狀態？會不會四面八方全是黑暗，不安得不得了？這麼一想，木村不禁胸口一緊。

王子把行李箱放去哪裡？要是撞上物主，那就太爽了——他想。最好被凶悍的大哥哥喝罵：「你亂動人家的行李箱做什麼？」挨一頓痛揍。可是木村馬上就發現一件事了。要是王子出了什麼事，小涉也一樣危險。

王子說的是真的嗎？

醫院附近真的有人在等王子下令嗎？

木村想要懷疑。

會不會只是故弄玄虛？故弄玄虛，嚇唬木村、嘲笑他。

是有這個可能性。但無法斷定。只要可能性不是零，木村就必須保護王子才行。光是想到這裡，憤怒就灼燒全身。他好想揮舞被束縛的雙手，胡亂敲打一通。他拚命穩住變得急促的呼吸。

不該丟下小涉一個人的。事到如今，木村才懊悔不已。

小涉失去意識，住院的一個半月間，木村就睡在醫院裡。小涉一直處在沉睡狀態，沒辦法和他對話或是鼓勵他，即使如此，像是為他更衣、翻動身體等，該做的事還是多到做不完，而且晚上也難以入眠，所以木村的疲憊不斷累積。六人房的病房裡還有其他住院病患，全都是少年或少女，由父母親全天候陪伴照護。他們不會積極地跟沉默且冷漠的木村說話，但也沒有對他退避三舍的樣子。當木村對著沉睡的小涉自言自語似地呢喃時，他們體諒木村，對他投以的眼神就宛如在共享同樣的心情，或是祈禱同一陣線的同志繼續奮鬥般。就木村來看，自己身邊的人多半是敵人，要不就是對自己敬而遠之，所以一開始也對他們心存警戒，但漸漸地，木村感覺他們無庸置疑是站在自己這邊的，以運動來比喻，就是坐在同一張板凳上的選手。

「明天我得出去工作一整天，如果小涉有什麼情況，請打電話給我。」

一天前，木村以不習慣的恭敬語氣向醫院的醫生，以及同一間病房照顧孩子的其他家長拜託。

他不打算聯絡自己的父母——小涉的爺爺奶奶。因為他們肯定會囉嗦地教訓他丟下小涉一個人，到底要去做什麼？總不能告訴他們他要去為小涉報仇，去殺了那個國中生，那對過得悠遊自在的樂天老人是不可能理解的。

「當然沒問題。」同病房的父母爽快地答應。木村每天待在醫院，收入究竟從哪裡來？是請長假嗎？或者難道他是個有錢的大富豪？可是住的又不是單人房，而是健保房，真古怪——他們或許正如此納悶。此時聽到木村說出「得去工作」這樣的話，似乎總算放下心來。大部分的事醫院都會負責，但還是有些事情得要家屬自己來，這時也只能拜託其他家長，而他們大方地答應了。

「這一個半月，小涉一直都睡著，沒出過什麼亂子，我想明天應該也不會有什麼事。」木村說明。

「搞不好偏會在爸爸不在的日子醒來呢。」一位母親開玩笑道。木村也可以理解那並非諷刺，顯然是懷抱著希望而說，所以心存感激。「很有可能呢。」

「很有可能。」那位母親果斷地說：「如果工作沒辦法在一天之內完成，請聯絡我。這裡你就不用擔心了。」

「一天就會搞定。」木村立即回答。該做的事很簡單。搭上新幹線，拿槍瞄準囂張的國中生，開槍，回來，就這樣。他以為。

然而萬萬料想不到，他竟會陷入這樣的窘境。木村看看被綁住的雙手雙腳。他試圖憶起以前來家裡玩的阿繁是怎麼模仿電視裡的逃脫魔術的，但根本不存在記憶裡的東西，也無從想起。

總之小涉沉睡著，正等我回去。木村坐立難安。回過神時，他已經站起來了。他並沒有計畫，但自覺不能再這樣下去，便把身體往走道挪。得回去醫院才行。

該打電話給什麼人嗎？他想著，就要把手伸向口袋，但因為雙手被綁住，他失去平衡，腰撞上了靠走道座位的扶手。一陣疼痛讓木村又嘖了一聲，蜷起身體。

後面有人過來了。是個年輕女人，堵住走道的木村讓她困惑，但她還是面露懼色地發出探問的聲音。「呃……」

「哦，不好意思，小姐。」木村說，站了起來。此時他靈機一動，問道：「小姐，可以借我手機嗎？」

對方愣住了。顯然覺得他很可疑。木村為了遮住被布帶綁住的手腕，把手不自然地夾在膝蓋之間。

「我有急事得打電話，可是我的手機沒電了。」

「打到哪裡？」

木村語塞。他想不起來老家的電話。號碼全都登錄在自己的手機裡，但沒有一個號碼是他背得出來的。幾年前，老家的電話換到費率比較便宜的另一家，號碼應該也換了。「那打到醫院。」木村說出小涉住院的醫院名稱。「我兒子在那裡住院。」

「哦……」

「我的孩子有危險，得聯絡醫院才行。」

「啊，那，醫院的電話是……？」女乘客好像被木村的氣勢壓倒，一邊取出手機，一邊像對待傷患似地靠近木村問：「你沒事嗎？」

木村板起臉，憤憤地說：「醫院的電話我也不曉得！」結果女乘客丟下一句「這、這樣啊，那不好意思」，逃也似地離開了。

木村連生氣追上去的勁也沒有。一瞬間他想，要是這時候大叫「總之打電話報警，叫警察保護小涉！」就能解決問題了嗎？但他辦不到。他還沒有掌握接受王子指令行事的是怎樣的人。是國中生嗎？還是醫療相關人士？或許是他想太多，但王子的同伴也可能潛伏在警察組織裡。如果王子知道木村找人報警，有可能會採取強硬手段。

「叔叔，怎麼了？你要去廁所嗎？」王子回來，對坐在靠走道位子的木村說：「還是你在想什麼要不得的事？」

「我要上廁所。」

「你的腳被綁著呢，再忍耐一下吧，還不至於漏出來吧？喏，叔叔回去窗邊。」王子坐下來，把木村推過去。

「行李箱呢？」

「放回去了。放回本來放的行李放置處。」

「你也去得太久了吧？」

「因為有電話。」

「電話？」

「喏，我不是說過嗎？我的朋友在叔叔的小孩住的醫院附近待命。他會定時打電話過來。過了大宮後，他打來過一次，我奇怪他怎麼又打來了，他竟然說『還沒輪到我出場嗎？還沒嗎？我好想快點幹掉那孩子啊』。他好像手癢得不得了。不過放心，我確實制止他了。如果我說『就快輪到你上場了』，或是沒有好好回答……」

「他會對小涉亂來嗎？」

「不是亂來。」王子笑著說：「他會把現在只會呼吸的小涉，弄成連呼吸都不會了。讓他不再製造二氧化碳，以這個意義來說，或許可以說是挺環保的呢。殺掉木村涉是罪惡嗎？不，是環保。」王子誇張地笑。

這是故意的——木村壓抑自己的怒意。王子使用激怒他的措辭是故意的。王子在說話的時候，有時說「叔叔的孩子」，有時說「小涉」。木村也開始注意到這當中恐怕有某些意圖了。王子一定是故意挑選讓對方更不愉快的詞彙，他告誡自己，不能順了對方的意。

「那個在等待上場的傢伙是個怎樣的人？」

「叔叔會在意啊？可是其實我也不太清楚。是用錢請來的人嘛。或許他穿著白袍，人已經在醫院裡嘍。只要穿著制服在醫院裡面大搖大擺地走，就不怎麼引人注意。只要堂而皇之地撒謊，別人就會信任。可是現在真的還不要緊，放心吧。我告訴他還不可以動叔叔的孩子，跟他說『還不可以開動喲。乖，乖，還不可以殺掉那孩子喲。』」

「拜託你，千萬別讓你的手機沒電啦。」儘管說得輕佻，這卻也是木村的真心話。只是因為打不通王子的手機，王子的同伴就因為誤會而幹出恐怖的事，那就太慘了。

木村憤恨地看著旁邊的王子說：「你活著是為了什麼？」

「叔叔那是什麼問題呀？這我也不曉得啊。」

「我不認為你會沒有目的。」

王子聞言微笑。那是一種輕柔地散發出天真無邪的開朗笑容，雖然只有一瞬間，木村卻湧出一股衝動，覺得必須保護這個柔弱的存在。「叔叔太瞧得起我了。我沒那麼聰明。我只是想要嘗試各種事情而已。」

「為了體驗人生嗎？」

「難得一次的人生回憶。」那與其說是大言不慚，聽起來更像真心話。

「老是胡來，小心縮短你那難得一次的人生。」

「是啊。」王子再次露出純真無邪的表情。「可是，我也覺得不會那樣。」

你有什麼根據？木村沒有這麼問。不是因為覺得會聽到孩子氣的幼稚說明，而是因為他覺得這個王子對此有著純粹的自信，就像統治者天生握有一切事物的生殺大權，並且對此不抱任何疑問。所謂一國的王子，肯定就是擁有絕對的好運。因為就連運氣的規則都是王子定下的。

「叔叔，你知道那個嗎？在交響樂演奏結束後，大家不是會鼓掌嗎？」

「你聽過交響樂？」

「有啊。鼓掌的時候，並非一開始大家就同時鼓掌的，而是先有幾個人拍手，然後周圍的人附和，跟著拍手。然後聲音愈來愈大，漸漸地又愈變愈小。因為拍手的人漸漸變少……」

「你覺得我會去參加什麼古典音樂演奏會嗎？」

「把音量的強弱畫成表來看，理所當然，會形成一座小山狀。一開始只有一小部分的人，然後逐漸增加，到達頂點之後又逐漸減少。」

「你覺得我會對統計表有興趣嗎？」

「然後呢，再把完全不一樣的東西，比方說手機普及的情況量化，聽說就跟交響樂的鼓掌量表完全一樣呢。」

「你希望我說什麼？真厲害，拿去當成課外研究發表如何，這樣嗎？」

「人呢，是會受到周圍的人影響而行動的。人並非出於理性，而是憑直覺行動。即使看起來是出於自己的意志下了某些決定，也是受到周遭的人的刺激和影響。即使認為自己是一個獨立、原創的存在，其實也只不過是構成量表的一員。聽好了，假設說，有人聽到可以依自己高興自由行動，你覺得那個人會先怎麼做？」

「我才不曉得。」

「會先觀察別人。」王子愉快無比地說：「明明就告訴他可以自由行動了。可以依自己的意志行動，卻會介意別人怎麼做。尤其是碰到『正確答案不明確，而且是重要的問題』時，人愈會去模仿別人的答案。很可笑吧？可是人就是這樣的。」

「那真是太好了。」木村已經摸不清王子究竟想說什麼，隨口敷衍。

「我喜歡人們像這樣在不知不覺間被巨大的力量操控。陷在自我辯護和正當化的圈套，受到他人的影響，自然地朝著某個方向前進。看著這副景象，真是大快人心。如果能夠由我來控制，那就太讚了。你不覺得嗎？不管是盧安達的大屠殺，還是塞車造成的車禍，如果巧妙地做，我也可以引發。」

「你是說資訊操作嗎？」

「啊，叔叔真博學。」王子又露出寬大的笑容。「可是不光是這樣而已。不限於資訊。人的感情就像撞球，所以只要讓別人不安、施加恐懼，或是激怒他，透過這些，要逼迫一個人、吹捧一個人、讓一個人孤立，都非常簡單。」

「你把我帶去盛岡，也是你課外研究的一環嗎？」

「是啊。」王子乾脆地承認了。

「你到底要我殺誰？」木村說出口的瞬間想起來了。是某個他甚至忘了聽過的傳聞的記憶。「我聽說以前有個在東京很有名的人回到故鄉，在那重振旗鼓。」

「哦，不錯。再加把勁。很接近了。」王子那嘲弄的口吻讓木村心煩。他板起臉，用皺巴巴的臉擠出話：「你該不會打算對峰岸先生出手吧？」

王子的嘴唇因為自然湧現的喜悅而笑得更深了。

「那個叫峰岸的叔叔那麼有名嗎？」

「才不是有不有名的問題。他是專門招攬危險人物的恐怖社長啊。錢多得嚇人，霸道又缺德得嚇人。」木村當然沒見過峰岸，在承攬危險工作時，也沒有直接接過峰岸的委託。不過當時那暗濤洶湧的非法業界裡，峰岸良夫可說是呼風喚雨。比方說，即使是從某人那裡接來的案子，追本溯源，也可能是來自於峰岸，而木村所做的工作，大半也是峰岸發包的，或承包商再分包的可能性很高。

「以前不是有個叫寺原的人嗎？」王子就像央求別人講故事一般，一派天真地說。

欸，老婆婆在河邊洗衣服，然後呢？

「你怎麼會知道？」

「這種情報怎樣都弄得到手。情報只能在某個狹隘的範圍內共有，自己人的祕密絕對不會洩露到外面——會這麼相信，遲鈍度日的全是些老頭子。情報是遮擋不住的。只要你想要，就可以蒐集到手，也可以刻意讓誰吐出重要情報。」

「網路，是嗎？」

王子又變成悲傷微笑似的表情。「網路當然是其中之一，可是不光是網路而已。老人家是很極端的，瞧不起網路，又害怕網路。想要把它貼上某些標籤，好讓自己放心。再說，就算會用網路，最重要的還是處理資訊的方法。鬼叫著『電視和報紙全是謊話連篇！囫圇吞棗的大人是笨蛋！』的人，自己或許也是對『電視和報紙全是謊話連篇！』這樣的資訊囫圇吞棗的笨蛋。任何資訊都是虛實摻半的，哪能斷定哪邊才是真的，真是太不像話了。」

「意思是王子殿下有明辨虛實的能力嗎？」

「不到明辨虛實那麼厲害。只是從複數情報來源得到情報，進行取捨，接下來再自己確定罷了。」

「峰岸礙到你了嗎？」

「也不是礙到，」王子噘起嘴唇。有一種彷彿小孩子鬧脾氣的稚氣。「我有個麻煩的同學。啊，喏，叔叔也知道吧？我們在公園玩的時候他也在。那個帶狗的。」

「哦。」木村說。他想起來了，皺起眉頭。「朋康嗎？」一會兒後他想起名字了。「那不是在玩吧？你那是在凌虐人家吧？」那個朋康同學怎麼了？——木村本來要問，但已經想到了。「他跑去跟老爸告狀，叫狠角色來幫他報仇，是嗎？」

「我以為他只是在不甘示弱，沒放在心上，沒想到朋康好像真的跑去跟他爸商量了。真好笑呢，居然找爸爸媽媽商量？結果他爸生氣了。為孩子的事動氣，不覺得窩囊嗎？律師有那麼了不起嗎？」

「真不想變成那種父親。」木村故意這麼答：「那朋康同學的爸爸怎麼了？」

「令人吃驚的是，他也跑去告狀了。」

「向誰？」

「向那個峰岸先生。」

一瞬間木村感到驚訝，卻也恍然大悟了。原來王子跟峰岸是這樣的關係啊。「朋康爸爸認識的狠角色，竟然真的是個狠角色……是嗎？」

「像叔叔這種自己行動的人才了不起。朋康他爸完全不行。我真是目瞪口呆，失望透頂了。」王子不像是勉強裝出來的，就像發現聖誕老公公原來是父親喬扮的而失望嘆息一般。「而且更令人失望的是，峰岸叔叔也太小看我了。」

「什麼意思？」竟然滿不在乎地用「峰岸叔叔」稱呼峰岸良夫，木村難以置信。而且王子的冷靜不是出於無知，而是來自於自信。

「只有一通電話。他打電話到我家，對我說『不准再欺負朋康了，要不然叔叔是很可怕的，當心後悔莫及』，簡直就像在警告小孩子一樣。」

「你不就是個小孩子嗎？」木村笑道，但也明白王子不是個單純的小孩。

「沒辦法，我只好裝出害怕的樣子給他看。我裝哭道歉說『對不起，我以後不敢了』，然後就這樣沒了。」

「那不是很幸運嗎？峰岸也沒空去理國中生的。要是他動真格的，可不是你唉唉哭個一兩聲就可以了事的。」

「真的嗎？」王子擺出嚇一跳的模樣說。他的髮絲十分柔細，身體線條也很纖細，看上去完全就是個品學兼優的模範國中生。別說是扒竊了，感覺連在放學途中買零食也不會。木村忽然有股自己正帶著姪子搭新幹線去東北旅行的錯覺。「峰岸真的那麼可怕嗎？」

「當然可怕啦。」

「會不會只是大家都這麼想而已？就跟電影中的美國大兵以為輻射沒什麼好可怕一樣，只是不經思考地聽信資訊跟傳聞罷了。如果不是的話，就跟老年人堅稱以前的電視節目比較有趣、以前的棒球選手比較厲害一樣吧。或許只是單純的懷舊情結罷了。」

「你要是小看峰岸，當心沒命。」

「所以說，你們太相信那類迷信了。要是小看峰岸叔叔會沒命——這種迷信。那就跟扭曲的成見形成了群體意見，再繼續扭曲現實一樣，我這麼覺得。」

「你的口氣可不可以像國中生一點？」

「人會去害怕別人說的可怕之事。不論是恐怖攻擊還是疾病。人沒有自我判斷的能力和心力。說起來，就算是那個峰岸先生，頂多也只會靠金錢跟恐嚇、暴力跟人海戰術嘛。」

「就是這一點可怕吧？」

「事實上他不就小看我了嗎？而且理由還是我是國中生。」

「王子殿下，你到底想要做什麼？」

王子泰然自若地指著新幹線前方。「去盛岡見峰岸叔叔。你知道嗎？峰岸叔叔每個月一次，都會去見他跟情婦生的孩子。跟太太生的孩子雖然是自己的繼承人，可是好像又笨又任性又無能。可能是因為這樣吧，他很疼跟情婦生的女兒。雖然好像還是個小學生。」

「你調查得真仔細。佩服佩服。」

「不是啦。重點是，令人吃驚的是，這裡又出現了小孩。」

「什麼意思？」木村皺起眉頭。

「我看以前的兒童節目裡，不管再怎麼棘手的強敵，最後也一定都會找到他的弱點，不是嗎？我從小就一直覺得世上的事才沒那麼簡單。」

「你現在也還是個小孩吧？」

「可是啊，現實真的就是這樣呢。不管是什麼樣的人都一定有弱點，而且那弱點大半都是小孩或家人。」

「有那麼單純嗎？」

「叔叔還不是一樣？叔叔會找上我，也是因為孩子的事吧？人對於自己的孩子，脆弱得教人吃驚。峰岸叔叔也有孩子。我覺得只要從那裡下手，應該可以找到某些弱點才是。」

「你打算對峰岸的孩子動手嗎？」種種想法頓時湧上木村的心頭。一是單純的憤怒。如果一個無辜、年幼的孩子因為王子而被捲入風波，這令他感覺到一股無法饒恕的憤怒。另一個則是疑問，峰岸真的會因為孩子而曝露出弱點嗎？「你以為你辦得到？」

「我才不會那麼做呢。」

「不會嗎？」

「還不會。今天還是第一次，所以我還不會動手。只是露個臉，或者說預先勘察。」

「你以為你見得到峰岸？」

「峰岸叔叔昨天好像跟情婦、女兒到岩手去了。他好像在牧場附近的度假別墅。」

木村皺起眉頭。「你調查過了？」

「那不是什麼祕密，峰岸叔叔也沒有隱瞞。只是那棟別墅周圍有很多警衛，進不去。」

「那你要怎麼辦？」

「所以說只是勘察而已。不過雖然是勘察，空手前往就太可惜了，所以想請叔叔顯一下身手。」

對了，木村這才又想起重要的事。王子打算要自己殺掉峰岸良夫。「那根本不是勘察了吧？是正式上陣。」

「去別墅的話，我會引開警衛的注意力，叔叔就趁機進去裡面，試著幹掉峰岸叔叔吧。」

「你以為行得通嗎？」

「一半一半吧。我覺得勝算大概有兩成。大概會失敗。可是失敗也沒關係。」

「你少胡鬧了。」

「如果有勝算，就是拿他女兒當武器的情況。為了女兒的安危，峰岸也不敢輕舉妄動吧。」

「為孩子而發飆的父母很恐怖的哦。」

「就像叔叔那樣嗎？為了孩子連命都不要了？就算死掉，也會因為擔心孩子而復活？」那口氣顯然是在嘲諷。

「或許。」木村回答，想像被埋葬的母親從土裡爬出來的景象。從做父母的心情來看，他覺得這確實有可能發生。

「人類才沒有那麼頑強呢。」王子笑了。「總之，峰岸也會為了女兒，什麼事都肯做。至於叔叔會碰上什麼事，則完全不關我的事，我會徹底主張我是被叔叔操縱的國中生。」

「我不會失敗。」這完全是逞強話。

「我聽說過傳聞喲。聽說峰岸叔叔就算中了槍也不會死。」王子說，卻已經露出古怪的笑容。

「哪有可能？」

「就是啊。不過即使受人狙擊，峰岸叔叔也一直活到現在，這是事實。峰岸叔叔一定是個運氣超強的人。」

「要說的話，我以前工作時，也一直很幸運啊。」木村動氣說。這是真的。在從事危險工作時，他曾有兩次因為一點失敗，差點陷入危機，但不是恰好有其他業者前來搭救，就是正巧警察來了，他得以平安脫身。「可是，峰岸跟王子殿下，哪邊運氣好就難說了。」

「我就是想查清楚這一點。」王子高興地說，就像發現勁敵的運動選手般，眼睛閃閃發光。「所以等一下要請叔叔去取峰岸的命。先小試牛刀，看看他的運氣到底有多強。不管結果如何，反正都可以得到峰岸叔叔的新情報。至少我可以靠近峰岸叔叔的別墅，也可以知道警備的狀況。還可以觀賞一下峰岸叔叔的行動。做為第一次勘察還不賴。」

「萬一我背叛，你打算怎麼辦？」

「叔叔會為了孩子加油的。誰叫你是做爸爸的。」

木村左右動了動下巴，弄出聲響。這個不管說什麼，都用滿不在乎的口氣頂回來的少年教他氣得牙癢癢的。

「我說你啊。」木村說：「假如說，這次你對峰岸先生出手，然後進展順利，雖然我不知道對你來說怎樣才算順利，總之真的照你的意思，整了大人一頓……」

「我並不是想整大人。而是更……怎麼說，想讓大家陷入絕望的心境。」

絕望？還真模糊，木村想。「不管你這樣的小鬼做什麼，大人都不會甩你的。」

「你說得沒錯，叔叔。」王子開口，露出潔白整齊的牙齒。「被我這樣的小鬼任意擺布，卻完全無力反擊，我想讓大人知道這樣的自己有多麼無力，然後陷入絕望。讓他們發現自己活到這把年紀是多麼沒有意義，甚至就此失去繼續活下去的動力。」

水果

檸檬的腦袋還有點恍惚。他望向窗外，眼睛追著像被刮走似飛向後方的建築物，手則撫摸下巴，雖然不痛，但好像一下子就失去了意識。那個眼鏡男一臉溫馴，還真不可貌相。

他向旁邊的峰岸少爺搭訕：「喂，我差點就去跟你作伴了呢。」沒有回答。「搞什麼，居然不理人。」

檸檬忽然想到，觸摸自己的身體。剛才取出來的槍不見了。怎麼可以隨便拿走別人的東西呢？麥陶。他板起臉。

然後他想起七尾剛才說的話。

那個眼鏡男說他也是被峰岸委託的。而且他應該搶走的行李箱也被其他人搶走了。那麼行李箱現在在哪裡？

去看看蜜柑的情況好了，檸檬站起來，就要往走道後方去，又轉念想道何必那麼好心？還是慢慢休息，就算要跟蜜柑聯絡，也沒有手機。那個眼鏡男竟然未經同意拿走人家東西，讓檸檬很生氣。他好捨不得掛在上面的湯瑪士小火車吊飾。

聽到聲音時，一開始他並不以為意。摻雜在車體震動聲中傳來的電子音，他以為是其他乘客的手機鈴聲。吵死了，誰的電話啊？他事不關己地想，但他發現那聲音已經響了一陣子了。而且聲音感覺很近，他便集中意識。集中神經尋找聲音的來源。

是底下。

聲音來自座位底下靠後方處。檸檬彎腰看地板，但看不清楚。雖然不想弄髒褲子，但也不能置之不理，檸檬跪到地上，彎下身體，查看座位和地板間的縫隙。什麼都沒有。是更後面的座位嗎？他心想，移動位置，再次跪下。

聲音變得更大，他找到源頭了。

是支小手表。

廉價的電子表畫面閃爍著。是誰掉的嗎？掉的東西怎麼不撿走？檸檬罵道，然後提防起來。「這會不會是什麼可疑的道具？」雖然他不覺得會是炸彈，但這鈴聲有可能是某種信號，會引發什麼意料之外的事。不能置之不理。他調整身體的角度，以伸手的姿勢摸索，抓住手表拉出來。雖然費了點工夫，但總算撿起表。他挺直身體，在座位坐下。

「這種便宜貨，少爺連看都沒看過吧？」檸檬回到原座，將連著黑色皮帶的電子表在峰岸少爺的屍體前晃了一晃。他隨便亂按按鍵，結果聲音停了。看起來不像什麼特別的表。他懷疑是竊聽器嗎？翻過來湊近耳朵確定聲音。只是單純的手表而已。

正當檸檬猶豫著該不該丟掉的時候，蜜柑從二車回來了。

「找到眼鏡同學了嗎？」檸檬詢問。然而蜜柑那張陰沉的表情等於已經回答了。

「被擺了一道。」

「那是在另一邊嗎？他逃到前面去了嗎？」檸檬指著通往四車的方向。

「不，他一定是逃到一車那裡了。只是不曉得在哪裡讓他跑了。」

「不曉得在哪裡？蜜柑，趁著你沒注意的時候嗎？」檸檬說，發現自己咧嘴笑開了。總是冷靜沉著、辦事一絲不苟的搭檔失敗，讓他爽快極了。「喂喂喂，這是很簡單的差事吧？你是從這裡走向一車的。眼鏡同學一定就在這後面的哪裡，所以是甕中捉鱉。一定會在哪裡碰上的。要搞砸還困難多了吧？還是蜜柑，你又跑去廁所殺時間了嗎？還是眨眼睛眨得太慢，眼睛閉太久？」

「我沒去廁所，也沒眨眼眨那麼久。只是有人幫那傢伙。」蜜柑沒趣地板起臉說。

哎呀，看來蜜柑心情大壞，這下麻煩了——檸檬繃緊神經。平日嚴肅的傢伙一生起氣來就棘手了。

「那樣的話，逼問那個幫忙的傢伙不就好了？」

「他們好像是被威脅的。是一個扮女裝的傢伙，跟一個普通打扮的大叔。」

「被威脅？真的假的？」

「那兩個人很不正經，但感覺也不像在撒謊。」蜜柑說，憤恨地摸了摸右拳。或許他對那兩個人下了鐵拳制裁。

「那表示麥陶眼鏡同學跑到另一邊去了嗎？」檸檬望向行進方向。「可是沒有人經過啊。」

「會不會是你眨眼眨太久？」

「我小學時，可是在全校的『不眨眼大賽』中拿到第一名呢。」

「幸好我跟你不同小學。真的沒人經過嗎？連一個都沒有？」

「是有一兩個人經過啦。乘客本來就會走來走去，賣東西的小姐也會經過。可是沒有疑似眼鏡同學的人經過。」

「你一直坐在這個位子，看著前面嗎？」

「那當然了。我又不是小孩子，才不會貼在車窗上看呢。」檸檬說到一半，注意到自己手中的手表觸感。「對了。」他吁了口氣。「我撿到了這個。」

「那是什麼？」蜜柑露骨地表現出懷疑的樣子。「這個啊，」檸檬晃了晃表。「鬧鈴在響。它掉在那邊，」檸檬指著後面的座位說：「所以我去撿了。」說到這裡，他發現蜜柑看自己的眼神變得不屑，補充說：「只是這樣而已啊。」

「就是那個。」蜜柑斷定。

「那個？哪個？」

「那是那傢伙放的。眼鏡同學好像腦筋動得很快。他有什麼目的。」

「他是打算用這個做什麼？」

「那傢伙還真喜歡道具。看。」蜜柑亮出手中的手機。

「你換手機了？」

「那傢伙交給我的。好像是拜託女裝男交給我的。」

「他在想什麼啊？那個嗎？搞不好他會打電話來哭著求饒呢。」

檸檬是開玩笑的，然而此時蜜柑手中的電話液晶螢幕亮了起來，並響起輕快的旋律。

「才剛說完就打來了。」蜜柑聳聳肩。

瓢蟲

七尾在一車車廂外避過蜜柑，回到三車前方了。他從車廂外窺看門上的小窗，想要觀察裡面，結果門打開了。是門的感應器偵測到七尾的身體而開啟了。就連這都讓七尾覺得倒楣。出於經驗，七尾知道要是逆勢而行不會有好事，便悄悄閃進了三車。第一排座位空著，他在那裡彎下身子，躲起來。

他小心不被看見，從前座椅背旁邊探頭觀察前方，看到檸檬站起來。

他沒睡。檸檬好像沒有喝摻了安眠藥的飲料。如果檸檬喝了睡著就輕鬆了，不過事情本來就不可能全照著希望進行。七尾並不失望。那原本就只是情急之下亂放的圈套，就算有幾個失敗，也沒空讓他沮喪。況且檸檬是昏倒在後面的座位。他會喝自己座位的飲料可能性很低。

七尾再一次看前面。

檸檬挪動身體。是設定的手表響了。「誰的電話啊？」檸檬埋怨。是我，七尾想要回答。是我放在地上的表。

自己那麼倒楣，所以或許設定的表故障了，或是不應該沒電的電池沒電了，又或者在檸檬發現之前被什麼人撿走了，七尾想像了各種不幸，幸而沒有變得如此。

他計算著時機。

該什麼時候站起來，什麼時候穿過檸檬旁邊？感覺蜜柑隨時會從背後的一車折回來，七尾焦急難耐。

他淺淺地坐著，維持幾乎要從座椅滑下來的姿勢，最小限度地探出去頭看前面。

吵人的鬧鈴聲沒有停。那樣的話，檸檬會怎麼做？他應該會去撿。

該說是不出所料嗎？七尾看到檸檬站起來，移到後面的座位彎下腰。

就是現在。

七尾配合自己內在的信號站起來。他毫不猶豫地快步前進，迅速穿過走道。趁著檸檬在專心撿表的時候溜過旁邊。屏聲隱藏著氣息。

離開三車車廂後，七尾吁了一口氣。但還不能停步。他繼續往前走。

穿過四車，接著離開五車時，他立刻撥打手機，按下手機中剛登錄的狼的手機電話。通道吵得宛如嘩嘩流過的河川奔流，但他把手機緊貼在耳朵上，聽到了聲音。他靠在窗邊出聲。

「你現在在哪裡？你打算做什麼？」對方立刻說。

「請冷靜聽我說。我不是你們的敵人。」七尾立刻說明。總之他想避免對方朝這裡衝過來的情形。「我是拿了你們的行李箱，但那也是受峰岸所託。」

「峰岸？」蜜柑的口氣顯得驚訝。隱約聽得到檸檬在旁邊說什麼。大概是在把七尾剛才說的內容轉告給蜜柑吧。也就是說，蜜柑已經回到檸檬旁邊了。

「我想如果我們敵對，相互攻擊，就順了峰岸的意。」

「行李箱在哪裡？」

「我也正在找。」

「你以為我們會信？」

「如果行李箱在我手裡，我早就在剛才的大宮站下車了。我和你們聯繫，縱然處境危險，卻和你們談判，並沒有好處。我有什麼好處？我只是覺得我們聯手比較好，才這麼拚命。」

「我啊……」蜜柑的口氣很陰冷，感覺與檸檬的陽性氛圍完全相反。或許他是城府深重，不輕易答應別人，重視邏輯判斷的類型。「我死去的老爸交代過，不要相信在小說裡使用大量詩意表現的作家，還有在對話裡用什麼『縱然』的傢伙。還有，也有另一個可能，也就是你不光是被委託搶奪行李箱，還被委託收拾掉我們兩個。明明危險，卻試著與我們聯繫，是為了接近我們，取我們的命。你會那麼拚命，是因為那是工作。」

「如果我受託收拾你們，剛才檸檬兄昏倒時，我已經下手了。」

「你是不是覺得那樣一來，要收拾我就麻煩了？你是不是打算同時收拾蜜柑跟檸檬兩個？」

「何必那麼疑神疑鬼呢？」

「所以我才能活到現在。喂，你人在哪裡？幾號車？」

「我移動了。我不在『疾風號』，我移到『小町號』了。」七尾幾乎是自暴自棄地說。東北新幹線的「疾風號」和「小町號」雖然連結行駛，但車廂裡面無法互相往來。

「少扯那種連三歲小孩都騙不了的謊。從『疾風號』去不了『小町號』。」

「有時候就算騙不了三歲小孩，也騙得了大人啊。」七尾聽著手機，撐住搖晃的身體。震動變劇烈了。「可是你打算怎麼做？咱們彼此能做的不多。」

「是啊，可以做的事沒有多少。我們要把你交給峰岸。把錯全推到你頭上。」

「把弄丟行李箱的責任賴到我頭上嗎？」

「還有殺了峰岸寶貝兒子的責任。」

七尾啞然失聲。剛才在附近座位聽他們說話時，他就已經在猜了，然而一知道是事實，腦袋還是混亂了。

「我沒說過嗎？跟我們一道的峰岸的兒子突然翹辮子了。」

「那是什麼意思？」七尾才剛說完，就想起跟蜜柑和檸檬坐在同一排的男子模樣。那個人沒有呼吸，一動也不動，分明是死了。原來那是峰岸的兒子嗎？七尾一想到這裡，渾身毛骨悚然。這輛新幹線怎麼會出這種事？他好想不分青紅皂白地抓個人洩憤一番。「那很糟糕呢。」

「果然很糟，是吧。」蜜柑胡鬧似地說。

七尾差點大叫「太胡來了」。不管是什麼人，如果失去自己的孩子，都一定會悲傷，失去理智。如果知道那是誰下的手，一定會氣到以憤怒的烈火燒死那個人吧。而且如果對方是那個峰岸良夫，被他的烈火灼燒時會是怎樣的痛苦，光是想像，就讓人感到一股皮膚掀起，開始焦爛般的恐懼。「你們幹麼殺了他？」

此時車體猛烈一晃。不好，會跌倒——七尾用力踩穩，傾斜身體以對抗搖晃，變成臉貼在窗戶上的姿勢。結果窗戶玻璃外面有什麼液體「啪」地噴上來。雖然不知道是鳥糞還是污泥，總之七尾被撲上眼前的物體驚嚇到。他慌張地身子後仰，一聲窩囊的「嗚哇」後，一屁股跌坐在地。

我果然倒楣——七尾嘆息。比起跌倒的疼痛，自己的霉運對他打擊更大。

手機從手中滑落了。

路過的男子幫忙撿起。那名儘管缺乏生氣卻神清氣爽的男子，是剛才在車廂裡碰到的人、補習班講師。他人就在跌倒的七尾旁邊。「啊，老師。」七尾不禁說。

男子撿起手機，好像也沒有什麼特別的意圖，就把手機湊到臉旁，聆聽傳出的話聲。

七尾慌忙爬起來伸手。「還給我。」「你總是很忙的樣子呢。」男子一派輕鬆地說，把手機遞過來。然後走進廁所了。

「喂？」他出聲：「手機掉了。繼續說吧。你剛才說什麼？」

電話裡「嘖」了一聲。「峰岸少爺不是我們殺的。他坐在位子上，不曉得什麼時候死掉了。不知道是休克死亡還是怎樣。聽好了，不是我們幹的。」

「峰岸大概不會信你們這套。」連我都不信了，七尾在心裡接著說。

「所以才要把你當成凶手交出去。這樣比較有可信度吧？」

「才沒有。」

「總強過什麼都沒有。」

七尾嘆息。他向蜜柑和檸檬提議聯手，但如果不光是行李箱的事，還要共同承擔峰岸兒子的死，就難說是個上策了。就像為了逃避竊盜罪，而向殺人犯提出「我們一起聯手對抗司法吧」一樣愚蠢。得不償失。

「喂，怎麼了？」蜜柑說。

「我沒想到你們那邊那麼慘，正在吃驚而已。」

「不是『你們』。這些全都是你幹的，眼鏡同學。」蜜柑笑也不笑。「你搞丟了行李箱，殺了峰岸的寶貝兒子。而我們收拾了你這個罪魁禍首。峰岸應該會生氣，但他氣憤的對象是你。我們還有可能被稱讚幹得好呢。」

怎麼辦？怎麼辦？七尾拚命動腦。

「沒那種事。總之……」他匆匆地說。視線轉向窗外。玻璃上留著剛才噴上來的液狀污垢。污垢被新幹線疾馳的速度壓得變形，一點一滴地擴散開來。「總之，在這輛列車裡彼此廝殺不是個好主意。你不這麼認為嗎？」

蜜柑沒有回答。

眼前站著一個男人。剛才幫他撿手機的補習班講師好像從廁所出來了。他用難以看出情緒的表情定定地看著七尾。

「如果不能聯手，能不能至少締結休戰協定？」七尾介意著眼前的男子說：「橫豎我也下不了新幹線。咱們就這樣安安分分坐到盛岡吧。到了盛岡站再做了結也不遲。」

「喀噔」一聲，新幹線雖然短促，但劇烈地搖晃。

「兩點。」蜜柑的聲音冷冷地竄進耳中。「我有兩點要說。第一點，從你的口氣聽來，你好像料準到盛岡再做了結，你就有勝算。」

「沒有那回事。至少從人數來看我也屈居下風啊。二對一呢。」

「縱然是二對一……」

「啊，你剛才說『縱然』。」

即使隔著手機，也聽得出蜜柑輕笑了。「第二點，我們等不到盛岡。不在仙台把你交出去，我們就慘了。」

「仙台站有什麼嗎？」

「峰岸的同伴會到車站來檢查。」

「檢查什麼？」

「峰岸少爺是不是平安無事。」

「事情大條了呢。」

「所以我們得在抵達仙台之前把責任推到眼鏡同學你身上才行。」

「怎麼這樣？」七尾說，在意起眼前的補習班講師怎麼還在原處？就像目睹小孩子惡作劇的老師沒辦法離開似地，他呆在原處。「對不起，可以先掛斷嗎？我馬上打回去。」

「好，那我們會悠閒地欣賞景色，等你打來——你以為我會這麼說嗎？電話一掛我就去找你。」蜜柑以有些帶刺的口氣說，結果旁邊插進檸檬的聲音：「有什麼關係？享受一下風景嘛。」

「反正都在同一輛新幹線裡，有什麼好急的？到仙台還有三十分鐘啊。」七尾說。

「我們沒工夫悠哉了。」蜜柑說，但檸檬又煩人地插嘴：「有什麼關係？太麻煩了，電話掛了吧。」

然後電話真的斷了。

電話猝然掛斷，讓人感覺到交涉決裂的危險，七尾想要重撥電話，但又覺得蜜柑不是會貿然行動的類型。沒必要慌。應該步步為營才是——他安撫自己，心想應該把事情一件件解決才好，然後他對看著他的補習班講師問：「呃，有事嗎？」

「啊，沒事。」講師好像這才發現自己一直沒動。就像換了電池的玩具般僵硬地行禮。「剛才我撿起手機的時候，對方說了很可怕的事，我很在意，所以便沉思起來。」

「很可怕的事？」

「誰被殺了之類的。我覺得很可怕。」

大概是在講峰岸的兒子那時候——七尾想起來了。「可是老師看起來並沒有害怕的樣子啊？」

「究竟是誰在哪裡被殺了？」

「就是在這輛新幹線裡。」

「咦？」

「如果是這樣的話，老師會怎麼做？衝去通報列車長會比較好嗎？還是全車廣播？『請問乘客當中有沒有警方相關人士？』」

「那樣的話……」男子唇角露出淡淡的笑，是宛如用手指一抹，就會溶於水中的朦朧笑容。「應該廣播『請問乘客當中有沒有凶手』才對吧？」

這意外的回答讓七尾笑出聲。的確，那樣省事多了。「我開玩笑的。如果這輛新幹線裡發生那麼恐怖的命案，我怎麼能這麼冷靜？早就衝進廁所，閉關到終點站了。要不然就是抱住列車長不放。在這樣的密閉空間裡，要是做了什麼壞事，馬上就會演變成大恐慌的。」

才怪。事實上七尾就殺了狼，還跟檸檬發生格鬥，列車裡卻一片寧靜。

「可是你剛才不是說了嗎？說你一向很倒楣。所以我想會不會是那個法則。『只要一搭新幹線，就絕對會被捲入事件。除了想要被捲入事件而搭新幹線的時候』。」男子一邊說，一邊朝七尾靠近一步。瞬間七尾感覺男子的眼睛突然伴隨著魄力直逼上來。那就像巨木的空洞。自己和男子之間出現了看不見的巨木，樹幹上有兩個空洞發出沉鬱的光芒。感覺如果一直盯著看，就會被吸收進去，融入洞穴裡的黑暗中。儘管滿懷恐懼，七尾卻深受吸引。七尾感覺到不祥的預兆，卻他還是無法從男子的眼睛別開目光，無法別開目光這件事更加撩撥不祥的預感。「你也是，」七尾問：「你是……」他改口：「從事什麼危險工作嗎？」

「饒了我吧，不是的。」他輕笑。

「你的座位在四車後尾。廁所的話，四車跟三車之間就有。你沒必要特地跑來這麼遠的廁所吧？」七尾以刺探的眼神觀察對方。

「我只是搞錯了。不小心走到前面去了。我懶得折回去，就來這邊上了。」

「哦？」七尾仍舊懷疑地應聲。

「我也曾被捲入過危險的事裡。」

「我現在可是處在危險的漩渦當中呢。」七尾反射性地說，發現話語從自己的胸口一帶滾滾而出。「一個狠角色的兒子好像被殺了。我並沒有親眼目擊，不過那個少爺爺好像是在沒人發現的狀況下翹辮子的。」

「狠角色的兒子啊……？」補習班講師自言自語似地說。

「沒錯。好像是不知不覺間死掉的。」

自己怎麼會說出這種話來？儘管這是不該說出口的話，自己卻滔滔不絕，讓七尾心驚不已，卻又閉不上嘴巴。或許這個人真的具有掏挖他人肺腑的力量。那說起來，就像是把他周圍半徑幾公尺都變成纖悔室的力量。「不要對這個男的多嘴。」內心的忠告罩上了一層膜，但卻沒辦法明確接收到。是這人眼睛的關係，他想。然而就連浮現的「是這人眼睛」的意識也罩上了一層膜。

「這麼說來，我以前被捲入的那場騷動，也有個狠角色的長男被殺了。不過狠角色本人也被殺了。」男子說。

「那是在說誰？」

「我想說了你也沒聽過吧。不過他在那個圈子好像是個名人。」男子只有在說這話的時候表情變得痛苦。

「我不曉得你說的圈子是哪個圈子，或許是我也知道的圈子。」

「那個人叫寺原。」

「寺原。哦，他很有名。」七尾當下回答。「被毒死的。」他情不自禁地說出口後，才後悔唐突地說出這種事。

然而補習班講師卻一片淡然。「是的。父親是被毒死的，兒子是被撞死的。」

「毒」這個字在七尾的腦中綻放出微光。「毒殺。」他呢喃，「蜂？」然後他如此自問。殺害寺原的，是被稱為虎頭蜂的業者。

「蜂？」男子側著頭。

「峰岸的兒子或許也是被蜂給幹掉的。啊，難道你就是虎頭蜂？」七尾忍不住指著眼前的男子問。

「看仔細，我是人呀。」補習班講師大聲說：「我是補習班的老師，鈴木老師。」接著自嘲地說：「蜂類是昆蟲。」

「的確，你不是昆蟲。」七尾也一本正經地應道：「你是活神父。」

被稱做虎頭蜂的業者究竟是怎樣的人、怎樣的外貌、有什麼特徵，七尾不曉得。真莉亞會知道嗎？他取出手機，就要按號碼。抬頭一看，男子已經不見了。自己剛才在對誰說話？另一個世界的存在嗎？七尾害怕起來，一邊打電話，一邊從門上的小窗朝五車看。結果他看見補習班講師離去的背影，鬆了一口氣。不是幻影。

他把臉湊近車窗的景色，手機按在耳邊。黏在窗上的污垢已經被撕扯得七零八落。鈴聲響著，但真莉亞遲遲不接電話。感覺蜜柑和檸檬隨時會從背後追上來，讓七尾心神不寧，不知不覺間在通道上團團轉。車廂與車廂的連結部分上下左右起伏，模仿爬蟲類動作似地搖擺。

「你現在在哪兒？」真莉亞的聲音這才傳來。

「咦？」七尾禁不住叫出聲來。

「怎麼了？」

「有耶。」他一片茫然。

「有？有什麼？」

儘管是自己打的電話，七尾卻已經顧不了那麼多了。黑色的行李箱就在眼前。就在車廂外的行李放置處，宛如打一開始就在那裡似地，自然地融入其中。

「行李箱。」一直尋尋覓覓的東西過於輕易地現身，七尾完全沒有真實感。

「行李箱？你說委託要搶的行李箱嗎？咦？在哪裡？真虧你找得到。」

「不是找到，我正要打電話給妳，發現它就在眼前。就擱在一般的行李放置處。」

「你剛才漏掉的地方？」

「我第一個確認的地方。」

「怎麼回事？」

「行李箱自己回來了。」

「就像自力回到主人家的狗？真感動。」

「是有人搞錯拿走，又放回來了嗎？」

「會不會是從你那裡搶了行李箱，後來又怕了？所以決定還給你。」

「怕峰岸？」

「或是你。『沒想到那個七尾也牽涉在裡面，太危險了。那傢伙簡直就像專吸霉運的葫蘆』。可是太好了。這次絕對不能再放開行李箱嘍。然後在下一站仙台下車，就完工了。」真莉亞發自心底地吁了一口氣。「雖然中間有些曲折，不過千鈞一髮，總算是成功了。應該可以順利結束吧？」

七尾垮下臉來。「是這樣沒錯，可是蜜柑跟檸檬很棘手。」

「你被他們抓到了？」

「是妳叫我不要想東想西，直接去三車的。」

「我不記得了。」

「我記得一清二楚。」

「好吧，就算退讓一百步，是我叫你去三車的好了，我叫你被蜜柑他們找到，陷入危機了嗎？沒有吧？」

「不，妳說了。」七尾豁出去撒謊。「我記得妳是這樣說的。」

聽得出真莉亞失笑了。「嗳，可是既然都已經發生的事，也沒辦法了，也只能甩掉他們了。」

「怎麼甩？」

「想辦法。」

「就算妳叫我甩，在新幹線裡也是有極限的。妳要叫我一直躲在廁所裡嗎？」

「我想那也是一種方法。」

「要是他們地毯式搜索，被找到也只是時間問題。」

「可是要把新幹線的廁所硬是撬開，感覺也滿困難的啊，應該可以拖延一點時間吧。躲著躲著，下一站仙台就到了。」

「到了仙台，走出廁所時被蜜柑他們埋伏，還不是一樣完了？」

「那種時候，嗳，就靠衝勁想辦法嘛。」

真莉亞的指示曖昧到根本稱不上策略，但七尾覺得這點子倒也不算太離譜。廁所的出入口不大，可以在裡面埋伏，加以攻擊。不管是使用刀子還是狙擊頭部，無論如何，比起在寬廣的地方對付兩人，在狹窄的空間埋伏都比較有勝算。到了仙台，就可以出其不意地衝出廁所逃到月台——或許。

「再說，使用中的廁所或許有好幾個。他們要一一檢查，應該也得花上不少時間。

運氣好的話，到處都有人在上廁所，蜜柑他們光是要全部查完，可能也得費不少勁。搞不好在找到你藏身的廁所之前，車子就先到仙台了。」

「運氣好的話？妳在說笑吧。」七尾忍住笑。「妳以為我是誰？對我來說，『運氣好的話』，就等於『絕對不會發生』。」

「噯，是啊。」真莉亞乾脆地同意。「啊，或許也可以躲到車長室。列車長待的地方。」

「車長室？」

「要不然的話，綠色車廂前面應該有個叫做多功能室的地方。九車是綠色車廂，所以應該是那裡跟十車之間。是可以用來給嬰兒哺乳的房間。」

「我要去那裡做什麼？」

「如果你想哺乳，可以過去。」

「如果我想哺乳，我會過去。」

「啊，提醒你一聲，你搭的『疾風號』不能去『小町號』哦。雖然連結在一起，可是車廂彼此不通，就算想要逃到『小町號』也沒辦法的。」

「這連三歲小孩都知道。」

「有時候就算三歲小孩知道，大人也不知道啊。啊，對了，有什麼事嗎？是你打來的吧？」

「對了，我都忘了。剛才妳在電話提到虎頭蜂吧？不是昆蟲，是咱們業者裡用毒針的那個……」

「殺了寺原的蜂，是吧？有傳聞說鯨跟蟬也是蜂幹掉的。」

「蜂是個怎樣的傢伙？有什麼特徵嗎？」

「我不清楚詳情。我想應該是男的，但也有傳聞說是女的。一個人或兩個人。不過，我想外表應該不怎麼醒目。」

那當然吧，七尾想。不可能一副昭告天下「我是殺手」的打扮。「或許，虎頭蜂就在我所搭的新幹線乘客之中。」

真莉亞沉默了一下。「什麼意思？」

「不，我也不確定，可是有個人死了，毫無外傷，或許是被毒針刺死的。」

「可是幹掉狼的不是你嗎？」

「我不是說狼，是別人。」

「別人？什麼別人？」

「還什麼，就別人的屍體啊。」七尾實在不敢說出是峰岸的兒子。另一方面，「狼」這個名字卻令他感到介意。

「我說啊，」真莉亞發出驚愕不已的聲音。「我不曉得到底是什麼狀況，可是那是哪門子新幹線啊？問題一大堆。」

七尾無話可答。他也有同感。蜜柑和檸檬、峰岸兒子的屍體、狼的屍體，全是些危險人物。「可是新幹線沒有錯，全是我不好。」

「那當然了。」
「要是虎頭蜂真的在車上，要怎麼辦？」
「最近都沒聽到這個名號了，我還以為他洗手不幹了呢。」
聽到這話，七尾的腦中閃過一個臆測。虎頭蜂會不會打算就像過去殺害寺原那樣，這次殺了峰岸的兒子，準備揚名立萬？同時他又想起了狼。狼不是一直很仰慕寺原嗎？
「毒針很痛的，你這個膽小鬼可能會被刺哭哦。」
「可是以前我家附近的老奶奶有糖尿病，我幫她打過好幾次胰島素呢。」
「打針是醫療行為，除了家人以外，應該是不可以幫人打針的。」
「咦，真的嗎？」
「真的。」
「對了，蜜柑他們的雇主好像也是峰岸。」
「咦？什麼意思？」
「他們好像是被峰岸委託運送行李箱。」七尾說，匆匆說明自己的想法。「峰岸或許無法信任任何人。所以他利用好幾個業者，製造出讓業者失敗的局面，想要立於優勢。不曉得他是不想支付酬勞，還是打算找藉口處罰所有人。」
真莉亞好像沉思了一會兒。「我說啊……」她開口了。「萬一真是那樣，不要勉強，或許投降也是一個選項。」
「投降？」

「對。也不算投降，就是放棄任務。就不要再搶行李箱了，把它交給蜜柑他們吧。相反地，請他們保證你的安全。蜜柑他們只要拿回行李箱，應該就不會計較了，而且如果峰岸在背地裡策畫什麼，就算我們這邊任務失敗，他應該也不會太生氣吧。只要放棄酬勞，向他賠罪，他或許會放我們一馬。」

「妳突然說這什麼話？」

「我開始覺得既然是那麼複雜的工作，趁早抽手，損失還比較少。」

事實上不光是行李箱，還有「峰岸兒子的死」這個大問題橫在那裡，但七尾不打算告訴真莉亞。那只會增加她的嘆息和刻薄而已。

「我好感動。妳竟然把工作擺旁邊，擔心我的安危嗎？」

「我是說最糟糕的情況。如果你試過了，覺得還是太危險，也是有這種選項。工作不是不重要，還是第一優先。可是到了生死關頭，那就沒辦法了，我是這個意思。」

「嗯，我懂。」

「你懂了？那首先努力設法弄出行李箱吧。要是不行，就再說了。」

「了解。」七尾掛斷電話。

誰要努力，當然是立刻投降。

王子

王子知道後方的車門打開，有人走過來了。他佯裝自然，靠坐到椅背上。提行李箱的男子經過走道。是戴黑框眼鏡的男子。他沒有停步，也沒有東張西望，快步往前走去。木村好像也注意到了，但他默默目送男子離去。

眼鏡男離開七車了。門關上，像要藏住他的背影。

「是那傢伙嗎？」木村低聲說。

「是啊。他找到行李箱，是不是很興奮呢？然後還有另一組人馬在找那個行李箱，接下來就是貓捉老鼠了。愈跑愈前面。真有趣。」

「你要怎麼做？」

「怎麼做好呢？」實際上王子正在思考該怎麼做。「要怎麼做才能更好玩呢？」

「國中生插手大人的糾紛，會吃苦頭的。」

此時王子懷裡的背包傳出手機鈴聲。「叔叔的電話。」王子掏出手機。畫面上顯示「木村茂」。「這是誰？」他把手機舉到雙手不自由的木村面前。

「誰知道？」

「叔叔的家人？爸爸嗎？」

木村哼了一聲，臉頰抽動，那反應等於是在說猜中了。

「有什麼事呢？」

「反正一定是來問小涉的情況。」

「哦？」王子看著繼續震動的手機，說：「啊，對了，叔叔，我們來玩遊戲吧。」

「玩遊戲？我的手機裡沒下載遊戲啊。」

「來試試叔叔的父親有多信任你吧。」

「你在說什麼？」

「叔叔接電話，然後求救看看。說你被壞人抓了，叫你爸爸救你。」

「真的可以嗎？」木村很驚訝。

「當然，不可以提起叔叔小孩的事。老爺爺只要碰上孫子的事，馬上就會心軟嘛。」

王子想起自己的祖母。他們家族親戚之間幾乎沒有往來，外祖父母和祖父又都在王子還小的時候就過世了，所以對王子來說，實際上只有祖母是他唯一一個長輩親戚。王子覺得祖母也一樣，蒙昧無知。在祖母面前，王子當然表現得彬彬有禮，顯露出適度的幼稚，如果祖母買東西給他，他就坦率地表現歡喜。「慧真是個乖孩子。」祖母像這樣瞇著眼睛，就像把自己無多的未來託付給孫子似地，濕著眼睛說：「長得真大了呢。」

小學高年級的暑假，在祖母家兩人獨處的時候，王子曾問祖母道：「為什麼不可以殺人呢？」那時他已經知道大人不會正經回答這個問題，或者說根本無法好好回答，所以對祖母也沒有期待。「慧，不可以說那麼可怕的話。殺人是很可怕的事情啊。」可是當祖母面露悲傷，開始了無新意的說明時，王子還是不禁感到失望。

「那戰爭怎麼說？明明說不可以殺人，可是還是會打仗，不是嗎？」

「所以戰爭也是可怕的事啊。而且，喏，法律也規定不可以殺人啊。」

「可是制定法律說不可以殺人的國家卻發動戰爭，對人處以死刑呢。這不是很奇怪嗎？」

「等你長大就明白了。」

祖母敷衍的話讓王子厭煩，最後他回了句：「是啊，傷害別人是不對的呢。」

王子按下手機通話鍵。「喂，小涉的情況怎麼樣了？」手機裡傳來感覺上了年紀的男聲。王子按住通話口，匆匆交代「叔叔，通了，不可以說小孩的事哦。要是叔叔不守規矩，小涉就永遠不會醒了」，然後把手機靠到木村的左耳。

木村斜瞟著王子，邊煩惱該怎麼做，邊應道：「小涉很好。」然後他說了：「別說那個了，老頭，我接下來說的話，你可聽仔細了。」

王子在旁邊聽著，不由得苦笑。原本應該慎重面對，確認狀況和流程才對，為什麼他卻那麼輕易就聽從了自己的提議？王子說是遊戲，但沒有說明規則。明明應該先聽到詳細內容後再開始遊戲的——王子憐憫起木村來。木村或許以為他是出於自由意志在行動，結果也只是被別人玩弄在股掌之間。突然有電車開過來，然後有人從他背後一推，要他上車，本來應該先確認列車的目的地，評估上車的風險才對，然而木村卻什麼都沒做，先上車再說。多麼膚淺啊。

「其實我現在人在新幹線上，我預定坐到盛岡。」木村接著說：「啥？跟小涉沒關係。沒事的，醫院的人會照顧小涉。」

看來木村的父親對於木村拋下小涉，人在新幹線上感到生氣。木村拚命說明，想要安撫激動的父親。「總之，」他說：「總之，我現在落入壞人手裡了。是啊。啥？當然是真的啊。我騙你幹麼？」

王子差點爆笑出來，用力忍住。他那種說法，有人會信他才有鬼了。如果要別人相信，就得下一番相應的工夫。留心語調、說明的方式，完全是要「請」對方相信自己。然而木村卻絲毫不努力，而是強迫對方努力。他只是在「逼迫」對方相信自己。

王子把臉湊近手機。

「你又喝酒了，是吧？」他聽到手機另一頭木村父親的聲音。

「不是啦。聽好了，我現在被抓了。」

「被警察抓了嗎？」

確實，聽到「被抓」，只會想到是被警察抓了——王子也想要同意。

「不是啦。」

「那是被誰抓了？你要幹麼？」木村的父親厭倦地說。

「什麼叫要幹麼？你都不會想救我嗎？」

「你要向在超市倉庫工作，靠老人年金生活的我們求救？像你媽，膝蓋都出毛病了，連在浴室蹲下來都很勉強。你倒是說說，我要怎麼救在新幹線上的你？哪裡的新幹線？」

「東北新幹線啦，再二十分鐘左右就到仙台了。還有，我也不是叫你到新幹線來救我。是心情問題。」

「我說你啊，我不曉得你是要幹麼，可是居然丟下小涉，跑去坐什麼新幹線，你到底在想什麼？連我都搞不懂你了。」

「就說我被人抓了。」

「抓你有什麼好處？那是什麼遊戲嗎？」

聽到木村父親的話，王子悄聲說：「真敏銳。」這只是一場遊戲，找樂子罷了。

「所以說……」木村板起臉。

「假設你真的被抓好了。雖然在新幹線裡被抓是怎麼一回事，我完全摸不著頭緒。而且就算真的是那樣，我也覺得反正一定是你自作自受。重點是，一個被抓的人，怎麼可能像這樣講電話？」

看到木村語塞的樣子，王子竊笑不已。然後他把耳朵貼在手機上，說了：「啊，不好意思，我是坐在木村先生隔壁座位的國中生。」咬字雖然清晰，卻是帶著稚氣的語調。

「國中生？」木村的父親對突然出現的王子聲音感到困惑。

「我正巧坐在隔壁，叔叔好像在惡作劇。您打電話來時，他突然說『我要裝作被捲入麻煩，嚇死老人家』。」
木村父親的嘆息好似透過電波，從這邊的手機洩了出來。
「這樣啊。雖然他是我兒子，我也完全不懂他在想什麼。如果他給你惹麻煩，那真是對不起了。他那人就愛胡鬧。」
「叔叔是個很好玩的人。」
「那個好玩的叔叔沒喝酒吧？如果他要喝酒，可以幫我阻止他嗎？」
「好的，我會努力。」王子爽快地答道。這種語調能夠博得大部分年長者的好感。
掛斷電話後，王子抓住木村的手臂說：「叔叔果然不行。明明是父子，你爸爸卻完全不相信你。或者說，你那種說法絕對不會有人信你的。」王子說道，從背包口袋裡取出小袋子，從裡面捏出縫衣針來。
「喂，你要幹什麼？」
「懲罰啊。叔叔玩遊戲玩輸了，得受點懲罰才行。」
「你也太專制了吧。」
王子重新捏好縫衣針，彎下身子。支配人類的是疼痛與痛苦。在列車裡雖然不能進行電擊，但至少可以拿針刺。理由什麼都好。透過決定規則，強制執行，就可以將立場的不同烙印在對方腦中。王子不理會困惑的木村，迅速地把針刺進他的指甲肉之間。
「好痛！」木村尖叫。「噓！」王子斥責孩子似地說：「叔叔，你很吵耶。不安靜一點，我會把你刺得更痛。」

「你少胡鬧了！」

「聽清楚了，要是你叫出聲，我就刺更痛的地方。閉嘴忍耐，是可以最輕鬆結束的方法。」王子說，繼續拿針刺旁邊手指的指甲肉。

木村的鼻翼撐大了。他橫眉豎目，隨時都要叫出來的樣子。王子沒辦法，在他耳邊低喃：「如果你再出聲，我就去刺小涉的指甲。我可以打電話這麼吩咐。我是認真的。」

木村憤怒得整張臉都紅了。但他或許是明白王子不是會虛張聲勢的人，臉色立刻變得鐵青，轉為咬緊牙關的表情。是承受憤怒，同時防備針帶來的疼痛的表情。

他完全處在我的支配下了——王子心想。他已經對自己唯命是從了。一旦服從命令，人就會像下樓梯時跨出一步，就這樣直走到底一樣，漸漸任憑自己支配。要重新爬上已經走下來的樓梯，並不是件易事。

「那我要刺嘍。」王子故意慢慢地把針扎進指甲肉裡。把尖銳的東西刺進指甲和皮膚之間，有種沿著肉體的隙縫，剝除多餘的痂的快感。

木村輕聲呻吟。那張承受著痛楚的表情宛如忍住不哭的小學生般，教王子好笑得不得了。為什麼呢？——他同時也覺得不可思議。為什麼人會為了自己以外、不過是他者的人——即便那是自己的親骨肉——像這樣忍受痛苦呢？比起攬下別人的痛，把自己的痛推到別人身上更要輕鬆多了。

此時王子的腦袋「咚」地感到一陣衝擊。瞬間眼前一片黑，視野消失了。他知道針從手中滑落，掉到地上去了。

他重新挺直身體。

他知道木村承受不了痛苦，用膝蓋和手夾住頭似地揍了他。仔細一看，木村臉上浮現「幹得好」的興奮和「糟糕了」的後悔與焦急。

脖子在痛。王子不生氣。相反地他露出同情的笑，「痛到忍不住爆發了？」他調侃說：「幸好是我呢。我在班上也是導師掛牌保證的『耐性十足，總是冷靜沉著』的好寶寶呢。這要不是我，現在已經打電話對叔叔的小孩做出什麼來了。」

「哼。」木村回以鼻息。他也不曉得該怎麼辦吧。

七車背後的門又開了。王子把注意力移過去。兩名男子從旁邊經過。兩人都是消瘦且手腳修長的人，視線滴水不漏地在車廂內掃視。眼神凶惡、臭著一張臉的男子看到王子，出聲說：「啊，這不是培西嗎？剛才我們碰過呢。」他的頭髮像獅子鬃毛般飛揚。王子之前見過他。「還沒有找到嗎？叔叔在找什麼去了？」

「行李箱，還在找。」對方倏地把頭湊過來，王子警戒著他會不會發現木村的手腳被綁住。為了轉移注意力，他迅速站起，面對男子，指著行進方向，刻意以稚拙的語氣說：「剛才我看見有個人提著行李箱往那邊去了。戴著眼鏡。」

「喂，你不會又在騙我了吧？」

「我才沒騙人呢。」

另一個男子回頭，對頭髮飛翹的男子低聲說：「快走。」

「那邊現在是什麼狀況呢？」頭髮飛翹的男子說。
「或許正在對決。」
對決？到底是什麼的對決？王子突然充滿好奇。
「麥陶跟蜜蜂先生的大對決嗎？啊，可是說到蜜蜂，應該是詹姆士呢。」
「又是湯瑪士小火車？」
「詹姆士的鼻子被蜜蜂螫到，這事很有名吧？」
「對一般人來說不有名。」
然後兩人往前面去了。完全聽不懂他們在說什麼。正因為如此，更令人感興趣。
「喂，我們也去前面看看吧？」王子問木村。
木村臭著一張臉，不應話。
「或許大家會集合在一起。」
「那又怎麼樣？」
「去看看嘛。」
「我也要去？」
「萬一我出事就麻煩了，不是嗎？叔叔得保護我呀。就像保護自己的兒子那樣保護我，叔叔。要說的話，等於是我在拯救小涉的命。我是他的救命恩人呢。」

水果

這是稍早之前，他們尚未抵達王子所在的七車前的事。剛出五車的時候，檸檬看表說：「離仙台只剩下三十分鐘了。」他在車廂外停步。

「你不是對眼鏡同學說『還有』三十分鐘嗎？」蜜柑說。

看看廁所的門鎖，女廁有人在用。其他廁所是空的，已經確認過沒人了。

「也可能躲在女廁嗎？」檸檬嫌麻煩地說。

「不要問我。可是當然有可能吧。那個眼鏡男也是拚了命的，管他是男廁還是女廁，都有可能躲。」蜜柑說：「不過就算他躲在女廁，也馬上就會被我們揪出來。」

掛斷七尾的電話後，檸檬說：「躲在車廂裡也有極限。那個眼鏡同學兩三下就會被我們抓到了。」

「抓到他，然後呢？」

「我的槍被他搶了，用你的槍斃了他。」

「不能在車子裡引起騷動。」

「在廁所偷偷斃了他，再把他關進裡面就行了。」

「早知道就帶滅音器了。」蜜柑真的覺得很遺憾。蜜柑和檸檬沒有帶裝在槍口用來減少槍聲的滅音器。因為他們認為這次的工作不需要。

「能不能在哪裡弄到手啊？」

「如果推車有賣就好了。向聖誕老公公祈禱怎麼樣？」

「今年聖誕節我想要套在槍上的滅音器。」檸檬膜拜似地雙手合十。

「別開玩笑了，先整理一下狀況。首先，我們想把殺害少爺的凶手交給峰岸。」

「凶手就是那個眼鏡同學。」

「不過假設殺了他，要神不知鬼不覺地搬運他的屍體也很費事。如果要帶去峰岸那裡，留他活口帶過去比較輕鬆吧。殺掉就費事了。」

「可是啊，眼鏡同學有可能會在峰岸面前哭訴『我什麼都沒做，我是冤枉的。』」

「誰不會說自己是冤枉的？沒必要在意。」

他們決定地毯式搜索車廂，找出七尾。只要滴水不漏地檢查座位、行李放置處、廁所和洗手台，遲早一定能找到。他們決定如果廁所有人在用，就等到裡面的人出來。

「那這間使用中的廁所我來盯著，你先走吧。」檸檬說，指著行進方向。「啊，可是也可以反過來想呢。」

「反過來想？」蜜柑知道不可能是什麼好主意，但還是姑且一問。

「也就是我來把廁所一間間關上的策略。這麼一來，就算找不到那傢伙，他藏身的地點也會漸漸減少。」

剛才兩人才把峰岸少爺的屍體藏到三車跟四車之間的廁所。因為他們不放心在自己離席的時候讓屍體擱在座位上。他們把峰岸少爺擺在廁所裡，讓他靠坐在馬桶後方，然後檸檬用細銅線從外面上鎖。把銅線纏在勾鎖的凹凸部位，牽到廁所外面，關門的同時用力把銅線往下扯，雖然要注意一下角度，但這樣就可以順利上鎖。「這下就完成了密室殺人。」檸檬得意洋洋。然後他突然說：「以前的電影有用大磁鐵從外面把鎖打開的詭計呢。」

「《大黎明》（註一）是嗎？」用一個看起來磁力很強的U型大磁鐵從外面吸開鎖鏈，這個場面實在很滑稽。

「史蒂芬・席格（註二）演的那部嗎？」、「是亞蘭・德倫（註三）。」、「是嗎？」、「不是《暴衝火車》哦？」、「才沒有暴衝。」

蜜柑在廁所前等了一會兒，意外地廁所門很快就打開，裡面走出一名清瘦的婦人。她穿著白上衣，打扮雖然年輕，但還是看得出濃妝底下清楚的法令紋。蜜柑聯想到枯萎的植物。他目送婦人往後方離去。「那個不是，不是瓢蟲同學。一目了然，幸好。」

兩人進入六車，一一檢視座位上的乘客，確認不是七尾後前進。雖然覺得不太可能，但還是查看一下座位底下或行李架上有沒有可疑人影或那只行李箱。幸好每一個乘客都一看就知道不是七尾。年齡和性別都明顯不同。

註一：法國導演讓・皮埃爾・梅爾維爾（Jean-Pierre Melville）的電影，原名《Un flic》。
註二：史蒂芬・席格（Steven Seagal，一九五一～），美國動作片演員。
註三：亞蘭・德倫（Alain Delon，一九三五～），法國演員。

「剛才桃在電話裡說，峰岸好像正在召集可以去仙台車站集合的業者。」

「或許車站月台已經擠滿了一群滿臉橫肉的傢伙。真噁心。」

「就算突然召集，也找不到多少人吧。能幹的傢伙預約早就滿了。」離開六車時檸檬說。

「搞不好峰岸的部下會闖進車廂裡來，二話不說斃了我們。」

「也不是不可能，但可能性或許很低。」

「為什麼？」

「峰岸少爺究竟出了什麼事，我們可以說是唯一的證人吧？知道狀況的只有我跟你。那樣的話，我們可是唯一線索，不能一下子就殺了。」

「原來如此。是啊，我們是有用的小火車。」檸檬老實地點頭。「啊。」

「怎麼了？」

「如果我是峰岸，就會殺掉那邊。」

「那邊是哪邊？塞滿一堆曖昧指示詞的小說，沒一本好貨。」

「聽好了，如果要帶去峰岸那裡，我跟你，哪邊都可以。證人一個就夠了，對吧？我們兩個在一起很危險，還是先幹掉其中一邊比較好。客車只要一輛就夠了。」

手機響了。本來以為是自己的，結果不是，是七尾託變裝男交給他的手機。上面顯示的是陌生號碼。蜜柑接起電話，七尾的聲音響起：「蜜柑兄？還是檸檬兄？」

「蜜柑。」他答道。眼前的檸檬露出詢問是誰打來的表情，蜜柑用一隻手圈出圓圈擺在眼睛前，示意「眼鏡」。「你現在在哪兒？」

「新幹線裡。」

「好巧哦，我們也是。你打電話來有何貴幹？想要談判也是白搭。」

「也不算談判，我投降了。」七尾的聲音傳達出他的迫切。

與車廂內相比，通道的震動非常激烈，聽起來就像曝露在戶外前進一般。

「投降？」蜜柑沒聽清楚，反問回去。嗓門拉大了。一旁的檸檬眼神變得凌厲。

「投降？」

「其實我剛才找到行李箱了。」

「在哪裡找到的？」

「車廂外的行李放置處。注意到的時候，它就在那裡了。剛才明明沒有的。」

這太可疑了，蜜柑繃緊神經。「行李箱怎麼會跑回來？會不會是誰設的圈套？」

七尾沉默了一秒。「我無法否定這個可能性，總之行李箱回來了。」

「裡面呢？」

「裡面怎麼樣我不曉得。我不知道數字鎖怎麼開，也不知道裡面應該放著什麼。可是，總之我想把行李箱交給你們。」

「交給我們？為什麼？」

「我沒自信能夠在新幹線的車廂裡逃脫，與其被你們狙擊性命，提心弔膽，倒不如趕快投降，圖個輕鬆。我把行李箱寄交給列車長保管了。我想沒多久列車長就會全車廣播，你們應該就知道我沒有撒謊。可以請你們拿著行李箱，折回後面的車廂嗎？我就這樣在仙台下車。這案子我放棄了。」

「沒完成工作，真莉亞會生氣哦？委託人峰岸一定會更生氣。」

「可是應該還是好過被你們追殺。」

聽到這裡，蜜柑暫時把手機挪到旁邊，說：「眼鏡同學說他要投降。」他把七尾的話簡要地說給檸檬聽。

「很聰明，他了解我們的可怕。」檸檬滿足地點頭。

「可是這樣還是沒法解決峰岸少爺的問題。」蜜柑把手機放回嘴邊。「在我們的劇本裡，你是凶手。」

「找到真凶，會更有可信度。」

「真凶？」意料之外的詞彙，讓蜜柑忍不住稍微拉大了嗓門。

「對。你知道虎頭蜂嗎？」七尾問。

「眼鏡同學說什麼？」一旁的檸檬歪著頭問。

「他問我們知不知道虎頭蜂。」

「怎麼會不知道？」檸檬搶過手機。「以前我去抓獨角仙的時候，就被虎頭蜂追過。知道嗎？虎頭蜂非常恐怖的。」他說得口沫橫飛。然而七尾在電話另一頭的回話馬上讓他蹙起了眉頭。「啥？什麼叫我說的是真的虎頭蜂嗎？你說的是假的虎頭蜂哦？世上哪有什麼假的虎頭蜂？」

蜜柑懂了。他用手勢指示檸檬交出電話，再次接過手機。「你是說那個毒殺的業者嗎？虎頭蜂？」

「是的。」七尾一清二楚地說。

「猜對了有什麼獎品？」

「獎品是凶手。」

蜜柑一開始不懂七尾在說什麼，正準備恐嚇他別耍人，但立刻靈光一閃。「你的意思是，虎頭蜂也在這輛新幹線上？」

「喂，真的假的？我很怕蜜蜂耶。」檸檬舉手護住頭，警戒著蜜蜂會從哪裡飛過來。

「我想會不會是虎頭蜂刺殺了峰岸的兒子？那樣的話，即使沒有明顯的外傷，也不奇怪了。」七尾接著說。

雖然不清楚虎頭蜂這個業者以何種道具行事，但有傳聞說是人為引發全身過敏性反應。只是被虎頭蜂螫過一次還沒事，但第一次形成的免疫，在第二次被螫的時候會過度反應，造成休克死亡。這就是防衛性休克、過敏性休克，而蜜柑聽說叫虎頭蜂的業者就是故意引發那種休克反應。蜜柑這麼說明，七尾驚訝地問：「原來虎頭蜂是第二次被螫才危險嗎？」

「那麼那傢伙在哪兒？」

「不知道。我連他是什麼模樣都不曉得，不過或許有照片。」

「照片？或許有？」蜜柑不懂七尾的目的究竟是什麼，開始不耐煩。「快點說重點。」

「六車最後面，靠東京的座位，窗邊坐著一個中年男子。他的外套內袋有照片。」

「照片上的人就是虎頭蜂？那個中年男子是誰？」蜜柑轉身，就要折回背後的六車。的確，他記得那裡好像有個睡著的人。

「他是業者之一。不過是個大爛人。他的那張照片好像是他這次任務的目標。現在回想，我覺得應該是車子裡的女人。」

「為什麼你會認為照片裡的女人就是虎頭蜂？」

「沒什麼根據。只是那傢伙一直很仰慕寺原，老是說寺原替他取名號、他是寺原老大哥的寵兒。而寺原……」

「是被虎頭蜂幹掉的。」

「就是啊。而今天那傢伙上了新幹線，說他要幹掉那個女的復仇，還說他要報恩。我當時沒怎麼留意，不過或許他的意思是要向殺了寺原的虎頭蜂復仇。」

「全是臆測啊。」

「啊，這麼說來，他還說了什麼明智光秀。或許他是把殺了寺原的虎頭蜂比喻成暗算信長的明智光秀。」

「唔，雖然也不是完全信服，不過我先去借一下那大叔的照片，再去找你吧。」

「啊，不用來找我。」

七尾慌忙說，蜜柑打斷他。「你等一下。我看了照片再打過去。」他掛斷電話。

「怎麼啦？」檸檬挨上來。

「或許我猜對了。」

「猜對了？什麼東西猜對了？」

「我不是說峰岸少爺死掉，可能是因為全身性過敏休克嗎？我可能說對了。」

兩人回到六車，目不斜視地穿過走道。面朝這裡而坐的乘客或許是對來來去去的兩個彪形大漢心生懷疑，對他們投以不善的視線。兩人不理會，逕自走到最後面的位子。

中年男子靠在兩人座的窗邊，頭上深深地戴著獵帽。

「這睡著的大叔怎麼啦？」檸檬不滿地說：「這傢伙怎麼看都不是眼鏡同學吧？」

「這傢伙怎麼睡得像死了一樣？」說出口的同時，蜜柑就確信這名男子已經死了。他在旁邊的空位坐下，觸摸男子的外套。外套看起來並沒有特別髒，但蜜柑覺得不乾淨，用指尖捏起來似地掀起衣服。口袋裡的確裝了一張照片。抽出來。靠在窗邊的頭猛地垂落下來。脖子斷了。蜜柑用手撐住，再一次靠到窗邊。

「真堂而皇之的扒竊啊。」檸檬低喃：「而且這大叔怎麼沒醒？」

「死掉了吧。」蜜柑指向男子的脖子。

「原來睡覺時頭歪得太嚴重，也能把人睡死啊？」

蜜柑從後方車門去到車廂外，操作手機打電話。

「喂？」七尾應答。

周圍隆隆行駛的聲音彷彿撫過自己的耳邊。「我拿到照片了。」檸檬也走出車廂。

「喂，現在很流行像那樣扭斷人家的脖子嗎？」蜜柑對著電話問。

「那傢伙就是那種人。」七尾苦澀地給了個算不上回答的回答。

蜜柑沒有問「是你幹的吧？」相反地，他看著照片。「這就是虎頭蜂嗎？」

「我又看不到。可是我想是有這個可能性。如果那個人在車廂裡，最好這麼懷疑。」

或許理所當然，但照片上是一個陌生女子。檸檬也湊過來看。「虎頭蜂要怎麼打倒？用噴劑嗎？」他胡鬧說。

「吳爾芙的《到燈塔去》裡，有段文章是用湯匙殺掉蜜蜂的。」

「用湯匙？怎麼殺？」

「我每次讀也都很在意。到底是怎麼殺的？」

此時七尾的聲音窸窸窣窣地傳來。蜜柑聽不清楚，問道：「怎麼了？」好一會兒沒有回應。「怎麼了？」蜜柑再一次問。半晌後，七尾說：「哦，我剛才在買茶。推車過來了。我剛好口渴。」

「都窮途末路了，你還真是悠哉呢。」

「水分和營養，該補充的時候就該補充。廁所也是。」

「那，」蜜柑說：「雖然不是信了你的話，不過我會姑且調查一下車上有沒有這樣一個女人。一個個檢查乘客雖然費事，但也不是辦不到的事。」

蜜柑說完赫然一驚，難道這就是七尾的計謀？或許他是在拖延抵達仙台以前的時間。

「啊啊……」檸檬拖長了聲音指著照片上的臉，噘起嘴說：「這不是那傢伙嗎？」

「哪個傢伙？」

「你怎麼會不認得？」檸檬淡淡地說明：「販售小姐啊。她推著推車，從剛才就在車子裡面來來去去，不是嗎？」

瓢蟲

更早之前，七尾把行李箱託給了列車長。穿過八車的時候，車廂外右手邊有個小房間，上面掛著「車長室」的牌子，七尾差點和剛好走出來的列車長撞上。「啊，不好意思。」七尾道歉。連在這種地方都差點跟人撞上，自己果然不走運。列車長穿著一身筆挺的雙排釦西裝制服，意外地年輕，卻與七尾相反，冷靜沉著，問道：「怎麼了嗎？」七尾都還沒來得及深思，就把手中的行李箱遞到身前。「可以請你保管這個行李嗎？」

列車長一時愣住了。或許是制服太大件，列車長也給人一種鐵道迷少年就這樣在新幹線裡工作的氛圍。雙排釦制服看起來很高貴，但列車長態度相當親和。

「你說那個行李箱？」

「我在廁所裡找到的。五車外面的廁所。」謊言脫口而出。

「啊，這樣啊？」年輕列車長沒有懷疑七尾的樣子，確認似地從左到右看了一下行李箱，確定數字鎖鎖著後，答應說：「我會在車內廣播看看。」

七尾道謝，進入綠色車廂，再繼續走出車廂。他在想狼的事，揣測狼與虎頭蜂之間的關聯。一會兒後，他操作手機。這裡是九車與十車之間，對「疾風號」來說，這裡是前頭。

蜜柑接了電話，七尾匆匆告知要件。他拚命說明他要投降、要放棄行李箱、行李箱已經交給列車長保管、殺了峰岸兒子的凶手可能是虎頭蜂、虎頭蜂的照片在六車最後座的男子，也就是狼的手中。

蜜柑掛了電話。七尾把身體挨近窗邊，彷彿等待情人聯絡似地握緊手機，看著外面。列車進入隧道。在黑暗的隧道裡，他感覺就像潛進水中，屏住呼吸。外面的景色出現後，便有種被允許吸口氣的解放感。然而很快又潛了進去。浮出、潛入、浮出、潛入。黑暗、光明、黑暗、光明，這讓他聯想到不幸、幸運、不幸、幸運。就宛如禍福相倚，話雖如此，自己的情況卻全是禍，真教人寂寞。

就在這個時候，販售小姐推著推車過來了。推車上塞滿了商品。堆得像塔般的紙杯引人注目。

「請給我茶。」七尾拜託的同時，蜜柑打電話來了。七尾按著手機，把零錢遞給販售小姐。「怎麼了？」蜜柑狐疑地問，七尾說明自己在買茶。

「都窮途末路了，你還真是悠哉呢。」

「水分和營養，該補充的時候就該補充。廁所也是。」

謝謝，七尾向販售小姐道謝，往十車走去。

此時電話另一頭傳來蜜柑的聲音。「喂，七尾，好消息。列車販售小姐好像就是虎頭蜂。」

「咦？」

完全意料之外的發言讓七尾怔住，發出超乎預期的驚叫。

車上販售的推車停下來了。

販售小姐背對著他，只把頭轉過來。那個臉頰微胖、還帶有稚氣的小姐溫柔地微笑。怎麼了嗎？沒事吧？關心他的表情十分自然。

七尾掛斷手機，直盯著她看。這個女的是虎頭蜂？實在不像。七尾從頭到腳把她打量了一遍。

「怎麼了嗎？」販售小姐慢慢地完全轉向他。那身穿戴著類似圍裙的打扮，理所當然，完全就是個推推車的工作人員。

七尾把手機插進工作褲的屁股口袋裡。「不，沒事。」他留意不讓對方看出自己的緊張，「這個房間誰都可以用嗎？」他指著左邊掛著「多功能室」牌子的房間。房間的門是橫推式的，寫著「請向隨車服務人員申請使用」。真莉亞所說用來哺乳的房間就是這裡吧。伸手推推看，好像沒人在用，一下子就打開了。裡面雖然有可以坐的地方，卻很單調。

「很多人用來照顧小孩，向列車長或服務人員說一聲，應該就可以用了。」販售小姐回答。臉上的笑容很僵硬，那究竟單純是販售工作的營業用笑容，或者是出於別種緊張，七尾無法判斷。

多功能室的對面，通道右側有間廁所。異於其他車廂外的廁所，是大型的。牆上有個比拳頭還大的圓形按鈕，用來開關廁所門。七尾看出是為了方便坐輪椅的人按壓。

販售小姐又微笑了。怎麼辦？怎麼辦？七尾腦中響起自問的聲音。該確定這個女人的真面目嗎？萬一她就是虎頭蜂，那該怎麼辦？

一陣劈啪聲。

七尾詫異著怎麼回事，原來是自己的手在撕綠茶寶特瓶上的塑膠膜的聲音。還沒有意識到，手指就先動了。

「請問，是不是有蜜蜂飛進車子裡？」離開多功能室的門旁後，七尾一副忽然想到的樣子問。包裝膜已經完全撕下來了。

「什麼？」販售小姐被冷不防一問，驚訝地反問：「蜜蜂嗎？」

「喏，是有毒的蜜蜂。我覺得車廂裡好像有毒蜂。」七尾試探。

「有蜜蜂在飛嗎？會不會是靠站的時候飛進來的？真可怕。等會兒我會告訴列車長。」

是在裝傻嗎？還是真的什麼都不曉得？對方的反應看不出特別的動搖。
販售小姐親切地微笑，再次轉身背對七尾，就要往十車前進。
「啊，不，我去通知列車長好了。」七尾說，一樣轉身背對她。然後他裝出就要再次折回綠色車廂的樣子。他打開全副神經，意識集中在他背後的更後方。
他稍微舉起手中的保特瓶。正當他想能不能拿這個來充當鏡子時，在茶水搖晃的色澤中看見了女子的身影。女子正無聲無息地朝他逼近。
七尾掉轉身體。
販售小姐停住了。
七尾將寶特瓶朝對方臉上摔去。女子傾斜身體閃避。七尾迅速推開對方的身體。他沒有手下留情，卯足了勁把對方推開。女子失去平衡，搖搖晃晃往後退，撞到推車，一陣嘩啦聲響，堆得高高的紙杯崩塌。同時好幾個裝在推車下面的名產禮盒掉到地上。女子從腰部滑落似地，一屁股跌坐到地上。
瞬間，七尾瞄見推車底下有某種蛇狀的東西一搖一擺地游出來，是蛇。
一定是末端前方那節車廂外的紙箱裡跑出來的蛇。或許是纏在推車底下，一路移動到這裡來了。蛇迅速地爬過通道，沿著牆壁移動，一眨眼就從視野中消失了。
女子扶著推車站起來。她的右手有東西在發光，是針。
她在淺藍色的可愛襯衫上繫著深藍色的圍裙，顯然不是適合運動的打扮，然而女子迅捷如電。她大步朝前跨來。沒有一絲迷惘。針會以多快的速度朝他伸過來、刺過來、還是射過來？七尾完全看不出下一步動作。

怎麼辦？怎麼辦？七尾自問。

女子朝他逼近。

七尾首先稍微移動右手，拍打通道右側殘障人士專用廁所的開關門大按鈕。門倏地往旁邊滑開。

雖然只有一瞬間，但女子疑惑地朝門望去。

七尾沒有放過機會。他把身體向左靠，一腳踹向女子，把她踢進剛打開的廁所門裡。不管是女人還是小孩，只要對手是職業的，就不能留情。

女子踉蹌，跌進廁所，七尾也跟著進去。廁所很窄，旁邊就是馬桶。七尾迅速揮出左拳。他狙擊對方的臉，卻被對方手臂格擋開來，於是立刻換使右拳擊向側腰。打中了，然而這麼以為的瞬間，對方的身體已經錯開，以背擋下。

女子動作敏捷。雖然應該也有幾分焦急，但她對七尾的動作一一確實反應。

七尾預感針會飛過來。

此時門就要自動關上。七尾敲打內側的鈕，再次開門。他飛跳似地閃出廁所。背撞在通道對側的多功能室門上。剛才被檸檬刺傷的手臂劃過一陣痛楚。

手槍從背後掉了下來。是從檸檬那裡搶來的槍。好像從皮帶裡掉出來了。七尾急忙要撿的時候，背後的牆壁響起金屬碰撞的聲音。有東西撞到門，掉到地上了，是針。女子不知不覺間射出了針。

女子也來到通道了。她把手槍踢得遠遠的。

這段期間七尾也繼續前進，來到推車旁。盒子散了一地。是包了包裝紙的伴手禮禮盒。七尾撿起來當盾牌轉向女子，同時禮盒被戳破了。女子拿針刺了過來。千鈞一髮，被禮盒擋下了。女子的指間夾著針。她縮回拳頭。縮回去，再次對準七尾揮過來。手猛地伸了過來，七尾再次用手中的盒子擋下。

他甩開盒子，女子的右臂連同盒子一起被撥向旁邊。

緊接著七尾抬起右腳踹女子。腳尖陷進肚皮。有打擊成功的感覺。女子按著肚子跌坐在地，往後倒。

好！七尾前進，就要乘勝追擊。

然而就在他踏上車廂連結部位地面時，新幹線唐突地搖晃起來。雖然只有短暫的一瞬間，但那種晃動就彷彿動物在甩掉皮毛上的水滴般猛烈，這要是搭在動物背上的瓢蟲，就算被劇烈的地震嚇到，也可以輕盈地飛走，然而七尾可沒法這樣。注意到的時候，他已經當場滑了一跤。他失去平衡，一眨眼就跌坐在地上。

比起「居然在這種節骨眼跌倒」，他更感覺「果然還是變成這樣了」。在緊迫的肉搏戰中，竟然滑跤跌倒，不幸的女神總是那麼體貼。

七尾拚命要爬起來。女人按著被踢的肚子，還在呻吟。

七尾在手上使力，就要爬起來的時候，手上感到一陣刺痛。咦？他詫異，全身血液倒流，急忙往手上一看，外側竟然插著一根針。他懷疑自己眼花了。背上的寒毛全部倒豎。剛才女子射出、打到門掉下來的針，前端似乎彎折，變得像倒鉤一樣。七尾的手就正好被往上翹起的尖銳部分給刺中了。七尾也知道那可不是尋常的針。針上應該有毒。

雖然只有一瞬間，但各種想法同時湧上心頭。正確地說，只有詞彙或單字而已。「多倒楣啊」、「虎頭蜂」、「毒」、「死」、「我運氣怎麼會背成這樣？」然後接著是「我要死了嗎？」七尾差點當場癱坐下去。「就這麼簡單地死了？」

怎麼辦？怎麼辦？呢喃聲翻攪著腦袋。雖然是視野狹窄的狀態，但他還是拚命觀察周圍。倒地的女人、推車、掉落的商品。他感覺到毒液在全身擴散。從皮膚刺進去的毒液會怎麼擴散？一如既往，焦急引發洪水，攪拌著思考。怎麼辦？怎麼辦？只有提問充塞著腦袋。

唐突地，思考的洪水終結，視野一片開闊。腦中變得一片空白。感覺該做的事只有一件。

七尾拔起手上的針。

沒時間猶豫了。

他看到女子身旁掉了另一根針。他站起來走過去。

按著腹部的女子正好不容易撐起上半身。她的手在地板上摸索著。還以為她在幹什麼，看來是想抓起七尾剛才拿在手上的槍——掉在通道上的槍。

七尾急了，連忙跑過去撿起槍，緊接著他抓起地上的針，毫不猶豫，拍拍對方給予鼓勵般自然地，把針扎在女子肩膀上。女子就像討餌吃的雛鳥般張大嘴巴，接著盯住插在自己身上的針，瞪大了眼睛。

七尾退後了一步，兩步。

自己被自己的毒針插到的事實，今女子啞然失聲。

七尾不知道毒性會在多快的時間內引發什麼症狀。他害怕極了，會不會在自己站立的這一瞬間，呼吸加快，失去意識，也就是自我永遠消失？「啪」的一聲，電源斷掉，就這麼完了——一想到這裡，七尾連站都要站不住了，全身各處淌出冷汗。拜託，快點，快點啊！七尾祈禱。結果女子手忙腳亂地開始撫摸自己的圍裙，從口袋裡取出一隻像小型麥克筆的東西。她的動作拚命極了。她拔開筆形道具的蓋子，倒在地上彎起膝蓋，抬起大腿，就要把筆刺上去。

七尾沒有猶豫。他大步跨近，在女子旁邊蹲下，一口氣扭斷她的脖子。

他從女子手中搶過筆形道具。那好像是注射器。七尾想起小時候經常給附近的老人注射胰島素的事。他原本就要煩惱是不是可以如法炮製，但連煩惱的時間都嫌浪費，直接行動。他伸手勾住工作褲左膝上的小洞，粗暴地撕開，然後將筆形針筒刺上露出來的大腿。這真的是解毒劑嗎？皮下注射就行了嗎？最重要的是，還來得及嗎？七尾努力不去理會接連湧上心頭的問題泡沫、不安的粒子。

刺在大腿上的注射針比想像中更不痛。他壓了一會兒，然後放開道具。站起來。不知是否心理作用，他覺得心跳好像加速了。

七尾抱起脖子彎折的女子身體，挪動到多功能室裡。他讓女子的身體靠在內側牆上，讓門不容易打開。他從微微開啟的門縫間走出。

不知道能夠瞞到幾時。如果門無法正常開啟，或許乘客會以為是故障或有人在使用。他把「使用中」的牌子掛到門把上。

接著七尾將掉落的商品堆回推車。不能留下格鬥的痕跡。他把收拾好的推車推到通道角落，停下來。

七尾把彈匣從槍把拆下，扔進垃圾桶。從自己的霉運來看，比起手槍派上用場的場面，他更可以想像出手槍被敵人搶走，為敵人提供武器的狀況。剛才手槍也差點被女子搶走了。不帶槍是不是比較不危險？七尾瞬間如此判斷。

他把空掉的手槍插回腰帶後面。就算沒有子彈，或許還是可以拿來恐嚇或唬人。

七尾背靠在垃圾桶附近的牆上，彎膝坐下來。

吁了一口氣。

望著被針刺到的手。

此時十車裡面走出一個中年男乘客。他瞥了一眼扔在那裡的推車，但也沒有特別在意的樣子，走進廁所。千鈞一髮。要是再拖久一點，騷動就要被人看到了。真不曉得自己是幸運還是倒楣。七尾想著，就像與自己的呼吸對話一般，確認自己平安無事。我還活著。我還活著。對吧？他詢問自己。新幹線的搖動從底下推撞著身體。

木村

「快點去看看嘛，應該正在發生什麼好玩的事。」王子推著木村的背說。木村手腳的束帶全被解開了，但他沒有重獲自由的感覺。當然，他全身籠罩著對王子的憎恨，但是他不能讓怒意爆發。就像隔著玻璃看著憤恨得發抖、吶喊著要殺掉王子的自己，也彷彿只是在擅自想像類似的他人情緒。

木村在七車的走道上前進。背後跟的只是個國中生，儘管如此，他卻有股被一頭危險至極的野獸尾隨的恐怖。我在怕這個國中生嗎？木村感到難以置信。就連這樣的情緒都像罩了一層霧。這個國中生真的有威脅他人、烙下恐懼的能力嗎？他搖搖頭，甩開這個念頭。

剛離開車廂，就碰上一個彪形大漢。男子背靠在出入口的門附近，一臉無聊地抱著手臂。他眼神凶惡，頭髮不曉得是不是睡亂的，輪廓就像小孩子畫的太陽公公。

是剛才經過七車的兩個男人中的一個。

「啊，這不是培西嗎？」男子一臉索然地開口。雖然不知道由來，但木村可以推測出是某種角色。

「大哥哥在這裡做什麼？」王子問男子。

「你說我嗎？我在等廁所。」男子指著男女共用的馬桶間。雖然看不到把手部分，但可能是使用中吧。「等裡面的人出來。」

「另一個大哥哥呢？」

「蜜柑先去了。他有點事。」

「蜜柑？」

「哦，」男子毫無戒心的樣子，露出得意洋洋的表情。「我叫檸檬，那傢伙叫蜜柑。酸的跟甜的，你喜歡哪邊？」

王子一副「不懂你在說什麼」的樣子，默默地歪頭。

「你咧？跟爸爸一起來尿尿嗎？」檸檬問。

這樣啊，這個可恨又可怕的國中生，看起來像我的兒子嗎？檸檬的誤會讓木村一陣眩暈。

新幹線搖晃起來。感覺像是為了壓抑著內心的暴風而拚命地奔馳。這讓木村想起努力斬斷酒精依戀時的自己。忍耐酒精時，木村的身體搖晃得比這輛奔跑中的新幹線更要厲害。

「這個人不是我爸爸。」王子說：「啊，我去一下廁所，叔叔等我哦。」王子露出天真無邪，看了讓人心頭陽光洋溢的純真笑容，往小便用的廁所去了。那不是道理，或許是動物性反應，但那張爽朗的笑容幾乎會讓人敞開心房。「叔叔，要好好等我哦。」

好好等我，意思就是不許多話，乖乖等著，這木村也懂。在走道上和一頭亂髮的男子兩個人大眼瞪小眼實在很尷尬。檸檬以不悅的眼神直盯著木村。

「大叔，你酒精中毒，是吧？」檸檬簡短地說。

木村回望檸檬。

「猜中了？我身邊很多酒鬼，就是看得出來。我爸跟我媽也是酒鬼。爸媽兩個都一樣中毒，那很恐怖，沒有人制止嘛。沒有煞車，只能不斷加速。湯瑪士小火車裡不是有一集，達克被貨車推擠，停不下來，直撞到理髮廳裡頭去嗎？就跟那一樣。救命啊，我停不下來啊——會讓人生一直線栽進谷底。我沒辦法，只好離開爸媽，躲在角落，拚命看著湯瑪士活下來。」

木村不懂檸檬在說什麼，但他回答：「我已經不喝酒了。」

「那當然了。酒鬼一喝酒就完了。喏，你看看我。遺傳是無法抗拒的，所以我滴酒不沾。我只喝水。就算一樣是透明的，水跟酒也天差地遠。」檸檬搖晃手中的礦泉水寶特瓶，轉開蓋子喝了一口。「酒精會讓腦袋混亂，水卻是相反，水可以整理腦袋。」

一開始雖然沒有特別意識到，但不經意地看著看著，木村開始覺得那液體很像酒精，而且檸檬的喉嚨還咕嚕移動，喝得津津有味，木村也忍不住要被吸引過去了。

新幹線的晃動並不單調，而是像生物般不規則地動著，有時會從底下頂上來，讓身體輕飄飄地浮起。那種把人頂上空中的震動，幾乎要把木村帶離現實。

「久等了。」王子回來了。他毫不畏縮，但也沒有親熱過頭的樣子，對木村說：「叔叔，我們去綠色車廂看看吧。」他裝成愛湊熱鬧的天真兒童說：「綠色車廂裡一定坐著很多有錢人吧？」

「那也不一定吧。不過是些手頭闊綽的人沒錯啦。」檸檬這麼回答。

馬桶間打開，裡面走出穿西裝的男子。他雖然注意到木村等三人，但也沒有放在心上，到洗手台洗了洗手，去了七車。

「果然不是小七啊。」檸檬說。

「小七？」木村當然不知道那是在說誰。

「好了，我要去前面了。」檸檬說，就要往前進。

「我們也走吧。」王子望向木村說：「我們也一起幫大哥哥找行李箱。」

「用不著培西幫忙，我已經知道行李箱在哪兒了。」

「在哪裡？」

此時檸檬閉上了嘴巴，直盯著王子看。冰冷的眼睛顯然充滿懷疑，儘管對方是個國中生，他卻毫不客氣。或許就跟肉食動物狙擊獵物是不考慮年齡一樣。「我幹麼要告訴你？你也想要行李箱嗎？」

王子沒有驚慌。「也不是想要，可是就像在尋寶一樣，很好玩嘛。」

檸檬沒有放鬆警戒。那種凌厲的目光就像要以視線刺穿王子的內在，摸透他的心理似的。

「算了，我跟叔叔自己找。」王子鬧彆扭似地說，當然是故意的。木村猜想他是藉由這樣來表現自己的稚氣，表示自己並沒有任何心機。

「不許礙事啊。培西一想要努力，就會壞事。比方說，喏，培西有一次不是澆滿了整頭的巧克力嗎？要不然就是全身沾滿黑煤。培西只要卯足幹勁，幾乎都會落得那種下場。」檸檬就要往前面去。

「要是我們先找到行李箱，要犒賞我們喲。」王子徹底維持孩子氣的反應。「對不對，木村叔叔？」王子說，所以木村反射性地應道：「至少要裡頭鈔票的一成當獎賞呢。」木村並沒有深意。王子向他徵求意見，所以他回以無關緊要的話罷了。一方面也因為他腦袋一隅存有打開行李箱時看到的成疊紙鈔和金融卡。

「你怎麼知道行李箱裡面有什麼？」

此時檸檬突然回頭，瞪視他。氣氛變得一觸即發，連木村都感覺得出來。

就連這種時候，王子也沒有驚慌。他瞥了木村一眼，眼神裡雖然有著對搞砸事情的傢伙的尖酸輕蔑，卻沒有醒目的動搖。「咦？行李箱裡面真的裝著鈔票嗎？」他以童稚的語氣對檸檬說。

對話一中斷，只剩下新幹線的搖晃和震動在作響。

檸檬瞪完木村，又瞪王子。「我也不曉得行李箱裡裝什麼。」

「那就不是因為裡面裝的東西，而是因為行李箱本身很高級嘍？所以才會有那麼多人在找它。」

木村在一旁聽著，心中為王子的高明和膽識咋舌。檸檬對他們的警戒漸漸被轉移。以童稚為武器，分散對方注意力的方法，可不是每個人都辦得到的。

然而檸檬的猜疑心比想像中還重，他問：「你怎麼知道有很多人在找它？」

王子的臉僵住了。雖然只是短暫的一下子，只有一眨眼的時間，但木村第一次看到王子那種表情。

「第一次碰到的時候，大哥哥不是說了嗎？」王子恢復成天真的國中生模樣。「說大家都在找它。」

「我可沒說過。」檸檬板著臉揚起下巴。「真教人不爽。」他慵懶地搔了搔頭。

木村不曉得該如何回答。若說真心話，他很想推檸檬一把。「這小鬼很危險。你最好先下手為強，想法子治治他。」可是木村辦不到。如果王子不在下一站仙台和同伴聯絡，躺在都內醫院的小涉就危險了。雖然還不清楚究竟是不是事實，但木村感覺絕對是事實。

「叔叔。」王子叫道，但木村正在放空，無法反應。「叔叔，木村叔叔！」王子再三叫喚，木村赫然回神。「什麼？」

「叔叔，我們好像說了什麼冒犯人家的話，檸檬哥哥好像生氣了。」

「他沒有惡意，惹你生氣，真對不起。」木村決定低頭道歉。

「木村叔叔，」檸檬突然開口：「你怎麼看都不像個正經大人。」

「我是個酒鬼嘛。」木村很不安，不曉得對方會說出什麼話。同時他也感到背後冷汗直淌。這很像他從事危險工作時好幾次遭遇到的場面，敵對的一方懷疑自己身分的情況。詭譎的緊張感就像在木村與檸檬之間張起網子般，逐漸擴散。

「對了，大叔，你有起床氣嗎？」

突如其來的問題讓木村反問：「什麼？」
「你在睡覺的時候，如果被人叫醒，你會生氣嗎？」
「什麼意思？」
「問你有沒有起床氣。」
「不管是誰，被吵起來都會不高興吧？」
眼前金星亂迸。同時自己的腦袋往後面猛地盪去。
被揍了。晚了幾秒，木村才發現對方的拳頭打中了自己的嘴巴。手是怎麼動的、拳頭是怎麼靠近的，他完全沒看見。嘴裡有小硬塊掉下來，用舌頭一碰，門牙斷了。木村用手按住嘴巴。他抹抹滴下來的血，取出牙齒，塞進口袋。
「你做什麼？叔叔，你沒事吧？」王子依然扮演不知世事的國中生。他對著檸檬說：「不要這樣！你為什麼打他？我要叫警察喔！」
「我只是想，如果你是危險的業者，這點拳頭應該閃避得了吧。沒想到不費吹灰之力就打中了。我猜錯了嗎？」
「那當然了，叔叔只是個普通人啊！」
「這樣啊。」檸檬看著嘴巴流血的木村，好像也傻住了。「可是我的直覺卻這樣告訴我，這個大叔幹的應該是跟我們差不多的工作。」
「你猜錯了。」木村老實說：「以前我是做過危險的差事，可是好幾年前就金盆洗手。現在是個老老實實的警衛。老實說，拳腳早就變鈍了。」

「那跟騎腳踏車是一樣的，不管荒廢多少年，身體都會自動反應。」

哪有可能？——木村壓抑想要這麼說的衝動。「你是不是該去前面的車廂了？」木村介意著牙齦湧出來的血這麼問。

「叔叔，你還好嗎？」王子從肩上解下背包，從外側口袋取出手帕遞給木村。

「竟然隨身攜帶手帕，真是好人家的少爺。」檸檬怪笑說。

王子重新背好背包。此時木村想起王子的背包裡有自己帶來的手槍。他可以若無其事地伸手到王子背上的背包，拉開拉鍊，取出手槍——木村這麼盤算。

但腦中立刻閃過兩件事。

一是就算取回手槍，又能怎樣的疑問。拿手槍威脅嗎？還是開槍？如果要開槍，是要射誰？射檸檬嗎？還是王子？他的願望當然是把槍口對準這個狼心狗肺的王子，扣下扳機，但如果辦得到，就不必這麼辛苦了。小涉身陷危機的狀況還是沒有改變。別管那麼多了，幹吧。車廂的晃動還是一樣，彷彿在陣陣推撞著木村。在教唆他扯破忍耐的鎖鏈。自己不是一向活得單純明快嗎？想幹的時候就幹。人生每一天都在減少，不需要忍耐。對於可恨的國中生，不容分說地痛扁他一頓就是了。王子的話八成只是唬人的。醫院附近才沒有人在待命，小涉也沒有危險。木村拚命把就要魯莽行動的自己關進箱裡，然而另一個自己就要把蓋子給撬開來了。

「這一切會不會都在王子意料之中？」

第二個想法是這個。

背包現在就在木村眼前。所以他才會注意到手槍的存在。或許王子的目的就在這裡。王子是不是期待木村掏出槍來，與檸檬對抗？換句話說，這也是在王子的計畫之中？

愈想就愈陷入泥沼。疑念勾起新的疑念，他為了不沉入沼澤而抓住棒子，卻開始不安起這根棒子真的能信任嗎？另一方面，還有另一個自己正在挖開忍耐的蓋子隙縫，想要不顧前後地行動。感覺只要神經一鬆懈，一切都會分崩離析。

「好了，現在開始確認貨車的貨物。」

木村聽到輕快、玩笑般的聲音，納悶是怎麼回事，沒想到檸檬一把搶走了王子肩上的背包。王子也「咦？」地愣住了。檸檬的動作就是這麼迅速。伸出去的手就像在空中一划般自然，神不知鬼不覺已經搶走了背包。

木村知道自己的臉色一下子白了。王子也不禁露緊張的表情。

「培西跟大叔，聽仔細了。我還不知道這個背包裡放著什麼。不過我看大叔頻頻瞄著它看，可以猜到裡面或許放著可以讓你們占上風的道具。」檸檬拎起背包，拉開拉鍊，不一會兒便高興地「喔」了一聲。「原來裡面放著這麼棒的東西呀。」

木村只能看著手槍被取出來。

「如果用十個字來形容我現在的心情，就像這樣吧：『爸爸，真的有聖誕老人耶！』字數對嗎？太多了嗎？」檸檬不曉得有幾分認真，一個人滔滔不絕、演講似地說著，看著從背包裡拿出來的附滅音器的小型自動手槍。「要是在列車裡像平常那樣開槍，不但很吵，而且引人側目呢。我正在傷腦筋說。什麼嘛，原來新幹線裡也弄得到滅音器嘛。幸好我沒指望聖誕老人。」

王子眼睜睜地看著這一幕，木村也因為檸檬的動作過於唐突且流暢，反應不過來。

「好了，我只問一個問題。」檸檬解開手槍的安全裝置，槍口對準木村。

「問我？」木村忍不住說。瞄準的居然是我嗎？真正的壞人不是我，是這個國中生呀。這話都快來到嘴邊了。

新幹線就像要讓木村的緊張增幅似地脈動著。

「你們有槍，這是事實。既然連滅音器都準備了，你們不可能是一般人。小鬼跟大叔的組合很稀奇，但也不值得驚訝。危險的傢伙裡怎樣的搭檔都有。重要的是你們在這裡的目的。是出於自己的意志嗎？還是受人所託？你們打算做什麼？跟我們有什麼關係？」

老實說，自己跟檸檬他們沒有直接關係。就連槍也是為了幹掉王子而帶來的，對行李箱感興趣、想要瞎攪和，全是王子的一時興起。但是木村覺得就算說明這些，檸檬也絕對不會相信。

王子窺看著木村。「叔叔，怎麼辦？我好怕。」他的表情像要哭出來了。

那種怯弱的模樣，讓人興起一股非庇護他不可的使命感，但木村立刻告誡自己千萬別受騙了。這個看起來像個怯弱少年的國中生，完全只是披著那種外皮的大人。是個偽裝成怯弱少年的狡猾存在。

「難道你們也被峰岸委託？」檸檬說。

「峰岸？」木村看向王子，訝異峰岸的名字怎麼會在這時候冒出來？

「聽好了，接下來我要開槍射你們其中一個。你，要不就是你。若說為什麼不兩個都射，因為蜜柑大概會生氣。要是殺了要問出情報的對象，那傢伙大抵都會生氣。A型的人有夠愛計較。可是話說回來，要是兩個都留活口就麻煩了，我要射其中一個。那麼我要提問了。」檸檬暫時放下槍口。他稍微彎起一邊的膝蓋，變得懶散起來。「你們兩個哪個是首領？我可不會被外表給騙了。我不否定小鬼是首領的可能性。好了，我數到三，首領就給我舉手，另一個給我指首領。要是兩個人的回答矛盾，比方說兩個都舉手，還是都指對方，就是在撒謊，到時候就沒辦法了，我兩個都殺。」

「兩個都殺，你的同伴不是會生氣嗎？」木村幾乎是自暴自棄地說。

「大叔也是A型嗎？真愛計較。嗳，我是不喜歡蜜柑生氣，可是生氣就生氣，又不會死人。我這兒的遊戲比較重要。」

「這是遊戲？」木村的嘴巴歪了。剛才王子說「來玩遊戲吧」，沒想到檸檬也要玩遊戲。世上全是這種人嗎？木村吃不消地想。他開始覺得喝酒就能滿足的自己最正經了。

「那麼我要開始了，兩個都給我老實回答。」檸檬噘起嘴說。

此時一個年輕母親帶著年約三歲的孩子經過車廂外的通道。檸檬不吭聲，木村和王子也沒有說話。「媽媽，我們快點回去！」小男孩天真無邪地說，從木村背後通過。木村想起了小涉。母親顯然對在通道上彼此對峙的木村等三人感到可疑，但就這樣往七車離去了。

聽到孩子的聲音，木村心想「我得活下去才行」。為了小涉，我得活下去才行。不管是以什麼形式，我都不會死。木村像要下暗示似的，在內心一次又一次複誦。

孩子離開後，車廂的自動門隔了一拍慢慢地關上。

檸檬確認之後，「誰是首領？」他高興地發問：「一、二、三，回答！」

木村毫不猶豫。他從手肘彎起自己的右手，舉起來。往旁邊一看，王子正用食指指著木村的胸口一帶。視線轉回前方。是檸檬舉起的槍口。

旁邊的洗手台傳出烘手機吹風的聲音。好像還有人。木村望向聲音傳來的洗手台方向。

沒有槍聲。只有「喀嚓」一聲，像是轉開鎖般的輕微聲響，反倒是洗手台吹手的風聲還比較刺耳。「喀嚓」、「喀嚓」，聲音連續。木村等了一下才發現那是槍聲。滅音器抹消了聲音，聲音輕得連自己中了槍都不曉得。胸口好燙，木村先是這麼感覺。沒有痛楚，只有液體湧出身體的感覺，眼前開始模糊。

「大叔，不好意思射了你啊。」檸檬笑著道歉：「嗳，這樣就結束了。」

聽到聲音的時候，木村已經什麼都看不見了。後腦勺覺得硬梆梆的，自己倒下了嗎？

疼痛擴散到整顆腦袋，然後他只感覺得到新幹線的晃動了。就像被拋進黑暗當中，眼前是一片沒有遠近感的漆黑世界。有底嗎？還是沒有底？

意識消失了。

一會兒後，有種飄浮在半空中的感覺。自己是被拖走了嗎？他不曉得現在發生什麼事，也無法判斷自己中槍後過了多久。

一種異於落入沉眠的不安讓木村顫抖。

自己被關進又黑又小的場所。

叔叔，叔叔。聲音傳來。

自己的意識隨時都會像霧氣般消散，就這樣消失——在這樣的不安中，木村勉力維繫著意識。好想喝酒啊，他想。肉體的感覺消失了。不安與恐懼緊緊攫住心的中央，勒緊著，好痛苦。對了，最後得確認一下才行——他想。做為父親的情感就像碩果僅存的岩漿般噴發出來。

小涉平安無事嗎？

應該會沒事吧。

以自己的死為代價，兒子的人生應該會延續下去。這樣就好了。

遠遠地，王子的聲音就像屋外的風聲般傳來。

叔叔，你會就這樣死掉喔？你遺憾嗎？害怕嗎？

小涉呢？木村想問，卻連吸氣都辦不到。

「叔叔的小孩會死掉。等一下我就去下指示。也就是叔叔白死了。你失望嗎？」

雖然不明白狀況，但小涉會死掉這句話，讓木村不安起來。

放過他，木村想說，嘴巴卻動不了。血氣逐漸退去。

「什麼？叔叔，你在說什麼嗎？喂？」王子輕快的聲音不曉得從哪裡傳來。

放過小涉——木村想說，卻發不出聲音。沒辦法呼吸，痛苦得不得了。

「叔叔，加油。要是你好好地說出『放過我孩子』，我就放過他。」

木村對王子已經不感到憤怒了。如果他肯放過自己的孩子，也只能求他了。在朦朧的意識之中，木村這麼想。

他想要張動嘴巴。血液淹了滿口，差點噎住。呼吸變得急迫。「小涉」，他想發音，但儘管卯足了全力，卻還是發不出聲來。

「咦？什麼？聽不見哦，叔叔？」

木村已經連發問的人是誰都分辨不出來了。對不起，我馬上說清楚，請你放過我兒子——他只能全心這麼默念。

「叔叔有夠遜的，小涉會死掉的，都是叔叔害的。」他聽見喜孜孜的聲音。自己即將沉入深淵的感覺席捲上來。木村的靈魂吶喊著，卻傳不到外頭。

「好了。」王子眼前的檸檬說，站起身。

「這樣就上鎖了嗎？」

檸檬把奄奄一息的木村塞進馬桶間裡，然後利用細銅線，從門外鎖上內鎖。他在關門的同時用力拉扯銅線。第一次失敗了，但第二次確實傳來「喀嚓」的上鎖聲。是利用細線從外面拉鎖的物理性原始方法。銅線夾在門縫間垂落著。

「露出來的線……」

「銅線丟著沒關係。沒人會在意，只要把銅線往上拉，就可以開門了。」檸檬說完，接著伸手說：「拿來。」王子把暫時保管的礦泉水寶特瓶交給他。檸檬一接到水，立刻喝了起來。

「倒是你，最後在跟他吱吱喳喳些什麼啊？」檸檬轉過來面對王子問。剛才把流血的木村拖進廁所，關上門之前，王子說「我想在最後跟叔叔說句話」，進去裡面跟木村說了什麼。

「沒什麼。叔叔有孩子，我在跟他說那個孩子的事。還有，叔叔好像想說什麼，所以我想聽聽他要說什麼。」

「聽到了嗎？」

「幾乎不成話語。」王子說，想起告訴木村「小涉會死掉喔」時的反應。都已經失去意識、面色蒼白的木村聽到自己這句話，臉色變得更加慘白，那一瞬間，王子感覺到一種說不出的滿足。

對於面臨死亡，應該已經絕望的人，再給予更深的絕望。這可不是件簡單的事呢——王子自賣自誇。承受著痛苦，想要傾訴「放過我兒子」的木村，讓他覺得滑稽得不得了。連話都說不好了，還那樣拚命，真是可笑。

王子想起有關盧安達大屠殺的書中內容。圖西族的人絕大部分是被柴刀砍死的。也有不少人被淒慘地凌虐至死。所以有個人決心到了緊要關頭，就把自己所有的財產全部交出來。是為了請對方「用槍殺了自己」。他賄賂對方，不是要拜託對方「饒我一命」，而是懇求「請一口氣殺了我」。這世上還有比這更卑賤的願望嗎？王子無比感動。交出所有的財產，懇求「請一口氣殺了我」，這怎麼能教人不興奮？

死亡雖然絕望，但那並不是終點。王子理解到，即使是在死亡前，還是能夠帶給人更大的絕望，而且他一直認為自己也必須實行。那心情就接近音樂家總是在挑戰更高難度的曲子。

從這個意義來說，木村的態度和表情或許是接近理想的。人就連要死的時候，都還要擔心別人嗎？都還要擔憂孩子嗎？王子禁不住好笑。然後他也想到了其他的點子。是不是可以利用木村的死，更進一步玩弄其他人、摧毀那個人的人生呢？比方說木村的兒子，或是木村的父母。

「好，走了。跟上來。」檸檬把頭往前傾。

或許是檸檬手腳高明，並沒有太多血濺在地上。雖然有條淡淡的紅線宛如蛞蝓爬過的痕跡般延伸到廁所，但檸檬拿濕紙巾之類的東西一抹，很快就擦乾淨了。

「我一定要一起去嗎？」王子刻意顯露出恐懼，並且留心不會顯得不自然地回答：「我只是照著那個叔叔的話做，我什麼都不知道。這把槍我也不曉得該怎麼辦才好。」

檸檬開槍射擊後的槍，又放回了王子的背包裡。

「我還沒有相信你。搞不好你也是業者之一。」

「業者？」

「拿錢辦事的傢伙。像我們一樣從事危險工作的傢伙。」

「我？我可是個國中生呢。」

「國中生也有很多種吧？不是我自誇，我國中的時候就殺過人了。」

王子掩住嘴巴，露出駭懼的表情，但其實有些失望。王子第一次殺人是小學的時候。本來還期待這個叫檸檬的男子能夠超出自己的想像，這下卻徹底落空了。

「呃，大哥哥，為什麼不可以殺人呢？」王子冷不妨提出這個疑問。

已經跨出步子的檸檬停步。有人在車廂外行走，他避開對方，說著「培西，過來這邊」，移動到車門附近空間較寬闊的地方。

「什麼為什麼不可以殺人，培西不該問這麼不可愛的問題。」檸檬不愉快地說：「培西可是小朋友的偶像。」

「以前我就一直覺得很不可思議。因為人會在戰爭中殺人，也有死刑，不是嗎？可是卻說不可以殺人……」

「對才剛開槍射死一個人的我問這種問題，本身就夠可笑的了。」檸檬說，臉上卻毫無笑意，他接著說：「聽好了，不可以殺人，只是不想被殺的人自己想出來的規矩罷了。就是那些自己明明啥都不會，卻想要人家保護的傢伙。要我說的話，不想被殺，就注意自己的言行舉止，別被人殺就是了。不要跟人結仇、好好鍛鍊身體，方法有很多吧？你最好也這麼做。」

王子不覺得這是個有內涵的答案，差點就追要問：「為什麼？」儘管與眾不同，但即使是這個男人，也只是因為除此之外沒有其他謀生之道，才從事非法工作罷了。他不是什麼罕見的類型，也沒有任何哲學。期待遭到背叛，王子感到憤怒。如果是立足在充實的內在之上行使暴力、折磨他人，那王子還覺得有深度；然而內在空洞，只知道顧前不顧後地發飆的人，完全就是膚淺。

「你在笑什麼？」聽到檸檬尖銳的聲音，王子急忙搖頭。「沒有。我只是鬆了一口氣而已。」他說明理由。對王子而言，編造理由和藉口可以說是操控別人的基礎。說明理由、隱瞞理由、說明規則、隱瞞規則，透過這些，他可以近乎好玩地輕易誘導許多人，玩弄許多人。

「我一直被那個叔叔威脅，怕得要命。」

「你看到我開槍，也沒有多害怕的樣子。」

「碰到那種事，人怎麼可能保持平常心？」

「那個大叔有那麼壞嗎？」

王子露出害怕的樣子。「他真的很壞，那個人很殘忍。」

檸檬忽然盯住了王子，彷彿要以銳利的目光將他臉上的皮，柑橘類的厚皮一片片剝下來似地撕開。王子害怕臉皮底下的真心話曝光，將它塞進內心深處。

「你說的話聽起來好假。」

王子想了一下該怎麼應話，然後虛弱地搖搖頭。

「啊，這麼說來，有個類似的故事。」檸檬細細的眼睛綻放光芒，有些高興地翹起嘴。

「類似的故事？」

「是黑色柴油車來到多多島時的故事。柴油車對綠色蒸汽小火車達克看不順眼，所以想要趕走他，散播許多達克不好的流言。」

「這是在說什麼？」檸檬有些興奮地侃侃而談的模樣讓王子心生警戒，拚命思考自己該採取什麼行動。

「『達克都在背地裡說其他小火車的壞話』，壞心眼柴油車這麼到處向人宣傳。多多島上的每一個蒸汽小火車都很單純，所以大家都很生氣，說沒想到達克居然會說別人壞話。不過其實達克是被冤枉的。」

王子有點被演講般說起劇情的檸檬給唬得一愣一愣，沒想到檸檬一邊說，一邊把槍拿到手裡，把應該暫時除下的滅音器又以捏壽司般的靈巧手勢轉上去，不知不覺間安裝好了，王子見狀大吃一驚。檸檬的動作就像在典禮開始前整理儀容般，不急不徐，卻再熟練不過。他什麼時候掏出槍來的？王子完全沒發現。

「達克嚇了一大跳，因為他在不知不覺間變成全民公敵了。然後當達克知道自己被冤枉到處說人壞話時，你知道他說了什麼嗎？」

檸檬用教師般的表情說，就像在教誨王子似的。手上的槍已經裝好了滅音器，槍口朝下。檸檬確認彈匣，拉了一下滑套。

王子動彈不得了。

一邊說著童話故事，一邊準備開槍，這件事讓他完全沒有現實感。

「聽仔細，達克這麼說了，『我根本想不出那種話！』就是說，那麼工於心計的壞話，實在很難想得出來。」

檸檬的右手鬆垮地垂著，仍然握著手槍，槍已經在待機了。準備完畢，隨時都可以開槍。

「那……」王子把視線從槍身移開，目不斜視地看著檸檬。「那怎麼了嗎？」

「達克接著說了一句感動的名言，你最好也記住。」

「他說了什麼？」

「蒸汽小火車才不會幹那種卑鄙的事！」

槍口就在王子面前。檸檬伸出來的手，上頭的槍對準了自己的額頭一帶。手槍由於在前方加裝了道具，變得相當長，感覺就像被看不見的竹籤給刺穿般。

「為什麼？」王子說。該怎麼做？他動腦。這局面非常不妙。王子當然明白。是該徹底假裝天真無邪的孩子嗎？要控制人的感情，「外表」是很重要的。比方說，如果嬰兒不是長得那麼可愛，也就無法激起人類「真可愛」的情緒，肯定沒有人想要勞心費神去扶養。不管再怎麼說明無尾熊很凶暴，即使腦袋明白，但是要對背著小孩憨狀可掬的無尾熊心懷警戒，仍然是至難之事。相反地，人們對於模樣醜怪、噁心的東西，不管其態度如何友好，都無法全面接納。雖然完全是動物性的反應，但用在誘導上效果十足。

人的行動不是靠理智，而是靠直覺決定的。

生理性的情感是操作人心時的槓桿。

「為什麼要射我？剛才你不是說要留一個活口嗎？」王子先這麼說。檸檬或許忘了自己剛才決定的事，王子試圖讓他想起來。

「我已經發現了。」

「發現什麼？」

「你就是那個壞心眼柴油車。」

「你說的柴油車究竟……」

「聽好了，『來幫忙胖總管漢特先生的鐵路公司的柴油車心眼非常壞，自大傲慢。他瞧不起蒸汽小火車，老是做些奸詐的事，最後他的計謀曝光，受到了懲罰。』這就是壞心眼柴油車。怎麼樣，就跟你一個樣吧？」檸檬笑也不笑地背誦說：「你剛才說那個大叔壞死了，不過依我想，那個大叔大概就跟達克一樣，是『根本想不出那種事』的那種人。不對嗎？他是那種沒大腦的人，雖然是個酗酒又沒用的大人，卻是要不來邪惡心機的人。」

「什麼意思？」王子試著恢復鎮定，把意識從槍口移開。槍雖然可怕，但如果有工夫覺得可怕，更應該思考活命的方法。人只要陷入恐慌就完了。交易？懇求、威脅、利誘？王子把選項列出來。或許應該先拖延時間，還是挑釁？王子尋找男子最感興趣的話題。「關於那個行李箱……」

「不過……」檸檬沒在聽王子說話。「我是不覺得那個大叔人有達克那麼好，只是被冤枉這一點跟達克一樣。」

那把槍感覺就像是檸檬修長的手指，瞪著王子，文風不動。

「請等一下。我不懂你在說什麼。呃，關於那個行李箱……」

「原來你不是培西，而是壞心眼柴油車。我也真是的，竟然花了這麼久才發現。」瞬間，王子以為自己中槍了。眼前一片黑暗，王子注意到自己閉上了眼皮。他急忙睜眼。

如果自己就要死在這裡，怎麼可以不好好地看到這一幕？面對危險和恐怖，閉上眼睛逃避，是弱者的行為。

王子對於自己不覺得害怕感到滿足。就這樣結束了？他只有一種類似空虛與驚訝的感覺。面對人生的最後，他只有遊戲半途而廢的感覺。反正後面有的也只是無聊的節目，就算被宣告「你只能活到這裡」，他也覺得沒什麼困擾的。這是他毫不矯飾的真心，即使面對最後也不狼狽，這樣的自己讓他驕傲。

「你是壞心眼柴油車。」

檸檬的聲音響起。

我要中槍了。他瞪著槍口，心想就是那個洞穴會跑出摧毀我人生的子彈嗎？他不打算別開視線。

半晌後，王子疑惑自己怎麼還沒中槍。

他看見拿著槍的右手慢慢地往下滑。

他望向檸檬的臉。檸檬眨著眼睛，表情鬆垮下來。左手按在眼頭上。模樣顯然不尋常。檸檬左右搖了搖頭，打了兩個大哈欠。

他想睡覺？怎麼可能？王子一步、兩步地往旁邊挪，慢慢離開槍口。「你怎麼了？」他出聲問。

是藥物嗎？王子馬上就看出來了。以前陷害同班女同學時，他曾使用過強力安眠藥，當時的症狀就是這樣。

「可惡。」檸檬手中的槍搖搖晃晃。他或許是察覺到危機，打算在自己完全失去意識以前封住王子的行動。「怎麼會這麼想睡？」

瞬間，王子雙手一起揪住檸檬的右手，趁著對方行動遲緩，拚命把槍搶了下來。檸檬發了飆似地揮舞左手。王子閃開，退到後面，跑到對面的門前避難。

檸檬彎膝靠在門上。睡魔襲擊上來，他就要倒了。檸檬做出用雙手摸索周圍牆壁的動作，然後突然像斷了線的人偶般當場癱倒。

王子把手中的槍收進背上的背包，沒工夫拆下滅音器了。

檸檬的腳邊掉著寶特瓶。王子慢慢地靠過去撿起來。是很普通的礦泉水，是這裡面被下藥了嗎？他觀察裡面。這裡下了藥？誰下的藥？雖然感到疑惑，但另一個想法立刻壓了過去。

我太幸運了，只能這麼想了。

竟然能夠在如此千鈞一髮、岌岌可危的場面碰上這樣的大逆轉，王子禁不住佩服自己。

他站到檸檬背後，雙手插進他的兩脅抬起來，雖然沉重，但不到拖不動的地步。好，王子暫時放下檸檬，前往剛才把木村塞進去的廁所。他抓住伸出來的銅線，小心不割到自己的手，往上拉扯。於是門鎖打開了。

接著他折回去檸檬那裡。為了搬運檸檬，他像剛才那樣繞到檸檬背後，就要把他架起來的時候——

被襲擊了。

以為已經睡著的檸檬雙手猛然一伸，揪住了背後的王子。西裝外套的衣襟被拉扯，王子往前滾地栽在地上。景色一個回轉，他迷失了。王子慌忙站起來，但檸檬立刻展開攻擊。這次真的要完了嗎？王子感到全身寒毛倒豎。

「喂。」檸檬依然癱坐在地上。他的眼睛焦點渙散，手在前方飄移，一副醉鬼模樣，口齒不清地說：「幫我轉告蜜柑。」

看來藥效很強，檸檬連維持意識都得使足了勁。儘管就要墜入夢鄉，卻努力撐著，那種拚命的模樣滑稽得讓王子差點笑出來。或許那不是什麼安眠藥，而是更惡質的藥。王子拿著槍走近檸檬。他略略把臉靠過去。

「告訴蜜柑，『你在找的東西，鑰匙在盛岡的投幣式置物櫃』。」檸檬咬緊牙關不讓意識消散，說完這句話後，頭猛地一垂，一動也不動了。

王子以為他死了，但還有呼吸。

王子準備再一次拖起檸檬時，在檸檬的手底下發現一張小小的圖片。

地板上貼著貼紙。

綠色的小火車上有張臉，是兒童節目中的角色。看樣子他真的很愛小火車——王子雖覺得訝異，卻也猜想他把貼紙貼在這裡，或許是打算留暗號給同伴蜜柑。他立刻撕下貼紙，揉起來丟進垃圾桶。

接著他拖動檸檬的身體，進入馬桶間。木村倒在裡面。血從他的身體緩慢地擴散開來。王子看到赤黑色的血與附在地板上的尿液混合在一起，感到一陣噁心，忍不住呢喃：「木村，你髒死了。」

要是有人來就糟了，王子關上門，暫時鎖上。他把脫力的檸檬擱在馬桶上，從背包裡取出槍來，毫不猶豫地把槍口頂在檸檬頭上，但又擔心血噴濺到自己身上，便把他拖到門底下。

拉開距離，瞄準後，王子扣下扳機。「喀嚓」一聲。或許是滅音器的作用和新幹線的震動使然，聲音很小。檸檬的頭猛地一晃。中槍部位汩汩湧出血來。

睡著的時候被槍擊，人生就這麼完了，真夠蠢的。會不會連痛覺都沒有？流出來的血微弱無力，讓王子不由得露出笑容。連沒電的玩具都比這有尊嚴。

我可不想踏上這樣的末路——王子深刻地想。

他想了一下，決定把手槍擱在廁所。他也想過是不是該帶著走，但那樣做有風險。電擊槍還可以辯解是護身用，但手槍就沒得辯了。再說，想想木村跟檸檬都是中槍而死，手槍存在於這間廁所裡，可以免掉許多說明。

王子離開廁所，利用銅線關上門，上了鎖。

就要往八車去的時候，王子忽然靈光一閃，從背包的外袋取出手機。是木村的手機。他叫出通話紀錄，隨即按下通話鈕。

響了幾聲後，傳來男子「喂」的不悅聲音。

「你是木村先生的父親嗎？」車輛的震動讓聲音聽不太清楚，但也不到令人介意的地步。

「喂？」男子再次反問後，放柔了聲音說：「哦，剛才講電話的國中生，是嗎？」那種悠哉喝茶看電視般的懶散氛圍，讓王子差點爆笑出來。在你喝茶的時候，你的兒子已經死掉嘍——他真想這麼說。「其實，木村先生剛才說的是真的。」

木村的父親沉默了。要把重大的事實告訴一無所知的對象時，王子總是興奮無比。

「木村先生在這裡碰到了危險。木村先生的孩子好像也岌岌可危了。」

「什麼意思？小涉不是在醫院嗎？」

「我也不清楚。」

「叫雄一、叫那傢伙聽電話。」

「叔叔已經不能聽電話了。」

「什麼叫已經不能聽電話了？他在新幹線上吧？」

「我想這全要怪爺爺跟奶奶這麼滿不在乎。」王子不帶感情、陳述事實地淡淡說道。最後他加了一句：「我想你最好不要報警。」

「什麼意思？」

「啊，對不起，我不能再說了，再見。」王子按下手機按鍵。

這樣就行了——他想。木村的父母從現在開始，一定再也坐立難安吧。他們不曉得兒子跟孫子出了什麼事，就像熱鍋上的螞蟻，不知所措。他們能夠做的，只有打電話到醫院。然而目前什麼事都還沒有發生，所以院方一定會回答「沒有問題」。身在東北鄉下的他們完全無計可施。王子也不認為他們會報警。就算報警，頂多也只能說他們「接到奇怪的電話」吧。

等到一切揭曉時，他們肯定會懊悔不已，王子期待得不得了。

用後悔與憤怒填滿想要平靜安享晚年的老夫婦貴重的剩餘時光。一口飲盡一把捏碎他人人生所出的果汁——再也沒有比這更美味的了。

王子走進八車。檸檬哥哥也沒什麼了不起的嘛——他想。不管是小孩還是大人，人類都一樣軟弱，是微不足道的存在，無聊。

槿

移動的距離短到連計程車的表都還沒來得及跳動，槿抵達了目的地。

他付錢下車，目送計程車離去。那棟建築物在單側二線的縣道另一頭。很高，外觀新穎。

那個仲介業者已經到了嗎？想像老是黏在桌旁，靠電話工作的內勤型男子為了不熟悉的戶外現場工作緊張兮兮的模樣，槿不禁莞爾。

跟畫地自限、自認為做不到而不願意跨出去的人相比，更令人有好感多了。

槿打電話。仲介業者沒有接。自己把人叫出來，卻不接電話，搞什麼鬼？——槿並沒有像這樣生氣。他只是不知如何是好。他也想過要折返，但又覺得在意。注意到時，他已經穿越縣道，朝建築物走去。

槿等待行人號誌轉綠。他望著馬路，覺得馬路就像條河川。視野變得狹窄，風景的彩度降低，馬路上出現不定形的波濤起伏，河水從右往左緩緩流去。護欄就像不讓平緩浮蕩的河水沖出馬路、溢出河床般，在馬路與人行道間，發揮著貼身守護的功能。

河川有時雖會因暴風雨而暴漲，但除此之外，水面大多都只是說不上顯不顯眼的起伏和潺潺流動。

視野恢復。河川消失，馬路現身。風景的彩度增加，添上色彩。

旁邊的籬笆綁著用來插交通安全旗幟的鋁製筒子。

他把視線往下移。籬笆處有蒲公英的花朵。小小的黃色花瓣，就像不畏疲倦，盡情歡鬧，然後累了就直接睡著的孩童般，讓人感受到純真的生命力。樸拙的綠色莖幹細細地支撐著花朵。黃色的小花被綠皮包裹著，皮的下半部往下垂展。是西洋蒲公英。

外來種的西洋蒲公英驅逐了既有的關東蒲公英。

槿想起這樣的說法。

那並非事實。

關東蒲公英會減少，是因為人類侵占了它的生長環境，西洋蒲公英只是進駐了那些空下來的土地罷了。

真有意思，槿想。

人類把西洋蒲公英視為關東蒲公英減少的凶手，擺出一副目擊證人的姿態，實際上自己才是罪魁禍首。西洋蒲公英只是因為強壯，所以存活數量多了一些罷了，即使西洋蒲公英沒有被引進，關東蒲公英一樣也會消失。

黃色的花旁有一點紅色。

是一隻瓢蟲，只有指尖大，就像用滴管擠出來的水滴般。牠的殼就像在紅色的水滴上，順好筆尖，以墨汁點上斑點似地讓槿瞇起了眼睛。

昆蟲的外形究竟是誰設計的？

槿不認為全是順應環境、自然演化的結果。紅色配上黑色斑點，有什麼必然性嗎？難說是醜怪還是奇特的各種昆蟲的造形，充滿了難以想像是自然界產物的形貌。

槿凝視著慢慢爬上葉片的瓢蟲。把手指湊過去，牠便繞到莖的背後。

留意到時，號誌已經變成了綠燈，槿穿越斑馬線。

仲介業者打電話來了。

水果

檸檬一直沒跟上來，蜜柑感到介意，但九車前側的門打開，踏進通道的瞬間，蜜柑看到戴眼鏡的男子癱坐在地上，頓時把檸檬的事拋到腦後了。

列車進入隧道，震動聲變了。周圍突然暗下來。宛如潛入水中的壓迫感籠罩整輛車。

七尾在出入口附近，逆著行進方向，背貼著牆壁弓起膝蓋坐著。一開始蜜柑以為他昏倒了。因為他眼睛雖然睜開，看起來卻意識不清。

蜜柑就要把手伸進外套內袋掏槍，卻看見七尾不知何時已經舉起槍來。

「不要動。」七尾說。他坐著，槍口文風不動地對準蜜柑。「我會開槍。」

新幹線穿出隧道。從車門的窗戶瞄向外面，是一片等待收割的水稻田。列車馬上又鑽進了隧道。

蜜柑微微舉起雙手。

「最好別動歪腦筋。我累了，隨時都會開槍。」七尾瞄準蜜柑。「我直接說結論，我找到殺害峰岸兒子的凶手了。虎頭蜂……」

蜜柑的視野角落捕捉到裡面的車門附近的列車販售推車。沒看到販售小姐。

「輕取嗎？在哪兒？」

「放在那間多功能室裡。險勝。」七尾說：「這下子就不必收拾我了吧？這樣你們就沒有特意和我對幹的好處了。」

「是嗎？」蜜柑目不轉睛地觀察七尾的動作。感覺有機可趁。順利的話，或許可以掏槍——他在腦中預演動作。

「我剛才也說過了，我想我們只能團結合作了。在這裡互射實在也不是辦法，只會順了別人的意。」

「誰的意？」

「不曉得，總之是其他人。」

蜜柑面對七尾，半晌間一動也不動地思考。「好吧。」一會兒後他點頭。「把槍收起來吧。暫時休兵。」

「我連什麼時候開戰的都不曉得。」七尾慢慢地立起膝蓋，手扶在牆上站起來。他把手按在自己的胸膛上，重複像是深呼吸的動作。或許是與女人的對決讓他疲倦。他戰戰兢兢地確認自己的身體是否平安無事。工作褲也破了。地板上掉了一個玩具針筒般的東西。蜜柑看去，七尾連忙把它撿起，丟進垃圾桶。

槍收進背上的腰帶。

「你是被下藥了嗎？」

「對方也是職業的，我想她應該預備了解毒劑。我都一腳踏進棺材了。我期待要是她自己被刺了，可能會拿出解藥來，完全是賭注。」

「不懂你的意思。」

「總之我人還活著就是了。」七尾說道，手掌一開一合地確認著。接著他稍微彎下身體，把玩破掉的褲子布。

蜜柑口袋裡的手機震動了。他立刻取出來確認液晶畫面，心情頓時變得沉重。「我們跟你的老大打電話來了。」

「峰岸打來的？」七尾睜大了眼睛。他原本逐漸恢復了生氣，然而一說出這個名字，面色再次變得慘白。

「就快到仙台了。是最後確認吧。」

「確認什麼？」

「不給我老實招，我真的要生氣了，這樣好嗎？——這樣的確認。」

「怎麼可能好？」

「電話給你，你自己跟他說。」

蜜柑接了電話。

「我有問題。」峰岸也不報上名字，逕自說了起來。

「是。」

「我兒子沒事吧？」

這開門見山的問題，讓蜜柑一瞬間差點語塞。

「稍早我接到聯絡。」峰岸說：「對方說，看到新幹線裡我兒子的模樣不太對勁。還說『令公子的樣子有點古怪，你最好關心一下』。所以我對他說了，『我兒子不是一個人在新幹線上。我委託了兩個我信賴的人陪著他。不必擔心。』結果對方又說了，『你最好懷疑一下。陪著是陪著，但陪的是在呼吸的令公子，還是一動也不動的令公子，那就不曉得了。』」

蜜柑苦笑：「峰岸先生的部下誤會了。他會不會是把睡著的令公子看成呼吸停止了？」他說，然後想到萬一峰岸指示「那麼現在叫我兒子聽電話」，該怎麼辦？他不禁毛骨悚然。

站在前面的七尾也一臉不安地看著他。

「剛才說著說著，我想到了。兒子也叫『子息』，而『子息』這個詞裡有『息』這個字，有氣息，才能叫子息嘛。」

峰岸沒搭理蜜柑的話。或許他向來只會發出委託和指示，從來不會去理會別人的建議或辯解。他需要接收的，只有報告而已。

「所以了，」峰岸接著說：「為了慎重起見，我要在仙台站檢查。」

果然──蜜柑繃緊神經。「就算要檢查，新幹線也不會等人啊。」

「下車就行了。你們帶著我兒子跟行李箱一起在仙台下車。我派了幾名部下到月台，也僱了你們的同行。」

「那麼多好青年擠在月台上，會把車站的人嚇到的。」

通知下一站即將抵達的音樂響起。輕快的旋律天真地響著，蜜柑不禁苦笑。

「當然，如果你們能照預定過來，那再好不過，但逼不得已的情況，也計較不了那麼多了。而且……我再問一次，我兒子沒事吧？還有行李箱。」

「那當然了。」蜜柑回答。

「那麼檢查一下子就結束了。讓我的部下看看行李箱和我兒子，再立刻上車就行了。」

「有氣息的『子息』，是吧。」

自動廣播後，疑似列車長的男子開始用麥克風廣播，通知即將抵達仙台站。

「怎麼不說話了？」電話另一頭的峰岸問。

「到站的列車廣播很吵。好像就快到仙台了。」

「你們坐的是三車吧？我叫部下在三車附近等著。聽好了，一到仙台就馬上下車。」

「啊，令公子正好去廁所了。」蜜柑脫口而出後，才在內心咒罵自己。這什麼牽強的理由，你應該沒笨到這種地步吧？他簡直要憐憫起自己來了。

「我再一次交代你們該做的事。從三車下車，讓我的部下看到行李箱跟我兒子。就這樣。」

「其實我們跟列車長起了一點糾紛，」蜜柑拚命說：「我們移動到九車了。現在要趕回三車也來不及。」

「那麼就六車吧。三車跟九車中間。那裡總趕得過去吧？我叫部下在六車外面等，我等一下就指示。你們也從六車下月台，帶我兒子過去。」

「我只是問一下，」蜜柑佯裝平靜地對著手機說：「如果您在仙台的部下判斷我們可疑，會怎麼樣？不會突然開槍吧？」

「我兒子跟行李箱平安無事吧？那就沒什麼好擔心的。」

「可是峰岸先生的部下可能會判斷錯誤。萬一到時候在月台引發什麼騷動，不是很為難嗎？」

「誰會為難？」

蜜柑一時答不上話。「無辜的一般市民」這個詞實在太空泛，他覺得成不了藉口。

「車廂裡有許多乘客。如果開槍，會引起恐慌的。」

「乘客應該沒多少。」峰岸斷定說。

「不，客滿耶？」蜜柑毫不猶豫地撒謊。因為他認為峰岸不可能了解車上的座位狀況，然而謊言被戳破了。「不可能客滿。大部分的對號座都被我買下了。」

「被你買下？」

「知道你們要帶我兒子搭新幹線後，我就把所有的空位買下了。」

「把所有空位買下了？」這意外的事實，讓蜜柑也不禁大叫出聲。雖然他覺得也不是不可能的事，卻疑惑有必要做到這種地步嗎？

「是為了盡量減少風險。新幹線裡不曉得會發生什麼事。乘客愈少，你們也愈容易保護我兒子，不是嗎？」

什麼容易保護，你兒子兩三下就掛了——蜜柑有股想要說出口的衝動。而且為數不多的乘客裡還混進了好幾個業者，峰岸的獨占計畫實在看不出效果。

「到底花了多少錢？」

「沒多少。就算一節車廂有一百個空位，也只有一千張票錢。」

蜜柑板起臉。峰岸的金錢觀瘋狂，這他並不感到驚訝，因為委託他們工作的人，絕大部分都有著瘋狂的金錢觀，但就算是這樣，峰岸用錢的方法、用錢的優先順序也太詭異了。買下新幹線的空位，算是什麼？要是那樣做，列車長難道不會覺得奇怪嗎？明明應該坐滿的車廂卻到處是空位，不會感到可疑嗎？

電話另一頭傳來年幼的女孩吵鬧的聲音。是峰岸的女兒、他跟情婦生的女兒嗎？那令人莞爾的父女關係，與現在新幹線裡正發生的殺伐局面落差實在太大，教人困惑。峰岸這個人擔心著親生兒子的安危，又怎麼能和女兒度過安詳的時光？這在在教人感覺峰岸的精神構造實在扭曲，無法以一般標準去衡量。

「總之，你說列車裡客滿是假的。我說得沒錯吧？根本沒客滿。你最好別撒謊、說大話。馬上就會露出馬腳的。露出馬腳很讓人尷尬，對吧？而且你可以放心。只要你們在仙台乖乖照我的話做，就不會碰上什麼危險。」

電話掛斷了。

新幹線的速度開始變慢。車體畫出平緩的曲線，逐漸傾斜。

沒時間思考了。蜜柑穿過九車，進入八車。「現在是什麼狀況？」七尾手足無措地跟上來，蜜柑沒理他。他踏穩腳步，像要安撫搖晃的車體般前進。偶爾抓住座位的靠背維持平衡。

可能是要在仙台站下車，幾名乘客正從行李架上取下行李。對面車門有小孩走進來，往這邊靠近。蜜柑覺得礙事，想要從旁邊繞過去，結果少年開口了：「啊，你是蜜柑哥哥，對吧？檸檬哥哥正在找你。」

對了，都忘了檸檬了。但已經沒時間煩惱了。「檸檬人呢？」

「他說他有事，去後面了。」

蜜柑重新打量少年。烏溜溜的黑髮沒有分邊，眼睛像貓一樣渾圓，鼻梁高挺，一看就像是上流人家的少爺爺。

沒時間理他。蜜柑走出車廂。感覺得出新幹線開始煞車了。

「你到底要怎麼做？你要去哪兒？要做什麼？」七尾煩死人了。

幾名乘客聚在車廂外準備下車。他們朝慌張前進的蜜柑等人投以詫異的眼神。

蜜柑在行李放置處找到一個行李箱，毫不猶豫地拉出來。那是一只國外旅行用的大皮箱，比蜜柑他們搬運的大上許多，也相當堅固。

「你拿那個皮箱做什麼？」七尾問。

「沒時間了，拿這個頂替。」蜜柑抬起手裡的行李箱，往七車走去。行李箱雖然看起來堅固，但不沉重。

蜜柑避開人群在七車前進。他等於是與起身往出口去的乘客逆向而行，惹來露骨的嫌惡視線。

再次走出車廂。眾人為了下車，已經排起隊。蜜柑來到六車與七車之間的下車口。他在通道正中央一帶站住。七尾也停下腳步。少年也跟了上來。

「聽好了，到了仙台，我得先從這道車門下月台。」蜜柑匆匆對七尾說明。

「峰岸這麼交代嗎？」

「峰岸的部下在等。我得拿著行李箱，跟峰岸的兒子一起下月台，然後部下會確認。」

「不是那個行李箱。」七尾指著蜜柑手中的行李箱說。

「沒錯，而你也不是峰岸的兒子。」

「咦？」

「既然到了這步田地，也只能瞞天過海了。行李箱跟峰岸的兒子兩邊都是假的。知道了嗎？你什麼都別說，站在旁邊發呆就是了。」

七尾不曉得是不是沒聽懂蜜柑的意思，愣了一秒才說：「你說我嗎？」

新幹線往前栽似地放慢速度，接著很快往後一搖。蜜柑腳踏不住，手扶住牆壁支撐身體。

「你要冒充峰岸的兒子。」

新幹線的速度漸漸變慢，已經進入仙台站月台了。

「怎麼可能？」七尾的眼神開始在半空中游移。「我要怎麼……」

「別管那麼多了，跟上來。」

此時少年插嘴了：「乾脆別理他們怎麼樣？如果不下車，部下也不知道該怎麼判斷吧？我想他們不會搞不清楚狀況就亂來。或許可以就這樣假裝不知情，搭著新幹線繼續前進。」

真不像個小孩——蜜柑不爽少年說的話。儘管少年說得有道理，但蜜柑也不打算改變方針。「如果我們不下車，就會有一大批人殺進新幹線裡。到時候一樣麻煩。」

車門打開了。

排隊的旅客開始魚貫前進。「走了。」蜜柑對七尾說。

仙台站迴響著廣播聲，幾名手提行李的旅客坐進新幹線。七尾瞥著他們，和蜜柑並站在月台上。前面是三名西裝男子。我們有兩個人，對手有三個人——七尾在心裡呢喃。稍遠處有一個平頭的消瘦男子，更遠處有兩個疑似格鬥家的壯漢，他們看著這裡，靜觀其變。

「簡直像足球賽罰球嘛。居然用人牆堵我們。」蜜柑很冷靜——看起來。他的呼吸平穩，語調也很緩慢。

「你是蜜柑先生吧？」西裝三人組正中央的男子說。男子幾乎沒有眉毛，眼睛細長。「我們常耳聞蜜柑先生與檸檬先生的英勇事蹟。這次因為峰岸先生突然打電話來，怎麼都得確認一下。」

和內容不同，口氣頗為冷淡、禮貌。

七尾微微抬頭一看，列車長正從後方車廂走下來，在確認發車前的月台情況。列車長顯然在注意七尾他們。七尾心想的確，好幾個男人面對面站著，教人無法不起戒心吧。不論從哪個角度看，他們都不像臨別前難分難捨的遠距離戀愛情侶，也不像是來歡送朋友離鄉的同伴。但或許是抱持著多一事不如少一事的信條，列車長沒有靠過來。

「喏，這是峰岸先生的兒子，這是行李箱。確認好了嗎？新幹線要發車了，我們可以回車上了吧？」蜜柑慵懶地說。

黑色行李箱沒有什麼特別奇怪的地方，十分普通。只要宣稱那就是目標行李箱，或許可以勉強讓他們相信。問題是我——七尾連頭都不敢抬，直盯著自己的鞋尖。蜜柑叫他冒充峰岸的兒子，但他實在不曉得該怎麼冒充才好。

「可以請你打開行李箱嗎？」

「打不開。我們也不曉得怎麼開。況且你知道裡頭裝了什麼嗎？」蜜柑說：「我們才想請你們指點怎麼開呢。」

西裝男子沉默，伸手抓住黑色行李箱。他蹲下來，觸摸把手部分和數字鎖。態度看起來像是在嚴密地鑑定老壺的真偽，不過看樣子他們也分辨不出行李箱是真是假。

「這字母縮寫是什麼？」男子蹲著抬頭問蜜柑。

行李箱底下貼著寫有「ＭＭ」字母的貼紙。是螢光粉紅色的，上面還有亮片，感覺是十幾歲年輕小女生會喜歡的那種調調。

「是峰岸（Minekishi）的『Ｍ』吧。」蜜柑不為所動地說。

「那第二個『Ｍ』是什麼？峰岸先生的名字叫良夫（Yoshio）。」

「不是峰岸的『Ｍ』嗎？」

「我說的是另一個『Ｍ』。」

「那也是峰岸的『Ｍ』啦。說起來，峰岸的名字居然叫良夫，這簡直就是黑色笑話。更重要的是，那貼紙又不是我貼的，不要問我。新幹線要走了。我們可以上車了嗎？」

已經沒有乘客從新幹線下來了。月台也看不到要上車的旅客。接下來就只等發車了。

西裝男子站起來，這次移動到七尾正面。「峰岸先生的兒子是戴眼鏡的嗎？」他說。七尾大受動搖，嚇得差點當場跳起來。他好想立刻摘下眼鏡，總算按捺下來。

「是我要他戴的。我不曉得你們知道多少，不過這位少爺……」蜜柑這麼一說，西裝男沒有眉毛的臉便有些繃了起來。「峰岸先生的公子，」蜜柑改口：「才剛被危險的傢伙監禁了。也就是有人在狙擊他。難保新幹線裡沒有人想對他不利。至少得讓他變個裝才行。」

「所以你叫他戴眼鏡？」

「其他還有很多。氣質感覺跟平常的峰岸公子不一樣，對吧？」蜜柑毫無膽怯的模樣，悠然地說。

「是嗎？」沒有眉毛的男子彬彬有禮。不過此時他打開手機，說：「剛才峰岸先生傳了公子的照片過來。」手機畫面上有峰岸兒子的照片吧。男子就要把手機畫面放到七尾的臉旁邊比對。

「喂，要發車了。」蜜柑嘆氣。

「不太像。」

「那當然了。我們改變了他的氛圍，才不會一眼就被人看出來啊。像是髮形、眼鏡什麼的都變了。那我們走了。要好好通知峰岸先生啊。」蜜柑把手搭在七尾肩上，用力把他的頭勾過去。「回去吧。」七尾點點頭，心想這下子得救了，不必再演戲了，放下心來，但還是盡可能板著臉，不讓安心顯露在表情上，擺出裝模作樣的態度。

此時沒有眉毛的男子喊了個陌生的名字。七尾不曉得是在叫誰，本來不想理會，但想到那可能是在叫峰岸兒子的名字，便抬起頭來，結果似乎猜中了，沒有眉毛的男子直看著他問：「只有令尊才打得開行李箱嗎？」

七尾蹙著眉頭點點頭說：「我不知道怎麼開。」但什麼都不做又讓他覺得心虛。他不安了起來。因此七尾下意識地伸手拎起擱在月台上的行李箱，隨手撥弄數字鎖，亂轉一通說：「要是像這樣隨便撥撥就打得開，那就簡單了。」他覺得這樣做比較有說服力。這完全是愈想要裝作沒事人，言行舉止就愈不自然的典型，七尾的動作完全是多餘的。

四位數字鎖不可能隨手一撥就撥中。況且自己是被幸運女神拋棄的倒楣鬼，更是如此——七尾這麼認為。然而若以莫非定律來說就是，「隨便亂撥是不可能打得開數字鎖，除了打開就慘了的情況。」

行李箱打開了。

七尾的動作很粗魯，因此行李箱「喀噠」一聲分開，女性內衣就像雪崩似地從裡頭滾了出來。

不光是沒有眉毛的男子，西裝男和平頭男、疑似格鬥家的男子全都凍結在原地。那突如其來的情景顯然讓他們停止思考了。

這裝滿內衣的行李箱不可能是峰岸的東西——就算是他們，也一眼就看出來了吧。蜜柑也怔住了，全場最為冷靜的就是七尾。因為七尾早就習慣引發這類倒楣意外了。他雖然有點嚇一跳，卻也覺得「又來了」。更進一步說的話，是近似「我就猜會變成這樣」的感覺。七尾隨即翻身衝進車子裡，蜜柑也被帶動似地跳進車子。幾乎就在同時，車門在背後關上，新幹線開始動了。

朝窗外望去，月台上，沒有眉毛的男子正把手機按在耳朵上。

「好了。」七尾看著在剛出發的新幹線車廂外深深吐氣的蜜柑說：「該怎麼辦？」新幹線完全不理會七尾與蜜柑的混亂和騷動，逐漸加速前進。

「你幹麼在那種節骨眼打開行李箱？」蜜柑投以狐疑的眼神。他好像在懷疑七尾有什麼企圖，但是從他冰冷的眼神及近似幽靈的臉色看不出情緒。

「我覺得像那樣撥撥鎖，對方也會覺得真有那麼回事。」

「真有那麼回事？」

「會相信我真的打不開行李箱。」

「可是打開了。」

「我太幸運了。」實際上只是倒楣，但七尾故意說反話。「不過他們一定懷疑起我們了，而且行李箱也被識破是假的了。」

「大概吧。在大宮時，我們的好感度就已經降低了，剛才更是搞到一落千丈。」

「不過至少到盛岡之前，新幹線都不會停車，可以平安無事。」七尾試著樂觀地說。雖然勉強找到的一絲光明，與其說是光明，更只是單純的幻影，但七尾想要抓住它。

「你那口氣簡直就是檸檬。」蜜柑這麼說完後，左顧右盼著說：「這麼說來，檸檬去哪兒了？」然後他指著一個人站在附近的那個國中生問：「喂，你剛才說檸檬去後面了，是吧？」七尾訝異少年怎麼還在？聽到七尾和蜜柑的對話，看到剛才仙台站發生的事，應該可以察覺出了什麼危險的麻煩事，少年卻沒有逃走，也沒有向任何人通報異常，還逗留在附近。他的父母呢？七尾感到疑問。這個少年看起來像個乖寶寶，只是個普通的國中男生，但或許內心積鬱頗深，深受非日常的場面吸引。七尾這麼猜想。或者只是單純地想要在事後向朋友炫耀「我在新幹線裡碰到非比尋常的事，我真的看到了」，好讓別人另眼相待？

「嗯。」少年點點頭。「檸檬哥哥好像想到什麼，慌忙往那邊去了。」他指向六車。

「或許在仙台站下車了。」七尾只是想到，就這麼說出口。

「為什麼？」

「不曉得，會不會是厭倦了？受不了這工作了。」

「那傢伙不是那種人。」蜜柑靜靜地答道：「他想變成有用的小火車。」

「跟我一起上車的叔叔也不見了，我不曉得該怎麼辦。」國中生交互看著七尾和蜜柑。看起來也像是掌握了班上的狀況，準備分派任務的班長或運動社團社長。

「呃……」他微微舉手說。

「幹麼，小朋友？」

「你們剛才說要到盛岡才停車，可是這班新幹線的下一站不是盛岡。」

「咦？」七尾感到意外，驚叫出聲。「下一站是哪裡？」

「一之關。再二十分鐘就到了。然後是水澤江刺、新花卷，最後才是盛岡。」

「『疾風號』在仙台的下一站不是盛岡嗎？」

「也有些班次不是，這一班就不是。」

「這樣啊。」蜜柑好像也誤會了。

手機響了，七尾從口袋掏出手機，蜜柑立刻說：「接吧。反正是你的聖母真莉亞打來的吧？」

沒理由不接。

「反正你在仙台也沒下車吧？」真莉亞的聲音響起。

「妳怎麼知道？」

「重點是你沒事吧？我正在不安，想說搞不好你被蜜柑他們收拾了。」

「我現在跟蜜柑先生在一起。要叫他聽電話嗎？」七尾自嘲地說。

真莉亞一瞬間沉默了，她好像在擔心。「你被抓了？」

「也不是。彼此都有些困難，所以暫時合作一下，」七尾邊說邊看向蜜柑，蜜柑聳聳肩。「我想照妳說的，把行李箱讓給他。」

「我不是說那是最後的最後，逼不得已的手段嗎？」

「現在就是最後的最後，逼不得已的狀況。」

真莉亞又沉默了。講電話時，蜜柑好像也接到了電話，他把手機按在耳邊，移動到稍遠處去了。國中生被丟在原地，但他也沒有回去自己的座位，而是觀察著車廂外走道各處。

「下一站是哪裡去了？」

「真莉亞，妳知道嗎？我本來以為是盛岡，結果不是。下一站是一之關。」

「那你應該在那裡下車呢。行李箱就算了，到此為止吧。到了這種地步，總覺得你根本是搭上了地獄列車。太恐怖了。快點跟它道別吧。」

「或許只是來自地獄的傢伙搭上了普通的新幹線罷了。」七尾苦笑。

「不可以對蜜柑跟檸檬放鬆警戒，他們很可怕。」

「我知道。」

七尾掛斷電話後沒多久，蜜柑回來了。「是峰岸打來的。」他說。表情雖然沒有變化，但感覺得出他覺得有些棘手。

「他說什麼？」國中生問。

蜜柑朝少年惡狠狠地投以「小孩子閃邊去」的眼神，然後對七尾說：「他叫我們到盛岡去。」

「到盛岡？」

峰岸似乎並沒有生氣，反倒是語帶同情地問：「為什麼讓我的部下看假的行李箱？」

「我一瞬間猶豫，是要道歉、裝傻、還是豁出去算了？然後我說明，『峰岸先生的部下態度太傲慢了，所以我想要整一下他們。』」

「你為什麼撒那種謊？」那樣不會惹得峰岸更生氣嗎？

「不，那樣峰岸應該也會更難判斷，我是背叛了，還是只是在胡鬧？實際上我們沒有背叛的意思，只是犯了錯罷了。」

不過犯的是致命的錯誤。都讓峰岸的兒子給人殺了。七尾按住胃部。

峰岸聽了蜜柑的話，好像輕笑了一下，說：「那麼，如果你問心無愧，應該會到盛岡來吧？要是你在其他車站半途下車，我就當場視為你逃亡了。到時候我會讓你吃足苦頭，讓你後悔上幾萬次——早知道那個時候就不要逃跑，乖乖到盛岡去了，能不能再重來一次？」

「我當然會去盛岡啊。令公子也很想快點見到峰岸先生。」蜜柑回答。

蜜柑向七尾說明電話內容後，聳了聳肩說：「峰岸好像也要到盛岡站去。」

「峰岸特地親自出馬？」

「他明明應該在別墅享受假期的。」蜜柑吃不消地說：「他說有電話告訴他，說有預感發生了不好的事，叫他親眼去確定。」
「電話？什麼電話？」
「我想應該是剛才在仙台站打電話報告的人忠告峰岸，『您最好親自到月台走一趟。』」
七尾窮於回答。部下會那樣忠告峰岸嗎？「那……」一會兒後他說：「祝你幸運。我要在下一站一之關下車了。」
蜜柑手中的槍瞄準了七尾。槍並不大，看起來也像是拿著形狀奇特的數位相機，而不是手槍。
國中生稍微瞪大眼睛，退後了一步。
「瓢蟲，你得跟我一起來。」
「不行啦，我要退出了。我要退出這個任務，退出這輛新幹線。行李箱在車長室裡，幹掉峰岸兒子的女人我放在綠色車廂前面的多功能室，你只要等下跟峰岸說明就行了。」
「不行。」蜜柑的語氣不容分說。「你以為你有選擇權？你以為我舉槍是在唬你？」
七尾沒辦法點頭，也沒辦法搖頭。
「呃，要不要快點去找檸檬哥哥？」國中生開口，就像在領導話題變得錯綜複雜、散漫無章的班會似的。小孩子無憂無慮，真教人羨慕啊——七尾心想。

木村

木村茂把話筒從耳邊拿開，掛回電話，妻子木村晃子問：「誰打來的？」

這裡是循著國道四號一路北上，進入岩手縣後，再繼續深入內地的老舊住宅區。是景氣繁榮的時期，當地的開發業者興匆匆開發的區域。隨著時間流逝，景氣加速惡化，年輕人流入都心地區，人口減少，當初在未來藍圖上所描繪的各種設施及建築物成了永遠無法實現的美夢，也沒有新的住宅落成，成了一個殺風景的小鎮。街上的建築物牆壁褪色，就像在成長途中直接墜入老年期似的。但是對木村茂及晃子而言，在經年劣化的意義上，自己也是一樣的，而且他們感覺這個遠離刺激與流行的小鎮住起來一定很舒適。十年前，他們在這裡找到一棟中古透天厝，毫不猶豫地買下，從此便一直定居在此，毫無不滿。

「新幹線裡打來的。」木村茂回答。

「哎呀。」晃子說完，把盛著辣味點心和麻糬的托盆擱到桌上。「好了，來吃吧。辣的跟甜的交互吃。要是有水果就更完美了。」她悠哉地說：「那，電話裡說什麼？」她再一次問。

「剛才我打電話給雄一的時候，那傢伙不是說『我被人抓了，救我』嗎？」

「是啊，你是這麼說的。說他跑去搭新幹線，在那兒胡鬧。」

「就是啊。不過或許不是胡鬧。」木村茂無法釐清思緒，只能曖昧地說明。「那個時候講電話的國中生，剛才又打來了。」

「說雄一又做了什麼怪事嗎？」

「他的話很奇怪。」

木村茂把電話內容轉述給妻子。「怎麼回事呢？」晃子歪著頭納悶，捏起點心放進嘴裡，「不怎麼辣呢。」她嚼著說：「再打一次給雄一怎麼樣？」

木村茂立刻操作電話。他費勁地回想該怎麼回撥給剛打來的號碼，以沒把握的動作按著鈕。沒有接通的鈴聲。傳來手機電源關閉的訊息。

「有不好的預感呢。」晃子又吃起點心。

「我很擔心小涉。」木村茂知道內心黑暗的想像、一個輪廓不鮮明的沉重塊狀物正在膨脹。打電話來的那孩子說得很曖昧，所以臆測只能無邊無際地胡亂擴散。

「小涉也有危險嗎？」

「不知道。」木村茂說，同時打電話到醫院。「說起來，雄一丟下小涉，到底是打算去哪裡？是想搭新幹線到我們這兒來嗎？」

「要是那樣，他應該會跟我們說一聲。就算沒說，也會確定一下我們在不在家吧。」

「是受不了醫院看護工作，逃掉了嗎？」

「那傢伙酗酒又沒毅力，但應該沒那麼差勁。」

木村打電話到醫院。但遲遲沒人接聽。木村頑固地等。一會兒後，院方人員接電話了。曾見過幾次的護士聽到木村的名字，便親切地應對。「小涉的樣子有什麼變化嗎？」木村問。「剛才看的時候並沒有什麼異狀，我再去看一下哦。」等了一會兒後，護士再次接起電話回答：「好像沒有什麼特別的變化，要是有什麼事，我們會聯絡的。」

「謝謝。」木村茂道謝，接著開玩笑說：「其實我剛才在睡午覺，做了個可怕的夢。我夢到有危險分子侵入醫院，害小涉陷入險境。」

「真的嗎？」護士好像也不知道該如何應對。「那您一定很擔心吧。」

「老人家動不動就會把夢境當成真的，不好意思啊。」

「我們這兒也會多加留意的。」

木村茂可以理解，護士也只能這麼說了。總比覺得狐疑、露骨地表現出厭煩要好得多了。木村感激地掛了電話。

「你是在猜想有可能發生什麼危險嗎？」晃子皺起眉頭，把茶杯湊近嘴邊，啜了一口。

「有可能不是會發生，而是已經發生了。我的直覺百發百中。」木村茂摸了摸下巴。他以指尖感覺著白色鬍鬚的觸感，動起腦來。「那很可疑。」

「那是指什麼？」

「打電話來的那傢伙。一開始聽起來還是個普通的國中生，但這次的電話就說得很白了。」他站起來，舉起雙手伸懶腰，關節吱咯作響，彷彿身體各處都在傾軋。

然後他回憶剛才打來的電話。自稱國中生的那傢伙，口吻雖然伶俐清晰，卻只肯透露一點曖昧不明的訊息。「我想這全要怪爺爺跟奶奶這麼滿不在乎。」他試圖激起對方罪惡感地說：「我不能再說了，再見。」然後這麼虎頭蛇尾地掛了電話。

「你在懷疑那孩子嗎？」晃子又吃起點心。「這個甜味比辣味重呢。」

「妳也知道我的直覺總是很靈吧。」

「可是，那要怎麼做？跟雄一聯絡不上嗎？要打電話報警嗎？」

此時木村茂站起來，移動到隔壁的和室，打開壁櫃。櫃子上層塞著棉被，下層排著收納用的盒子。

「又要睡午覺？你從以前就這樣，一感到不安就睡覺逃避。」晃子目瞪口呆地說，又啃起點心。「可是要是睡午覺，真的會做噩夢哦。」

噩夢恐怕已經發生了，木村茂猜想。胸中塞滿了黑暗模糊的不安迷霧。

水果

檸檬跑去哪裡了？

蜜柑在車廂外往後方前進，納悶不已。目前還沒有發現檸檬的人影。

「或許他有什麼急事，在仙台下車了。」戴眼鏡的七尾在後面說。

「什麼急事？」蜜柑在車廂外停步，回過頭去，七尾也站住了。他的身體緊繃，狀似不知所措，卻巧妙地和自己拉開距離，讓蜜柑感到佩服。兩人之間自然地拉出可以應付突來攻擊的空間。儘管看上去膽小不可靠，但不愧是以危險差事為業。國中生也從後面跟上來。蜜柑覺得他煩死了，但要趕走他也一樣麻煩。

「比方說，檸檬兄發現可疑的乘客。然後跟著他在仙台下車了之類的。」七尾說。

「這我也想過。」

檸檬或許覺得從廁所出來的人物可疑，跟了上去。雖然不清楚那個可疑人物是什麼人，但檸檬這個人比起道理，更是以感覺判斷事物，所以當下決定要跟上去，這不是不可能的事。蜜柑也和七尾一起下了月台，但沒工夫查看周圍，即使檸檬從某處去了出口，也可能沒有注意到。

「不過就算是那樣，檸檬也應該會聯絡我。」蜜柑告訴自己似地說：「以前也有過這樣的事。不過檸檬雖然是個怕麻煩又隨便的傢伙，對時間和預定生變倒是很敏感，總是會打電話給我。」

有用的小火車，總是留心照時間行駛的——檸檬經常這麼說。碰到路線變更的情況，都會在事前通知。即使來不及，也會在事後盡快報告。這是檸檬的信條。

蜜柑取出自己的手機查看。沒有聯絡。

沒多久，國中生的手機響了。通道上新幹線的震動聲很吵，實際上並沒有聽到鈴聲，然而國中生卻身子一顫，拿起手機按在耳邊，移動到門那裡去了。有小孩子跟著實在很煩，所以蜜柑繼續前進。

穿過自動門，進入下一節車廂，再次掃視乘客和行李，沒有疑似檸檬的人，也沒有看似跟檸檬有關的東西。

「會不會真的在仙台下車了？」離開車廂時，七尾說。

蜜柑停下腳步，轉過身來。「我不這麼覺得。」列車行走的震動就像心臟跳動，蜜柑感覺彷彿站在巨大的鋼鐵血管上。

「我說，瓢蟲。」蜜柑突然想到。「你在車子裡跟檸檬聊了什麼嗎？」

「聊了什麼？你說什麼時候？」

「什麼時候都可以。」

「要說聊，或許聊了一些吧。」

「他有沒有提到我的鑰匙？我在找的鑰匙。或者他有沒有要你傳話給我？」

七尾怔住。「鑰匙？」他側頭，露出沒轍的表情，不安地問：「那是很重要的鑰匙嗎？」

「沒事。」蜜柑答。

萬一，蜜柑想。萬一檸檬死掉了。他總算想到這個可能性。沒錯，檸檬死亡的可能性也不是零。在這輛新幹線裡，這反而是非常有可能的事，自己卻怎麼完全沒有考慮到？蜜柑為自己的遲鈍驚訝。

如果檸檬死了，那毫無疑問應該是被殺的，凶手就在車上。而那不一定不是七尾。如果檸檬是被七尾收拾的，蜜柑期待他留下了某些證據、留下某些訊息。

「檸檬什麼都沒說嗎？」

「至少是沒有提過鑰匙。」這麼回答的七尾，看起來不像在隱瞞什麼。況且——蜜柑這才赫然發現。仔細想想，跟檸檬分手後，自己一個人先前進，然後在前方通道碰到了七尾。七尾沒有機會在自己不知情的情況下殺害檸檬。這一點冷靜想想就知道了。蜜柑露出苦笑。

「只是那傢伙，感覺不太可能受傷。」

「他看起來很強。」七尾感觸極深地說：「檸檬兄說過呢，他說就算他死了，也一定會復活。」

一瞬間蜜柑懷疑那會不會是檸檬留下的訊息，但他立刻判斷不是。檸檬老把這話掛在口邊。不管碰上什麼人，都常胡扯些「我是不死之身」、「我會復活」、「等我復活後就是無敵鐵檸檬了」之類的，莫名其妙。

「我跟檸檬意外地頑強嘛。就算有了什麼萬一，也會變鬼出來作祟吧。」

此時列車長從後方車廂冒了出來。自動門開啟，年紀輕輕，但英姿颯爽的列車長走了過來。那身雙排釦西裝的制服感覺就像是身為可靠列車長的自信表徵。

七尾立刻反應，對列車長說：「啊，不好意思，剛才我請你保管的行李箱，」他指向蜜柑說：「是這位先生的。」

列車長看向蜜柑。「哦，那個啊。剛才我廣播了一次，可是都沒有人來領，正傷腦筋呢。」然後說：「行李箱還在車長室裡，可以請你過來領嗎？」

「是啊。」七尾看向蜜柑。「要現在去拿嗎？」

蜜柑煩惱了一下。關於檸檬的行蹤，他還沒有查遍全部的車廂。但是他又不想把行李箱的事延後。或許該趁能拿到手的時候先拿到手。

「蜜柑哥哥。」蜜柑聽到有人叫他，這才發現國中生還在。國中生講完電話，又追上來了。煩死人的臭小鬼——蜜柑對國中生的觀感已經超越了厭惡，甚至變成憎惡。他或許想要插進大人圈子裡，嘗嘗長大的滋味，但根本只是礙事。蜜柑覺得應該把他趕走，然而此時國中生說了：「我在那邊看到令人在意的東西。」

列車長沒有對國中生的話起疑，說：「那麼要到車長室來領行李箱嗎？」然後帶路似地往行進方向前進了。

列車長領頭，七尾、蜜柑、國中生排成一列前進。

經過七車，出到車廂外時，國中生扯了扯蜜柑的外套後面。他用力拉扯，引起蜜柑注意。回頭一看，國中生正別有深意地看著旁邊的廁所。

「喂。」蜜柑對七尾說：「你先走，幫我領行李箱。我陪這傢伙上廁所。」他對國中生努努下巴。

列車長沒有把這不自然的狀況放在心上，七尾可能也了解情況，點點頭，消失在前方。

列車長和七尾離開去八車後，蜜柑立刻在廁所前問國中生：「你說這裡有問題？」

國中生一臉乖順地比著廁所門，「看，這裡有條奇怪的線。」他指著從廁所伸出來的銅線說。

蜜柑也不禁瞪大了眼睛。是檸檬總是隨身攜帶的銅線。沒有錯。藏起峰岸少爺的屍體，從廁所外面鎖門時，也同樣地垂了一根銅線。

「這很讓人介意呢。廁所好像是使用中，可是裡面也沒有人在的樣子。總覺得很可疑，或者說好可怕。」國中生就像不知世事的小孩害怕黃昏時分的黑暗那樣，害怕著那間廁所。「是檸檬幹的嗎？」蜜柑抓住銅線，往上用力一扯。「嚓」地一道觸感，鎖打開了。

「打開沒關係嗎？」

蜜柑不理他，把門往旁邊推開。映入眼簾的光景異於平常的廁所。有馬桶，但不只有馬桶而已。人的身體就像盤捲起來的蛇一般倒在地上。詭異地歪折的人體——蜜柑想著。那裡因為有兩個人的身體，手腳數目也多，看起來就像一團醜怪的東西。

聲音從蜜柑周圍消失了。

現實感一瞬間霧散了。

兩個大人纏繞在馬桶邊似地倒著。雖然只有一瞬間，但肉體看起來以不自然的形狀扭曲著，怵目驚心極了，就彷彿是什麼陌生的巨大昆蟲似的。血液積在地板上，緩緩地流動著，看起來像小便。

「這……」國中生在背後發出沙啞的聲音往後退。

「檸檬。」蜜柑低低地喊出名字。

聲音回到耳朵裡了。新幹線行走的聲響陡然震動蜜柑的身體中心，檸檬的臉孔浮現腦海。不是現在眼前闔著眼皮，眼皮上被血跡覆蓋的男子，而是總是在一旁嘰呱個沒完的檸檬。「我也想要有人稱讚我說：『你真是個有用的小火車。』」蜜柑想起那孩子般雙眼發亮的表情，感到胸口破裂，被撕成片片，冰冷的風鑽進裡面，激起陣陣漣漪，而且這樣的悸動是生平頭一遭，令他大受動搖。

小說的文章在腦中響起。「我們將會消滅，孤身一人。」

無論共有的時間有多長，消失的時候，總是各走各的，孤身一人。

王子

從蜜柑身後窺看廁所的王子退了一兩步。他裝出害怕的模樣，確定蜜柑的表情。蜜柑的臉變得鐵青、僵硬，王子看得一清二楚。他湧出一股好似將玻璃踹飛再粉碎它的快感。「什麼嘛，怎麼這麼脆弱？」他差點呢喃出聲。

蜜柑進入廁所裡，關上了門。王子被留在通道上。

說老實話，他想在廁所裡觀察蜜柑的反應。面對檸檬的屍體，他會茫然失措？還是拚命隱藏自己的狼狽？他想觀察這個總是散發出冷漠氣息的男子反應。

沒有多久，廁所門打開，蜜柑又現身了。他的表情沒有變化，王子有些失望。

「另一個大叔，是跟你一道的那個人吧？不是嗎？」蜜柑反手關上廁所門，用拇指比著那扇門。他是在說木村吧。「胸口中槍了，不過沒有射中心臟。怎麼辦？」

「怎麼辦……？」

「檸檬死了，但大叔還有氣。」

王子一時無法理解蜜柑的意思。木村還活著？他以為木村被檸檬槍擊，老早就斷氣了。的確，血量看起來好像不多，但如果那樣都還沒有死，感覺木村永遠都不會死了。也太死纏爛打了吧——王子差點說出口來。「別搞錯了。大叔也不是活蹦亂跳的。」蜜柑說明。「只是沒死而已，奄奄一息了。怎麼辦？不過說怎麼辦，在新幹線裡頭也沒法治療，所以也不能怎麼辦吧。你在這裡大哭大叫，抱住列車長求情，或許可以請他把新幹線停下來吧。去向列車長哀叫『快叫救護車！』」

一瞬間王子猶豫該怎麼回答。他根本不打算在這裡讓新幹線停下來，驚動警察。

「我是被那個叔叔抓來的。」

王子說明自己是被木村形同綁架帶著走的，其實非常不安。當然是捏造的。他告訴蜜柑，所以當他知道木村快要死掉的時候，雖然混亂和害怕，卻也覺得解脫了。他是在暗示如果木村就這樣死掉就太好了。

蜜柑好像沒興趣。那對雙眼皮的眼睛銳利無比，但很難看出他在想什麼。照理說他或許會責怪「就算這麼說，還是該報警才對吧」，但蜜柑或許也希望新幹線就這樣繼續開下去，並沒有多說什麼。

蜜柑不願離開關上門的廁所前面。他在通道上與王子面對面。

「廁所裡面有兩具屍體。大叔還不是屍體，但沒多久就會變成屍體了，然後檸檬的身體靠在大叔身上。換句話說，檸檬比大叔死得更晚。開槍射大叔的是檸檬吧，然後檸檬被人射殺了。」

「被誰？」

「廁所裡面有槍，不過只有一把。」

「只有一把？那是誰開槍的？」

「先是檸檬射了大叔，然後大叔在瀕死之前，瘋狂地奪下手槍，然後射了檸檬。事實上怎麼樣我不曉得，但或許有這種可能性。」

如果你能那樣想就太好了——王子想要這麼說。他一邊警戒，一邊就快笑出來了。這個叫蜜柑的果然聰明，思考很有邏輯。王子最喜歡聰明人了。愈是照道理行動的人，就愈難擺脫自我正當化的束縛，會照著王子設定的路線前進。

蜜柑彎下身體，望向從廁所門伸出來的銅線。「不過最教人介意的是這個。」

「那條銅線是什麼？」

「檸檬用來上鎖的吧。是從外面上鎖的機關。是檸檬常用的手法。」蜜柑用力拉扯伸出來的銅線。並沒有感慨、緬懷朋友的樣子，看起來只是在確認銅線的觸感和強度。

「但這條線卻掛在這裡，表示除了廁所裡面的大叔以外，還有另一個人。」

「感覺好像偵探哦。」王子不是在開玩笑，而是真的這麼感覺才這麼說。冷靜沉著、不感情用事，面對屍體滔滔不絕地陳述推理的模樣，就像曾讀過的書中出現的名偵探。

「我不會用賭博的方式找凶手。只是從看得到的線索，推測最具可能性的場面罷了。」蜜柑說：「檸檬射了那個大叔後，大概把屍體藏在廁所裡，鎖上門。那個時候他用了這條銅線。」

王子不明白蜜柑的用意何在，只能曖昧地應聲。

「不過接著另一個人射殺了檸檬。凶手為了把檸檬藏起來，決定再次利用這間廁所。他認為最好把檸檬跟大叔藏在一起，接著用了這條銅線上鎖。」

「什麼意思？」

「凶手大概看到檸檬怎麼使用銅線的。拉著銅線，再一次開關門。他知道銅線的使用方法，所以模仿了那個方法。」

「是檸檬先生教那個人怎麼用的嗎？」

「檸檬不可能教別人。或許是那個人看過檸檬像這樣上鎖。」蜜柑用手指撫摸銅線後，在通道前後走動了一會兒，他彎腰凝視地板，然後湊上去，尋找有沒有什麼證據。他還撫摸牆上的痕跡。簡直就像在命案現場四處勘驗的警探。

「這麼說來，你跟檸檬說過話嗎？」蜜柑立刻回到王子的前面。他的口氣像是忽然想起。

「咦？」

「你跟檸檬聊過吧？」

「你說活著的時候嗎？」

「我怎麼可能問你有沒有跟死人說話？他有沒有提過什麼？」

「提、提到什麼？」

「是啊……」蜜柑想了一下，說：「鑰匙。」他微微歪著頭。

「鑰匙？」

「我在找一把鑰匙。檸檬好像知道什麼線索，你有沒有聽他提起？」

鑰匙的話——王子差點回答。他回想起他跟檸檬最後對話的場面。檸檬被睡魔侵襲，意識朦朧，卻仍使盡最後的力氣說，「鑰匙在盛岡的投幣式寄物櫃」。還囑咐他轉告蜜柑。王子不曉得那是在說什麼鑰匙，也因此一直耿耿於懷。他覺得要是告訴蜜柑這件事，或許可以得到有意思的情報，包括那究竟是什麼鑰匙。

他幾乎就要說出口了。「鑰匙的話，他提過，雖然我不曉得那是指什麼。」話都來到口邊了。

就在張嘴的前一刻，腦中響起警報，這可能是圈套。沒有根據，只能說是直覺的東西制止了王子。他回答：「檸檬哥哥沒有提過。」

「這樣啊。」蜜柑沒有遺憾的樣子，只是平靜地這麼說。

王子看著蜜柑的反應思忖。盛岡的投幣式寄物櫃的事，說出來是不是也無妨？但是不說感覺也不會造成不利。立場依舊是平等，或是自己占優勢——王子分析。

「我有點介意。」蜜柑忽然說道。
「介意什麼？」
「剛才你為了接電話，離開我們。那裡是六車後面的車廂外面。」
「是啊。」
「可是你本來坐的位子應該是七車。」
你記得真清楚——王子忍不住差點脫口而出。蜜柑只經過座位旁邊一次而已。只是路過那麼一次，他就記住是幾車了嗎？
蜜柑直盯著王子看。
王子告誡自己不能動搖，他明白那只是在唬人。「那是……」他裝作害怕地說：「我本來回去座位了，可是……」
「可是？」
「可是我又想上廁所，所以過來這裡了。」
很好，王子在內心用力點頭。真是模範回答。
「嗯。」蜜柑也點點頭。
「對了，你看過這個嗎？」接著蜜柑不曉得從哪裡拿出彩色印刷的紙攤開。紙並不大，上面陳列著湯瑪士小火車的角色。王子知道那是貼紙。
「這怎麼了嗎？」
「剛才我在檸檬的夾克口袋裡翻到的。」

「檸檬哥哥喜歡湯瑪士小火車？」

「喜歡得教人受不了。」

「這怎麼了嗎？」王子再一次問。

「這邊的貼紙不見了。」蜜柑指的地方貼紙的確被撕掉了，有兩個地方是空白的。

王子想起檸檬坐到地上時，把貼紙貼在地板上。上面有綠色小火車的插圖，王子把它撕下來扔進垃圾桶了。

「不會是送你了吧？」

王子覺得蜜柑的身體伸出無色透明的隱形觸手，像植物長長的藤蔓般延伸，正摸索著自己的臉頰和脖子。就像要看穿王子的真心、內心所想似地觸摸上來。

王子盤算著。他無法判斷該如何回答。該裝傻嗎？還是編出煞有介事的回答？

「他給了我一張，可是我覺得有點可怕，所以剛才丟進垃圾桶了。」

王子感謝自己國中生的身分。

蜜柑也有可能不容分說地相信自己的直覺，直接痛扁王子一頓。他就算拷問王子，逼問他是不是知道檸檬遇害的線索也不奇怪。此人應該就是像這樣從事這類暴戾活動，一直活到今天。

然而他卻沒有對王子這麼做。為什麼？因為王子還是個孩子。因為對方是個孩子，所以感到躊躇。他認為要毫無確證地痛下毒手，王子實在是太年幼、太弱小，應該找到證明自己直覺的證據後再行動才對——他一定接受了這樣的良心建議。儘管良心根本沒半點屁用。

跟檸檬相比，感覺蜜柑聰明許多，內在也相當充實。內在的充實，能夠增加想像力。只要鍛鍊想像力，與人共鳴的能力就會更強。換言之，會因此變得脆弱。比起檸檬，蜜柑更容易控制。這樣的話，我應該不會輸吧——王子心想。

「這樣啊，丟進垃圾桶啦，是哪種貼紙？」蜜柑一本正經地提出質問。

「咦？」新幹線的晃動讓王子失去平衡，他身體傾斜，伸手扶住牆壁。

「檸檬從這裡撕下來送你的貼紙，是哪個角色？叫什麼名字？」蜜柑手中的貼紙還沾了一點血。

王子搖頭。「這我就不知道了。」

瞬間，王子感覺肚子開了個洞。就像走高空鋼索時踏空了腳似地，一陣寒顫。同時蜜柑說了，「那就怪了。」

「會嗎？」

「那傢伙老愛向別人介紹湯瑪士小火車的朋友。給別人貼紙跟玩具的時候，總是會同時介紹名字，絕對會說的。他不可能悶不吭聲地給人。如果你收了貼紙，就一定知道名字。就算不記得，也應該聽到了。」

王子思考如何回答。他覺得不能馬上回答，就像走鋼索時要是不小心踏空了，千萬不能驚慌，只能慢慢調回姿勢。

「依我看……」蜜柑看著貼紙。貼紙被撕下兩張，只留下輪廓。「給你的應該是這一張。」他指著貼紙說：「是綠色的，對吧？」

「啊，對，是綠色的。」事實上丟進垃圾桶的就是綠色的小火車。

「那大概是培西。可愛的蒸汽小火車培西，檸檬最喜歡的角色。」

「好像是這個名字。」王子曖昧地應道，觀察狀況。

「嗯嗯。」從蜜柑的表情看不出他的內心。「你知道這邊這個貼紙又是什麼角色嗎？」他指著另一個被撕下的貼紙痕跡。

「不知道。」王子又搖頭。「他沒有給我那張。」

「我知道是哪個。」

「你知道本來貼的是哪個角色嗎？」

「我知道。」蜜柑話聲剛落，身體冷不防挨了上來。「就貼在你這裡。」他說，摸上王子身上的西裝外套衣襟，旋即放手。

王子動彈不得，僵在原地。

「看。這是黑色柴油車。壞心眼的柴油車。」蜜柑手上確實黏著一張貼紙，是個黑色車體、臉蛋四四方方的角色。

由於完全沒有預料到貼紙的出現，王子赫然一驚。但他拚命壓抑反應，不讓驚訝顯現在臉上。「蜜柑哥哥也好清楚湯瑪士小火車。」他勉強擠出話來。

此時蜜柑的表情稍微緩和下來。雖然感覺有些不情願，但神色中摻雜了些許笑意。

「那當然了。」他說：「被那樣一天二十四小時說個不停，多少也會記住。」他面露苦澀地說。然後從自己的屁股褲袋裡取出捲起來的文庫本說：「我剛才翻屍體的時候，在他的夾克中找到這個。」

書背是橙色的，封面只印著標題和作者名。蜜柑摸著那本外表可以說是索然無味的文庫本，看著書籤的位置，淡淡地說：「他好像努力讀到這裡了。」然後呢喃道：「那傢伙跟我都不服輸，」聲音變得更小。「就是倔。」

「呃……」

「聽好了，黑色柴油車心眼很壞，檸檬經常對我說，叫我千萬不可以相信黑色柴油車。柴油車會撒謊，連別人的名字都不願意記住，而這張貼紙就貼在你的衣服上。」

「大概是不小心……」王子說，眼睛悄悄左右張望。

或許是檸檬在最後一刻撲向自己的時候貼上去的，他完全沒發現。

王子直覺自己正逐漸陷入劣勢。可是還有希望。從王子自己的感覺來看，機會還多得是。

蜜柑依然沒有掏出槍來。是因為隨時都可以掏槍嗎？他自信十足嗎？還是有什麼不掏槍比較好的理由？無論如何王子覺得還有機會。

蜜柑慢條斯理地說了：「杜斯妥也夫斯基的《罪與罰》裡有這樣一段。」

王子困惑著現在到底是什麼狀況。

「『首先去愛自己吧，因為世上的一切，都是以個人利害為本』。簡而言之，最重要的是自己的幸福。而這繞過來繞過去，終歸會成為每個人的幸福。我從來沒有去考慮過別人的幸福或麻煩，只覺得這話理所當然，你怎麼想？」

王子沒有回答，而是提出他一貫的疑問。「為什麼不可以殺人？如果有人這麼問你，你會怎麼回答？」

蜜柑沒怎麼煩惱的樣子。「杜斯妥也夫斯基在《群魔》裡說過，『犯罪行為不僅不是精神錯亂，根本就是健全的常識，不，近乎義務，至少是高潔的抗議行動。既然一個具備知性的殺人犯需要金錢，要他怎麼不去犯下殺人罪！』人會犯罪並非異常，是極為自然的事。我也有同感。」

從小說煞有介事地引用，算得上是對問題的回答嗎？王子無法信服。而他儘管同意「犯罪是常識」這句話，「高潔的抗議行動」這樣的形容卻只讓他感覺到近似自戀的膚淺品味，仍然失望不已。

那也不過是感性的、不負責任的意見，只是唱高調罷了。我想知道的是關於「禁止殺人」的冷靜意見——他想。

另一方面，他也想起剛才經過仙台站時打電話來的人。是為了加害木村的兒子，在醫院附近待命的人。「我已經在醫院裡了。我扮成醫護人員的樣子。你差不多已經到仙台了吧？沒接到你的聯絡電話，我繼續待命就行了嗎？」他確認說。甚至有種迫不及待「我還不能動手嗎？」的樣子。

「你還什麼都不用做。」王子回答：「不過還是照著規矩來。如果電話響了十聲我都沒接，你就可以行動。」「這樣啊，我懂了。」那個回答帶有些許興奮的男子，完全是只愛自己的人，只要是為了錢，他或許覺得即使殺害年幼的他人也無所謂。他大概是這麼告訴自己的：「這不是什麼危險的工作，只是讓那台連接小孩身上的醫療機器動作變得不穩定些罷了。」人們總是滿腦子忙著將自我正當化。

「你是國中生吧？幾歲？」眼前的蜜柑接著問。

「十四歲。」王子回答。

「剛好。」

「剛好？」

「你知道刑法四十一條嗎？」

「咦？」

「刑法四十一條，未滿十四歲者之行為不罰。你知道嗎？從十四歲開始，就會受到刑法處罰了。」

「不知道。」這當然是謊話。王子也很清楚這部分的事。不過若說他因為年滿十四歲就裹足不前了嗎？當然完全沒有。至今為止他會犯罪，並不是因為「還是不會受到刑法處罰的年齡」，刑法完全只是附帶在自己想做的事情上的制約與優惠。什麼刑法，完全是與自己犯的罪不同次元的旁枝末節。

「我再告訴你一段我喜歡的文章吧。《午後的曳航》（註）。」

「什麼？」

「像你這個年紀的孩子說了。刑法四十一條，『是大人對我們懷抱的夢想表徵，同時也是他們無法實現的夢想表徵。他們認定我們什麼都做不了而疏忽大意，託此之福，只有這裡，藍空的一角，才能夠展露出絕對自由的一角。』文章令人沉醉，我非常喜歡，同時為什麼不能殺人的答案線索就在這裡頭。不能殺人，這是大人懷抱的夢想發露。是夢想啊。就跟希望世上真有聖誕老公公一樣。在紙上拚命畫出現實中絕對不可能看到的美麗藍天，要是怕了，就鑽進被窩裡，看著圖畫逃避現實。法律大抵都是這樣的。有法律存在，沒事的，只是用來這麼安慰自己的說法罷了。」

蜜柑怎麼會突然引用起那種小說台詞，王子無法理解。但王子也感到幻滅，既然會借助他人的言論，程度也可想而知了。

不知不覺間手槍冒了出來。

而且是兩把，眼前有兩把槍。

其中一把，蜜柑把槍口筆直對準了王子。另一把就像悄悄伸出來的救贖之手般，放在蜜柑的左手遞向這裡。

什麼意思？王子迷惑了。

註：三島由紀夫的小說作品。

「聽好了。我現在非常憤怒。尤其是你這樣的小孩，尤其教人憤怒。可是我單方面開槍，奪走你的性命，實在教人覺得抗拒。欺負弱者不合我的個性，所以這把槍給你。咱們槍口對槍口，看是幹掉對方，還是自己被幹掉。」

王子沒有立刻行動。他一時無法判斷對方在打什麼主意。

「喏，快點拿起來。我教你怎麼開槍。」

王子警戒著對方的動作，從蜜柑的左手拿起手槍，然後他退了一兩步。

「拉後面這裡的滑套。握住握柄，把桿子像這樣往下扳。這是安全裝置。接下來只要朝著我扣扳機就是了。」蜜柑面無表情，既不激動也不緊張地說明。甚至讓人懷疑他真的在生氣嗎？

王子拿著槍，想要照著他說的操作。然而他手一滑，弄掉了手槍。他嚇了一跳，瞬間血氣全失。他以為蜜柑會趁機朝他開槍。然而蜜柑輕笑，說：「冷靜點。撿起來，再試一次就是了。我不會偷跑。」

王子覺得蜜柑說的是真的。然而就在他彎身要撿槍的時候，忽然浮現疑問。「在這麼重要的局面，我有可能手滑嗎？」得天獨厚、總是被所向披靡的好運庇護的自己，竟會碰上這樣的失敗，太不自然了，然後他想到了。「這大概是必然的。這是必要的失敗。」

「我不要這把槍。」王子把撿起來的槍遞還給蜜柑。

蜜柑臉色一沉，皺起眉頭。

王子感覺到情勢在改變，開始恢復從容。

「為什麼？你以為你赤手空拳就能撿回性命嗎？」

「不是。」王子清楚明白地斷言：「這大概是圈套。」

蜜柑沉默了。

果然如此，比起欣喜，王子更感覺到無比的成就。我果然被上天守護著。雖然不明白是什麼原理和手法，但這把槍或許異於平常的槍。他可以猜到，如果開槍，或許開槍的人反而會遭殃。

結果蜜柑說了：「虧你看得出來。那把槍只要扣扳機就會爆炸。要是開槍，你就算不死，也要賠上兩隻手跟一部分身體。」

我果然被幸運所眷顧。王子已經不再懼怕蜜柑了。相反地，蜜柑是不是開始怕了自己了？

此時王子看到蜜柑背後的門打開，有人進來了。

「救命！」王子扯開嗓子。「有人要殺我！」

他以求救的心情喊救命。

就在下一瞬間，蜜柑的腦袋在王子面前倏然一晃。原本直立的頭往旁邊彎折了九十度。蜜柑倒地，手槍落下。

新幹線的地板承接住蜜柑的軀體，就像要把他運載到重要的地點似的，喀噠叩咚喧鬧地搖晃。七尾就站在那裡。

瓢蟲

連氣都嘆不出來了。七尾俯視斷了脖子的蜜柑屍體，茫然自失。

怎麼會變成這樣？他自問。

「我、我差點被他殺了。」國中生用顫抖的聲音說。

連厭倦的心情也開始麻痺了。「怎麼回事？」

「剛才他們彼此互相射擊。」國中生開始說明。

「他們？」複數代名詞讓七尾介意地反問，國中生指著廁所門說：「拉那條銅線，好像就可以打開。」七尾照著他的話做，門真的打開了。

門的另一頭，有人圍繞著馬桶似地倒在地上，七尾嚇得睜圓了眼睛，而且還是兩個人。他一陣頭暈目眩。這光景就像洗衣機或電腦之類的東西，被視為無用的垃圾隨意丟棄在裡面。

「真是夠了，我受夠了！」七尾已經失去成年人的從容，就像小孩子遭到不公平對待而埋怨似地吐出洩氣話。「饒了我吧。」

「我也已經一頭霧水了。」

七尾還判斷得出不能把剛折斷脖子的蜜柑就這麼丟著。他把屍體拖進廁所，靠在牆上。廁所已經擠滿了。這裡已經變成屍體專用儲藏室了——他想。

他摸索蜜柑的衣服口袋，找到手機取出來。要是手機不小心響了，讓人發現屍體就糟了。從蜜柑的屁股口袋裡摸出一張紙，他攤開來一看，是超市的抽獎券。怎麼會有這種東西？七尾看著紙，國中生說：「背面有字。」

背面以細字筆畫了一個小火車，還有手寫的文字「亞瑟」。

「那是什麼？」

「小火車的圖。」七尾說著，便塞進自己的口袋。

收拾完廁所裡面，七尾來到通道。「謝謝你救了我。」國中生重新把背包搭到肩上說。直到剛才還看到國中生手裡拿著像槍的東西，但現在已經不見了。是錯覺嗎？七尾關上門，一次又一次拉扯銅線，重新把門鎖好。

他回顧剛才發生的事。

他去車長室領行李箱，回來一看，蜜柑正拿槍對著國中生。

少年不安地向他喊「救命」的模樣，讓他當下做出反應。毫無抵抗之力的孩童求救的眼神，與七尾過去見死不救的遭綁架的那名少年重疊了。

腦袋變得一片空白，近乎渾然忘我。他從背後靠近蜜柑，扭斷了他的頭。因為腦中惦記著蜜柑的強悍，身體判斷如果不一擊斃命，遭殃的會是自己。

「他怎麼會想要對你開槍？」

「不知道。他在廁所裡發現屍體，然後突然激動起來。」

是看到搭檔的屍體，失去了冷靜嗎？就機率而言，並非不可能。

「完全搞不懂是誰殺了誰。」七尾瞥了廁所一眼，嘆口氣。他已經不想管細節了。

他只想盡快離開這個莫名其妙的鬼地方。他只覺得這輛「不幸號」正以超過時速兩百公里的速度疾馳著。「不幸號」與「倒楣號」連結在一起，上面載運著七尾。

蜜柑手裡掉下來的手槍怎麼辦？七尾瞬間煩惱了一下，但還是扔進了垃圾桶。

「啊。」國中生叫。

「怎麼了？」

「帶著手槍不會覺得比較安心嗎？」

「就算拿著槍，肯定又會惹出什麼亂子。」七尾認為危險的東西還是扔了好。他把蜜柑的手機也丟進垃圾桶。「丟掉最好。」他說，抓起剛才擱在通道角落的行李箱。

「我受夠了。真想快點下車。」

國中生的臉有點僵住。他露出不安的眼神，一瞬間就變得淚眼汪汪。「大哥哥要下車了嗎？」

「我也不曉得該怎麼辦。」既然蜜柑和檸檬不在了，峰岸的委託的責任歸屬在哪裡，他完全沒有底。但是會被懲罰的是蜜柑他們，自己應該不是問題吧。七尾接到的委託是搶走行李箱，從新幹線下車。只要帶著行李箱，就這樣在下一站下車，幾乎就沒有問題，雖然會被扣分，但還是可以拿到及格分數——感覺。正確地說，七尾想要這麼去想。

該說是時機正巧嗎？傳來下一個停靠站，一之關即將抵達的廣播聲。

「大哥哥，你可以陪我一起去盛岡嗎？」國中生用一張幾乎要哭出來的表情說：「我很擔心……」

七尾想要摀住耳朵。他再也不想被捲入任何麻煩了。到盛岡去，他沒有半點好處。至於壞處，他列得出一籮筐。

「其實我……」國中生沉重地開口。

不好的預感席捲了七尾。少年會不會說出自己不願意知道的事，讓他被纏得無法脫身？他害怕得不得了。他把雙手靠到臉的左右，想要立刻摀住耳朵。

「如果我不去到盛岡，小孩子就危險了。」

「什麼意思？」手就要摀住耳朵，在前一刻停了下來。

「算是人質嗎？我朋友的小孩，才五歲而已，他躺在醫院裡。要是我沒有乖乖去到盛岡，小孩的性命好像就不保了。」

「性命不保？那是什麼狀況？」

「我也完全不清楚。」

七尾窘了。知道這個國中生非去到盛岡不可，他確實會擔心他是否能平安無事，可是他想盡快離開這輛新幹線，也是事實。

「沒事的，我想到盛岡之前，不會再有任何事了。」七尾言不由衷地說著連自己都壓根兒不信的話，就像念誦效果不明的佛號似地說：「所以你只要乖乖坐著就行了。」

「真的什麼事都不會發生嗎？」

「我也不敢保證啦。」

「我不曉得到了盛岡會發生什麼事，我好怕。」

「我也無能為力啊。」

七車門打開，一名男子走了出來。七尾閉上嘴巴。他為了不惹人懷疑而緊繃身體，卻也顯得更可疑了。

「啊。」那名男子向他點頭。

還以為是誰，原來是補習班講師。他那種彷彿伸手一摸就可以穿透身體、近似半透明的站姿，還是一樣宛如亡魂。

「那個……」他搔搔頭說：「我騙補習班的學生說，我坐綠色車廂去旅行，所以突然想到如果不趁現在去看一下綠色車廂長什麼樣子，撒起謊來就沒有真實性了，現在正要去看看。」

男子害臊地歪著頭說，模樣不像在開玩笑。七尾還沒有問他怎麼會來這裡，他就自己先說明了。

「老師也真辛苦呢。」七尾苦笑說。

「你們認識嗎？」國中生警戒地問。

這孩子或許把車子裡的每一個人都當成了恐怖的人——七尾心想。他肯定沒想到會像這樣發現屍體、被人拿槍指著吧。小孩子就該像個小孩子，乖乖待在遊樂園裡玩耍。

「也不是，剛才碰巧聊了一下而已。他好像是補習班的老師。」七尾對國中生說明。

「我叫鈴木。」男子自我介紹說。明明沒必要報上名字，卻特意說出口，讓人覺得是他的耿直性格使然。

此時七尾忽然靈機一動。「鈴木老師，你要坐到哪裡？」

「坐到盛岡。」

七尾並沒有深入分析。他只是自私自利地覺得在這裡巧遇鈴木，應該也是一種緣分。

「鈴木老師，那可以請你陪這個國中生到盛岡嗎？」

「咦？」

「我得在下一站一之關下車，接下來想麻煩你照顧。」

七尾的請託讓鈴木呆住了。就像是省略中間過程，突然亮出答案，他會嚇到也是當然吧。就連國中生也是，瞬間僵住了，一副「你要拋棄我嗎？」的表情。

「他迷路了嗎？」鈴木好不容易擠出話來。

七尾側頭。「也不是，可是他一個人要去盛岡，好像覺得很不安。」

「我想跟大哥哥一起。」國中生顯然不服氣。表情裡也摻雜著不安。

「我得拿著這東西在下一站下車。」七尾提起行李箱說。

「怎麼這樣……」

「要我陪這孩子是沒關係，但光是這樣，似乎無法撫平他的不安呢。」補習班講師鈴木困惑地說。

七尾嘆息。

新幹線的速度慢下來了。一之關站近了。七尾望著流過車窗的景色，然後不經意地望向旁邊的國中生側臉。到了這個時候，他才注意到國中生意外沉著。七尾覺得有點古怪。這國中生才剛目睹屍體和手槍，會不會太滿不在乎了？不，要說的話，站在他面前的七尾才剛扭斷了蜜柑的脖子呢。不是意外，而是故意的，而且還是以老練的手法幹掉了蜜柑。這孩子是不是應該更提防、害怕一些，或者是追究他的身分？竟然要求殺了人的七尾陪他到盛岡，這是不是太不尋常了？然而七尾馬上就做出結論，這個國中生遭到過大的打擊，人都嚇傻了。他可是被人拿槍指著呢，那種驚嚇一定大到無法想像吧——

七尾的疑惑轉成同情。

木村

木村茂在壁櫃裡翻了一陣子後，回望身後的妻子說：「妳收到其他地方了，是吧？」

「咦，你不是要午睡嗎？」晃子啃著點心說：「不是要搬棉被哦？」

「妳到底有沒有聽我說話？現在才不是悠哉睡午覺的時候。」

「明明還不曉得出了什麼事呀。」晃子嫌麻煩地說，抱起擱在起居室的小凳子，走近壁櫃。「讓開一下。」她把木村茂趕開後，放下椅子站上去。她伸直身體，打開壁櫃上面的天花板收納櫃。

「收在那邊啊？」

「都是你不好好收拾。」晃子說，從裡面拉出包袱。「你是在找這個吧？」

木村茂接下包袱，擱到榻榻米上。

「你是認真的？」晃子下了椅子，噘起下唇問。

「我放心不下。」

「放心不下什麼？」

「好久沒聞到這麼臭的味道了。」木村茂板起臉。

「什麼東西臭掉了嗎？」晃子回望廚房，呢喃道：「今天又沒煮什麼怪東西。」

「我是說惡意的臭味。明明隔著電話，卻臭不可聞。」

「真懷念。你以前老是這麼說呢，說什麼惡意的味道臭死了。你是被惡意精給附身了嗎？」晃子直挺挺地跪坐下來，凝視著包袱裡的東西。

「妳知道我不再幹那一行的理由嗎？」

「因為雄一出生了吧？你不是這麼說的嗎？說『我想要活著看到兒子長大，所以咱們換工作吧』。那時剛好我也想洗手不幹了，正好。」

「還有其他理由。三十年前，我實在受夠了。周圍的每個傢伙都臭得不得了。」

「你說惡意精嗎？」

「想要凌虐他人、侮辱他人，無論如何就是要踩在別人頭上的那些人，真的是臭死了。」

「那些我才不曉得呢。」

「周圍滿是惡意的臭味，我厭倦了，所以我換了工作。超市的工作很辛苦，但值得慶幸的是，跟惡意的臭味完全無緣。」

雖然沒想到自己的兒子竟然會進入自己金盆洗手後的業界工作——木村茂不禁苦笑。從朋友那裡得知兒子在從事危險工作時，木村茂因為過度擔心，還曾想過要偷偷去查看他的工作情況。

「那怎麼了嗎？」

「我是在說，剛才打電話來的那傢伙臭得要命。啊，對了，妳查新幹線了嗎？」

跟兒子雄一講電話時，雄一說「我現在在新幹線裡」，木村茂感到可疑，當然，當時他的根據只有自己的直覺，從電話的聲音裡飄來的也只有一絲惡臭而已，但他還是指示晃子：「雄一說他再二十分鐘就會到仙台了。妳查一下真的有那班下行新幹線嗎？」晃子雖然苦笑著問「查那幹麼」，但還是立刻從電視機旁邊的架上取出時刻表翻查。

「啊，有了。十一點整正好到仙台的班次。十一點二十五分到一之關，十一點三十五分到水澤江刺。欸，你知道嗎？聽說最近就算不用翻這麼厚的時刻表，也可以在網路什麼的一下子就查到。以前跟你搭檔工作的時候，我不是查遍了時刻表，還抄了一堆電話，寫了這麼厚的備忘錄給你嗎？」晃子用手指比畫著厚度。「現在的話，就不必那麼麻煩了吧。」

木村茂望向掛在牆上的老時鐘，就要過十一點五分了。「現在出發，絕對趕得上水澤江刺吧。」

「你要搭新幹線嗎？你是認真的？」

木村才剛拿社區聯絡簿去給鄰居回來，穿的不是睡衣，而是換上了淡褐色的長褲和深綠色襯衫，隨時都可以出門。正好——他呢喃。「妳也要去吧？」

「我才不去。」

「既然我要去，妳當然也要去了。」

「我也要去嗎？」

「以前妳不也都跟我形影不離的嗎？」

「是啊。很多次都是因為有我，你才撿回一條命呢。你還記得嗎？你有跟我道過謝嗎？都三十年前的事了呢。」晃子爬起身，然後撫摸自己的腳呢喃道：「看，肌肉都沒了，膝蓋也疼得要命呢。」

「就跟騎腳踏車一樣，以前的記憶滲透在身體裡，不會忘記的。」

「我覺得跟騎腳踏車絕對不一樣，這得繃緊全副神經才行。而我們的神經，看，別說是繃緊了，早就變得像綿花一樣鬆鬆軟軟了。」

木村茂踩上凳子，查看天花板收納櫃，拉出捲起來收納的防護衣，扔到下面。

「這防護衣也好懷念呢。這麼說來，現在好像不叫防護衣，改叫防彈背心了。」晃子說完後，穿上其中一件背心。「這件是你的。」她把另一件交給木村茂。「要是坦克背心也能像把坦克車穿在身上就好了。」

妻子的玩笑讓木村茂啼笑皆非，他先脫下外套，穿上那件皮革製背心，再披上外套。

「現在去搭新幹線，然後你打算怎麼做？」

「確認雄一的狀況。他說他要坐到盛岡。」
「反正一定是在胡鬧吧。」
「那個國中生——雖然我不曉得實際上是不是真的國中生，不過那傢伙很可疑。」
「就算是這樣，有必要這般全副武裝嗎？」晃子摸摸自己身上的背心，拿起攤開在榻榻米上的包袱中的工作道具檢視。
「我的直覺在拉警報。準備是必要的。幸好新幹線跟飛機不一樣，不會檢查乘客的行李。喂，這個，這邊的擊錘出問題了。」木村茂觸摸擊錘。
「老伴，你不用左輪的吧？你不喜歡留下彈殼，而且你從以前就動不動愛開槍，沒有安全裝置太危險了。」晃子拿起包袱巾上的一把自動小槍，拾起彈匣，插進握柄裡。「喀嚓」一聲。晃子迅速地將滑套往後拉。「這個還能用呢。用這個比較好。」
「我都定期維修的。」木村茂把晃子遞給他的自動手槍插進背心的套袋裡。背心左右各可以收納兩把槍。
「就算槍可以正常動作，也已經三十年沒用過了。老伴，你身手沒問題嗎？」
「妳這話是在對誰說？」
「小涉不要緊嗎？我倒是比較擔心小涉。」
「他人在醫院，應該沒什麼大問題吧。再說，我想不到會有什麼理由讓小涉陷入危險。對吧？」

「會不會是以前吃過我們虧的人，為了報仇而對小涉做什麼？」

木村茂暫時停止動作，直盯著妻子說：「我完全沒想到。」

「都過了三十年，我們都變成這樣的老頭子老太婆了，或許他們覺得就算以前可怕，現在也應該不足為懼了。」

「簡直把人給瞧扁了，居然忘了我們有多恐怖。」木村茂說：「這幾年的確是疼孫子疼得都忘了威嚴。」

「就是啊。」晃子開始把玩起其他自動手槍。就像看到懷念的玩具，興頭上來，想起以前的感覺，欲罷不能似的。妻子晃子一直以來對槍械便十分神經質，而且射擊的準確度也很高。木村茂把選好的槍插進背心，然後扣上外套鈕釦。

他走近電話，把剛打來的電話號碼抄在便條紙上。為了慎重起見，他把醫院的號碼也記下來。「妳記得阿繁的電話嗎？東京的朋友大概也只有阿繁了。」

「阿繁不曉得過得好嗎？老伴，那咱們走吧。不快點動身，新幹線就要到了。」

王子

新幹線「疾風號」接近一之關站了。月台現身，往後流去，只差一點就要停靠的時候，七尾開口：「那麼老師，這孩子就託你照顧到盛岡了。」他調調黑框眼鏡的位置，前往車門。

「可以嗎？」自稱鈴木的補習班講師說。雖然不清楚是對七尾還是對王子說的，但無論如何這都是一個沒有意義的問題，所以王子沒有理睬。

「你要走了嗎？」王子對著七尾的背影說。他不停地思考。就這樣讓七尾離開新幹線好嗎？是不是該阻止他？王子要去盛岡，最大的目的是為了看看那個叫峰岸的人。他想機會難得，就讓木村對付峰岸好了，但木村已經不在了。木村在廁所裡奄奄一息，被壓在蜜柑和檸檬兩個人的屍體下。

是不是該讓這個七尾取代木村的任務？王子浮現這個想法。為了這個目的，第一個得先掌控七尾的意志才行。必須在他的意志套上項圈，把他拖著到處走。不過要繫在項圈上的鎖，王子還沒有準備好。木村的話，兒子的性命就是那把鎖，並且連他對王子的憎恨，王子都加以利用了，但王子還沒掌握到七尾的弱點。當然，想想七尾能如此輕易地折斷那個蜜柑的脖子，顯然不是什麼正派人物。但是可以想像，只要稍微刺探，很有可能找出他不想被人觸碰的弱點。

該勉強挽留他，叫他「請不要下車」嗎？不，那樣大概會引起懷疑。也只能讓他下車了嗎？王子持續自問自答。

今天就這樣乖乖坐到盛岡，在峰岸的別墅附近觀察一下，然後就回東京吧。重振旗鼓後，再與峰岸對決，這樣比較好——王子得出結論。即使木村不在了，自己手上還有用不完的棋子，重新來過才是上策。

「啊，電話就好。」王子說：「可以告訴我大哥哥的電話嗎？」他認為留下與七尾的聯繫可能比較有益。棋子的庫存愈多愈好。「要是發生什麼事，我會很擔心，請讓我打電話給你。」

一旁的鈴木也附和說：「是啊，如果平安到達盛岡，我也想通知一聲。」

「咦？」七尾表現出困惑。他反射性地從口袋裡取出手機，低聲咕噥說：「都已經要到站了耶。」

就在這個時候，新幹線停車了。車子往前栽後又往後拉，搖晃得比想像中厲害，王子也踉蹌了。

最不像樣的是七尾。他撞到牆壁，弄掉了手中的手機。手機在地板彈跳一陣後，滑進行李放置處的架子深處。那裡並排著兩個出國用的大行李箱，而手機就滑進了行李箱跟行李箱之間，就好像摔下樹來的松鼠鑽進樹根處的洞穴那般。

七尾丟下行李箱，衝進行李放置處搶救掉落的手機。

新幹線的門打開了。

「喂喂喂！」七尾倉皇失措，跪下膝來，放倒身體，把手伸進行李放置處裡面，拚命想要撈出手機。可能是沒搆著，他先站起來，把行李放置處的行李箱拖出外面，然後總算撿到了手機。他急忙直起上半身，結果這次頭頂惡狠狠地撞上行李放置處的架子。

他抱頭蜷縮下去，「嗚嗚」呻吟不止。

王子不禁看得目瞪口呆，啞然失聲，他一個人在那裡耍什麼寶啊？

儘管痛得直按頭，但七尾很快就站起來，把拉出來的行李箱又規規矩矩地推放回去，然後以戲劇化的誇張踉蹌腳步走向出口。

通往月台的車門毫不留情地在七尾面前關上。

沒能下車的七尾垮下肩膀。

王子和鈴木一開始都不曉得該說什麼好。

新幹線慢慢地發動了。

七尾提著行李箱回頭，也沒有難為情的模樣，甚至一臉神清氣爽。「每次都這樣。」他說：「也沒什麼好吃驚的。」

「別在這兒站著了，我們坐吧。」鈴木說。

原本就空的車廂，過了仙台後，空位變得更多了，所以他們沒有特地返回自己的座位，而是在八車就近坐了下來。「我一個人很不安。」王子煞有介事地傾訴，兩個大人都信了。他們坐在最後面的三人座，七尾坐窗邊，中間是王子，鈴木坐在靠走道。

列車長過來了，所以鈴木說明他們換座位的事。年輕列車長也沒有要求看票，笑吟吟地允許了。

旁邊的七尾微微垂頭，低聲細語地呢喃說：「沒什麼大不了的。」

「怎麼了嗎？」

「哦，這點事從我平常的倒楣程度來看，算不上什麼。」

那已經是拚命在說服自己的口氣了，充滿了悲愴感。這個人失去的運氣，是不是全都疊到我頭上來了？王子因為完全不了解不走運的人是什麼心情，也不知道該如何安慰。

「既然如此，就這樣陪他到盛岡比較好吧。」靠走道的鈴木親切地說。那種口氣就像在安慰、鼓勵失敗的學生般，讓王子感覺到教師特有的虛偽，湧出一股不愉快，但他當然沒有把那種不快表現在臉上，而是同意說：「是啊，要是大哥哥能陪我一起去，我會很高興的。」

「我去看一下綠色車廂。」鈴木看起來像是因為當前的問題解決，而自己也不必負起帶小孩的責任而鬆了一口氣。這個補習班講師完全沒有目擊到新幹線裡可疑男子的行動、屍體和槍械，所以才能如此輕鬆自在吧。眼不見為淨，老師——王子在心裡對著走向前方的鈴木背影說。

「真的謝謝你。」只剩下兩個人後，王子鄭重地對七尾說。他盡可能地裝出神智恍惚的模樣。「有大哥哥陪著，我覺得安心多了。」

「聽到你這麼說，我真的很高興，可是……」七尾自嘲說：「如果我是你，可絕對不想要我陪呢。因為我老是走霉運嘛。」

王子咬住下唇。他想起七尾剛才在通道上演出的那齣狼狽戲碼，那種滑稽讓他差點就要笑出來了。「七尾哥哥是做什麼的？」王子問。他不是感興趣，而且也猜出八成是跟蜜柑與檸檬類似的工作。七尾一定是染指犯罪，不長大腦的那類人。

「我住在新幹線裡。」七尾一本正經地說：「我沒辦法在任何一站下車，大概是被詛咒了吧。剛才在一之關站你也看到了吧？每次我想要下車，都一定會出意外，我已經前前後後在這裡被困了十年……」七尾說到這裡，好像連自己都受不了這種荒唐，他說了聲「算了」，打住了這個話題，接著說：「你看也知道吧？我做的就是剛才那類工作。」

「下不了車站的工作？」

「別說笑了，我是說先前做的恐怖的事。」

「可是我覺得七尾哥哥是個好人。」王子試探說。

我是個脆弱的少年，我只有你可以依靠了，我相信你——王子傳達出這樣的訊息。首先應該讓男子認定「這個國中生需要人保護」才行。

把這個人也加以籠絡吧——王子開始浮現這種念頭。如果七尾這麼沒運氣、對自己沒有自信，要剝奪他的自由意志、誘導他應該也很容易吧。

「你現在很混亂，所以搞不清楚狀況，不過我絕對不是個好人，也不是正義使者。

而且我還會殺人呢。」

混亂的只有你一個——王子差點說。我一點都不混亂，清楚透澈地掌握全局。「可是那是為了救我吧？比起我自己一個人，有七尾哥哥陪著我，絕對更可靠。」

「這樣嗎？」七尾小聲說，雖然困惑，卻也害臊起來了。王子又費了一番工夫才忍住笑。使命感被刺激，他覺得頗為受用吧。這豈不是跟被女人吹捧個幾句，就飄飄欲仙的中年阿伯一樣嗎？有夠單純。

王子又望向新幹線的窗外。水田流過，遠山的山峰慢慢繞過來似地移動著。

列車即將抵達水澤江刺站。王子預測七尾在這裡也會提出要下車，但不知道七尾是否已下定決心要坐到盛岡，還是害怕又在車廂外重演下不了車的糗樣，對到站廣播毫無反應。

七尾也有可能趁著王子疏忽的時候，突然站起來跳下新幹線，但新幹線到了水澤江刺，車門打開、關上、發車，這段期間七尾都只是靠在椅背上，嘆息發呆而已。看來完全放棄掙扎了。

新幹線離開車站，繼續北上。

一會兒後，聽到手機震動聲。王子確認自己的手機後問：「七尾哥哥，是不是你的手機在響？」七尾嚇了一跳，摸了摸口袋，搖搖頭說：「好像不是。」

「啊。」王子發現是木村的手機。他摸索背包的外袋，從裡面取出手機。「這是剛才那位叔叔的手機。」
「剛才的？那個把你帶著到處跑的大叔？」
「那個叔叔姓木村。咦，是公共電話打來的。」王子凝視著手機液晶螢幕，瞬間猶豫著該怎麼做。這年頭還有人在用公共電話？他對這件事感到訝異。「該接電話嗎？」
七尾不回答。「我只要做決定，就不會有什麼好結果，你自己決定比較好。」他辯解似地說：「要接的話，不用出去車廂，在這裡講就行了吧？反正這麼空。」
「是啊。」王子點點頭，接了電話，聲音響起。「啊，雄一嗎？」王子馬上就猜到是木村的母親。王子瞬間變得樂陶陶。八成是聽到丈夫提起王子打去的電話，坐立難安吧。她發揮自己的想像力，揣測自己的兒子和孫子是不是出了什麼事，浮現的卻淨是些壞念頭，終於無法承受高漲的不安情緒，打電話來了。再也沒有比為孩子心痛的母親更拚命、看起來更可笑的了。王子甚至覺得這通電話來得太慢了。
「啊，我不是叔叔。」王子回答。好了，該怎麼應答，才能更進一步撩撥起對方的不安呢？他正在動腦。
「我說，你現在人在哪裡啊？」
「現在還在新幹線裡。『疾風號』。」
「這我知道。幾車？」
「問這要做什麼？」

「我老伴說要去找你。」

此時王子才注意到木村的母親聲音沉著無比，宛如扎根在地面的大樹般，堂而皇之。

背後的自動門打開了。

王子把手機按在耳朵上傾身一看，一個穿著深綠色外套、身材中等、一頭白髮的男子正走進來。男子一雙粗眉，細眼凌厲無比。

王子用力扭過上半身，勉強朝上望向那名男子。男子嘴巴倏地笑開了。「原來真的是個國中生啊。」

瓢蟲

年紀像是退休後悠閒度日的男子，抓住七尾他們的三人座前方的座位，一腳踩住踏板，粗魯地旋轉過來。兩組三人座椅兩兩相對了。然後他在七尾和國中生前面，以面對面的形式坐了下來。動作在一瞬間完成，連表達拒絕的機會都沒有，意識到時，已經變成了一幅有如三代同堂全家旅行的構圖了。

後方的門再次開啟，「哎呀，原來是在這裡啊」，一樣是名感覺年過花甲的婦人現身了。她理所當然地在七尾和國中生對面——也就是最先坐下的男子身旁落坐。「老伴，意外地一下子就找到了呢。」她對男子說，然後就像在打量聯誼對象似地端詳起七尾和國中生。

「呃……」七尾總算對大剌剌地跑過來的老夫婦開口了。

「可是……」婦人打斷他的話。「我第一次用新幹線裡的公共電話，那看起來沒有電話線，是怎麼接通的呢？」

「是用鐵軌傳電波的吧。」

「我們是不是也該買個手機？很方便的。」

「不過，總之幸好雄一的手機可以在新幹線裡打。新幹線裡的公共電話，可以打通的電信公司好像只有幾家嘛。」

「是這樣嗎？」婦人問七尾，但七尾不可能知道。

「呃，爺爺跟奶奶是……」國中生也面露警戒和不安地問。

前方的兩人儘管年紀相當大了，卻絲毫沒有老態龍鍾的模樣，還沒有老到讓人稱呼爺爺奶奶的地步。但看在國中生眼裡，果然還是只能稱為爺爺奶奶吧？七尾不經意地想著，結果被那麼稱呼的男子開口說了：「你是故意的吧？」

「咦？」國中生有些吃驚。

「你是故意把我們當成老人看待吧？你故意選了爺爺奶奶這樣的稱呼，對吧？」

「哎喲，老伴，對個小孩子，何必那麼凶嘛？」婦人打趣似地說：「所以老人家才惹人嫌。」

「這傢伙才不是什麼可愛的小孩。他說出口的話，每個字都是精挑細選過的。臭得要命。」

「臭？」國中生有些不高興了。「我們是第一次見面，何必這樣損人呢？我稱呼您為爺爺，又沒有惡意。」

「是第一次見面沒錯，但咱們也不是不相識。我是木村。你剛才打電話給我，對吧？」男子指著自己咧嘴一笑。口氣很溫和，眼神卻很銳利。「接到你的電話，我在意得要命，慌慌張張從剛才的水澤江刺站上車了。」

「咦？」國中生狀似吃驚地開口：「您是木村叔叔的……」

「這麼過度保護，不好意思啊。做爸媽的跑來插手兒子捅的婁子了。雄一人呢？」

七尾在腦袋裡整理思緒。這名男子說的「木村雄一」，是先前跟國中生一起的男子吧。也就是現在倒在廁所裡的男子。但男子說國中生打電話給他，是怎麼回事？

「你不是在電話裡說了嗎？雄一碰到危險了，我孫子小涉也有危險了。」

「啊，那是……」國中生說到這裡，支吾起來。

「你還說，『這全要怪爺爺跟奶奶這麼滿不在乎』。」

「那是……」國中生垂下頭去。「我是被逼著那麼說的。木村叔叔威脅我，還有其他人……」

其他人是指誰？七尾在一旁聽著，悄悄觀察國中生的側臉。臉形玲瓏，鼻梁高挺，額頭的弧度和後腦的形狀也很漂亮，看起來活像一尊典雅的陶器。七尾想起小時候被說「你家那麼窮，你只能去當足球選手或加入黑道了」的事。這麼對他說的同學，臉蛋是不是也像這般精緻？擁有一切的人，連外表都完美無缺。

「呃，他只是個普通的國中生啊。他被捲入了一些危險的麻煩事，不過也不必對他這麼凶吧？」七尾忍不住介入調停。

「他真的只是個普通的國中生嗎？」男子看向七尾。那張臉皺紋遍布，皮膚乾燥，卻很有威嚴，就像樹皮雖已逐漸剝落，卻仍傲然矗立的大樹般。枝幹壯碩，遭推撞也文風不動，遇強風也屹立不搖。「這傢伙可能不只是個普通的國中生。」

說完的瞬間，男子的手倏地一動，身上的外套微微掀起。

七尾做出反應，但完全是自然的反射性動作。他伸手摸背，掏出槍。幾乎就在同時，男子取出的槍也已經對準了國中生。

由於幾乎沒有距離可言，彼此是槍口頂在對方鼻頭的狀態。

在新幹線的車廂裡，感覺像是要開始玩牌的兩兩相對座位上，男子與自己雙雙掏槍的場面，讓七尾感到奇妙極了。

「如果你從實招來，或許還不至於玩火自焚哦，小朋友。」男子對著國中生晃了晃槍口。

「老伴，你那個樣子，人家小朋友想說也說不出話來了。」就連勸阻丈夫的婦人也沒有絲毫緊迫感。

「喂，你也太蠻橫了吧？」七尾對男子粗暴的做法感到生氣。「把槍收起來，要不然我要開槍了。」

男子這才注意到七尾的槍似地說：「少來了。槍裡沒子彈吧？」

七尾不得不沉默了。確實，彈匣扔進垃圾桶裡了，可是他疑惑怎麼會被發現？男子怎麼看得出來？他不覺得瞥上一眼就能識破。

「怎麼可能沒子彈？」

「那你開槍啊？你開槍我也開槍。」

被當成外行人的屈辱令七尾漲紅了臉，但他也不能低頭遮羞。他提心弔膽地把槍收進內袋，直盯著男子看。

「你有對號座車票嗎？『疾風號』全車都是對號座。」國中生冷靜地說。

「少囉嗦。車票全賣光了，有什麼辦法。」

「全賣光了？車子裡不是很空嗎？」七尾四下張望。車廂裡到處是空位。

「就是吧？裡頭有什麼文章嗎？難道是團體客集體取消行程了嗎？不過車廂這麼空，就算是列車長，也不會趕人下車的。好了，雄一在哪兒？他怎麼了？還有小涉會怎麼樣？」

「我也不太清楚。」國中生怯聲怯氣地說：「可是如果我不坐到盛岡，小涉好像會在醫院碰到危險。」

七尾凝視著國中生的側臉。從剛才的對話推測，剛才他說的「如果我不去盛岡，生命就會有危險」的小孩，就是這對男女的孫子吧。但是七尾不明白國中生與這對男女的關係。

更重要的是，這對夫婦究竟是何許人？這教七尾納悶極了。仔細一看，婦人那身厚外套底下似乎也藏了某些道具。這名婦人也有槍嗎？從他們沉著的樣子來看，與其說是尋常百姓，感覺更像業者。可是七尾從沒聽說過這麼年長的業者。

雖然無法明確掌握自己究竟被捲進什麼狀況，但男子對國中生的敵意令七尾感到異常。太不正常了。雖然這趟新幹線之旅打一開始就跟「正常」兩個字無緣，但這場面也是至今最為詭異的一幕。一對應該已年過六旬的夫妻逼問縮著脖子的國中生，甚至拿槍恐嚇他。

就在這時，響起了手機接通的震動聲。震動聲響好似在插科打諢般輕巧地搖晃著在座四人。

全員沉默、屏息、豎耳，座位一帶倏然陷入一片寂靜。

七尾從衣服上觸摸手機，確認不是自己的電話。

「啊。」國中生說，把自己的背包移到前面，拉開拉鍊。「是我的電話。」

「不許動。」男子頂出槍口。由於距離太近，看起來更像是持刀威脅，而不是拿自動手槍瞄準。

「可是電話……」

「總之不許動。」

七尾聽著對話，數著低沉震動的聲響，三聲、四聲……

「如果不接電話，可能會出事。」

「讓他接個手機也不會死吧？」七尾也沒有什麼特別的理由，懷著包庇違反校規的兒子般的心情回嘴。

「不行。」男子冷漠無情。「這傢伙太可疑了。或許他會拿接電話當藉口幹出什麼事來。」

「老伴，什麼事是什麼事？」婦人的語氣仍是一派天真無邪。

「不曉得。可是只有一點是確定的，跟刁鑽古怪的傢伙對幹時，絕對不能照對方意思行動。不管是再怎麼雞毛蒜皮的小事，或許都會是反將我們一軍的行動。比方說，以前我在拉麵店跟老闆對決的時候，我掏槍指著那傢伙——可不是因為拉麵太難吃啊。詳情我忘了，總之我命令那傢伙交出什麼重要的東西。是工作。結果店裡的電話響了。老闆說如果不接電話會有人起疑。確實如此，所以我也釋出善意，叮嚀他不許多嘴，讓他接了電話。老闆講了一串味噌拉麵、叉燒麵怎樣的，總之是確認外送訂單之類的，可是令人吃驚的是，那其實是暗號。沒多久，礙事的援軍就殺來了。我們就在小不拉嘰的拉麵店裡火拼。當然，我活下來了，可是也搞得我累死了。要不然就是還有一次，我在某個事務所跟那裡的社長談判時，桌上的電話響了。我好心准他接電話，結果社長一接起電話，就『轟』的一聲爆炸了。換句話說，我的意思就是……」

「三十年前還沒有手機，是吧。」女子搗亂說，看來也像是受夠了不曉得已經聽過多少遍的當年勇。

「我的意思是，在這種場面打來的電話準不會是好事。」

「都三十年以前的事了。」女子苦笑。

「現在也是一樣。」

七尾望向國中生。拉開拉鍊的背包就擺在旁邊。國中生不曉得在想什麼，一臉肅穆。七尾的腦中掠過一股古怪的感覺。少年說著「救命」，向自己求救的那種懼怕神色早已煙消霧散了。儘管被槍口指著，少年也沉著得過於離奇了。直到剛才七尾都還解釋為少年是嚇得六神無主，但現在少年顯得十分淡定。

七尾將視線往下移動，看到少年背包裡的東西，他看出背包裡裝著疑似手槍握柄的物體。是槍。背包裡怎會有槍？是國中生偷帶的嗎？雖然不清楚狀況，但總之背包中有槍，這是事實。

這玩意兒——七尾佯裝平靜地思考。這玩意兒可以利用。

七尾的槍沒有子彈。男子也已經知道了。換句話說，他應該認定七尾沒有槍，對他疏於防範。七尾可以趁機從背包裡抽出這把槍，制住對方。除了眼前的夫婦，這個國中生也不能大意。七尾完全無法想像國中生究竟在想些什麼，但他預感到如果放鬆警戒，肯定要吃大虧。首先應該用槍——他想——用槍掌握這個場面的主導權。

七尾繃緊神經，窺伺拿出手槍的機會。如果貿然行動，男子肯定會開槍。

手機的震動停了。

「啊，電話停了。」國中生喃喃說道，垂下頭去。

「如果是什麼重要的事，還會再打來吧。」男子不負責任地說。

七尾聽見輕微的喘息聲。他朝稍微低下頭去的國中生瞥去。少年那張側臉彷彿就快忍俊不禁，讓七尾大受動搖。

王子

為了忍住笑意，身體震動起來。王子無法壓抑從內心湧出的愉悅。結果這個老頭子也是一樣的——他想。耀武揚威，強調人生經驗的差異，擺出游刃有餘的態度。簡而言之，就是過度相信自己的想法，落入圈套，而落入圈套後也不願意承認事實，不過是那類人罷了。

剛才那通電話應該就是在東京醫院待命的男子打來的。或許他是想確認什麼，又或是開始感到工作壓力，坐立難安，等得不耐煩，所以打電話來。

他們事先已經說好，如果電話響了十次，王子沒有接，就展開行動，而剛才王子沒有接電話。

雖然王子不知道男子有沒有依照約定行動的勇氣，但想想自己得天獨厚的人生，男子現在應該正前往病房，準備對木村涉下毒手。人與事都照著自己的期望行動，這王子已經經驗過太多次了。

都是你害的——王子好想對眼前的男子說。你掏出手槍，或許自以為占了上風，但因為這樣，你奪走了你寶貝孫子的性命。王子憐憫男子，甚至就要開始思考寬慰的話語。當然，另一方面他也研究起該如何活用這個事實。端看怎麼活用，他就能控制這對夫婦。告訴他們孫子的悲劇，然後盡情享受過男子苦悶的模樣與女子茫然的樣子後，再刺激他們的罪惡感，剝奪他們的判斷能力，在他們的心頭扣上大鎖。就像他平常做的那樣就行了。

不過還需要一點時間。如果現在就告訴他們「你們的孫子命在垂危」，男子或許會揮舞手槍鬧起來，打電話到醫院瘋狂傾訴，試圖拯救孫子。要告訴對方這個情報，得等到孩子確定沒救了才行。

「喂。」男子開口：「快點說。車子抵達盛岡之前，我一定會開槍射你。」

「為什麼？」當下這麼頂嘴的是七尾。「你為什麼要那樣一口咬定？」

「呃，我真的搞不清楚是怎麼回事……」王子順著七尾的話，徹底裝成陷入混亂的國中生。

「老伴，這孩子真的是你說的那樣嗎？我一點都不覺得他在撒謊。」婦人的臉孔與過世的祖母重疊在一起。雖然懷念，但王子不感到親近，反而鬆了一口氣，她果然是個容易籠絡的人。老年人總是會對小孩子瞇起眼睛，溫柔呵護。這一定不是出於身為人的道德或使命感，而是動物本能。人類被設計成必須保護同種族更年幼的生命。「可是雄一人呢？他在仙台下車了嗎？你說雄一不能接電話了，是什麼意思？」

「就我來看，這傢伙臭不可聞。」男子深深靠在椅背上，對王子努了努下巴。可是他把槍收進外套裡的背心口袋了。雖然應該不是對自己放下防心了，但看來緊張緩和了一些。「噯，算了，總之先打電話去小涉那邊好了。出門時慌慌張張的。我拜託阿繁去看看情況，可是誰知道那傢伙是不是真的照吩咐做了，不能信任啊。」

「阿繁辦事很不牢靠嘛。」婦人笑道。

他們叫朋友去醫院了嗎？

「用剛才的公共電話打嗎？」婦人說。

不妙——王子心想。他還想再拖延一些時間的。

結果七尾從旁邊發問了：「你們的孫子生病了嗎？」或許可以轉移話題——王子心

想，感謝七尾絕佳時機的提問。自己果然幸運。

「從百貨公司屋頂上摔下來了。昏迷不醒，一直躺在醫院床上。」男子可能是努力排除掉情緒，冷冷地回答。

王子掩住嘴巴，「是這樣嗎？」他裝出頭一次聽到的表情說：「從屋頂上摔下來，那一定很可怕吧。」

王子暗自竊笑不已。他想起小孩子摔落屋頂時那種無法理解狀況、為了模糊的恐怖而困惑的表情。

男子更不悅地說了：「就跟天照大神關進天岩戶裡頭去一樣（註）。小涉昏迷不醒，這兒的世界也一片黑暗。如果不快點有人出來跳舞，大家一起哈哈大笑，把小涉叫回來，就真的了無光明了，糟糕透了。」

王子差點失笑，忍了下來。一片黑暗的只有你，我完全不痛不癢。你孫子不管存不存在，對這個世界都幾乎沒有影響，王子在內心呢喃。

「醫生怎麼說？」七尾問。

註：日本神話中，太陽神天照大神被弟弟須佐之男激怒，憤而閉關在天岩戶裡，使得世界陷入一片黑暗。於是眾神在天岩戶外大開宴會，以歡鬧聲引得天照大神出來探看，眾神再趁機搬開入口巨石，成功將天照大神請出來。

「沒辦法做更進一步的治療了。能做的都做了。小涉什麼時候會醒來都不奇怪，也可能永遠不會醒來。」

「真令人擔心呢。」七尾低聲說。

男子的臉不正經地笑了開來。「小哥，你倒是半點味道都沒有，乾淨得教人吃驚呢。幾乎聞不到惡意的臭味。從你剛才掏槍的樣子來看，幹的應該也是跟我們差不多的工作，怎麼能那麼乾淨？你也不是才剛入行的菜鳥吧？」

「嗳，是啊。」七尾撇撇嘴說：「我只是運氣不好罷了。所以或許容易對不合理的不幸感到共鳴。」

「啊，我從以前就一直想知道。」王子為了更進一步轉移話題，不讓他們打電話而開口。

「什麼？」男子問。看起來像是嫌他煩，也像是在提防。

「是我們也知道的事嗎？」婦人問。

「請問，為什麼不可以殺人呢？」是王子的那個老問題。大人目瞪口呆，儘管嘆氣說「這不是理所當然的事嗎？」卻回答不出來的問題。

「啊。」七尾出聲了。

是想到問題的答案了嗎？王子往旁邊看，然而七尾卻望著完全不同的方向，新幹線的前方。「鈴木老師回來了。」他低喃。

王子聞言，轉過視線一看，補習班講師鈴木正從走道另一頭走來。

「誰？」男子再次從背心掏出手槍，瞄準七尾。

「碰巧在這班車上認識的。不，我們也不熟，只是稍微聊了一下而已。總之他是個普通人。他連我有槍都不知道，只是個普通的補習班老師。他擔心這孩子，跟我們一起坐在這裡。」七尾匆匆說明：「所以才會折回來。」

「不能相信。」男子說：「他不是同行嗎？」槍握得更緊了。

「那樣的話，他一來你就開槍好了。」七尾強勢地說：「你會後悔的。鈴木老師是不折不扣的一般人。」

婦人傾身靠向走道，手抓住靠肘看後面。接著很快恢復姿勢說：「看上去是個普通人。他那張臉，應該是真的什麼都不知道吧。而且顯然沒有帶武器。應該是去看看綠色車廂長什麼樣子，偷偷確定坐起來是什麼感覺，然後折回來而已，感覺就是那麼悠哉。」

「真的嗎？」男子問。

「太太真敏銳。」七尾一本正經地用力點頭。

男子把手中的槍跟手一起收進外套口袋，連同口袋一起轉向七尾。「要是有絲毫可疑的樣子，我就開槍。」

「咦，怎麼變得這麼熱鬧？」緊接著鈴木到了。「怎麼回事？」

女子在眼角堆出皺紋瞇起眼睛。「我們是在剛才的車站上車的，這兩位很好心，想到老人家怕寂寞，願意陪我們一起坐。」她厚臉皮地信口開河。

「哦，這樣啊。」鈴木靜靜點頭。「那很好。」

「聽說你是學校老師？」男子發出低沉的聲音。眼神銳利，幾乎不眨眼。

「是補習班。說老師也算是老師沒錯。」

「那麼正好。你坐那裡，老太婆旁邊。」男子要鈴木在他們三人座的最旁邊，靠走道的位子坐下。鈴木依言坐下，男子便說：「這孩子剛才提了個可怕的問題。」男子是已經解除對鈴木的警戒了嗎？還是與他嘴上說的相反，正在留神估算開槍的時機？

「什麼問題？」鈴木睜大眼睛。

「他問為什麼不可以殺人。請老師給他一個斬釘截鐵的答案吧。」

突然被指名回答，鈴木呆住了。然後他看王子。「你真的那麼問？」他的眉毛悲傷地垂下。

王子忍住嘆息。他每次提出這個問題，對方大抵都會露出這種表情。或是漲紅了臉憤慨不已。「我只是純粹想要知道而已。」王子說。

鈴木深吸一口氣，像要平靜下來似地長長嘆息。他的眼神沒有亢奮，依舊悲傷。

「該怎麼回答，真教人煩惱。」

「這果然是個很困難的問題嗎？」

「或者說，是因為我不了解你的用意。」王子覺得鈴木的表情愈來愈像個教師，感到不愉快。「首先，」他開口說：「這是我個人的意見。」

請問這世上有非個人的意見嗎？——王子想要抬槓。

「比方說，如果你要殺什麼人的話，我會想要阻止。反過來也一樣。如果有人想要殺你，我還是會想要告訴那個人不可以那樣做。」

「為什麼？」

「因為一個人死去，就算不死，一個人攻擊另一個人，是非常讓人難過的事。」鈴木說：「令人悲傷，難以承受，我不希望有這樣的事。」

王子根本不想聽這種回答，「我明白老師的意思，也可以理解那種心情。」但他還是繼續撒謊道：「可是，我想知道那種倫理意義以外的理由。因為照那樣說的話，沒有那種情感的人，就可以肯定殺人行為了，不是嗎？世上有戰爭和死刑，然而大人卻不指責戰爭和死刑。」

「嗯，是啊。」鈴木就像預期到王子的回答似地點點頭。「就像我一開始說的，這是我個人的感情。可是這是最重要的。我認為人不應該殺人，絕對不可以殺人。可是你期待的不是這種回答。所以呢……」鈴木突然親暱地接著說：「我想問問你。」

「什麼？」

「如果我現在小便在你身上，你會怎麼樣？」

鈴木突然提出這種幼稚的問題，把王子嚇了一跳。「咦？」

「如果我把你的衣服全部脫掉，讓你光屁股，你會怎麼樣？」

「原來老師有這種興趣嗎？」

「不是啦。只是你怎麼想？不可以在車廂裡小便、不可以脫光別人衣服、不可以說別人壞話、不可以抽菸、不可以不買票就搭新幹線、想喝果汁就非得付錢不可。」

「什麼跟什麼？」

「我現在想要揍你，可以嗎？」

「老師是認真的嗎？」

「如果我是認真的，你怎麼辦？」

「不要。」

「為什麼？」

王子思考答案。該說「因為我不願意」嗎？還是該回答「那你可以揍我」？他猶豫了。

「世上充滿了各種禁止事項。」鈴木聳聳肩說：「從一到十，全是禁止。只有你一個人存在的時候沒有問題，然而當另一個人出現的瞬間，就會冒出許多禁止事項。而我們周遭充滿了無數的、根據不明的禁止事項。或許說我們只能勉強做一些被允許的事，還要更貼近現實。所以我覺得非常不可思議。為什麼你們老是只問『為什麼不可以殺人』？既然那樣的話，不是也應該問『為什麼不可以打人』、『為什麼不可以隨便睡在別人家裡』、『為什麼不可以在學校生火』嗎？或是『為什麼不可以侮辱別人』這類的。比起殺人，還有更多莫名其妙的規則。所以嘍，我每次聽到這類問題，都會第一個懷疑，對方是不是只是單純想要拿『殺人』這種激進的主題來為難大人罷了？很抱歉。」

「我是真的想知道。」

「就像我剛才說的，世上有無數的禁止事項。而這些形形色色的禁止事項裡，能夠挽回的事還有救。比方說，就算我搶了你的錢包，只要再還給你，就恢復原狀了。即使在你的衣服上潑了水，就算是最糟糕的情況，只要買來同樣的衣服，就能夠復原了。你和我的關係可能會變得不如從前，但大部分都可以恢復原狀。可是，死人是不能復生的。」

哼，王子嗤之以鼻，想要說「因為人命很尊貴嗎」，然而他還沒有說出口，鈴木已經說了：「我不打算說什麼因為人命很尊貴。」他一臉嚴肅。「比方說，全世界只有一本的稀有漫畫書被燒掉的情況也是一樣的。再也得不到它了。雖然我本身不認為人命與漫畫同等，但從客觀的邏輯去看，兩者是一樣的。所以你在問『為什麼不可以殺人』的時候，也應該問『為什麼不可以燒掉超稀有的漫畫書』才對。」

「老師意外地饒舌呢。」男子笑道。

鈴木並沒有興奮，反倒是愈說愈沉靜，王子開始懷疑起在跟自己對話的真的是人嗎？

「我太囉唆了，不過結論就是……」鈴木的口氣就像在叮嚀學生「這裡考試會出哦」。「接下來是答案。」

「嗯。」

「如果允許殺人，國家就傷腦筋了。」

「國家？」王子預感到話題要轉為抽象，板起臉。

「比方說，如果自己明天可能會被殺，人就無法從事經濟活動了。無法保護所有權，經濟就無從成立。對吧？如果自己買來的東西無法被保證是自己的，就沒有人要用錢了。連錢都不能說是自己的了。而『生命』是自己所有的物品當中最為重要的一樣。這麼一想，如果不保護生命的話——至少不裝作生命受到保護的話，經濟活動就會停擺了，所以國家才會立下禁止事項。禁止殺人的法律就是其中之一，是重要的事物之一。這麼一想，戰爭和死刑被允許的理由也很簡單了，因為戰爭和死刑是出於國家的利益進行的。只有國家認定沒問題的行為才能被允許，這跟倫理沒有關係。」

很快地，新幹線抵達新花卷站了。

中間停頓了一會兒，感覺就像列車「吁」地調整呼吸度過短暫期間後，新幹線又從新花卷站出發了。景色再次移動。

鈴木滔滔不絕，七尾聽得興致盎然。這個缺乏情緒、幾乎感覺不到熱度的補習班講師對著國中生諄諄教誨的情景十分新鮮。

「所以有些國家，或許在遙遠的某個國家，是允許殺人的。我是不知道，但或許在世界的某處有這樣的國家或社群。因為禁止殺人完全只是國家觀點的考量。所以如果你去了那種國家，殺了什麼人，或者被什麼人殺了，都完全不是問題。」

雖然不覺得是什麼嶄新的意見，但或許是因為鈴木的語氣十分淡然，七尾能夠毫不抵抗地聽進去。從有實際殺人經驗，而且不只一次的七尾來看，就算聽人滔滔陳述禁止殺人的理由，他也不可能幡然悔改，也不感到反省；但鈴木那種堅毅卻十分溫和的說話態度，讓他很有好感。他再次感到鈴木真是個活神父了。

他不清楚這個回答能不能讓國中生滿意。不過眼前的國中生側臉老成無比，方才的恐懼和童稚都不曉得蒸發到哪裡去了。

「不過……」鈴木吁了一口氣。「我一開始就說過，與國家的考量和法律無關，我本身仍然覺得殺人不是一件好事。因為一個人從世上消失、那個人的自我消失，是一件可怕至極、令人悲傷的事。」

「老師，你說這話，是在想著特定的某個人嗎？」男子問。

「是啊，感覺很像呢。」婦人也點頭。

「很久以前的事了，我的妻子過世了。」鈴木把頭轉向一旁。七尾覺得從鈴木的眼睛感覺不到神采，就是這個緣故。「而且是被人殺了。」

「哎呀。」婦人睜圓了眼睛。

原來是這樣嗎？——七尾也感到驚訝。

「殺死你妻子的傢伙呢？」男子一副要開口替他攬下復仇大業的模樣。

「死了。全死了。然後結束了。」鈴木沉穩地述說：「怎麼會變成那樣的？妻子怎麼會不在了？即使回想，我還是弄不明白。我也覺得我所體驗到的全是一場幻影。號誌一直沒有變，我想著怎麼還不趕快變成綠燈？這就是開端，等我回過神的時候，人已經在車站月台了。」

「什麼跟什麼？」男子苦笑。「你看到幻覺了嗎？」

「明明那裡的月台，沒有經過東京車站的電車。」

茫茫然地述說的鈴木，眼神彷彿跳進了過去的噩夢而回不來。他就要呢喃起意義不明的話語，接著左右搖頭，好似又恢復了意識。

「一想到亡妻，我就有種不斷墜入黑暗深淵的感覺。或是覺得妻子現在仍然一個人被拋棄在廣大的沙漠中。她在黑暗的沙漠裡，發不出聲音，也聽不到聲音，什麼都看不見，不安地永遠漂泊，而我卻無法把她從孤獨當中拯救出來。我甚至找不到她，有時候一個不小心，還會忘了她，只有被拋棄在黑暗無邊大地上的莫大不安與悲傷。」

「說得那麼深奧，我是聽不太懂，不過你好像是個好人。好，我要讓小涉進你的補習班。」男子說得打趣，眼神卻是認真的。「給我你的名片。」他說。

鈴木禮貌性地伸手到西裝，然後笑道：「啊，行李丟在原來的座位呢。裝伴手禮的袋子也忘在那裡了。」感覺他好像突然變成了大學生。「得在到盛岡之前拿過來才行。」他站起來說：「妻子過世以後，我第一次要去見岳父母。我總算能去面對他們了。」

「咦？那很好嘛，要好好打招呼啊。」男子口氣粗魯地說，但看起來很高興的樣子。

鈴木消失到後方車廂了。「喂，你信服了沒？」男子對國中生說：「老師剛才的回答你滿意了嗎？就我來看，不管是殺人還是不殺，都要看自己的意思，所以老師的話我不能認同。不過或許還滿有說服力的。你也說點什麼啊？」

國中生的眼神有些呆滯。他是在生氣嗎？還是感動？七尾想要從他的側臉捕捉他的情緒，但那張臉馬上就恢復原狀了。就像膨脹的氣球一下子洩了氣，整個鬆弛下來。

「不，我覺得老師的回答不是很有意義。我很失望。」

儘管緊張消失了，但比起天真，尖酸變得更醒目。

「開始認真了，是吧？這樣才好。裝出看透一切的態度，很累人的喲。」男子揚聲說道，然後不知不覺間又掏出槍。「喂，國中生，告訴你一件好事。」

「什麼事？」

「你剛才提的那個問題，我十幾歲的時候也老是掛在嘴邊。」

男子旁邊的婦人像要吹口哨似地悄聲笑了。

「看你一副得意洋洋的模樣，可是那種事，每個人還是小毛頭的時候都幹過。問什麼『為什麼不可以殺人』來為難大人，說什麼『既然都要死，人為什麼存在』，自以為全天下只有自己一個人成了哲學家，那就跟麻疹一樣。你啊，只是得了我們小時候早就已經得過的麻疹，張著鼻孔在吹噓『我得了麻疹嘍』罷了。」

「我也是，我不喜歡向人賣弄『我看電影從來不哭』的孩子。因為每個人年輕的時候都是那樣的。等到上了年紀，自然就會變得容易掉淚嘍。我也是一樣，每個人都一樣，年輕時都不哭的。既然都要說的話，應該等到過了六十歲以後再來炫耀呢。」婦人說，接著假惺惺地掩住嘴巴。「哎呀，真對不起，簡直像在說教似的。」她做出替嘴巴拉上拉鍊的動作，露出微笑。

婦人的動作讓七尾想起拉鍊，瞥向國中生旁邊的背包。打開的拉鍊裡露出了手槍。還是用這把槍吧。看準時機。繃緊神經。

結果，此時國中生突然發出微弱的聲音低下頭來說：「爺爺奶奶，真的對不起。」

王子對於自己正在急躁一事感到急躁。鈴木剛才的說話口氣和態度，並沒有特別瞧不起他的樣子，但那種宛如說故事般的氛圍，給了他一種只能說是生理上的模糊嫌惡感。近似於看到有大量節肢類昆蟲或色彩毒豔的植物時的噁心。

還有，一臉好似自己經驗老到地滔滔不絕的眼前這對夫婦教他氣憤。

王子為了平靜怒意並恢復鎮定，調整呼吸。「對不起。」接著他說：「其實我想爺爺奶奶的孫子可能不妙了。」

差不多可以發表了吧。夫婦倆同時僵住。一提到孫子，他們的反應就不得了。不管再怎麼逞強，結果還是落得這副窩囊相。

「剛才不是有電話打來嗎？其實那通電話非接不可的。」

「什麼意思？」男子的臉像是被一把揪起來似地扭曲了。王子看得出那不是在顯露堅強，而是為了不讓自己的不安曝露出來而在壓抑情緒。

「我被這麼交代的，絕對要接電話。要不然醫院裡的小男孩生命就危險了。必須在電話響到第十聲以前接聽。」

男子沉默了一會兒。只有新幹線震動發出的聲音作響。

「可是爺爺卻叫我不要接電話。」王子佯裝溫馴，顫動著肩膀說。「怎麼樣？瞧你們說得一副無所不知的樣子，結果還不是保護不了孫子？國中生的我比你們還要厲害太多了呢。」實際上他想這麼告訴對方。

「你說的是真的？」男子沉靜地問，或許他明白王子不是虛張聲勢。儘管覺得屈辱，男子卻像在對他察言觀色，這讓王子覺得舒服。背後竄過一陣令人戰慄的喜悅。

「是真的。如果那個時候接電話的話……」

「老伴，」婦人第一次表現出內心動搖。或許她粗大的神經也總算萌生出不安了。

「幹麼？」

「老伴，我去打個電話，好嗎？」她站起來。

「啊。」王子說。都已經過了這麼久了，那個幼兒已經出事的可能性很大。「要不要用我的手機？啊，可是我不可以隨便亂動呢。」他故意以諷刺的口吻說，望向男子的臉。

男子的臉僵住了。剛才就連王子要碰手機他都提防得要命，然而現在卻想指望他。「手機借我。」男子苦澀地說。真爽。首先前進了一步——王子心想。就像這樣，一點一點地拉開他們與自己的勢力關係就行了。

王子就要從背包裡取出手機，此時他看見鄰座七尾的視線銳利地動了。王子立刻察覺了。七尾是注意到背包裡的手槍了吧。

七尾想要用那把槍。

八成是的。

王子感到雀躍。

背包裡的手槍本來是蜜柑的。那不是普通的槍。上面應該有機關，如果扣下扳機，開槍的人自己會受傷，是一把自爆手槍。七尾不知道這件事，所以才會想用。

就讓他用吧——王子愉快地想。

爆炸會造成怎樣的狀況，得試試看才知道。七尾就不用說了，坐在他正面的男子應該也會被嚴重波及。即使不到致命傷，男子應該也會受傷，無法正常行動。

到時場面會變得一團亂。

而自己可以趁隙逃脫。一定可以，王子確信。

當然，王子無法否定自己遭波及的危險性，但他沒有看得太嚴重。他估算只要七尾舉槍的瞬間跳到走道去，自己應該不會受重傷，最重要的是，王子非常信賴自己的運氣。每次碰到這種場面，他總是平安無事嘛。

車廂裡傳出輕快的旋律。廣播說再五分鐘就到盛岡了。

緊接著，接連發生了一連串的事。

首先車廂前方傳來小孩的聲音。稚嫩的嗓音感情十足地叫喚著「爺爺」。雖然小孩只是在叫自己的爺爺，然而眼前的老夫婦卻對那稚嫩的聲音起了反應。他們把座位轉過來坐，因此小孩的聲音是從背後傳來的。他們可能錯以為是自己的孫子在叫。他們的意識轉向身後，婦人甚至把臉探出走道去看。

七尾沒有放過這個機會。他抓起背包，右手伸了進去。

在這種狀況，有小孩子的叫聲響起，製造出讓七尾拿槍的機會，我是何等幸運啊！——王子禁不住戰慄。只要七尾掏出槍，扣下扳機，一切就結束了。王子就要從座位上逃開。

然而沒有爆炸。

王子踏出走道的腳就這麼停住，回過頭去。七尾並沒有拿出手槍。不僅如此，他看著放開背包的手，就像電池沒電了似地一動也不動。

王子望向七尾的手臂，這才總算發現是怎麼回事了。由於過於意外，他差點嚇得當場跳起來衝去旁邊。

坐在對面的男子也瞪大了眼睛，舉著槍僵住了。婦人也張大了嘴巴。

因為七尾的右手——右臂變得異常地腫大。爬在手臂上的筋脈脹大，化成立體的管狀，形成古怪的花紋。

看起來像是那樣。可是不是。

是有條蛇纏在他的手臂上。

「怎麼會有蛇？」舉槍的男子如此低喃。一開始是茫茫然地呢喃，接著大笑出聲：

「這種地方怎麼會有蛇？」

「哎呀呀。」女子目瞪口呆。

「噫！」七尾發出顫抖的聲音，全身僵直。

「喂，那是怎麼搞的？」男子笑道。

「竟然纏得那麼緊，小哥真是不走運呢。」女子說著「不好意思，這樣笑你」，拚命想要擠出同情的表情，但似乎還是忍俊不禁，「咯咯咯」地笑出聲。

「什麼時候跑到這種地方……」七尾手臂發抖，嘴巴打顫。「剛才明明沒有的。就算要出來，何必偏選在這種節骨眼……」

王子愕然，盯著七尾看。他呆住了，怎麼會有這種事？

這段期間七尾也甩著手。「拿不下來！」他幾乎要哭出來了。他根本是在哭著嚷嚷「拿不下來啦、拿不下來啦」。

「用冷水淋牠看看？」婦人一說，七尾就像個英勇的男子漢向前衝，跳過王子前面，去到走道，穿過打開的自動門，從車廂消失了。

婦人笑個不停，旁邊的男子一張臉也笑開了，「太好笑了，」他一再地說：「新幹線裡怎麼會有蛇？那個小哥真是倒楣到了匪夷所思的地步啊。」

王子的腦袋混亂了。現在到底是什麼狀況？怎麼會在這種節骨眼有蛇出現在新幹線的車廂裡？完全超出理解範圍了。王子感到憤怒的同時，也湧出一股畏懼。

是自己的幸運被超出理解的不幸怪物給咬住、撕成碎片的恐怖。

此時他聽見了輕快的笑聲。男子在笑。

是那齣蛇鬧劇的笑點頓了一拍，再度惹他發笑嗎？王子向前望去，男子正看著車廂內天花板處露齒大笑。他往王子的頭上望去。「啊，來了。」他說。女子聞言，一樣注視著差不多的方向微笑。「哎呀，真的。」

他們到底在說什麼？——王子狐疑，循著老夫婦的視線轉身回望。既然男子說「來了」，他認為應該是指有人過來了，可能是剛才離開的補習班講師，或是跟蛇一起衝出去的七尾，他預期是這類的人影，然而車門處沒見到任何人。王子不懂他們在看什麼，左右張望。他轉回身子，但他們還是在看同樣的地方。王子再次轉過身。

他的視線停留在車門上方的橫長形電子告示板。

「Shigeru（繁）給Shigeru（茂）。小涉平安。凶嫌死亡。」

上面流過這串訊息。

槿

籬笆的瓢蟲從莖的這一面移動到背面，從背面再移動到表面，朝上爬去。就像模仿螺旋樓梯似地繞著長長的莖幹上升。宛如為了將祝福傳遞給什麼人，努力朝上奔跑似的。

喂，槿，你在聽嗎？耳邊的手機傳來仲介業者的聲音。你現在在哪裡？

蒲公英跟瓢蟲附近。槿回答。他的腦中掠過以前在工作中認識的孩子。那兩個孩子喜歡昆蟲，蒐集了許多卡片。他們現在已經是國中生了嗎？這麼一想，槿無法不思及光陰荏苒之快。只有自己一個人脫離了時間的洪流，大概是卡在岩石還是什麼的上頭，無法前進，被拋棄下來。

蒲公英跟瓢蟲？那是指什麼地方的行話嗎？

不是行話，我真的在蒲公英跟瓢蟲附近。槿回答。我來到你指定的醫院前了。這裡可以看到正面出入口。你現在在哪兒？槿反問。

槿遵照自己的下意識，把手伸向蒲公英的花，扯斷那黃色的花頭。傳來斷裂的觸感。

我在病房附近。我照著前輩說的到病房了，結果幾乎就在同一時刻，來了一個穿白袍的男人。

你被指示等待穿白袍的男人嗎？

不是，男子回答。前輩只拜託我探望他在病房的孫子情況。可是有個白袍男子過來了。我鑽到病床底下。到處都是醫療儀器的管子插頭線路什麼的，而且我又胖成這樣，費了好一番勁，不過還是躲起來了。結果來了一個白袍男子，開始動起醫療儀器。

穿白袍的男子操作醫療儀器沒什麼好奇怪的。你為什麼會覺得可疑？

從病床底下看到的鞋子很髒。滿是泥巴。醫療相關人員穿那種鞋子，我覺得不對勁。

你可以不幹仲介業，改行當福爾摩斯了。

所以我衝出床底下，逼問他：「你在做什麼？」

你可以從床底下衝出來嗎？你那種體形？

幹麼計較小細節。其實不是衝出啦，我是一下一下，爬也似地好不容易鑽出來的。

就算是那樣，對方也嚇到了吧。

他吃了一驚，跑掉了。他跑過走廊，跳進剛好抵達的電梯裡。

那傢伙真可疑。你現在在哪裡？我好像從剛才就一直在問這個問題。

還在電梯間，醫院的電梯實在是慢到不可思議。

這樣啊。槿把視線移回瓢蟲。瓢蟲繞過莖幹來到頂端附近，當然，牠完全不知那裡到剛才都還有朵黃色小花，就在那裡等待升空的時機。

Ladybug、Lady beetle，這是瓢蟲的英文。槿聽說過Lady指的就是聖母瑪利亞。他忘了是在哪聽說的了。好像是某人在他耳邊呢喃的，又像是在圖書館翻書時看到的；也像是小時候，聽老師一邊寫板書一邊說明的；又像是以前委託他的人在閒聊時提到的。每個記憶都同樣鮮明，換言之，每個記憶也都同樣模糊，槿無法挑選出真實。槿的記憶、回憶，全是如此。

背負著聖母瑪利亞的七苦而飛，所以瓢蟲叫做Lady beetle。

七苦具體上指的是什麼，槿不知道。但是聽到那樣一隻小小的蟲子將全世界的悲苦變換成黑色的斑點，默默地背在豔紅的背上，爬上葉子和花朵的頂端，他可以感覺得到那種堅忍不拔。瓢蟲來到再也無法繼續往上爬的地方後，就像要立下決心似地停止動作。隔了一拍後，紅色的外殼倏地掀開，振動伸出的翅膀飛起。雖然只有那黑色斑點的大小，但看到牠的人，可以感覺那隻蟲帶走了自己的悲苦。

與我的工作完全相反——槿這麼感覺。每次推上別人的背，他就感覺身邊陰濕而黑暗的影子愈來愈多了。

噯，槿。仲介業者接著說，白袍男子應該會離開建築物，你可以幫忙收拾他嗎？我現在也要下去，可是由我動手就來不及了。

你接到的委託不是保護病房裡的孩子嗎？槿確認說。既然歹徒逃了，丟下他不就好了？

不，委託內容是，對於想加害孩子的人，不許留情。仲介業者說。總之，不許留情。

真胡來的委託。

以前的業者全是那樣的。那個時代學校也允許體罰嘛，而且我的前輩是那些凶暴分子中特別凶暴的。

那麼這是對我的正式委託嗎？槿不得不再次確認。委託我幹掉那個穿白袍的傢伙，是嗎？可是對象的情報太少了。要是不說清楚是哪裡的誰，我也沒法子辦事。

總之你埋伏白袍男子就是了。

哪有那麼含糊不清的委託的？要是有可疑的白袍男子從醫院裡跑出來就簡單了。

槿說完隨即笑了出來。因為他看到有個男子從醫院牆裡衝向自己前方。男子右手腋下夾著一團白色的東西，那看起來就像是慌忙捲起來的白袍。不，根本就是白袍。

槿對著電話描述男子的容貌。

沒錯，就是那傢伙，仲介業者斷定。

我接下了，槿掛了電話。

男子抱著白袍，左右掃視人行道，猶豫著該往哪邊前進。很快地，他小跑步往這邊過來。他穿過槿的身旁，往後方前進。擦身而過之際，槿望向他的鞋子，確實沾滿泥巴。

回頭一看，男子正在馬路前面等紅綠燈。看得出他正在掏手機。

槿無聲無息，踏過地面，流水似地逼近男子身後。估量對方的呼吸。觀察號誌。手指一口氣張開，收起，再一次張開。屏住呼吸。視線轉向右側開過來的車輛。車流量不多，但每輛車子都毫不減速地衝過。計算時機。吁氣，神經集中在指尖，觸上對方的背。

就在同時，這一瞬間，剛才籬笆裡的瓢蟲輕巧地飛過了空中。此處的悲苦，牠的黑色斑點大的悲苦，當然只有一點點，但隨之變得輕盈了。

煞車聲刺耳地響起。手機從被推的男子手中落下，滾過地面。

木村

八車最後一排的後方門上有面電子告示板。長條形，有訊息從右至左流過，是平常播放報社提供的新聞或列車資訊的畫面。

「這……」轉過身看電子訊息的國中生低喃道：「怎麼回事？」

「嚇到了嗎？」木村茂笑道。

「小涉平安」，強調似地，同樣的文章顯示了五次。

「嚇到了嗎？」木村茂感覺安心在胸口擴散，調侃國中生似地再次問道。

「怎麼回事？」國中生第一次顯露出情緒。他重新轉向這裡，鼻翼張開，臉有些漲紅了。

「看樣子小涉好像沒事。」

「那是什麼新聞？」國中生還沒有把握狀況。

「告訴你，從以前開始，業者就總是為了聯絡彼此的方法傷透腦筋。過去跟現在不一樣，沒有手機。」

「阿繁對聯絡方法最講究了。」晃子點點頭。

「阿繁真的是本末倒置呢。簡直就像是為了試驗特別的聯絡方法在挑工作。可是呀，這次派上用場了，咱們都沒有手機嘛。」

前往水澤江刺站搭新幹線前，木村茂從家裡打電話給阿繁。「幫我探望孫子的情況」、「保護我孫子。要是看到可疑人物，不許留情」。他提出雖然曖昧，但十足強硬的委託，然後拜託對方。「如果有什麼萬一，打新幹線裡的公共電話。」因為沒有手機，只好用這種不得已的方法，但阿繁立刻說：「我想新幹線裡的公共電話應該已經沒有那種服務了。」然後他興匆匆地說：「我會用其他聯絡方法。」「其他聯絡方法？」木村茂反問，阿繁回答：「請密切注意車廂裡的電子告示板。如果有什麼事，我會用它報告。」

「可以那樣啊？」

「木村大哥退休後，我也成長了。做為仲介業者，我也算是很有一手的。新幹線的指令所也有跟我很熟的朋友。」阿繁有些興奮地說。

看到車廂裡的電子訊息消失後，木村茂說了聲「電話借我」，趁著國中生有些發怔時，飛快地搶走他手中的手機。

「你幹什麼！」國中生尖聲抗議，木村茂回道：「慢著，打電話就可以知道剛才的訊息是什麼意思了。」當然是隨口胡謅。他只是覺得這樣說的話，對方應該也會感興趣而已。

木村茂從外套口袋裡取出便條紙，在手機輸入上面抄的號碼。是從家裡抄來的阿繁的電話。

「喂？」對方接電話了。

「是我，木村。」木村答道，對方「咦」地吃了一驚：「木村大哥，你有手機哦？」

「我現在在新幹線裡，跟一個可疑的小朋友借了手機。」木村茂說。手槍架在座位的高度，槍口依然對準了國中生。

「木村大哥打得正好。我才剛請人傳訊息到新幹線的電子告示板呢。」

「我看到了。你說請人傳，是請誰傳的？」

「我不是說過了嗎？就指令所的負責人啊。」

木村茂不清楚細節，但也不想悠哉地追問。

「啊，木村大哥，我有好消息跟壞消息。」阿繁說。木村茂苦笑。三十年前，木村等人前往危險現場辦事的時候，阿繁總喜歡這樣的說法。「你想先聽好消息還是壞消息？」

「先說好消息。」

「好。」阿繁的聲音變得緊張，然後一口氣說了：「想要對木村大哥的孫子不利的傢伙，剛才在馬路跌倒了。被車子撞到，翹辮子了。」

「你幹的嗎？」

「不是我，是其他業者。跟我不一樣，很優秀的。」

「真坦白。」木村這才開始體會到小涉平安無事的事實。一直卡在胸中的沉重大石總算落下來了。

「壞消息是什麼？」木村茂問。新幹線開始放慢速度，行駛的聲音也變了。就像慢慢地放開抓緊的鐵軌似地，聲音變得輕盈。盛岡站快到了。

國中生睜大眼睛看著木村茂。木村茂猜想，他是不明白對話內容，正感到不安嗎？但意外地並非如此，他看起來正集中意識聆聽著每一字每一句。這傢伙果然不容小覷——木村茂感到佩服。

「壞消息是，」電話另一頭的聲音變得有些軟弱。「木村大哥，你不要生氣哦。」

「快說。」

「我躲在病床底下，想要保護木村大哥的孫子，可是我從床底下衝出去時……」

「你從床底下衝出去？你有那麼敏捷嗎？」

「那只是形容罷了，別挑人語病嘛。」男子苦澀地說：「那個時候我不小心搖到床……」

「小涉該不會怎麼了吧？」木村茂的口氣自然變衝了。

「嗯，真的很對不起。」

「到底怎麼了？」木村茂拚命按捺想要怒吼的衝動。他猜是撞到儀器，把機器弄壞了嗎？

「我搖到床，結果好像把木村大哥的孫子吵起來了。」

木村茂不知該做何反應。

「啊，也不算是搖，或許只是輕輕晃了一兩下而已。可是難得木村大哥的孫子睡得那麼香，卻好像被我給吵起來了。就是嘴裡喃喃著什麼，醒過來了。木村大哥不是一向最痛恨被人吵醒嗎？可是我沒有惡意的。」

「你說的是真的？」

「真的，我怎麼會有惡意呢？木村大哥的起床氣，我再清楚不過了，誰會沒事去吵醒木村大哥的孫子呢？」

「我不是說那個，小涉真的醒了嗎？」

聽到木村茂的這句話，晃子的表情綻放光芒。相反地，前面的國中生好像僵住了。

幾名乘客在走道來來去去，準備在終點站下車。原本擔心會不會有人看到木村茂手裡的槍，但乘客彷彿什麼都沒看見，消失在車廂外。可能是乘客本來就少，不到排隊的地步。

「木村大哥的孫子真的醒了。對不起。」阿繁急匆匆地說。

「不，拜託你真是太好了。」木村茂說。打電話給可以說是東京唯一一個朋友阿繁的時候，木村茂還不清楚小涉是否身陷危機，半信半疑。然而阿繁卻發揮了超乎想像的實力，幫了他大忙。「臨時麻煩你，不好意思啊。」

「木村大哥以前很照顧我嘛。」

「我已經退休很久了。」

「連木村大哥的兒子，雄一也開始在這個業界混起來時，我真是嚇到了。」

「你知道這件事？」木村茂略感吃驚。對於這件事，他一直懷有一種有其父必有其子的自嘲與死心，但另一方面也決心絕對不能讓小涉步上後塵。他一直告訴自己，就算有其父必有其子，但還是有歹竹出好筍的可能性。

「其實我曾幫過雄一好幾次。」阿繁有些害臊地說。那不是在邀功，而是帶有一種向父母揭發孩子惡行般的歉疚。「對了，剛才有個人說。」阿繁接著說。

「說什麼？」

「從以前就存在的事物，光是這樣就是出色的證據喔。不管是滾石合唱團還是木村大哥都是。畢竟都一直活到現在了，木村大哥是贏家呀。」

老頭子算是贏家嗎？——木村茂大笑後，掛了電話。

新幹線平緩地畫出曲線。就像在展現抵達車站前的最後衝勁。車內廣播開始傳達轉乘資訊。

木村茂把手機還給國中生說：「看來就像剛才的電子告示板說的。我們的寶貝孫子平安無事。」晃子探出身體問：「老伴，真的嗎？」

國中生大大地張口，「呃」地就要說起話來。

「閉嘴。我不回答問題。而且就快到盛岡了。」木村茂厲聲說：「聽好了，你大概是一頭霧水。剛才的電話是打給誰的，還有小涉怎麼會沒事？還有說他醒來是怎麼回事？你不會懂。你應該一直都是輕視著大人，認為自己看透了世間的一切。那個無聊透頂的『為什麼不可以殺人』的問題也是。實際上過去你的疑問也都得到回答了吧。你很聰明嘛，然後你一直嘲笑著什麼都不知道的其他人。」

「不是那樣的。」

即使到了這個地步，國中生依然表現出溫馴、軟弱的樣子。

「可是啊，你現在的疑問不會有答案。我不會向你解釋。你就煩惱一輩子吧。」

「請等一下……」

「我跟這個老太婆都已經活了六十年以上了。反正你一定覺得我們是老不死的、沒有未來的廢物吧。」

「我並沒有……」

「我告訴你一件好事吧。」木村猛地舉起槍口，對準國中生的眉心。「六十年以來，沒有死掉一直活到現在，可是件了不起的事。你懂嗎？你才活了十四年，頂多十五年吧。你有自信還能再活上五十年嗎？嘴巴上怎麼說都成，但要實際在五十年間沒有生病死掉、意外死掉、被人殺掉，一直活下來，沒有親身試驗是不會知道能不能的。聽好了，或許你相信自己是一個萬能的幸運男孩，但也有你做不到的事，要我告訴你是什麼嗎？」

此時國中生的眼睛綻發出光芒。他的瞳孔浮現的不是期待的閃爍，而是與那張爽朗、清秀的容貌格格不入的頑強。是自尊心受創的憤怒。「什麼事是我做不到的？」

「活完接下來的五十年。很遺憾，比起你，我們會活得更久。被你瞧不起的我們，可以看到比你更多的未來。很諷刺吧？」

「你真的要開槍？」

「少瞧不起大人了。」木村說。

「老伴，這麼說來，手機會留下撥出去的號碼吧？剛才你還給那孩子的手機，留著阿繁的電話號碼呢。不用刪除嗎？」晃子說。

「不用，沒問題。」

「沒問題嗎？」

「反正這傢伙再也用不到手機了。」

國中生目不轉睛地看著木村茂。

「聽好了。」木村說明：「我現在還不會殺你。我只會開槍，讓你動彈不得，然後把你搬出去。你知道為什麼嗎？」

「為什麼？」

「我要給你反省的機會。」

國中生的臉上綻放出一絲光明。「你要給我反省的機會嗎？」

「別搞錯了。假裝反省是你的拿手好戲吧？你過去就是一直假裝反省，好讓大人放過你。聽好了，我可沒那麼好騙。你的臭味，在我的經驗裡也是最糟糕的一種。你以前一定幹盡壞事吧。喏，我給你反省的機會，但我不會因為這樣就放過你的罪。」

「怎麼這樣……」

木村茂沒有特別激動的樣子，淡淡地說：「我不會讓你死得輕鬆。」

「老伴，很恐怖耶。」晃子也是，嘴上這麼說，卻也只是說說而已。

「怎麼這樣？可是你孫子不是沒事了嗎？」國中生擺出哭喪臉。

木村笑了出來。「我是個老頭子了，老眼昏花，耳朵也背了，你演得再精采，我也看不清楚。總而言之，你對我孫子出手了。真遺憾。死心吧。要是你反省，我就讓你死得輕鬆點。人生是很殘酷的。」

結果國中生彷彿拋棄了一切算計和策略，懷著同歸於盡，也就是報一箭之仇的氣魄，淡淡地說了：「我說啊，爺爺的兒子，那個酒鬼大叔，現在已經死在廁所裡頭嘍。他一直到最後都哭得慘兮兮，窩囊得要死。爺爺的家人，每一個都脆弱到不行呢。」

動搖幾乎就要衝擊木村的心。儘管明白對方的目的就是要攪亂自己的精神，他卻幾乎就要動搖了。他能撐住，全靠一旁妻子的話。雖然帶著幾分逞強，但晃子稍微笑了笑，說：「雄一他硬得很，應該還死纏爛打地活著。他一定放心不下小涉，固執地賴活著。」

「就是啊。」木村茂點點頭。「他是那種就算被踩扁也死不了的人。」

新幹線進入盛岡站月台。

瓢蟲

七尾來到洗手台，朝著蛇潑冷水，然而蛇卻不放開他的手，反而愈纏愈緊，把他嚇壞了。再這樣下去，自己的手會不會瘀血，甚至被扭斷？他不禁害怕。他任憑恐怖驅使，把手放在洗手台上，從上面使盡全力用左拳一砸，一股砸破水管的觸感，蛇癱軟下來，從手臂上鬆脫了。七尾從洗手台來到車廂外通道，可能是為了在盛岡站下車，幾個人分頭站在車門附近。七尾急忙捲起軟掉的蛇，期待牠看起來會像個皮製手提包，把牠拎到靠七車的牆上垃圾桶丟掉。他擔心垃圾桶裡會不會又蹦出別的東西來，但只是杞人憂天。

真不走運。可是沒被蛇咬，該覺得幸運嗎？

新幹線的速度慢下來，響起尖銳的聲音。列車慢吞吞地停下。這趟恐怖之旅總算要結束了嗎？儘管一方面如此放心，另一方面七尾也想像起自己即使到了終點站也無法下月台的景象，感到毛骨悚然。

得回去八車拿行李箱才行。七尾望向通往前方車廂的門，幾個人提著行李排排站，七尾不想鑽過他們回去。那對夫婦和國中生怎麼了？應該確認國中生是否平安無事。儘管這麼想，但或許是蛇騷動所造成的激動攪亂了七尾的精神，他覺得再也沒力氣去攪和八車的事了，簡而言之，他幹勁全失了。

接著，開始變得劇烈的地板震動弄得七尾腳一滑，他伸手扶牆卻當場跪倒下來，終於被搞到一切都無所謂了。

我受夠了，得快點離開這裡逃難才行——這樣的念頭愈來愈強。煞車變得更強了。地板前後搖晃，但速度漸漸地慢下來。

抵達車站，新幹線憋住一口氣似地停頓後，車門「噗咻」一聲打開了。七尾覺得車廂裡的空氣變輕了，充滿了開放感。

通道的乘客一個個走下月台。人數不多，但每個人都一步步踏穩腳步行走，所以花了不少時間。

就在此時，七尾聽到一道「咚」的破裂聲。是猛力將鐵椿敲進牆壁般的聲音，雖然只有短短一瞬，但相當激烈。乘客沒有發現的樣子，或許眾人都把它當成新幹線吐出的呼吸聲、或是停止的車輪發出的聲響，或是七尾也不明白究竟還有哪些種類的聲音，總之是類似機械關節作響的聲音。

七尾知道那是槍聲。

是八車吧。

那個面對面的六人座上，有人開槍了。

國中生中槍了嗎？

七尾看後方車廂，沒看見鈴木折回來的人影。或許他回去拿行李後，總算冷靜下來，改變主意，認為自己沒必要跟著陌生的眼鏡男跟國中生吧。

很聰明，畢竟是老師。

七尾看八車車門。那道自動門文風不動，就像在發出警告，裡面出了恐怖的事，不許靠近。門本身就像個沉默而頑強的守門人。

七尾在盛岡站下了車。原本預定在上野下車的！——他有股想要這麼大叫的衝動。

以時間來看，本來應該只有短短五分鐘的車程的。然而自己卻不知何故在車子裡待了超過兩個半小時，在距離五百公里遠的東北土地下車。被迫進行毫無心理準備的冒險，缺乏現實感的徒勞感讓身體變得沉重。身體沉重，思考卻飄忽不定。

盛岡站月台站了一大批西裝男子，情景很詭異。一節車廂五個人，就像在打造障壁般，等間隔地站立著。下車的乘客都對此感到疑惑，頻頻投以低調的視線窺看，並朝著出口電扶梯走去。

七尾前方也有五名男子，那是訓練有素者獨特的列隊方式，不折不扣就是士兵——穿著西裝的士兵擋在前面。

七尾原以為他們會上前盤問他：「你就是七尾吧？說好的行李箱呢？你怎麼跑來盛岡了？」但他們好像對七尾沒興趣，或是沒有被告知七尾的外貌，沒有要靠近他的樣子。

此時他們一口氣衝進車廂裡了。剛到站的「疾風號」接下來應該會回到車庫，或是進行清掃以便展開回程；然而他們毫不理會這些，就像要進行房屋搜索似地翻起車廂裡面。

就像螞蟻雄兵朝著蚯蚓一擁而上，一口氣解體似地，給人俐落、駭人、不容分說的強悍感覺。

藏在廁所的屍體、七尾擱在座位上的狼的屍體被發現，也只是時間問題了。

盡快離開這裡才是上策吧，七尾跨出腳步。「疾風號」前端車廂附近站著一個身材魁梧的男子。一張恐龍般凹凸不平的臉就擱在橄欖球選手般的軀體上。七尾認出那是峰岸。他身旁圍繞著黑衣男子。

正在啃嚙新幹線的螞蟻雄兵，一定是峰岸派出去的士兵。

峰岸前面站著列車長。或許列車長是在抗議騷擾新幹線的行為。列車長發現這個態度威風堂堂的恐龍臉男子就是這場大混亂的元凶，像是在懇求「請叫他們住手」。

當然，峰岸不可能聽從。他朝著列車長揮手，面無表情地趕他走。

列車長依然抬頭挺胸傾訴著什麼。雖然聽不到在說些什麼，但他似乎為了講不通而放棄了，穿過峰岸旁邊，朝著電扶梯走去。

此時突然有人拍七尾的背，嚇得他差點跳起來。他「哇！」地回頭，反射性地移動手腕，就要勒住對方的脖子。

「等一下，不要亂來。」眼前的女子橫眉豎目說。

「真莉亞！」七尾茫然地說：「妳怎麼會在這裡？」

「我不是幽靈。」

「妳不是在東京嗎？」

「你沒法在上野下車時，我就知道這下子要變成持久戰了。我確定絕對會出什麼亂子。」

「妳猜得沒錯。」

「所以我想我得搭救你才行，立刻趕到大宮去。然後我跳上了新幹線。」穿著黑底淡直紋褲裝的真莉亞朝峰岸所在的位置瞥了一眼。「那是峰岸吧？不妙。快點離開這裡吧。怎麼看都很不妙。要是被他問起行李箱的事，就無話可答了。真可怕。」她拉扯七尾的手。

「他現在大概在擔心他兒子，沒那個心思吧。」

「峰岸的兒子怎麼了？」真莉亞低聲問，但七尾還沒回答，她就接著說：「算了，我可能不想知道。」

兩人朝電扶梯走去，七尾問：「妳坐在哪邊？」他在新幹線車廂裡前後看過一遍了。「妳說妳來救我，根本沒救到我嘛。」

「這個……」真莉亞頓了一下，就像要告白難以啟齒的隱疾似的。「我跑到『小町號』去了。」

「什麼？」

「『小町號』跟『疾風號』之間居然沒辦法往來，難以置信嘛。那連起來幹麼？」

「這連三歲小孩都知道，好嗎？」

「有些事就算三歲小孩知道，大人也不知道啊。」

「可是妳怎麼知道我不會在盛岡以前就下車？」實際上到一之關的時候，七尾就打算下車。「或許我會在仙台下車啊。」

「一開始我猜你可能會在仙台下車，可是……」

「可是？」

「我睡著了。」

七尾瞪大眼睛，直盯著真莉亞。「睡著了？都出了這麼大的亂子，妳居然睡得著？」

「我不是說了嗎？人家昨天晚上一直在看電影嘛。」

「這有什麼好驕傲的？」

「跟你講完電話後，我想說閉上眼睛休息一下，結果睡著了。醒來的時候已經過了仙台。所以我急忙打電話，結果你還在新幹線上。所以我相信你大概注定只能在終點站下車了。」

「我在水深火熱，而妳居然在睡覺？」

「你負責工作，我負責睡覺嘛。睡覺也是工作之一啊。」

「都是因為妳看了《星際大戰》吧？」七尾忍住嘆息，和真莉亞並肩前進。

「蜜柑跟檸檬呢？」

「死了，在新幹線的廁所裡。」

真莉亞又嘆氣了。「新幹線裡到底有多少屍體啊？什麼跟什麼嘛？屍體列車嗎？幾具？」

「不曉得。」七尾本來想算，打消了念頭。「五具還六具吧。」

「很像七星瓢蟲的數目呀。」

「就算是那樣，也不是我害的。」

「我說，你是不是替大家背負了不幸呀？」

「所以我才那麼倒楣嗎？」

「要不然怎麼可能倒楣成那樣？搞不好你其實是在造福世人。」

七尾也不曉得真莉亞是不是在稱讚，沉默不語，然而就要搭上電扶梯的瞬間，背後傳來一道沉重的聲響——感覺。那是身形龐大的野獸摔倒在大地般的震動，七尾明白那與其說是現實的聲音，更像是發生了什麼重大的事件而震動了空氣。不知何處傳來嚷嚷聲。

七尾轉過身觀望，看見黑衣男子蹲在月台上抱住什麼人的情景。剛才還傲然矗立在那裡的峰岸，就像具壞掉的木偶般橫躺在地上。

「咦？」背後的真莉亞也注意到騷動，回過頭去。

聚集出人牆來了。

「是峰岸。」七尾低聲說。

「到底怎麼了？」

「是貧血昏倒了嗎？」

「要是被捲入就麻煩了，走吧。」真莉亞用力推七尾的背。

的確，留在這裡也想不到什麼好處，七尾也跨步前進。

「有東西插在上面！」背後傳來叫聲。雖然聽得出峰岸身邊喧鬧不已，但那個時候七尾和真莉亞都已經站上電扶梯，慢慢往下降了。「是針！」有人說。

電扶梯下降的途中，七尾轉過身體問後面的真莉亞說：「會是虎頭蜂嗎？」真莉亞睜大眼睛。「虎頭蜂？哦，你說下毒的？」

「虎頭蜂在新幹線裡。扮成推車販售小姐。可是我應該幹掉她了啊。」七尾咕噥，剛才與峰岸對峙的雙排釦西裝男子的身影在腦中復甦。「是列車長嗎？」

「列車長？」

「虎頭蜂不是一個人或兩個人行動嗎？」

「是啊，獨奏或合奏。」

「我一直以為是單獨行動，不過或許兩個人都在車上。兩個人在新幹線車廂裡，打算取峰岸父子倆的性命也說不定。」

推車的販售小姐負責峰岸的兒子，列車長負責盛岡站的峰岸——七尾也不清楚是不是真的這麼分配。

電扶梯到了，七尾走下電梯。真莉亞也從後面跟上來，快步跟在他旁邊。「七尾，或許你很敏銳哦。虎頭蜂以前因為收拾了寺原，一下子聲名大噪了。」她整理思緒似地說：「或許他們這次打算幹掉峰岸，再次揚名立萬。」

「再一次站上巔峰嗎？」

「想不到新點子時，大家都會想要效法過去的成功經驗嘛。」

可能是察覺了新幹線「疾風號」裡的異常，或是峰岸在月台上昏倒的事，站員、警衛、警察與七尾和真莉亞擦身而過，衝上電扶梯。七尾覺得應該盡速封鎖整個月台，但他們還沒有掌握狀況到那種地步吧。七尾他們也因此得以脫身。

「他知道嗎？」七尾自言自語。如果那個列車長就是虎頭蜂，他知道另一個虎頭蜂的死，同伴的死嗎？七尾介意這件事。儘管自己就是殺死販售小姐的凶手，卻感到心痛。他想起永遠等待失蹤團員的樂團。

「啊，對了，行李箱怎麼了？你怎麼沒帶來？」真莉亞的聲音讓七尾回過神來。

不好——七尾暗叫。「我不要了。」可是麻煩和焦急讓他這麼粗聲斷定。「峰岸也沒工夫管什麼行李箱了吧。」

他把車票插進自動驗票機通過。然而途中警鈴聲響起，閘門關了起來。附近的站員立刻趕來，檢查了一下車票，納悶地說：「看起來沒什麼問題，怎麼回事呢？為了慎重起見，請從最旁邊的驗票口出去。」

「我已經習慣了。」七尾有些自嘲地扮了個苦臉，收下車票。

瓢蟲

外頭刮著冷風，以十二月上旬而言，氣溫相當地低。七尾忍不住懷疑它是在卯足了勁要顛覆「暖冬」這個氣象預測。天空充滿了稍一疏忽，放鬆扯緊的繩口，就會下起雪來的氣息。

七尾在漆之原站附近的超市。偌大的店裡陳列著食品和日用雜貨，連文具和玩具都有。七尾沒什麼特別想買的東西，只拿了日式糕點，在收銀台排隊。開放的五台收銀機各有五名左右的客人在排隊，七尾猶豫哪一排最快，最後選了右邊數來第二個收銀台。

手機響起，湊上耳邊一聽，是真莉亞打來的。「你現在在哪兒？」

「超市。」七尾說明他所在的店家。

「你怎麼跑到那麼遠的地方去？超市的話，我這附近也有啊。今天有很多事要談，你快點過來吧。」

「買完我馬上過去，可是很多人在等結帳。」

「你排的那一排最慢。」

從過去的經驗來看，七尾無法反駁。

七尾那一排最前面的客人結完帳，往前面離開。七尾也順勢向前移動。

「關於你問的那個國中生。」真莉亞說。

「查到什麼了嗎？」

兩個月前發生在東北新幹線的案件震驚了社會大眾。車廂裡的廁所和座位上發現了好幾具屍體，會引來大眾的關注也是理所當然的。然而警方調查後，發現死亡的都不是無辜的一般百姓，而是些來歷不明的可疑人物，就連列車內負責銷售的小姐，雖然是正式的兼職人員，來歷卻不清不楚，所以大部分媒體都選擇了「犯罪組織成員的內訌」這個警方粗略的聲明。至於這個說法無法解釋的細節部分，就睜隻眼閉隻眼了。在民眾對鐵路產生恐懼前，也就是對國內經濟產生重大影響之前，政府必須讓人民了解這個事件是特殊的、與循規蹈矩生活的市民無關的單一事件吧——七尾如此猜想。峰岸在盛岡倒下的事，也被報導為岩手當地的名士突然在車站月台呼吸困難猝死，不過媒體完全將之當成是與死亡新幹線恰巧同時發生的不幸事件，至於峰岸生前的所做所為、強大的影響力，尤其是對地下社會的影響力，皆隻字未提。

令人驚訝的是，廁所中的一名男子，和那名國中生在一起的木村，在盛岡被發現時好像還沒有斷氣。他立刻被送進醫院，似乎保住了一命，但報導沒有提起後續情況。

「當時你坐的八車那一帶好像確實有開槍的痕跡，可是沒有血跡。」

國中生和那對上了年紀的老夫婦怎麼了也不清楚。從那個老先生的樣子看來，就算對方是國中生，他也有可能毫不猶豫地開槍。然後或許他裝作抱孫子似地扶著少年，把他帶下車了。

「我也調查了一下都內失蹤的國中生，意外地很多呢。這個國家是怎麼搞的？不見的都是些少年。這麼說來，仙台灣找到一具青少年的屍體，可是身分不明。」

「會是那個國中生嗎？」

「或許是，或許不是。你要的話，或許也是可以弄到那名失蹤青少年的照片，怎麼樣？」

「不用了。」七尾答道。那感覺會是教人沮喪的工作。「木村那個業者妳查到了嗎？」

「好像還沒法行走，可是大致上康復了。他的孩子似乎成天陪在爸爸身邊，真教人感動。」

「我不是說那個木村，是他父母。年過六旬的木村夫婦。」

「哦，他們啊……」真莉亞的聲音變大了。「木村他們的事蹟可嚇人了。簡直就是活生生的胡士托。」

真莉亞的比喻七尾聽不太懂，意思是變成傳奇了嗎？

「他們有好幾個傳說，我也曾聽說過。你見到不得了的人物嘍。」真莉亞的口氣像是在說能夠參加高齡的知名音樂家的演奏會，真是三生有幸。

「他們看起來完全是在安享天年的老人啊。」

那個時候，抵達盛岡的新幹線車廂內，八車附近似乎找到好幾個中槍呻吟的男子。每個人都不約而同地被射穿了肩膀和雙腳的腳板，無法行動。七尾和真莉亞推測，這毫無疑問是那對木村夫婦幹的。他們為了離開列車，對擋路者——峰岸的部下開槍了。蓋章似地飛槍射擊人體相同的部位，從那兩位高齡夫婦的外表，實在無法想像這樣的神乎其技，但應該就是他們幹的。

「我在想啊。」

「沒關係，等我到了再聽妳說。」

「讓我說一下就好。」真莉亞似乎迫不及待要說出她的想法。「委託我們案子的最上游或許不是峰岸，其實是蜂。」

「咦？可是說是峰岸發包再分包的不是妳嗎？」

「是啊。可是那也只是臆測罷了。」

「這樣嗎？」

「那個時候如果虎頭蜂要幹掉峰岸父子，蜜柑跟檸檬就礙事了，對吧？所以他們才會要你去搶行李箱，攪亂他們，是不是這樣？」

「聲東擊西嗎？」七尾半信半疑地說。

「對對對，然後趁著時機到來，用毒針扎了兒子。或許他們就是為了這個目的，才委託我們搶行李箱的。」

「那樣的話，列車從東京車站出發後，聯絡行李箱位置的，或許就是車廂販售小姐或是列車長了。」七尾回想起來。「他們就算在列車裡面到處行走檢查，也不會啟人疑竇嘛。」

「然後他們在車廂裡引發混亂，或許也在途中聯絡了峰岸，告訴他，『情況不對勁，你最好親自到盛岡站來看看。』」

「這又是為什麼？」問出口之後，七尾才想到了。是為了在車站殺害峰岸。如果能在月台幹掉他，是最省事的了。

掛斷電話後，等結帳的隊伍還是遲遲沒有前進。後面也排了不少人——七尾想著，回頭一看，看到最末尾的人，差點叫出聲。

是那個補習班的講師鈴木。他穿著西裝，抬頭挺胸。手裡的購物籃裝著食品。他也注意到七尾，睜圓了眼睛。他的表情很快就放鬆下來了。是一張「沒想到會在這裡遇見你」的表情。儘管他們對彼此近乎一無所知，卻有種邂逅老友般的欣喜。

七尾朝他點頭致意。鈴木也對他低頭行禮。然後他露出突然想起什麼重要事情的表情，移動到本來排的隔壁隊伍去。

零錢撒落的清脆聲響引得七尾轉向前方一看，他排的隊伍前面，一個老婦人弄翻了錢包，把錢撒了一地。她急忙撿拾，後面的客人也開始幫忙。七尾的腳邊也掉了一枚，漂亮地旋轉起來。七尾想要撿，卻笨手笨腳。

這段期間，隔壁隊伍也不斷前進，排在後面的鈴木笑出聲來。

七尾在超市出口附近從錢包中取出抽獎券。背面是外行人畫的圖案，小火車「亞瑟」。是那輛新幹線裡，裝在蜜柑口袋裡的東西。七尾沒多想就把它帶出來，卻完全忘了這回事，前幾天在整理衣服時才發現。這讓他想起新幹線裡的不祥騷動，他覺得觸霉頭，想要丟掉，卻在前一刻改變了念頭。他調查那間超市的位置，去到從沒去過的車站，特地前往光顧。

「竟然能在這種地方再會，真巧。」

有人出聲，往旁邊一看，是鈴木。

「你剛才真是做對了，我排的隊伍總是會變慢。」

鈴木瞇起眼睛笑了。「完全沒想到排在那麼後面的我竟然能先結完帳。我本來還半信半疑呢。」

鈴木好像在店外等七尾出來。他說遲遲沒看見七尾出現，回到裡面一看，發現他正在排抽獎區的隊。

「這個隊伍只有一排，不必擔心。」七尾苦笑。

「你要抽獎嗎？搞不好會意外中獎呢。」鈴木說：「七尾先生至今為止累積的不幸，可能會在這時候一口氣爆發。」

七尾望向抽獎區的看板，老實說：「如果只是一張機票就可把我過去的不幸一筆勾銷，我也不覺得有多高興。」

鈴木笑了。

「可是其實我是抱著期待來抽獎的。既然能從新幹線上的可怕騷動平安生還，或許我也開始受到幸運之神眷顧了嗎？我正這麼想，就找到這張抽獎券，所以我想這可能是宣告我的幸運期開始的信號，便千里迢迢過來了。」

「可是結帳還是結得很慢呢。」鈴木同情地說。

說得沒錯——七尾蹙起眉頭。「可是我碰到你了。這也算是幸運的一種嗎？」

「如果我是個可愛的女孩子，或許就算吧。」鈴木寄予更深的同情。

「來，請。」店員從前面伸出手來。不知不覺間已經輪到七尾了。

七尾遞出畫有小火車的抽獎券，店員答道：「好，一次抽獎機會。」店員是個體格胖碩的中年婦女，具備幾乎撐破制服的威嚴，但人很熱情，她爽朗地吆喝：「小哥，加油！」鈴木興致勃勃地看著，七尾抓起搖獎機的把手，往左邊搖去。他感覺到搖獎機裡的球一邊傾斜一邊移動。

滾出來的是黃球。

下一刻，體形豐滿的店員盛大地拉起響炮。七尾嚇了一跳，和鈴木面面相覷。

「恭喜！」另一名男店員從旁邊搬來紙箱。「你抽中三獎了！」他高興地揚聲祝賀。

「中獎了耶！」鈴木拍打七尾的肩膀，然而看到擺在眼前的大紙箱後，七尾的臉僵住了。抽中獎當然高興，但被嚇到卻也是事實。「抽中這種東西……」他露出凍結般的笑容。

紙箱裡塞滿了水果。橙黃色的拳頭大蜜柑還有鮮黃色的檸檬各占據了箱子的一半。彷彿在強調這是何等的幸運，女店員對他微笑說：「恭喜你，真是太棒了。」搞得七尾無話可答。這該怎麼搬回家？這麼多的檸檬該如何用掉？種種疑問浮上心頭，卻沒有一樣他說得出口。

七尾直盯著箱子裡，雖然只有一瞬間，但他有種蜜柑和檸檬正咧開大嘴，朝他說話的錯覺。「看吧，我們復活了！」他看見了洋洋得意的表情。

參考文獻

《販賣恐懼：脫軌的風險判斷》（Risk: The Science and Politics of Fear）丹・賈德納（Dan Gardner）著　田淵健太譯　早川書房（中文版　博雅書屋）

《隱藏的邏輯：掌握群眾行為的不敗公式》（The Social Atom: Why the Rich Get Richer, Cheaters Get Caught, and Your Neighbor Usually Looks Like You）馬克・布侃南（Mark Buchanan）著　阪本芳久譯　白楊社（中文版　天下文化）

《錯不在我？》（Mistakes Were Made (but not by me) Why We Justify Foolish Beliefs, Bad Decision, and Hurtful Acts）卡蘿・塔芙瑞斯（Carol Tavris）、艾略特・亞隆森（Elliot Aronson）著　戶根由紀惠譯　河出書房新社（中文版　繆思）

《我輩凡人》（An Ordinary Man）保羅・盧希薩巴吉納（Paul Rusesabagina）著　堀川志野舞譯　Villagebooks

《日本國的真面目　政治家・官僚・媒體——真正的權力者是誰？》（日本国の正体　政治家・官僚・メディア——本当の権力者は誰か）長谷川幸洋著　講談社

《21世紀版　莫非定律》（Murphy's Law）亞瑟・布洛奇（Arthur Bloch）著　松澤喜好・松澤千晶譯　ASCII

《日本的蒲公英與西洋蒲公英》（日本のタンポポとセイヨウタンポポ）小川潔著　動物社（どうぶつ社）

《罪與罰（上）》（Преступление и наказание）杜斯妥也夫斯基（Fyodor Dostoyevsky）著　工藤精一郎譯　新潮文庫

《群魔（下）》（Бесы）杜斯妥也夫斯基著　江川卓譯　新潮文庫

《到燈塔去》（To the Lighthouse）維吉尼亞・吳爾芙（Virginia Woolf）著　御輿哲也譯　岩波文庫

《午後的曳航》三島由紀夫著

有關酒精中毒的部分，酒精與Ａ１０神經的關係，參考《誰會酒後亂性？》（酒乱になる人、ならない人）（真先敏弘著　新潮新書），並從中引用。

在思考「殺人不被允許的理由」時，《何謂國家》（国家とはなにか）（萱野稔人著　以文社）給了我一些啟發。

此外，有關作品中登場人物提到的湯瑪士小火車的角色介紹，引用自白楊社（ポプラ社）的《Plarail湯瑪士小火車卡片》（プラレールトーマスカード）的介紹文。

此外，關於新幹線內部的樣式，承蒙梅原淳先生指點，以及友人小林先生提供資料。在此陳謝。

不必說，這個故事是虛構的，與實際的人物、團體完全沒有關係，也有許多部分是我根據參考文獻和請教到的資訊杜撰出來的，敬請各位讀者理解。

還有，我雖然把我總是搭乘的東北新幹線拿來當成故事舞台，但現實中新幹線與這類危險事件是完全沾不上邊的。巧的是，聽說明年將會有新型新幹線登場，東北新幹線的列車也會出現各種變化，因此，希望各位讀者將這篇故事視為發生在「不存在的新幹線」行駛中的、異於現實的其他世界的故事。

解說

背負著黑色斑點大的小小悲苦，然後飛翔

劉韋廷

※本文將提及《蚱蜢》與《瓢蟲》兩書的重要情節及結局，建議閱讀過後再行參考。

說到殺手，我們不是會在電影裡看到殺手的某種形象嗎？但我不想照著那個形象去寫，想要有所不同，比如說把殺手描寫得像過著平凡生活的人。

——伊坂幸太郎

開頭的引言，是伊坂幸太郎於二〇〇九年時，接受獨步編輯群採訪時所說過的話。如果回溯到他二〇〇四年的作品《蚱蜢》來看，的確可以讓人看見他如此嘗試的可能性。在《蚱蜢》中，外號為「推手」的槿，擁有一個看似正常而完美的家庭，而這樣的安排，也讓作為全書三名主角之一的鈴木感到懷疑不已，無法確認槿是否真的就是殺手業界中令人聞風喪膽的傳奇殺手。

然而，隨著我們讀到最後，會發現那樣完美的家庭構成不過是假象，因此也讓我在

看到伊坂這段話時，不禁愣了一下，開始思考起這段話是否真能與《蚱蜢》一書畫上一個連結性足夠直接的等號。

在經過思索過後，我想伊坂的確所言不虛。以《蚱蜢》中的殺手角色來看，不僅另外兩名主角蟬與鯨的個性及形象均極為鮮明，與一般電影裡的典型殺手刻畫相當不同外，就連戲分較少，但在故事發展中扮演關鍵角色的虎頭蜂二人組，也在暗殺行動的籌畫方面，讓人留下了十分深刻的印象。

至於槿的方面，雖然他的家庭只不過是為了預防變故發生而先行塑造的假象，但仔細看看伊坂的回答，我們便會發現他所說的是「比如說把殺手描寫得『像』過著平凡生活的人」，因此又使得《蚱蜢》裡頭的故事安排，完全符合了他為自己所訂立的寫作目標。

而在二〇一〇年，他所推出的《蚱蜢》續作，也就是你此刻手上的這本《瓢蟲》一書中，這樣的寫作目標，似乎則又變得更為鮮明許多。像是「前」殺手木村及其雙親，在退出了殺手這行後，便以普通人的身分生活著，若非為了復仇及保護家人，根本不會再度涉足於這樣的世界中，可說完全符合了「過著平凡生活的人」這樣的說法。而檸檬與蜜柑這對殺手搭檔，雖然在角色定位方面，看似與前作中的蟬有些相似，但他們並未像蟬那樣有著難以言說、就連自己也無法釐清原因為何的狂躁及苦悶。而伊坂在賦予兩人各自鮮明的個性時，也藉由他們不斷相互鬥嘴的描述，帶出了他們之間那與其說是義氣，更像是現代年輕人般的友情。至於書中的另一名殺手要角，也就是外號「瓢蟲」的七尾，則被賦予了更為有趣的形象，首先是他那所有事情全都無法稱心如意的霉運，著實讓人難以想像他在「殺手」這行中到底該如何生存，而其中的矛盾與荒謬，則在《瓢蟲》一書中成為了閱讀樂趣的一大重心；除此之外，他那總是對於屢屢發生的變故感到苦惱不已的反應，也在荒謬中展露出了一定的真實性。不管是自嘲或哀嘆的方式，都讓人在《瓢蟲》一書中所描繪、彷彿與現實社會完全隔絕開來的殺手世界中，依舊能夠感受得到日常的氣息，甚至還會讓人聯想到朋友或自己在遇到不順心的事情時的反應，因此也使本書自始至終均維持了一定的幽默感，而與整本小說愈到後頭愈顯沉重的《蚱蜢》，在氣氛上有著一定程度的差異。

不過值得注意的是，雖然伊坂曾經表示，他早在《蚱蜢》出版的兩、三個月後，便有意想以相同的世界觀來創作續集，不過由於手上的寫作計畫太滿，導致他到了二〇〇九年時才有餘裕開始構思《瓢蟲》一書，因此在這樣的初始想法中，《瓢蟲》回到他早期作品那較為輕盈的故事氣息，在表面上看來，似乎也是件理所當然的事。而在故事背景方面，《瓢蟲》也從《蚱蜢》的東京，轉為自東京駛向仙台的新幹線列車上頭這件事，對於故事發生地大多設定於仙台的伊坂作品而言，似乎也頗有一絲「返鄉」的意味存在。

只是，創作這回事，實在不太可能說回頭便回頭。是以，若是我們細心注意，便會發現《瓢蟲》的許多細節部分，也同樣暗藏著伊坂自《Golden Slumbers——宅配男與披頭四搖籃曲》、《MODERN TIMES——摩登時代》以後，其作品在關注重心方面所具有的改變。

關於這點，或許得從王子慧這個角色來說明。

作為全書主角中，唯一能被視為完全邪惡存在的王子慧，在某些程度上似乎可以讓人與《魔王》中的犬養一角互作聯想。犬養在極具魅力的政治家光環中，總隱約透露著讓人感到不安的危險氣息；而王子慧這名在《瓢蟲》主角群裡唯一不具有殺手身分的角色，也透過一副乖巧國中生的外觀，裹覆著他那不把所有道德規範放在眼裡的邪惡內心。

不過想當然耳，王子比起魔王，其能力自然還是有所差距。相較於犬養藉由煽動力十足的言論，逐漸成為被群眾所信仰的對象，王子慧則是在校園中藉由掌握了「恐懼」這件事，施行如同極權統治般的霸凌之舉。不過無論如何，他們兩人的作為重心，均在於如何操縱他人，進而成就自身權力一事。

然而，這部分其實就像《魔王》及其續作《MODERN TIMES——摩登時代》分別為伊坂自己所區分出的第一、二期作品一樣，到了《瓢蟲》將近尾聲時，伊坂也藉由《蚱蜢》主角鈴木之口，回答了王子慧總是掛在嘴邊，那道「為什麼不可以殺人」的問題。鈴木認為，法律之所以禁止殺人，只是因為這樣會讓國家無法運作下去，而與道德倫理沒有絲毫關聯。因此，戰爭與死刑這類出自國家利益的殺戮這才得以被允許，至於一般民眾不得殺人，則完全只是出自國家觀點的考量罷了。

這樣的回答，與《MODERN TIMES——摩登時代》裡，比起《魔王》更為進化的提問及觀點有著如出一轍的結論，也讓原本自信滿滿的王子慧感到焦躁不安，正式步入了那條通往失敗的道路。

那麼，如果就算是再有能力操縱他人的領導者，也終將因為比方像是國家機器這種更為牢不可破的存在而步向敗亡時，究竟會是什麼樣的人，才有機會成為這一切的救贖呢？

從伊坂在《瓢蟲》裡的安排來看，或許，我們所需要的，正是往往無暇顧及太遠，僅能認真一個一個地處理好面前每個變故與危機，如同被霉運纏身般的七尾那種人。

《瓢蟲》一書的日文原名為《マリアビートル》，也就是「馬利亞甲蟲」之意。在書中，伊坂曾藉由槿的觀點來解釋了書名的含義。瓢蟲的英文為ladybug與lady beetle，而lady所指的便是聖母瑪利亞，因此，被視為將世界上的所有悲苦化為黑色斑點，並默默地把一切背負在背上的瓢蟲，這才有了lady beetle這樣的名字。當然，伊坂將lady直接以瑪利亞取代，並進一步作為書名的方式，則由於幫七尾承攬任務委託的真莉亞一角，其名字與瑪利亞發音相同之故，而使得這個書名巧妙呈現了一語雙關的效果；不過就全書主題的含義來看，這樣的安排仍是與承負著悲苦的馬利亞甲蟲具有較大關聯。也就是說，外號為「瓢蟲」的七尾，可以說是個人如其名的角色，正如同瓢蟲把悲苦攬在紅色背上一樣，他也同樣把霉運給背負在了身上。而就全書的發展來看，他也的的確確，在各種自願與非自願的情況下，帶走了其他角色身上所具有的各種悲苦。

雖然像是這樣的人，有時也會做出錯誤的決定，但這也正如瓢蟲一樣，一次一次地慢慢來，一點一滴地背負起那一如黑色斑點大的小小悲苦，或許，那些逝去的東西，便能像是小說最後，七尾打開紙箱時看見的一堆蜜柑與檸檬般，總是有著能以另一種形式再度復活的機會的。

作者介紹

劉韋廷，曾獲聯合文學短篇小說新人獎，譯有《午夜4點》與《險路》等小說，並曾撰寫多部小說之導讀類文章。

伊坂幸太郎作品集17

瓢蟲

マリアビートル

作　　者　伊坂幸太郎
翻　　譯　王華懋
原出版社　角川書店
編輯總監　劉麗真
責任編輯　陳亭妤（一版）、張麗嫺（二版）
特約編輯　陳亭妤
總 經 理　陳逸瑛
榮譽社長　詹宏志
發 行 人　凃玉雲
出　　版　獨步文化
城邦文化事業股份有限公司
104台北市中山區民生東路二段141號5樓
電話：(02) 2500-7696　傳眞：(02) 2500-1967
發　　行　英屬蓋曼群島商家庭傳媒股份有限公司城邦分公司
104台北市中山區民生東路二段141號2樓
讀者服務專線：(02)2500-7718；2500-7719
24小時傳眞服務：(02)2500-1990；2500-1991
服務時間：週一至週五　上午09:30～12:00　下午13:00～17:00
讀者服務信箱E-mail：service@readingclub.com.tw
劃撥帳號：19863813　戶名：書虫股份有限公司
香港發行所　城邦（香港）出版集團有限公司
新址：香港灣仔駱克道193號東超商業中心1樓
電話：(852) 25086231　傳眞：(852) 25789337
E-mail：hkcite@biznetvigator.com
馬新發行所　城邦（馬新）出版集團
Cite (M) Sdn Bhd
41, Jalan Radin Anum, Bandar Baru Sri Petaling,
57000 Kuala Lumpur, Malaysia.
電話：(603) 90578822　傳眞：(603) 90576622
email：cite@cite.com.my

城邦讀書花園
www.cite.com.tw

封面設計　萬亞雰
印　　刷　中原造像股份有限公司
排　　版　陳瑜安

初　　版　2012年12月
二　　版　2021年3月
二版四刷　2023年11月
定價　499元
ISBN 978-986-99810-9-5

國家圖書館出版品預行編目資料

瓢蟲／伊坂幸太郎著；王華懋譯. -- 二版. -- 臺北市：獨步文化, 民110.03
面；　公分. --（伊坂幸太郎作品集：17）
譯自：マリアビートル

ISBN 978-986-99810-9-5（平裝）

861.57　　　　109021453